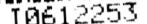

I0612253

KOMMANDANT
DER
UNTERWELTFEEN

USA TODAY BESTSELLER AUTORINNEN
LEXI C. FOSS   J.R. THORN

Kommandant der Unterweltfeen

Lektorat englische Fassung: Outthink Editing, LLC

Korrektorat englische Fassung: Katie Schmahl & Jean Bachen

Cover-Design: Covers by Juan

Coverfoto: Wander Aguiar

Covermodels: Sophie, Alex, Philippe, Forrest & Camden

Design Kapitelüberschriften: Nathan Hansen Illustration

Zier-Kapitelüberschriften: Ricky Gunawan

Kapitel-Wasserzeichen für Ajax, Cami, Az, und Typhos: Claire Holt

Kapitel-Wasserzeichen für Melek: Covers by Aura

Veröffentlicht von: Ninja Newt Publishing

eBook ISBN: 978-1-68530-346-4

Taschenbuch ISBN: 978-1-68530-347-1

Für Baby-Foss und Klein-Thornie. Eure Mamas denken immer an euch, selbst wenn sie arbeiten. <3

ÜBER KOMMANDANT DER UNTERWELTFEEN

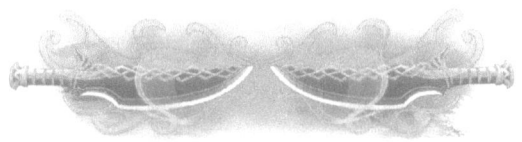

„Ich werde dir nie vertrauen."
Die Worte finden in meiner Seele Widerhall.
Sie geben mir das Gefühl, tot zu sein.

Natürlich würde ich nur verbrennen und in Asche verwandelt
werden, um wiederaufzuerstehen und mich mit demselben
Problem befassen zu müssen, das meinen Kopf und mein Herz
heimsucht.
*Mein inneres Biest glaubt, dass es auf eine Halblings-Höllenfee
geprägt wurde.*
Ohne meine Zustimmung.

Jetzt will ich nichts mehr, als sie in meinen Armen zu halten. Sie
zu küssen. Sie zu ficken.
Sie zu beanspruchen.
Aber das kann ich nicht.
Nicht, bis wir herausfinden, was mit der Höllenfeenquelle los ist,
und bis diese zerstörerischen Höllenfeenportale nicht mehr
überall auftauchen.

Das Reich der Höllenfeen steht kopf und meine potenzielle
Gefährtin könnte dafür verantwortlich sein.
Wärter Ajax und Prinz Melek halten sie für unschuldig.

Der Höllenfeen-König ist vom Gegenteil überzeugt.
Und ich bin zu beschäftigt mit meinem hechelnden Phönix, um
mich für eine Seite zu entscheiden.

Alles, woran mein Tier denken kann, ist, seine intendierte
Gefährtin zu beißen.
Und ich kann an nichts anderes denken, als mir immer wieder
Wege zu überlegen, um ihn davon abzuhalten.

Ich will, dass Camillia freie Wahl hat.
Aber wie es scheint, will sie sich nicht entscheiden ...

Eine Anmerkung von Lexi & Jen

Danke, dass du dich für ‚Kommandant der Unterweltfeen‘ entschieden hast! Wir hoffen, dass dir diese dunkle Welt genauso gut gefallen wird wie uns.

Allen Lesern, die neu zur Reihe hinzugestoßen sind, empfehlen wir, die Bücher in Reihenfolge zu lesen, da es sich bei dieser Serie um eine fortlaufende Geschichte handelt.

Seid gewarnt: Dieser Reihe wohnen starke sexuelle Spannungen, Gewaltszenen und Szenen mit Dubcon inne. Es existieren auch sehr starke M/M-Beziehungen in dieser Welt. Die Männer in dieser Geschichte lieben es, einander zu ficken. Aber sie werden Cami nur zu gerne einladen, sich ihnen anzuschließen ..., sobald sie sich als würdig erweist. ;)

Cami ist nicht die Art von Frau, die klein beigibt und alles einfach so hinnimmt. Sie kämpft bis zum bitteren Ende.

Ihre Gefährten erwartet eine Menge Arbeit.

Und sie werden ihr ganz schön in den Hintern kriechen müssen.

Ihre Reise wird nicht einfach sein, aber sündhaft gut allemal.

Hier geht die Reise durch die Welt der Höllenfeen weiter. Überlege dir gut, wem du dein Vertrauen schenkst. Und Vorsicht vor den berüchtigten Trugbildern.

Nichts ist, wie es scheint.

Ganz so wie unsere Höllenfeen-Gefährten ...

Die Flamme des schwarzen Phönix brennt ewig.
Der Himmel verdunkelt sich und Asche regnet herab.
Wer sich daraus erheben wird, entscheidet den Lauf des
Schicksals.
—Az

Eine Seite aus Luzifers Buch, Vita, die ans Tageslicht gekommen ist

Vor langer, langer Zeit fiel ein Engel vom Himmel. Seine Federn wurden ihm ausgerissen, sein Licht ausgelöscht, und er landete in den Feuern eines zerstörten Landes.

Aber dieser Engel war kein normaler Engel.

Er hatte gewusst, dass seine Welt zusammenbrechen würde, noch bevor der ultimative Verrat an ihm begangen worden war. Und so verbarg er die Quelle seines Lichts. Seine wahre Macht. Seine ultimative Rache.

Aus diesem gleißenden Funken der Energie schuf er eine neue Welt – das Reich der Höllenfeen. Und darin hieß er alle Kreaturen willkommen, die von den anderen Feenreichen abgelehnt und verbannt wurden.

Albtraumfeen. Abscheulichkeiten. *Monster.*

Während sein neuer Hof stetig wuchs, entstanden mehrere Königreiche. Jedes wird von einer beschützerischen Mythenfee und unter ihnen wiederum von Feenkönigen regiert.

Dieser Eintrag soll als Verzeichnis dieser Königreiche und den bekannten Spezies dienen, die sie bewohnen. Es verändert sich und wächst täglich, aber ich bin Vita, Luzifers Buch. Ich weiß alles. Ich dokumentiere alles. Und jetzt werde ich mein Wissen mit dir, lieber Leser, teilen ...

Ödland: Wüstenähnliche, trockene Gegenden mit felsigem Grund und nahezu keinem Wasservorkommen. Zentauren, Mantikore, Minotauren, Luftdrachen, Greife und Irrwichte nennen dieses Gebiet ihr Zuhause. Es wurde vor Kurzem auch dazu benutzt, die Höllenfeen-Brautkandidatinnen in einem einzigartigen Paradigma zu beherbergen.

Königreich der Höllenfeen: Ein zusammengefasstes Königreich, das Typhos Luzifer sein Zuhause nennt. Alle Nicht-Albtraum-Feengeschöpfe residieren hier – ganz so wie Luzifers berüchtigte Höllenhunde.

Marschland: Trübe Wasser und Sumpfpflanzen machen die Gegend zum idealen Zuhause für Nagas und Unseelie.

Königreich der Träume: Hierbei handelt es sich um das Land der Träume, wo Albtraumfeen sich an Angst und Schrecken laben. Ghule und Strigoi nennen diesen Ort hier ihr Zuhause, aber auch eine von Luzifers persönlichen Kreationen lebt hier: die Kuntilanak-Feen.

Königreich des Jenseits: Dunkelheit und Mondlichtstrahlen suchen die Friedhöfe dieses Königreiches heim und machen es zum idealen Zuhause für Leichen- und Todesfeen.

Unterwasser-Königreich: Unendliche Ozeane und korallenähnliche Schlösser hüllen dieses Königreich in ein Meer aus einzigartigen Farben. Hier hausen Kelpies und Wasserdrachen, aber auch einige von Luzifers persönlichen Schöpfungen finden hier Zuflucht, darunter die Sirenen.

REICH DER HÖLLENFEEN

MARSCHLAND

KÖNIGREICH DER HÖLLENFEEN

KÖNIGREICH DER TRÄUME

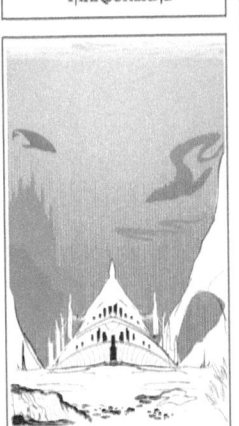

UNTERWASSER-KÖNIGREICH

ÖDLAND

KÖNIGREICH DES JENSEITS

PROLOG: AZ

ICH HABE ES VERMASSELT.

Die Worte gingen mir immer wieder durch den Kopf und ich erkannte die Stimme, die sie sprach, kaum wieder. Vor allem, weil sie sich reuevoll anhörte. Ich hatte nie Schuldgefühle.

Und doch ... lag ich jetzt gefühlsmäßig mit mir im Streit.

Es war nicht so, als hätte ich es genossen, Cami in diesem Käfig zu sehen.

Na ja, nein, das stimmt so nicht. Ein dunkler und verruchter Teil von mir hatte den Anblick viel zu sehr genossen.

Derselbe Teil von mir hatte sich ihr auch in diesem Käfig anschließen wollen. Die Ketten abstreifen wollen. Und sie vor den Augen aller ficken wollen. Sie auf eine Art beanspruchen wollen, um diesen geifernden Mistkerlen von Feen klarzumachen, dass sie *mir* gehörte.

Aber sie gehörte überhaupt nicht mir.

Was dieses Verlangen, das in mir wütete, nur noch verwirrender machte.

Verdammter Phönix, murmelte ich. *Sie gehört uns nicht, du elendes Federvieh.*

Ein leises Knurren kam mir über die Lippen, während ich durch das Marschland rannte, um einer entflohenen Braut hinterherzujagen. Das war das Letzte, was ich im Augenblick tun wollte, aber ich hatte keine andere Wahl. Sie war verletzt und musste zurück ins Brautlager gebracht werden.

„Veronica!", schrie ich, fuchsteufelswild darüber, dass sie weggelaufen war und jetzt durch das sumpfige Unterholz rannte.

Das gesamte Reich zerfiel angesichts eines unbekannten magischen Bannes und die Frau hatte beschlossen, ausgerechnet jetzt einen Fluchtversuch zu wagen.

Wohin sie zu fliehen versuchte, das wusste ich nicht. Wenn die Unseelie sie fanden, würde sie ihre Entscheidung bitter bereuen.

Ich schrie ihren Namen ein weiteres Mal. Nicht, dass das in irgendeiner Weise von Erfolg gekrönt war.

Mein Phönix gab ein Summen von sich, und meine Fähigkeit, Personen aufzuspüren, trat in Aktion. Die Brautkandidatin befand sich nur wenige Meter von mir entfernt und nur die versmogte Luft verbarg sie noch vor mir.

Die Luft war schwer und feucht. Den Unseelie und Nagas, die dieses Reich bewohnten, gefiel die moorähnliche Landschaft.

Ich zog das Feuer und den Schwefel des Königreiches der Hölle bei Weitem vor.

„Veron..."

Typhos' Wut schlug wie eine heiße Welle über mir zusammen, was mich mitten im Schritt innehalten ließ. Mein Phönix ermunterte und wurde von unserer Jagd abgelenkt. Ich drehte mich langsam zum König der Höllenfeen um.

Ich konnte ihn nicht sehen, weil er zu weit weg war. Aber ich konnte seine Macht spüren, die sich in der Luft kringelte.

Was ist los?, dachte ich in seine Richtung.

Keine Antwort.

Aber seine Wut gewann mit jeder Sekunde an Kraft. Typhos zeigte für gewöhnlich keine Emotionen, erst recht nicht so spürbar.

Ich zog die Stirn kraus, machte von meinen Phönix-Fähigkeiten Gebrauch und löste mich in Asche auf. Veronica würde sich fürs Erste allein behaupten müssen.

Ich würde sie später jagen. Oder jemand anderen damit beauftragen.

Der Hof – oder was einst der Hof gewesen war – trat Stück um Stück in Erscheinung, während ich wieder meine greifbare Form annahm.

Am Himmelszelt Chaos. Ein massives Portal saugte alles in seine obsidianschwarzen Tiefen, während Nagas und Unseelie mit vereinten Kräften versuchten, es zu verschließen.

Verdammt. Es war größer geworden, seit ich hier angekommen war. Der Vortex ähnelte einem gefährlichen schwarzen Loch, das drohte, das Königreich in Fetzen zu reißen.

Typhos schwebte in der Luft und seine feurigen Flügel glühten hell, während Melek – der am Boden stand – ihm etwas zurief. Typhos' Blick war nicht auf seinen Prinzen gerichtet, sondern auf ein Leuchtfeuer in der Ferne.

Camillia, dämmerte mir. Sie stieß Energie aus und ihr blondbraunes Haar schien heller als üblich, während Lebenskraft um sie herum schwirrte.

Typhos begann auf sie zuzugehen, während sich das Portal hinter ihm wie ein gähnendes Loch am Himmel wand.

Oh, Scheiße ... Camillia greift auf die Quelle der Höllenfeen zu. Ich konnte Typhos diesen Gedanken in meinem Kopf bestätigen hören, seine Wut eine brandheiße, peitschende Empfindung.

Sie war zu verloren in seiner Kraft, um es zu bemerken. Ihre volle Aufmerksamkeit schien auf dem Portal am Himmel zu liegen.

Im nächsten Augenblick war ein gleißendes Licht zu sehen. Sie sandte einen Ball warmer Energie los. Die Kraft schwebte direkt ins Portal.

Der Boden bebte und der Himmel schien in tausend Stücke zu zerspringen. Aber ... stattdessen schloss sich der Vortex.

Und verschwand.

Verflammt. Ich keuchte.

Hatte Camillia gerade Luzifers Kraft benutzt, um den Riss zu reparieren?

Wie ...?

Das ... sollte nicht ...

Ich schluckte schwer. *Heilige Scheiße.*

Typhos sah aus, als wäre er drauf und dran, sie umzubringen. Er hatte ihr eingeschärft, seine Quelle nicht noch einmal anzurühren.

Er hatte die Forderung nicht gestellt, weil er besitzergreifend war. Er wollte sie bloß beschützen. Er war zuvor schon hintergangen worden, und das auf die schlimmstmögliche Art und Weise. Von einer Frau. Von einer, der er vertraut hatte. Einer, der *ich* vertraut hatte.

Vivaxia.

Allein an sie zu denken, bereitete mir Gänsehaut. Eine Empfindung, die sich verstärkte, als Typhos vor Camillia landete.

Scheiße. Er würde sie in seiner derzeitigen Stimmung in Stücke reißen.

Ich ging auf die beiden zu und fluchte, als er sie packte und mit ihr verschwand.

Melek folgte ihnen umgehend. Er schien besorgt. Ein für ihn uncharakteristischer Ausdruck, weil der Prinz sonst immer so gelassen und unbeschwert schien. Er war nur eine Sekunde lang zu erkennen, bevor er wieder verschwand, aber ich hatte ihn definitiv erhascht.

Und ich hegte dieselben Sorgen.

Typhos verlor seine Fassung nur selten. Und außerdem zog er sinnliche Bestrafungen vor, wie zum Beispiel jene, die er Camillia letzte Nacht unterzogen hatte.

Aber im Moment schien er weder verspielt noch charmant. Er wollte töten.

Und Camillia hatte gerade das gesamte Spektrum seines Zorns geerntet.

Scheiße.

Scheiße.

Scheiße.

KAPITEL 1

CAMI

WENN DER TOD ein Gesicht hatte, dann war es Typhos' in diesem Moment.

Der König der Höllenfeen ging vor mir auf und ab. Er hatte seine Magie als unsichtbare Fesseln um meine Hand- und Fußgelenke geschlungen. Es war besser als die Schlangenreben, die Ajax anlässlich meines letzten Verhörs benutzt hatte, aber ich war trotzdem nicht sonderlich begeistert von ihnen. Vor allem, weil ich nackt war und entblößt vor ihm saß.

Und weil Typhos Luzifer aussah, als wäre er drauf und dran, mich zu töten. Wahrhaftig. Und damit meine ich, dass er mich mit seinen bloßen Händen in Stücke reißen und meine Überreste in Asche verwandeln wollte.

Kein besonders angenehmer Tod.

Vor allem, wo ich ihm doch nur *geholfen* hatte.

Genau das versuchte ich ihm zu vermitteln, doch meine Lippen weigerten sich, sich zu bewegen. *Noch mehr Magie*, murmelte ich zu mir selbst. *Großartig.*

Er sagte kein Wort, während er gemächlichen und bedächtigen Schrittes einen Kreis um mich zog.

Wie ein Raubtier, das seine Beute musterte.

Rote Funken glänzten in den Untiefen seiner Augen, was ihn noch furchteinflößender aussehen ließ.

Ich habe dir geholfen, sagte ich in Gedanken zu ihm.

7

Aufgrund dessen, was auch immer für einen Bann er auf meinen Mund angewandt hatte, konnte ich nicht sprechen. Und ich konnte mich auch nicht besonders gut bewegen. Nur meinen Nacken und meinen Kopf, um genau zu sein.

Leider hätte mein Flehen seinen Zorn sowieso nicht gemildert. Ich hatte seine Quelle berührt, obwohl er mir explizit gesagt hatte, dass er mich töten würde, wenn ich es noch einmal täte. Und doch hatte er bisher nicht viel mehr getan, als mich am Kragen zu packen und mich in seinen Palast zu teleportieren.

Sowie unsere Füße die opulenten Teppiche berührt hatten, hatte er von mir abgelassen und angefangen, auf- und abzugehen.

Auf und ab.

Leise Schritte.

Ein boshafter Blick.

Ohrenbetäubende Stille.

Du hast mich doch in deine Kraft gehüllt, murmelte ich, im Wissen, dass er mich nicht hören konnte. *Technisch gesehen, ist es also nicht meine Schuld, dass deine Quelle beschlossen hat, sich zu verändern und sich in mir zu manifestieren. Ich habe nur versucht, die Höllenfeen-Bräute zu retten.*

Er hielt inne, dann ging er langsam vor mir in die Hocke.

Ups, vielleicht kann er mich doch hören.

Nein. Er kann meine Gedanken nicht lesen.

Es sei denn … Kann er das?

In den Untiefen seiner meerblauen Augen flackerten diese schaurigen roten Funken und er musterte mich mit beurteilendem Blick.

Sein maßgeschneiderter Anzug dehnte sich über seinen muskulösen Torso und legte ein schneeweißes Hemd darunter frei. Dank seiner Macht – oder vielleicht dank der Magie, die dem Stoff innewohnte – sah er überhaupt nicht so aus, als wäre er gerade einer Kriegszone entsprungen.

Ich hingegen … saß nackt und verletzlich vor ihm.

Ich hatte einen Kloß im Hals stecken, während diese feurigen Augen aus nur wenigen Zentimetern Entfernung in meine blickten. Er sagte nach wie vor nichts, legte bloß seinen Kopf schief und erinnerte mich damit ein bisschen an Az' Phönix.

Aber das hier war der König der Hölle, und er sah aus, als stünde er kurz davor, mir mit bloßen Händen den Kopf abzureißen.

Ich habe nichts Falsches getan, versuchte ich ihm mit einem Blick mitzuteilen.

Natürlich erwiderte er nichts darauf.

Also kämpfte ich gegen seinen mörderischen Blick mit meinem eigenen an.

Dieses Portal hat dein Volk eingesaugt und du hast es nur noch schlimmer gemacht. Ich war in der Lage, das Problem zu beheben, also habe ich das.

Nicht, dass ich nachvollziehen konnte, *wie* ich es behoben hatte, aber es war nicht so, als hätte ich versucht, jemandem wehzutun.

„Wage es ja nicht, hier zu sitzen und dich unschuldig zu geben, Camillia. Du hast meine *Quelle* berührt", zischte er und sein heißer Atem wehte über meine Haut. „Erinnerst du dich daran, was ich tun würde, wenn du es wieder tätest?"

Mich töten, dachte ich düster. *Aber ganz offensichtlich hatte ich keine schlechten Absichten. Ich habe ein ganzes Volk gerettet. Dein Volk.*

Ein warmer Windstoß pustete meine Haare über meine nackten Schultern. Ich wandte meinen Blick nicht von Luzifer ab, um nachzusehen, wer sich uns angeschlossen hatte. Ich wusste es besser, als meinen Blick vom Raubtier abzuwenden, das vor mir stand.

Jegliche Schwäche, die ich zeigte, könnte mich mein Leben kosten.

„Tu es nicht", sagte Melek, ganz offensichtlich zum König der Höllenfeen. Den drei Worten wohnte ein Tonfall inne, der sich irgendwie ängstlich anhörte.

Das kann nichts Gutes bedeuten.

In meinem Magen machte sich eine seltene Empfindung breit. Verzweiflung. Ich schob sie beiseite, bevor ich etwas Unüberlegtes tun würde. Wie zum Beispiel, wegzurennen.

Nicht, dass ich mich von Luzifers Kräften befreien konnte. Und ich konnte mich auch nirgendwo verstecken.

„Was nicht tun?", fragte Luzifer und das unbarmherzige Lächeln auf seinen Lippen legte seine weißen Zähne frei. Eines, das jetzt besonders niederträchtig schien, dank des schaurigen Lichts, das von den lavaähnlichen Palastwänden fiel.

„Du musst dich beruhigen, ehe du ein Urteil fällst", fuhr Melek fort und ignorierte den ominösen Tonfall, der Luzifers Antwort innegewohnt hatte. „Denk daran, zu was das führen wird. Denk an *uns*."

„Das tue ich", erwiderte Luzifer mit wütendem Tonfall. „Ich denke an alle Höllenfeen. An die *Quelle*. Du weißt schon, die Kraft, die sie gerade angezapft und *benutzt* hat." Die Luft wurde von einem Hauch Magie erwärmt, als er die letzten beiden Worte von sich gab.

Ich zuckte zusammen, als die unsichtbaren Fesseln an meinen Hand- und Fußgelenken sich daraufhin zuzogen. Aber ich weigerte mich, etwas zu sagen oder zu schreien.

Ein Flimmern in der Luft sagte mir, dass eine weitere Person das Zimmer betreten hatte. Luzifer bewegte sich nicht, spannte jedoch seinen Kiefer an, bevor ich Ajax und Az aus meinem Augenwinkel heraus erblickte.

Großartig. Alle sind hier, um meine Hinrichtung zu bezeugen. Ich spannte meinen Kiefer an. *Oh, und übrigens ... Gern geschehen. Es war mir eine Freude, das Marschland zu retten.*

Undankbare Arschloch-Feen.

„Wie viele Brautopfer?", wollte Luzifer wissen. Die Frage überraschte mich. Und sein gelangweilter Tonfall auch.

Im einen Augenblick hatte er vor Wut gekocht und im nächsten war er gelassen und fokussiert.

Denn offenbar konnte er seinen Zorn vorübergehend abschalten, wenn es seine kostbaren Bräute erforderten. Einen Titel, den ich seit Luzifers Ankündigung in seinem Klub nicht mehr innehatte.

Allein die Erinnerung an den Vorfall ließ all meine Wut wieder hochkommen. Die brennende Emotion verjagte jegliche Angst, die daher gerührt hatte, dass Luzifer mich am Kragen gepackt und mich hierhergebracht hatte.

Denn ... wie konnte er es verdammt noch mal wagen?

Es war nicht so, als hätte ich seine Quelle berühren wollen. Weder beim ersten noch bei diesem Mal. Ich versuchte nur, in diesem höllischen Reich irgendwie zu überleben.

Er hatte den Handel mit meinem Vater abgeschlossen, der mich zwang, hier zu sein. Ich hegte kein Interesse an der Quelle der Höllenfeen oder Luzifers Kräften. Ich wollte einfach nur nach Hause.

Aber dieses vermaledeite Buch hatte immer wieder zu mir gesprochen.

Und dieses Portal hatte unschuldige Bräute getötet.

Was zum Teufel hätte ich denn tun sollen? Mich hinsetzen und Luzifer dabei zusehen, wie er es schlimmer gemacht hätte?

Nein.

Mir war klar gewesen, was geschehen musste, und ich hatte das Problem behoben.

Eine solche Tat verdiente nicht den Tod oder überhaupt eine Bestrafung. Dieser Mistkerl sollte sich bei mir bedanken. Vor allem, weil ich ihm geholfen hatte, nachdem er den Abend damit zugebracht hatte, sich mit diesem verdammten Kettenkleid über mich lustig zu machen und mich bloßzustellen.

Energie flitzte über meine Haut. Die Kraft gehörte Luzifer. Was ihn vermutlich nur noch wütender machen würde. Aber ich hatte keine Kontrolle über sie.

Alles, was ich tun konnte, war, sie anzunehmen.

„Sechs", sagte Az und zog meine Aufmerksamkeit zurück auf das Gespräch über die Opferzahl. „König Viper sagt, dass wir vier an das Portal und zwei an die Erdrutsche verloren haben."

Ich warf Az einen Seitenblick zu, der eine Nachricht von einem lichtdurchlässigen Bildschirm las, was darauf hindeutete, dass er Luzifers Frage an jemanden weitergeleitet hatte, um einen Lagebericht zu erhalten. Vermutlich an diesen König Viper, den er gerade erwähnt hatte.

„Und eine wird noch immer vermisst", fuhr er fort. „Der Rest wurde geborgen und wird derzeit versorgt."

„Sieben", korrigierte Luzifer mit tiefer Stimme und tödlichem Tonfall.

Az legte seinen Kopf in vogelähnlicher Geste schief und sah den König verwirrt an.

„Die Opferzahl", fuhr der König der Höllenfeen fort. „Du hast gesagt, es wären sechs tote Bräute, aber tatsächlich sind es sieben." Luzifers Blick ließ nicht von mir ab. In ihm lauerte ein tödliches Versprechen.

Ich starrte ihn unablässig an, während sich in meinem Hinterkopf ein Gedanke zusammenbraute. Einer, von dem ich froh war, dass ich ihn nicht laut aussprechen konnte, da er mir wohl nur den Zorn des Höllenfeen-Königs einbringen würde.

Ich bin keine Braut mehr. Schon vergessen?, lautete der Gedanke. *Du hast mir meinen Titel vor einem Klub voller geiler Höllenfeen aberkannt.*

Darüber wollte ich im Augenblick definitiv nicht sprechen.

Stille erfüllte den Raum, während glühende Wellen der Kraft wie ein Vorläufer zu den Flammen, die mich verschlingen würden, durch die Luft schwebten.

Darauf folgte ein eiskalter Schauer, der sich wie eine kühlende Decke auf meiner Haut absetzte.

Ich schluckte schwer, war mir nicht sicher, ob das echt war oder ob ich es mir einbildete. Luzifers Blick wanderte umgehend über meine Schulter.

„Du hast versprochen, ihr nicht wehzutun", sagte Melek, als wollte er ihn an eine Abmachung zwischen den beiden erinnern.

Beim Gedanken daran, dass Melek sich für mich starkmachte, lief mir ein Schauer über den Rücken. Ich war nicht sicher, was ich getan hatte, um seinen Schutz zu verdienen, aber im Augenblick war ich unglaublich dankbar, ihn zu haben.

Ich war keine Jungfrau in Nöten, aber ab und an schadete es nicht, etwas Rückenwind zu haben.

Vor allem, wenn dieser Rückenwind die Form eines atemberaubend schönen Höllenfeen-Prinzen hatte.

„Ich habe versprochen, ihr nicht wehzutun, solange sie sich nicht als eine Bedrohung erweist", entgegnete Luzifer. In seinen Augen waberte ein hitziger Blick. „Meiner Meinung nach hat sie sich heute als Bedrohung erwiesen."

Aus meinem Augenwinkel heraus konnte ich sehen, dass

Ajax und Az sichtlich erstarrten. Und die eiskalte Empfindung an meiner nackten Haut wurde stärker.

„Manchmal sind die Grenzen zwischen einer vermeintlichen Bedrohung und einer Bereicherung nur sehr verschwommen zu erkennen", sagte Melek mit sanftem Tonfall.

„Und manchmal muss ein König schwiege Entscheidungen treffen, um jene zu schützen, die ihm am Herzen liegen", entgegnete Luzifer. „Vor allem dann, wenn diejenigen, die er liebt, von Lust geblendet sind."

Az nahm eine drohende Haltung ein. Es war eine Reaktion, die ich von ihm nicht erwartet hätte. Vor allem, weil er nichts unternommen hatte, als ich in diesem Käfig gesessen hatte und für alle Anwesenden zu sehen gewesen war. Aber jetzt schien er sich zurückzuhalten.

Warum?, fragte ich mich und mein Blick streifte zu Ajax. *Hält er dich wieder gefangen?*

Die Mitternachtsfee blähte ihre Nasenflügel, was darauf hindeutete, dass Az vielleicht wieder Macht auf ihn ausübte, wie er es im Klub getan hatte.

Ich schluckte schwer und mein Herz gab ein gekränktes Pochen von sich. Obwohl ich nicht die ganze Geschichte kannte, so hatte ich den Schmerz in Ajax' Stimme vernommen, als er mit Az im Marschland gesprochen hatte. Seine Wut war seinem Tonfall und seinen Worten klar zu entnehmen gewesen, aber *was* er gesagt hatte, hatte auf eine schmerzhafte Vergangenheit schließen lassen.

Eine Vergangenheit, die einen alten Mitternachtsfeen-Monarchen beinhaltete, der Ajax' Familie und Freunde vor seinen Augen hingerichtet hatte, während er Ajax mittels Magie bewegungsuntauglich gemacht und ihn gezwungen hatte, zuzusehen.

Er hatte Az gesagt, dass er in Luzifers Klub etwas Ähnliches mit ihm gemacht hatte, und angefügt, dass er dem Kommandanten für seine Taten niemals vergeben würde.

Und wie es schien, tat Az es jetzt schon wieder.

Starke Finger schlangen sich um meinen Hals und schnitten mir die Luft ab. Ich riss meine Augen auf und mein

Herz setzte mehrere Schläge lang aus, als er zuzudrücken begann.

Und das nicht nur mit seiner Hand.

Die magischen Fesseln an meinen Hand- und Fußgelenken zogen sich ebenfalls zu, und das Brennen schien an meinen Gliedmaßen hoch und in meinen Oberkörper zu wandern.

Mir kam ein Wimmern über die Lippen. Ich konnte mir den verräterischen Laut nicht verkneifen. Der unsichtbare Bann, mit dem mein Mund belegt worden war, dämpfte das Geräusch, aber Luzifer vernahm es dennoch – wie mir die unbarmherzige Freude in seinen Augen verriet.

Arschloch, dachte ich in seine Richtung, während ich krampfhaft nach Luft rang. *Du. Bist. Ein. Arschloch.*

„Aufhören!", verlangte Ajax. Sein plötzliches Erscheinen an meiner Seite jagte mir einen Riesenschreck ein.

Okay. Vielleicht war er doch nicht bewegungsunfähig.

Oder es war ihm irgendwie gelungen, sich aus Az' Griff zu befreien.

Aber der Kommandant schien nicht zu versuchen, ihn aufzuhalten. Wenn überhaupt, sah er jetzt noch angespannter aus als noch gerade eben.

Im nächsten Augenblick brach Feuer um mich herum aus. Die Hitze versengte um ein Haar meine Augenbrauen und zwang mich, zu Luzifer zu blicken.

Und zu den Flügeln aus Asche an seinem Rücken.

Oh...

Er schlug einmal mit ihnen, woraufhin Funken um uns sprühten, dann verschwanden sie.

Ich hatte diese feurigen Federn bereits gesehen, als er versucht hatte, das Portal im Marschland zu schließen. Am Himmelszelt hatten sie unglaublich ausgesehen. Sie hier, in einem geschlossenen Raum, zu erleben, war jedoch eher angsteinflößend als beeindruckend.

„Wie kannst du es wagen, *mir* einen Befehl zu erteilen?", brüllte er und ließ die Wände erzittern. Ich erstarrte.

Ajax bewegte sich keinen Zentimeter. Er zuckte nicht einmal zusammen. Stattdessen starrte er dem König der

Höllenfeen in die Augen, ein eiserner Blick in seinen blauschwarzen Iriden.

Meleks kühlende Energie schwirrte um mich herum. Er legte seine Hand auf meine Schulter, bevor sein Daumen an meinem Hals entlangstrich, um dann sanft über die Finger des Höllenfeen-Königs zu streichen.

Der Talisman, der zwischen meinen Brüsten hing, reagierte auf seine Berührung und sandte eine weitere kühlende Welle über meine Haut, die die heiße Empfindung verjagte, welche Luzifer heraufbeschworen hatte.

Aber ich bekam noch immer keine Luft.

„Mir ist bewusst, dass du nie konkreten Bestimmungen zugestimmt hast, mein König, aber ich lege dir ans Herz, einen Schritt zurückzumachen", sagte Melek mit ruhigem Tonfall, dem eine Ernsthaftigkeit innewohnte, die ich selten von ihm vernommen hatte. „Vor allem, bevor du etwas tust, das nicht ungeschehen gemacht werden kann und fatale Konsequenzen nach sich ziehen könnte."

Luzifer spannte seinen Kiefer an und kniff seine saphirblauen Augen zusammen.

Aber er ließ nicht von mir ab.

Stattdessen starrte er den Mann hinter mir an.

„Es steht mehr auf dem Spiel als ihr Leben", ergänzte Melek. „Sie hat ein Portal verschlossen. Eines, das vermutlich die Hauptstadt der Unseelie zerstört hätte, wenn sie nicht eingegriffen hätte. Wir müssen uns jetzt der Behebung des Schadens widmen. Und wir müssen unsere Kräfte darauf verwenden, die Person zu finden, die dafür verantwortlich ist, damit es nicht noch einmal vorkommt."

„Sie hat *meine* Quelle benutzt, um dieses Portal zu verschließen", sagte Luzifer zu ihm, sein Griff unablässig.

Ich versuchte zu schlucken, doch es gelang mir nicht. Ich hatte keinen Platz. Keine Luft. *Und heiliges Kanonenrohr, jetzt sehe ich schwarze Punkte*, dachte ich benommen. *Nicht gut. Gar nicht gut.*

„Weil du es nicht verschließen konntest", entgegnete Melek mit einem stählernen Tonfall. „Sie hat dir *geholfen*. Und so bedankst du dich bei ihr für ihre Unterstützung? Indem du sie erwürgst?"

Az räusperte sich. „Er hat recht, Typhos. Sie hat die Dinge nicht schlimmer gemacht, sondern geholfen. Lass sie los."

Luzifer erschrak und sein Blick schnellte zu seinem Kommandanten. „Du auch?" Er schüttelte seinen Kopf und sein langes Haar fiel in Wellen über seine breiten Schultern. „Das ist doch lächerlich. Diese Frau hat euch alle an den Eiern." Er ließ so abrupt von mir ab, dass ich das Gleichgewicht verloren hätte, wenn Melek nicht hinter mir gestanden hätte.

Er schlang mir umgehend seinen Arm um die Taille und drückte meinen Rücken an seine Brust, während ich gierig nach Luft schnappte und die Welt sich drehte.

Luzifer musterte seinen Prinzen mit einer Mischung aus Erstaunen und feurigem Zorn. „Sie kann die Quelle der Höllenfeen anzapfen. Und nicht nur das. Sie kann sie zu allem Überfluss auch noch *benutzen*."

„Ja, und sie hat es getan, um ein Portal zu verschließen, das völlig außer Kontrolle geraten und immer größer geworden ist, weil *du* es nicht verschließen konntest", erwiderte Melek.

Ich erstarrte. Auf Luzifers Scheitern hinzuweisen, war vermutlich nicht die schlaueste Art, mit dieser Situation umzugehen. Und doch dachte ich immer wieder ... *Er hat nicht unrecht.*

„Cami hat ein Portal gebändigt, das möglicherweise ganze Reiche zerstört hätte", fuhr Melek fort. „Wir leben in beispiellosen Zeiten, mein König. Impulsiv zu handeln, wird dein Königreich in noch mehr Gefahr stürzen."

„Du meinst *unser* Königreich, kleiner Prinz."

Melek zuckte bloß mit den Schultern, was eine gespenstische Stille heraufbeschwor.

Ich atmete weiter ein und aus. Mit jedem Atemzug machte sich ein Brennen in meiner Lunge bemerkbar.

Währenddessen konzentrierte sich Luzifer auf den Mann, der hinter mir stand. Die beiden Männer schienen sich jetzt einen Starrwettbewerb zu liefern.

Oder vielleicht kommunizierten sie jetzt auf telepathischer

Ebene. Ich war mir nicht sicher. Aber Melek schien Luzifers ungeteilte Aufmerksamkeit zu haben. In den Augen des Höllenfeen-Königs glitzerte aufgestauter Zorn, während er die andere Fee wuterfüllt anstarrte.

Während sie ihre stille Debatte fortführten, näherte sich mir Ajax unauffällig.

Ich tat so, als würde es mir nicht auffallen. Etwas, das zusehends schwieriger wurde, als seine Magie sich um mich legte und die Empfindung mich an die Schlangenreben aus seinem Verhör erinnerte. Doch auf die gleitende Empfindung folgte ein Kraftschub, was meine Schultern dazu brachte, sich zu entspannen.

Ooooh, dachte ich. *Das ... Das fühlt sich ... gut an ...*

Heilende Magie, dämmerte mir kurz darauf. *Ajax heilt mich.*

Ich blinzelte die Mitternachtsfee an, doch seine Aufmerksamkeit lag unentwegt auf Luzifer und Melek. Und doch wusch seine Magie wiederholt über mich und jede Berührung gab mir das Gefühl, leichter, *freier* zu sein als zuvor.

Weil Luzifer noch immer Kontrolle auf mich ausübt. Ich hatte geglaubt, dass er mich von seiner Macht befreit hatte, aber das hatte er nicht. Er hatte bloß physisch von meinem Hals abgelassen und meine Fesseln genug gelockert, um mich aus dem Gleichgewicht zu bringen.

Dieser königliche Mistkerl.

Auch das unsichtbare Klebeband an meinem Mund war noch da. An diese Stelle hatte es Ajax' Magie es noch nicht geschafft. *Er sorgt absichtlich dafür, dass ich nicht sprechen kann.*

Ich warf ihm um ein Haar einen finsteren Blick zu, wollte aber nicht, dass Luzifer es mitbekam.

Ajax schenkte mir etwas Erlösung, vielleicht versuchte er sogar, mich von Luzifers mentalem Griff zu befreien. Ich wollte nicht riskieren, dass der König Ajax' Eingreifen registrierte, weil das ganz bestimmt kein gutes Ende nehmen würde.

Was die Frage aufwarf ... *Warum tut Ajax das?* Er hatte Luzifer bereits verärgert, indem er ihm gesagt hatte, dass er aufhören sollte. Und das hier ... Das war ein ganz neues Level an Trotz.

„Nur weil das Portal verschlossen wurde, heißt das nicht, dass die Arbeit getan ist", sagte Melek urplötzlich laut. „Du solltest deine Energie darauf verwenden, zu reparieren, was im Marschland zerstört wurde und dein Volk zu führen, wenn sie dich am meisten brauchen."

„*Unser* Volk", korrigierte Luzifer und schien es leid zu sein, Melek immer wieder daran erinnern zu müssen, dass sie vereint regieren sollten. Doch der feurige Blick in seinen Augen legte sich etwas, als er mit dem Prinzen sprach, und seinen Augen wohnte ein Glühen inne, das jenem einer blauen Flamme ähnlich sah.

„Unser Volk", stimmte Melek mit einem Nicken zu und sein Arm, der um meine Taille geschlungen war, löste sich, bevor er sich neben mich stellte. „Danke, dass du *unser* Volk beschützt hast, Camillia."

Der König der Höllenfeen machte ein abwertendes Geräusch.

„Ja. Danke, dass du das Portal verschlossen hast", pflichtete Az ihm bei.

Luzifer schüttelte bloß seinen Kopf und machte einen weiteren Schritt zurück, während seine Kraft noch immer auf meiner Haut verweilte.

Auf meiner nackten *Haut*, dachte ich und schluckte schwer, was wehtat, weil Luzifer mich so grob behandelt hatte.

Alle standen jetzt da und sahen mich an, als warteten sie darauf, dass ich etwas sagen würde.

Was ich nicht konnte.

Wegen Luzifer.

Aber wäre ich in der Lage gewesen, zu sprechen, hätte ich vermutlich gesagt: *Jetzt wäre ein guter Zeitpunkt, um mir Kleidung anzubieten.*

Stille kam abermals über uns und die vier Männer tauschten einen Blick aus.

Das schien der Augenblick zu sein, der mein Schicksal entscheiden würde.

Entweder würde der König der Höllenfeen sein Urteil jetzt fällen – was jede einzelne Zelle seines Körper zu tun wollen schien –, oder er würde auf den Höllenfeen-Prinzen hören und sich zurück ins Marschland begeben.

Melek hatte nicht unrecht. Ich hatte einen Teil der Zerstörung gesehen, die das Portal angerichtet hatte – und die Folgen, die die Versiegelung des Portals gehabt hatte. Die Schockwelle hatte meilenweit gereicht. Als König war Luzifer in dieser kritischen Zeit unabdinglich.

Die Albtraumfeen verließen sich auf ihn, um Schutz und Akzeptanz bei ihm zu suchen. Ohne ihn ... Na ja, ich wusste es nicht so recht. Soweit ich das beurteilen konnte, wurden die Albtraumfeen als Abscheulichkeiten angesehen. Was bedeutete, dass sie kein Zuhause hatten.

Luzifer hatte ihnen einen Ort gegeben, an dem sie ihre Nester bauen, sich frei bewegen und leben konnten.

Aber jemand, oder mehrere *Jemande*, hatte diesen sicheren Hafen angegriffen.

Es lag an Luzifer, das Königreich und die Albtraumfeen, die es besiedelten, zu heilen. Ich hatte meinen Teil getan. Ob er mir nun dankbar war oder nicht, das Problem war vorübergehend gelöst.

Dank mir.

Was auch der Grund war, aus dem ich es nicht verdiente, so grob behandelt zu werden.

Ich verdiente es nicht, *verurteilt* zu werden. Vor allem nicht, wo ich ihm doch geholfen hatte.

Ich zwang mich, ihm in die Augen zu sehen und mein Kinn zu recken, als er mich ein letztes Mal ansah. Sein Gesichtsausdruck veränderte sich, und ich war nicht sicher, wie ich ihn interpretieren sollte.

Ich konnte ein gewisse Trauer darin erkennen, und Frustration auch. Und einen Hauch Besorgnis.

Aber darin stand noch etwas anderes. Etwas, das ich nicht ganz bestimmen konnte.

Zu meiner Überraschung brach er den Blickkontakt als Erster. Sein Blick wanderte zu Ajax, dann zu Az und schließlich zu Melek. Er musterte sie alle bedächtig, beinahe, als versuchte er etwas herauszufinden. Was auch immer es war, er verlor kein Wort darüber. Stattdessen presste er seine Lippen aufeinander.

Und dann sauste eine seltsame Vibration durch die Luft, die mir Gänsehaut bereitete.

Ist da etwas im Anflug?, fragte ich mich und sah mich im Zimmer um. Dasselbe Zimmer in Luzifers Flügel, in das Ajax und ich verlegt worden waren.

Ich wartete darauf, dass jemand oder etwas erscheinen würde, aber nichts geschah. Dieser merkwürdige Widerhall blieb bestehen. Das Echo davon wurmte sich seinen Weg in meinen Kopf und kroch dann an meinem Rückgrat hinab.

Was ist das? Ich sah Luzifer an, um zu ermitteln, ob er es auch gespürt hatte. Stattdessen stellte ich fest, dass seine Aufmerksamkeit voll und ganz auf mir lag und in seinen Augen neue Funken sprühten.

Seinem Gesicht war jegliches Gefühl gewichen. Nur sein Zorn, der war noch darin zu erkennen.

Oh, Scheiße. Er hat beschlossen, mich umzubringen, dämmerte mir.

Meleks Arm schlang sich fester um meinen unteren Rücken und erinnerte mich daran, dass er an meiner Seite war, während Ajax' Kraft sich auf meiner Haut ausbreitete.

Luzifer knurrte leise. „Es ist nicht deine Aufgabe, sie zu beschützen, Wärter."

„Das ist nicht deine Entscheidung, König der Höllenfeen", entgegnete er. Er betonte den Titel mit einem Tonfall, den Luzifer kurz aus der Fassung zu bringen schien.

Das Beben wurde stärker und mir schwirrte der Kopf. Einen Augenblick später kam Benommenheit über mich und alles wurde zusehends dunkler.

Macht Luzifer etwas mit mir?

Obwohl meine Brust sich immer enger anfühlte, blieb das stete Summen in meinem Kopf bestehen.

Es ... Es wiederholt sich, wie das Summen eines Mobiltelefons. Oder ein Pager?

Letzteres hatte ich noch nie mit eigenen Augen gesehen, aber ich hatte in Büchern von ihnen gelesen.

„Pass auf sie auf", sagte Luzifer und dann wurde alles schwarz.

Meleks Arm spannte sich um meinen Körper geschlungen an und plötzlich schwebten meine Füße über dem Boden.

Weil er mich hochgehoben hat?, dachte ich müde.

„Ich komme später zurück, um das hier zu beenden", ergänzte Luzifer und ließ mich allein in der Dunkelheit zurück. *Nein, allein mit Melek. Vielleicht.* Und … Ich spürte eine neuartige Kraft ganz in meiner Nähe. *Ajax?* Hatte Melek mich aufgefangen und mich einem anderen Mann übergeben?

Niemand sagte etwas.

Oder vielleicht konnte ich sie ganz einfach nicht hören.

Ich … fand mich in tiefster Dunkelheit wieder. Allein. Und nur Luzifers letzten Worte schwirrten durch meinen Kopf. „*Ich werde später zurückkommen, um das hier zu beenden.*"

Was beenden?, fragte ich mich. *Mein Leben?*

Er konnte es ruhig versuchen.

Aber ich würde es ihm nicht leicht machen. So viel stand fest.

Denn ob Luzifer es zugeben wollte oder nicht, er brauchte mich.

Und ich werde verdammt noch mal dafür sorgen, dass er sich dessen bewusst ist.

KAPITEL 2

TYPHOS

MEIN WÄRTER HIELT die bewusstlose Frau in den Armen, während mein Kommandant seine Nasenflügel blähte.

Es war offensichtlich, dass den beiden missfiel, wie ich die Situation gehandhabt hatte.

Und meinem Prinzen auch.

Der missbilligende Blick in seinen vielfarbigen Augen brachte mich zum Knurren. Daraufhin zog Melek eine Braue hoch und forderte mich heraus, etwas zu sagen oder gegen sein Missfallen zu unternehmen.

Er stachelt mich an, realisierte ich. *Er stachelt mich an, verdammt noch mal.*

Er hätte es besser wissen sollen. Vor allem angesichts meiner derzeitigen Stimmung.

„Sei froh, dass ich sie nicht umgebracht habe", knurrte ich, bevor ich meine Teleportation-Fähigkeiten aktivierte und sie allein im Zimmer zurückließ.

Einer von ihnen konnte auf das Mädchen aufpassen. Es war mir egal, wer. Sie waren clever genug, um sie davon abzuhalten, sich in Gefahr zu stürzen, bis ich zurückkehrte.

Um das hier zu beenden.

Was auch immer das bedeuten mochte.

Ich materialisierte mich im Korridor meines Palastes, meine Wut wohl für alle in nächster Nähe spürbar. Was auch erklärte, warum alle Höllenhunde mehrere Schritte zurückmachten, um mir Platz zu machen.

Clevere Albtraumfeen.

Aufgestaute Wut breitete sich in meinem Kopf aus und ließ Höllenfeuer in meinen Adern brodeln. Zischende Energie sauste über meine Haut und die Kraft versengte unabsichtlich den Boden des Palastes, als ich den Korridor hinabstürmte.

Ich hatte Camillia instinktiv hierhergebracht, als ich ihr Wesen in meine Psyche hatte eindringen spüren.

In meine Seele.

In meine *Quelle*.

Wenn Melek nicht aufgetaucht wäre, hätte ich sie getötet. Und dann was? Hätte ich ihn für den Rest seines Lebens die Stelle anstarren lassen, an der ich seine junge Gefährtin umgebracht hatte?

Er hat doch beschlossen, seine Seele an ihre zu ketten, murmelte ich in Gedanken.

Natürlich bedeutete das nicht, dass ich ihn leiden sehen wollte.

Verdammt, alles, was ich jemals gewollt hatte, war, Melek glücklich zu sehen. Aber mir lag auch sein Überleben am Herzen. Und Camillia hatte dieses heute bedroht.

Auf Bedrohungen reagierte ich schnell und gnadenlos.

Aber diese hübsche kleine Bedrohung schien über eine magische Muschi zu verfügen, mit der sie all meine Männer verzaubert hatte.

Verdammt.

Ein Knurren rumpelte durch meinen Rachen. Ich sollte umdrehen und sie erledigen.

Oder ... ich könnte versuchen, sie zu verstehen, erwog ich. *Herausfinden, warum all meine Männer so geblendet von ihr sind. Ermitteln, ob es einen Weg gibt, diesen verdammten Bann zu brechen, in den sie sie gezogen hat.*

Ich lachte schnaubend über die geistlosen Gedanken.

Camillia De la Croix war ein Geheimnis, das kein Mann lüften würde, ohne seine Seele zu verlieren.

Ich lief weiter, bis ich im Trophäenzimmer angelangte. Dort

lief ich an den Schädeln und Andenken an meine zahlreichen Triumphe vorbei und direkt auf die fahl beleuchtete Ecke zu, in dem mein liebstes Kunstwerk stand.

Hier ging ich hin, wenn ich nachdenken musste. Wenn ich zur Vernunft kommen musste. Wenn ich ... *mich beruhigen musste.*

Ich ließ meine Finger über die Erhöhungen auf dem Gemälde streifen und sog die Erinnerungen an den Tag daraus, an dem Melek dieses Stück geschaffen hatte. Es zeigte eine Flammenwand, die für andere nicht von besonderer Bedeutung war. Aber für das geschulte Auge repräsentierte sie, wie Melek meine Liebe erlebte.

Alles einnehmend.

Leidenschaftlich.

Und niemals endend.

Meine Liebe zu Melek und meinem Volk glich einem Feuer, das für die Ewigkeit brannte, weil ich es so bestimmt hatte.

Doch Camillia brachte alles, was ich aufgebaut hatte, in Gefahr. Alles, was ich liebte. *Alles, was ich bin.*

Ich hatte gespürt, wie ihre eleganten Finger meine Seele wie die ausgefransten Enden eines Wandteppichs behutsam abgewickelt und gedroht hatten, alles aufzutrennen.

Mein Fingernagel blieb an einer der Furchen der Flammen hängen, woraufhin die Farbe absplitterte und den glitzernden goldenen Untergrund hervorblitzen ließ. Stirnrunzelnd blickte ich darauf und beschloss, dass mir die Bedeutung dieses kleinen Vorfalls nicht gefiel.

Sie wird mich bis in meinen Kern auftrennen, wenn ich ihr gestatte, weiterzuleben.

Und dann, was? Was würde ich Melek nützen, wenn ein einfacher Höllenfeen-Halbling eine Kraft beeinflussen konnte, die sonst ewig währen würde?

An der Sache ist mehr dran, als mir bewusst ist. Etwas muss mir entgehen.

Aber ich hatte jetzt keine Zeit, um alles zu zerlegen, um das fehlende Puzzleteil zu finden. Wie Melek schon erwähnt hatte, gab es derzeit wichtigere Dinge, mit denen ich mich befassen musste.

So zum Beispiel mit dem Königreich, das um ein Haar von unbekannter Magie auseinandergerissen worden wäre. Und der Naga-König hatte mich angepingt und um ein Gespräch gebeten.

Sie hat diesen Ping gespürt, erinnerte ich mich und kniff meine Augen zusammen.

Ich hatte es Camillia ansehen können. Sie hatte die magische Vibration gespürt, die durch die Luft geflattert war, als Viper versucht hatte, mich zu erreichen. Niemand sonst hatte reagiert, nur Camillia.

Lag es daran, dass sie noch immer mit mir verbunden war?

Oder griff sie noch immer ohne Erlaubnis auf meine Quelle zu?

Selbst wenn sie es nicht absichtlich tat, handelte es sich dabei um einen Verstoß, den ich nicht tolerieren konnte. Ich hatte sie in einen Tiefschlaf versetzt, um sie davon abzuhalten, sich weiter einzumischen. Es war eine Gnade, die sie nicht verdiente, wo ich doch dafür hätte sorgen sollen, dass ihr Herz zu schlagen aufhörte.

Sie muss sterben.

Doch meine Männer schienen diesem Urteil nicht zuzustimmen.

Verdammt.

Mit einem Knurren formte ich ein Portal, das mich zurück ins Marschland bringen würde, und ging durch es hindurch.

Ich durchdrang die Wand aus flüssigem Feuer und stieg in die weiche, feuchte Erde einer Welt, die von den Beben eines Portals heimgesucht worden war, das ich nicht hatte verschließen können.

Nein. Der Höllenfeen-Halbling hatte es an meiner Stelle getan.

Verdammte Camillia. Ihre Präsenz suchte jeden meiner Schritte heim und ließ mich frustriert mit den Zähnen knirschen. *Woher wusste sie, wie sie das Portal verschließen konnte?* Sie hatte Hitze darauf losgelassen, anstatt Wasser darauf zu verwenden, was gegen alle natürlichen Instinkte ging, wenn es um das Löschen eines Feuers ging.

Und doch hatte sie es mit Leichtigkeit und ohne zu zögern getan.

Weiß sie, wer es geschaffen hat?, fragte ich mich, während ich mich durch die trübe Maße bewegte. Hat *sie* es vielleicht geschaffen?

Ein Gestöber von farbigen Flügeln ließ meinen Blick zur Linken schnellen, wo eine Gruppe Unseelie in Eile abhob – vermutlich, um mir aus dem Weg zu gehen.

Eine weise Entscheidung.

Wo ich auch hinsah, alles war zerstört. Ich war auf Vipers Ersuchen hin durch die Schatten auf die andere Seite des Unseelie-Schlosses gewandelt.

Der Leutnant, den die Nagas ihren König nannten, erschien am Tor.

Als Naga und Albtraumfee konnte er entweder eine menschliche Gestalt annehmen oder als Monster auftreten.

Er hatte sich entschieden, in seiner menschlichen Form mit mir zu sprechen, obwohl sein langer Schwanz besser dafür geeignet war, sich durch die Marsch fortzubewegen. Dennoch war es ein Zeichen von Respekt, sich mir in einem Anzug gegenüberzustellen. Auch wenn er kein Hemd unter der offenen Weste trug.

Und auch keine Schuhe.

Mit seinen nackten Füßen, die im Schlangenfraß steckten, und der Seidenhose, deren untere Hälfte vom Waten durch sein Gebiet feucht war, sah er eher aus wie ein Krieger als ein König. Er schien sich nichts aus der nassen Hose zu machen, die niedrig an seiner Taille hing. Unter dem Stoff zeichneten sich Muskeln ab, die verrieten, wie stark er wirklich war.

Als Naga verbrachte er die Mehrheit seiner Tage wohl damit, die felsigen Klippen seines Königreichs zu erklimmen, durch das moorige Terrain zu gleiten oder nach einfallenden Kreaturen zu suchen. Das bedurfte Geschick, Athletik und einer Begabung dafür, Beute aufzuspüren.

Die Unseelie und die Nagas hatten ein paar wenige

Fressfeinde im Marschland, die sie auf Trab hielten. Angesichts der schwindenden Bevölkerung der Nagas hatte das Bündnis zwischen den beiden Albtraumfeenspezies ihnen gutgetan.

Aber ganz offensichtlich trug Viper seinen Teil bei. Er war mit ausgeprägten Muskeln ausgestattet, die einige meiner verwöhnten Höllenhunde in den Schatten stellten.

Ich hatte Viper einst für die Position des Wärters erwogen. Er war der perfekte Kandidat gewesen, wo er doch jede Kreatur aufspüren und jedes Biest mit seinen Hypnose-Fähigkeiten zähmen konnte.

Aber er war ein hervorragender König für die Nagas und hätte die begehrte Position nicht angenommen, und außerdem hatte ich mir nicht vorstellen können, dass er sich im Kerker des Palastes, auf trockenem Grund, niedergelassen hätte.

„Fünfunddreißig Unseelie sind gestorben", informierte er mich mit seiner für ihn üblichen leisen Stimme.

Jetzt verstand ich, warum er mich gerufen hatte. Die meisten meiner Leutnante – die in ihren jeweiligen Feenreichen als Könige angesehen wurden – warteten üblicherweise auf meinen Anruf.

Doch die jüngsten Ereignisse waren beispiellos.

Und es war Vipers gutes Recht, mich nach der Zerstörung, die heute in seinem Königreich gewütet hatte, anzupingen.

Ich hätte nie gehen sollen, nachdem das Portal verschlossen war, dämmerte mir jetzt. *Aber ich bin zu eingenommen von Camillias Zurschaustellung von Macht gewesen, um klar zu denken.*

Genau das hatte Melek mir zu sagen versucht. Dass ich mich derzeit um dringlichere Angelegenheiten zu kümmern hatte.

Angelegenheiten wie Viper.

„Was ist mit den Nagas?", fragte ich ihn und fürchtete seine Antwort bereits. Es gab einen Grund, aus dem er mit der Opferzahl der Unseelie angefangen hatte, anstatt mit jener seines Volkes. Es musste sich um eine hohe Zahl handeln. Andernfalls hätte er sie zuerst genannt.

Er spannte seinen Kiefer an, bevor er antwortete. „Beinahe

einhundert. Achtundneunzig, um genau zu sein. Das Portal hat sich in der Nähe einer Naga-Höhle aufgetan."

Ich neigte meinen Kopf und schloss meine Augen, während ich leise Worte des Beileids in Naga-Sprache von mir gab.

Er antwortete mir in seiner Sprache, dann kam Stille über uns.

Im Wissen, dass seine Spezies die Stille vorzog, stand ich einige Augenblicke still da.

Ein Teil des heutigen Brautspiels hätte sich um Ton gedreht – oder viel eher um das Nichtvorhandensein dieses – und ob die Braut die Wahrheit auf unkonventionellem Wege vernehmen konnte.

Leider war es nicht dazu gekommen.

Ich schluckte schwer und nickte leicht. „Ihr Tod wird gerächt werden. Ich schwöre es."

„Danke, Eure Majestät", erwiderte er und seine leise Stimme wurde von einer Emotion heimgesucht, die ich gut nachvollziehen konnte: dem Verlangen nach Rache.

Leider setzte das voraus, dass wir herausfanden, wer für dieses Chaos verantwortlich war.

Camillia schien auf jeden Fall schuldig, vor allem, weil sie gewusst hatte, wie das Portal verschlossen werden konnte. Aber wir hatten uns auf sehr tiefer Ebene miteinander verbunden, als sie sich an meiner Kraft bedient hatte, und ich hatte ihr aufrichtiges Verlangen danach, zu helfen, gespürt. Aber das hätte ein Trick sein können. Und es erklärte auch immer noch nicht, woher sie gewusst hatte, was zu tun gewesen war.

Vielleicht arbeitet sie mit jemandem zusammen, erwog ich.

Wenn das stimmte, dann musste ich in Erfahrung bringen, wer ihr half.

Oder sie benutzt, ergänzte ich stirnrunzelnd. Der Gedanke war mir instinktiv gekommen, beinahe als hätte meine Quelle es mir in Gedanken zugeflüstert.

Diese Frau spielt mit mir. Mit allem, was mir lieb ist. Mit jedem Teil von mir – magisch oder nicht.

Ich räusperte mich und blickte zurück zu Viper, bevor ich fragte: „Hast du Erebus gesehen?"

Der Naga-König lächelte höhnisch, als ich sein Unseelie-Gegenüber erwähnte, was für Viper unüblich war.

Er und Erebus waren Freunde. Ihre Kameradschaft war der Grund, aus dem sie die Marschland-Territorien erfolgreich teilten.

Selbst das Unseelie-Schloss verfügte über Höhlen und ein untertägiges Versteck, die die Nagas benutzen konnten, wann immer sie wollten. Höhlen, die direkt mit dem zentralen Gebiet der Nagas verbunden waren.

Anderen Königreichen fehlte die Selbstregulation, die diese beiden Könige erreicht hatten.

Natürlich hatte in den seelenlosen Kreaturen, die dieses Königreich heimsuchten, einen gemeinsamen Feind zu haben, die Nagas und Unseelies enger zusammengeschweißt.

Manchmal half ich ihnen, aber üblicherweise überließ ich es ihnen, sich um Probleme zu kümmern.

Leider war ich heute gescheitert.

Und ich konnte den Schaden, der dieses Scheitern heraufbeschworen hatte, bereits jetzt erkennen.

Nicht nur den kaputten Stein und den Verlust von Leben, sondern den Bruch einer Gemeinschaft, die Tausende von Jahren hätte anhalten sollen.

„Das letzte Mal, als ich Erebus gesehen habe, ist er einer Braut hinterhergejagt", gab Viper mit einem Zischen von sich und seiner Stimme wohnte ein schlangenähnlicher Laut inne. Ganz offensichtlich missfiel ihm, was Erebus getan hatte.

Das muss die entflohene Braut sein, die Az im Lagebericht erwähnt hat, ging mir durch den Kopf.

„Ist sie verletzt?", fragte ich Viper. Denn König Erebus war so einiges zuzutrauen, aber er würde sein Volk nicht für eine abtrünnige Frau im Stich lassen. Es hätte einen besseren Grund geben müssen, um Erebus dazu zu bringen, eine entlaufene Braut zu jagen – wie zum Beispiel, um sie zu heilen.

„Das gesamte Marschland hat Schaden genommen", erwiderte Viper und seine lange Zunge trat zwischen seinen Lippen hervor, bevor sie wieder einzog. „Die Verletzten werden in den Krankenquadranten gebracht. Es werden noch immer

Überlebende geborgen und ich habe gerade herausgefunden, dass einige Nagas in eingestürzten Tunneln eingeschlossen sind."

„Sie können sich nicht selbst ausgraben?", wollte ich wissen. Die Nagas hatten diese Tunnels selbst gebaut. Es schien mir seltsam, dass sie untertägig eingeschlossen waren.

„Die Explosion hat vielen von ihnen das Bewusstsein geraubt", erklärte Viper. „Sie sind hilflos und haben bald keinen Sauerstoff mehr. Wenn wir also nichts unternehmen, wird die Opferzahl steigen."

„Verstehe." Darum war Viper wohl frustriert über Erebus. Der Unseelie-König hätte seine Magie dazu benutzen können, die Steine zu bewegen. Stattdessen jagte er einer Frau hinterher.

„Kann Erebus' Volk ihn nicht erreichen?"

Einige der Unseelie verfügten über telepathische Fähigkeiten und konnten so mit ihrem König sprechen. Es hätte für sie ein Leichtes sein sollen, ihren König zu finden.

„Wie ich schon sagte ... Er jagt einer Braut hinterher. Wenn Erebus nicht gefunden werden will, kann ihn niemand erreichen."

Ich nickte. „Ich werde mit ihm sprechen, sobald wir deine Nagas gerettet haben."

Viper entspannte seine Schultern, als hätte er gefürchtet, dass ich mich Erebus in seiner Jagd nach einer Frau anschließen würde, anstatt seinem Volk zu helfen.

Nein. Ich habe euch stattdessen nur vorübergehend für eine andere Frau im Stich gelassen, dachte ich reumütig. *Camillia De la Croix ist ein Problem.*

Eines, an das zu denken ich schleunigst aufhören musste.

„Ich habe versucht, mich durch den Schutt zu arbeiten, aber das wird zu lange dauern." Viper neigte respektvoll seinen Kopf. „Wenn Ihr erlaubt, Eure Majestät, ersuche ich um Eure Hilfe."

Ein bisschen Höllenfeuer-Energie auszustoßen, hörte sich nach einer fabelhaften Idee an.

„Gewiss, Viper", sagte ich und erwiderte seine formale Geste mit einem leichten Nicken. „Zeig mir, wo sie sind."

KAPITEL 3

TYPHOS

DIE GEFANGENEN NAGAS an die Oberfläche zu holen, gestaltete sich simpel. Simpel war nicht gleich einfach – nicht angesichts meiner derzeitigen Stimmung. Es bedurfte mehr Aufwand als ich zugeben wollte, um meinen Explosionsradius einzuschränken, damit Viper und die anderen Nagas anfangen konnten, zu graben.

Das Ziel war, die Überlebenden zu retten, nicht, sie zu vernichten.

Was mir jetzt, bei meiner Aufgabe, einen Flügel des Unseelie-Schlosses neu zu schaffen, eine gewisse Genugtuung verschaffte. Jetzt, wo die Bergung stattgefunden hatte, war es Zeit für die Sanierung. Etwas, das ich normalerweise meinen Untertanen der betroffenen Regionen aufgetragen hätte, aber das hier war meine Schuld.

Es war mir misslungen, sie zu beschützen.

Jetzt würde ich den Schaden beheben.

Angefangen damit, diesen Teil des Schlosses zu zerstören, damit ich mit unberührtem Grund beginnen konnte. Vielleicht war es etwas zu viel des Guten, aber es passte zu meiner Aufgabe.

Meine Faust traf auf rissigen Stein und drang mühelos durch ihn, während das Höllenfeuer einen Teil davon in Lava verwandelte. Der Rest verdunstete angesichts meiner unbändigen Wut komplett.

Die Schockwelle rauschte durch mein Wesen und traf mich mitten in die Brust, just als der bekannte Geruch von verbranntem Stein meine Sinnesorgane flutete.

Es war nicht wie der geschmolzene Stein in meinem Palast, sondern etwas, das diesen modrigen und feuchten Geruch von Wasser barg, der für das Marschland typisch war. Es versah mein sich zusammenbrauendes Steinfeuer mit Dampf und bedeckte den trüben Himmel, als ich einen weiteren Schuss Feuer ausstieß.

Dieser wurde von einem wütenden Brüllen begleitet, dem eine ganz eigene Schockwelle innewohnte. Der Laut kam tief aus meiner Seele und barg alle Frustration darüber, dass alles, was ich aufgebaut hatte, langsam um mich herum zerfiel und ich nichts dagegen unternehmen konnte.

Anders als Stein und Bauwerke konnte ich Meleks Herz nicht wieder zusammenfügen, wenn es angesichts Camillias Tod brach.

Ich konnte nicht einmal mein eigenes verdammtes Volk beschützen, weshalb ich mich überhaupt in der derzeitigen Lage befand.

Instinktiv setzte ich mich kurz erneut mit meiner Quelle in Verbindung und stellte fest, dass sie zufrieden war. Das erstaunte mich. Ich konnte Camillias Eindringen *spüren*.

Es war falsch. Inakzeptabel.

Und etwas, womit ich mich befassen würde, wenn meine Arbeit im Marschland getan war.

Während ich mich durch eine unendliche See der Frustration kämpfte, schnurrte die Quelle geradezu verzückt. Ihr hatten Camillias Bemühungen *gefallen* und sie hieß ihre Einmischung gut.

Was wirklich unerhört war. Meine Quelle mochte außer mir sonst kaum jemanden. Weil sie *mir* gehörte.

Liegt es daran, dass sie in der Lage gewesen ist, das Portal zu verschließen?, fragte ich die Quelle. *Strahlst du deshalb geradezu vor Stolz?*

Seufzend lehnte ich mich gegen den brennenden Stein, den ich geschaffen hatte, und ließ meine Stirn gegen die zerbrochenen, heißen Felsen sinken.

Wer war das?, flüsterte ich dem Königreich zu. *Wie konnten meine Mauern niedergerissen werden?*

Im metaphorischen und buchstäblichen Sinne.

Nur die Tugendfeen waren mächtig genug, um einen solchen Akt zu vollbringen. Aber was konnten sie von mir schon wollen? Und von meinem Volk?

Wollten sie bloß etwas beweisen?

Wollten sie mich bloß wie einen inkompetenten König aussehen lassen, der nicht in der Lage war, sein eigenes Volk zu beschützen?

Wenn dem so war, dann hatten sie Erfolg gehabt.

Aber warum würden sie meine Mauern jetzt niederreißen? Nach all der Zeit?

Was, wenn ich hintergangen worden bin?, fragte ich mich und in meinem Rachen breitete sich ein bitterer Geschmack aus, als ich die Möglichkeit in Betracht zog. *Versucht jemand, Herrschaft über mein Reich zu nehmen?*

Jemand wie Camillia?

Aber was hätte sie davon?

Ich runzelte die Stirn und meine Gedanken wanderten zurück zur Idee, dass sie möglicherweise mit jemandem zusammenarbeitete. Oder dass sie von jemandem *benutzt* wurde.

Ist sie bloß eine hübsche Ablenkung?

Meine Männer waren ganz offensichtlich eingenommen von dem, was auch immer für einen Bann sie benutzt hatte. Vielleicht war sie sich nicht gewahr, dass sie es tat, aber alles deutete darauf hin, dass sie magischen Einfluss auf sie genommen hatte.

Man hatte sich meinen Befehlen bereits widersetzt. Ohne umgehende Konsequenzen würde der Ungehorsam sich möglicherweise in etwas weitaus Düstereres verwandeln.

Melek würde mich nie hintergehen, ging mir durch den Kopf. *Aber Azazel ... Nach allem, was wir durchgemacht hatten ... Wäre er imstande dazu?*

Unter normalen Umständen vielleicht nicht, aber er war mit Ajax zusammen. Und Ajax war jung und unbeständig. Seine zerbrochene Seele machte ihn formbar, etwas, das ich zu meinem Vorteil zu nutzen gedachte. Um meinen Wärter stark und unaufhaltbar zu machen. Der Widerruf seines Titels hätte nur vorübergehender Natur sein sollen. Ich hatte erwartet, dass er sich seine Position zurückverdienen würde.

Ganz wie das Unseelie-Schloss konnte ich neu aufbauen, was kaputt war, wenn man mir eine unbeschriebene Tafel gab.

Doch wie es schien, hatte meine Bestrafung meinen Wärter nur noch mehr gebrochen und damit eine potenziell irreparable Situation geschaffen. Er hatte mir gesagt, dass ich *aufhören* sollte. Als hätte er plötzlich das Zepter in der Hand.

Verdammt, und Az hatte sich auch auf seine Seite gestellt. Und Melek auch.

Alle drei waren gegen mich.

Wegen ihr.

Meleks Band zu ihr führte dazu, dass er in Entscheidungen, die Camillia betrafen, nicht verlässlich war. Und Ajax ... Ich seufzte. Das alles war mehr als Ajax angesichts seiner Vergangenheit und dem, was Constantine ihm angetan hatte, ertragen konnte.

Und Azazel, mein Kommandant, war mit Ajax verbunden. Und außerdem war sein Phönix auf sie geprägt, was meinen Kommandanten völlig verwirrte.

Sie waren mein Kreis der Vertrauten. Die einzigen drei Personen, die mir ernstzunehmenden Schaden zufügen konnten.

Aber genügte das, um einen von ihnen dazu zu bringen, mich zu hintergehen?

Nein.

Sie mochten mir die Stirn bieten, aber mich hintergehen?

Nein, wiederholte ich in Gedanken. *Nein.*

Und doch konnte ich mich nicht davon abhalten, an das letzte Mal zurückzudenken, an dem man mich hintergangen hatte. Diese Erinnerung verbarg sich hinter einer soliden Mauer, die ich nie niederriss.

Doch jetzt meißelte ich an diesen Mauern herum, als versuchte ich, getrocknete Farbe auf goldener Leinwand abzutragen und damit die Wahrheit zu entblößen, die darunterlag.

Die letzte Tugendfee in der Nähe meiner Tore war Vivaxia

gewesen. Sie war das trügerische Miststück, die meinen Fall benutzt hatte. Ihre Fäden der Macht waren einzigartig gewesen.

Sie hatte meine Energie abgeschöpft. Hatte versucht, sie für ihre eigenen Zwecke zu nutzen. Hatte mich geschwächt. Und meine Fähigkeiten. *Mein Wesen.*

Zuerst hatte ich es nicht bemerkt, zu geblendet von meinem Vertrauen in sie. Von unserer Freundschaft.

Aber Az ... Er hatte gewusst, was sie getan hatte. Er hatte mich gewarnt. Aber damals war es fast schon zu spät gewesen.

Das Bild von vorbeiziehender Luft – es war weit und breit kein Erdboden, nur ein Abgrund zu sehen – zog vor meinem inneren Auge auf. Ich erinnerte mich an die Anspannung in meinen Schultern, als ich versucht hatte, Flügel zu entfalten, die nicht länger existiert hatten.

Nur ein Skelett.

Zu zurückgebildet, um Federn zu formen. Um zu fliegen. *Um zu überleben.*

Meine Faust traf auf eine tragende Säule, sodass der gesamte Abschnitt um mich herum einstürzte.

Mit einem Rausch flammenwerfender Kraft schützte ich mich vor dem niederprasselnden Stein, sodass meine feurigen Flügel sich zeigten und meine Schultern einen kurzen Augenblick lang streiften. Sie waren bestenfalls eine Erinnerung an die Flügel, die ich einst gehabt hatte.

Die ich nie wieder haben werde.

Weil ich hintergangen worden war.

Asche regnete auf mich herab, während das Rumpeln der Zerstörung sich wie ein Donnern um mich herum ausbreitete.

Ich atmete schwer, weil ich mich so verausgabt hatte. Es fühlte sich *gut* an.

Aber es genügte nicht.

Ich wollte die Verwüstung gerade fortsetzen, als Meleks kristallblauen Augen sich im Chaos zeigten. In ihnen waberte ein enttäuschter Blick.

„Bist du fertig mit deinem Wutanfall?", wollte er wissen.

Wutanfall, wiederholte ich und knurrte innerlich. Natürlich nannte er das hier einen Wutanfall.

Ich ging auf ihn zu. Die zerbrochenen Steine unter meinen Füßen knirschten. „Sobald ich mit dem Wiederaufbau fertig bin, werde ich den Schuldigen finden und *das hier beenden.*"

Er zog eine blondbraune Augenbraue hoch. „Bedeutet das, dass du noch immer vorhast, Cami zu töten?" Eine mutige Frage. Ich hatte nichts anderes von meinem Prinzen erwartet. Aber ich war noch nicht bereit für dieses Gespräch, was ihm klar sein sollte, wo ich doch ganz offensichtlich noch immer mitten in meinem *Wutanfall* war.

„Sie ist eine Bedrohung", knurrte ich ihm zu. „Ende der Diskussion."

„Eine Bedrohung, die geholfen hat, den Riss zu heilen", erwiderte er und ignorierte mich. „Du hast recht. Echt gefährlich." Der ausdruckslose Tonfall brachte meine Nackenhärchen dazu, sich zu sträuben. Er hatte sich geradezu höhnisch angehört. Und *rüpelhaft*.

„Sie hat auf *meine* Kraft zugegriffen, um das zu bewerkstelligen."

„Und es hat funktioniert. Wo liegt das Problem?"

„*Wo das Problem liegt?*", wiederholte ich, erbost über seine fortwährende Nonchalance. Meine Wut flammte auf und mit jedem Schritt, den ich auf ihn zumachte, strömte Kraft aus mir.

Melek schien unbeeindruckt davon, obschon jeder andere, der sich in seiner derzeitigen Lage befunden hätte, schreckenserfüllt davongerannt wäre.

Zugegeben, niemand sonst wäre mutig genug gewesen, sich mir in meinem derzeitigen Zustand gegenüberzustellen.

Ich tippte seine Nase mit meiner an und packte ihn dann am Kragen seines makellosen Hemdes. „Hast du mich nicht gehört?"

„Doch, habe ich", sagte er mit ruhiger Stimme und sein Atem strich provozierend über meine Lippen. „Ist dir entgangen, dass ich gesagt habe, dass sie den Riss geheilt hat?"

Meine Frustration ging jetzt auf meinen Prinzen über und ich ließ meine Hand an seiner harten, muskulösen Brust hochwandern, um meine Finger um seinen Hals zu schlingen. Ich war noch immer fuchsteufelswild, vor allem wegen der

Geschehnisse der vergangenen Nacht – und jener der vergangenen eineinhalb Monate.

Aber ich war auch wütend auf Melek, weil er mir vorhin kein Ventil geboten hatte.

Camillia war ein Problem, mit dem ich mich umgehend hätte befassen sollen.

Stattdessen war sie am Leben und mein Prinz hier. Er lehnte sich gegen die Säule, als wäre er eine Opfergabe.

Hm, meinte ich summend und musterte ihn erneut. Das Wort *Opfergabe* ging mir abermals durch den Kopf.

Denn genau das versuchte er zu sein. Ein alternatives Ventil.

Oh, ich verstehe. Er will spielen.

Ein gefährliches Angebot, wenn man meine derzeitige Stimmung bedachte.

Ich blockte ihn mit einem Arm ab, sodass der Stein hinter ihm gefährlich hohe Temperaturen erreichte. Meine Hüfte war an seine gepresst und hielt ihn an Ort und Stelle, während die Gewalt, die in mir wütete, rasch in Erregung umschlug.

Was vermutlich genau das war, was Melek hatte bezwecken wollen.

„Warum stachelst du mich an?", fragte ich ihn. Erst jetzt konnte ich hinreichend durch den Nebel meiner Wut sehen, um zu realisieren, was er da machte.

Melek grinste an meinen Mund gelehnt. „Funktioniert es?"

Ich biss daraufhin fest genug in seine Unterlippe, um Blut fließen zu lassen. Er zuckte nicht zusammen. Stattdessen leckte er sich die Lippe, als wollte er damit um mehr bitten.

„Du brauchst einen Ort, an den du entfliehen kannst, Ty", sagte er, dieses Mal mit sanfterer Stimme. „Ich habe dir vorhin ein Ventil verwehrt. Wenn du deinen Zorn an mir auslassen musst, werde ich ihn gerne ertragen."

Ich dachte an die Flammen zurück, die Melek gemalt hatte. Sie waren eine zutreffende Darstellung meiner Liebe. Jedem, der mir nahestand, war es bestimmt, verbrannt zu werden.

„Ich will dir nicht wehtun", flüsterte ich gegen seine Lippen und schob meine Zunge in seinen Mund.

Er nahm meine ruppigen Zungenschläge hin und sprach erst,

als ich mich an seinen Hals begab, um meinen Mund an seine Halsschlagader zu führen. „Ich wurde für dich geschaffen, Ty. Es gibt nichts, was du mir antun kannst, das du nicht schon getan hast."

Das bezweifelte ich.

Ich konnte mich nicht daran erinnern, jemals zuvor so wütend gewesen zu sein.

Über so viel aufgestaute Wut verfügt zu haben.

Als Melek einen Bann flüsterte, der ihn vor mir entblößte, seine Muskeln und seine Erektion freilegte und alle Zweifel über seine Willigkeit beseitigte, schwand meine Entschlossenheit zusehends.

„Du hast gesagt, dass ich dieses Problem hier beheben soll", erinnerte ich ihn und mein Verstand zerfiel zusehends in Asche. „Jetzt lenkst du mich ab."

„Weil du jetzt schon stundenlang hier bist, Ty. Es wird Wochen dauern, um allein das Schloss wiederaufzubauen. Du musst eine Pause einlegen."

„Ich muss herausfinden, wer hinter alledem steckt."

„Gewiss", stimmte er zu. „Aber das wird dir in deinem derzeitigen Zustand nicht gelingen. Du musst dich zuerst beruhigen. Klar denken." Er streifte meine Unterlippe mit seinen Zähnen. „Fick mich, mein König. Gönn dir eine kleine Auszeit. Vergiss alles außer uns."

Ich sah mit zusammengekniffenen Augen in sein wunderschönes Gesicht. „Ich weiß nicht, ob du willst, dass ich dich ficke, oder ob du mich bloß ablenken willst."

„Ein bisschen von beidem", gab er zu. „Ich will dich in mir spüren. Und ich will dich davon abhalten, Cami heute Nacht zu töten."

Ich rollte meine Augen. „Zurzeit dreht sich alles nur um sie."

„Tut es nicht", flüsterte er. „Alles dreht sich um *dich*. Du siehst es nur noch nicht, Ty. Eines Tages, so hoffe ich, wirst du das. Aber dafür musst du dich konzentrieren. Und ich kenne da etwas, das dir dabei hilft, dich zu konzentrieren."

„Sex."

„Sex", stimmte er zu und ließ seine Finger an meinem Arm

hochwandern, während meine um seinen Hals geschlungene Hand fester zudrückte. „Heute Abend gibt es keine Grenzen. Du kannst haben, was immer du willst."

Mein Blut begann angesichts des verheißungsvollen Angebots, auf diese Weise mit meinem Prinz zu spielen, zu brodeln. Er war ein Geschenk. Eine Trophäe, die in Ehren gehalten werden musste. *Der perfekte Gefährte.*

Das bin ich, stimmte er zu. Offenbar hatte er meine Gedanken gehört. *Und jetzt, nimm mich, mein König. Andernfalls werde ich mir einen Unseelie suchen, mit dem ich spielen kann.*

Ich kniff meine Augen zusammen. *Ich rate dir davon ab, mich anzustacheln, kleiner Prinz.*

Wer sagt, dass ich dich anstachle, mein König? Vielleicht meine ich es ernst.

Tust du nicht.

Er zuckte mit der Achsel. *Ich werde es tun, wenn du nicht ...*

Ich drückte zu und würgte ihn, während ich meine Teleportation-Fähigkeiten aktivierte. Im nächsten Augenblick breitete sich unser Schlafzimmer um uns aus. „Ich bin versucht, dich an dieses Bett zu fesseln und dich stundenlang dort zu behalten."

Ein Lächeln zeichnete sich auf seinen vollen Lippen ab. „Oh, ja. Bitte."

„Du hast immer nur Unfug im Kopf", sagte ich und zog ihn mittels der Hand, die ich um seinen Hals geschlungen hatte, auf die Matratze.

„Das ist mein zweiter Name", erwiderte er an meinen Mund gelehnt. „Und jetzt hör auf zu reden und benutz mich."

Ich war die stärkste Fee im ganzen Reich und doch konnte ich Meleks Forderungen nicht widerstehen. Manchmal fragte ich mich, wer in Tat und Wahrheit das Sagen hatte. Denn es schien, als ob er mich auf Arten kontrollierte, wie ich nie Einfluss auf ihn haben würde.

Ich führte meinen Mund an seine Lippen und flüsterte: „Wie du wünschst, kleiner Prinz."

KAPITEL 4

AZ

VOR WENIGEN MINUTEN

VIER STUNDEN STILLE.

Kein Lagebericht.

Keine Antworten.

Nichts.

Nur ich, der an eine Wand zu reden schien, die die Form von Ajax hatte.

„Das ist doch lächerlich", sagte ich zu ihm. „Du hast meinem Phönix dafür vergeben, dass er dich unberechtigt angegriffen hat, aber du kannst nicht einmal in Erwägung ziehen, mir dafür zu vergeben, dass ich meine Arbeit getan habe?"

Ajax drehte daraufhin bloß seinen Zauberstab in der Hand herum, sein Blick auf der noch immer bewusstlosen Cami verweilend. Er konnte mir nicht einmal in die Augen schauen oder meine Anwesenheit anerkennen.

Stattdessen ging er weiter auf und ab, während sein Blick auf der Frau verweilte, die auf dem Sofa schlief. Die Mitternachtsfee hatte sie ganze zwei Stunden lang in den Armen gehalten, ehe er sie auf das Möbelstück gelegt hatte, damit sie sich ausruhen konnte.

Er hatte ihr auch eine Decke heraufbeschworen, um ihren nackten Körper zu verhüllen und sie dann – ganz der Beschützer – zugedeckt.

Und dann hatte er angefangen, auf- und abzugehen.

Auf und ab.

Auf und ab.

Und währenddessen hatte er so getan, als würde ich nicht im Sessel sitzen, der schräg gegenüber von Cami stand.

Ajax drehte seinen Zauberstab unermüdlich in den Händen, während die Magie um ihn herum Funken in die Luft stieben ließ, die einem wütenden Feuerwerk ähnlich sahen. Er brauchte mir nicht zweimal zu sagen, dass er mir für meine Taten nicht vergeben würde, seine Körpersprache verriet es mir.

Mir blieb die Luft weg. Es war, als wollte meine Lunge mir nicht den nötigen Sauerstoff zuführen. Mir lagen allerhand Rechtfertigungen meiner Taten – und jenen, die ich unterlassen hatte – auf der Zunge, doch ich sprach keine von ihnen aus.

Er würde mir nicht zuhören. Ich hatte bei Ajax eine Grenze überschritten und jetzt war ich nicht sicher, wie ich meinen Weg zu ihm zurückfinden sollte.

Ich hatte Ajax noch nie so wütend gesehen. Sein Zorn ähnelte Typhos' derzeitiger Stimmung, obschon der Auslöser dafür verschiedener nicht hätte sein können.

Typhos fürchtete sich davor, was Camillia mit dem Reich der Höllenfeen anrichten würde, und davor, was für eine Gefahr sie für alles darstellte, was er aufgebaut hatte. Ich war von Anfang an seiner Seite gewesen. Keiner verstand seine Sorgen so gut wie ich. Mal abgesehen von Melek, natürlich.

Aber Ajax war für übernatürliche Verhältnisse einiges jünger. Auf seinen Schultern lastete nicht das Gewicht der Jahrtausende.

Cami war der erste Funken Leben, dem er erlaubt hatte, sich innerhalb seiner emotionalen Mauern zu entzünden. Er hatte auch mir einen Blick hinter diese Mauern gewährt, aber Cami war anders. Sie war ... mehr. Wie ein frischer Wind. Eine Seele, die er retten konnte.

Eine Seele wie Emelyns.

In vielerlei Hinsicht sah Ajax die ganze Angelegenheit ziemlich simpel.

Camillia gehörte ihm, weshalb sie beschützt werden musste.

Mein Phönix, der in meinem Hinterkopf saß, erschauderte

und klaute erbittert zustimmend an der Schranke zu meiner Seele. Er wollte es wieder hinbiegen.

Typhos, mein König, hingegen, wollte die Sache *beenden.*

Ich war mir nicht sicher, ob ich das zulassen konnte. Und genau darum hatte ich mich heute Abend gegen ihn erhoben. Ich hatte gespürt, wie sehr es ihn schockiert hatte, dass ich mich auf Meleks Seite geschlagen hatte, aber in dieser Sache stimmte ich dem Prinzen der Höllenfeen zu. Cami zu töten, wäre voreilig gewesen. Ich hatte ihre Kraft gesehen, ihre enigmatische Energie, und eine Verbündete – keine Feindin.

Sie hatte geholfen, die Schranke zu reparieren.

Ja, sie hatte sich Typhos' Kraft bedient, um das zu bewerkstelligen, aber sie hätte sie für weitaus Schlimmeres einsetzen können. Warum sollte sie dafür bestraft werden, das Richtige getan zu haben?

Ich stieß einen Seufzer aus und mein Blick wanderte zum kleinen Halbling, der im Mittelpunkt dieses ganzen Chaos stand.

Sie sah so verdammt unschuldig aus, wie sie so auf diesem Sofa lag. Ajax hatte die Decke über ihre nackten Brüste gelegt, doch der Stoff war dünn genug, damit ich ihren wunderschönen Körper darunter erahnen konnte. Ihre harten Nippel hoben den Stoff an und flehten geradezu um Aufmerksamkeit.

Meine Gedanken wanderten zurück zum gestrigen Abend, als sie so gut wie nackt in diesem Käfig im Klub gewesen war. Ihr wunderschöner Körper war für alle zu sehen gewesen und …

Grrr.

Mein Phönix gab ein Knurren aus meinem Hinterkopf, was der Erinnerung ein abruptes Ende bereitete, aber nicht nur, weil er wollte, dass ich sie fickte. Nein, es ging dabei viel mehr darum, zu besitzen. Er war besitzergreifend. *Triebgesteuert.*

Und *aufgebracht* darüber, dass so viele andere Feen *seine* Frau in einer derart exponierten Lage gesehen hatten. Ich musterte ihren Gesichtsausdruck und versuchte zu verstehen, warum mein Phönix so fasziniert von ihr war.

Na ja, vielleicht nicht nur mein Vogel. Ich vielleicht auch.

Sie war atemberaubend. Intelligent. Stark. Eine Kämpferin.

Obwohl sie von den Proben disqualifiziert worden war, war

sie in jeglicher Hinsicht eine Höllenfeen-Braut, aber auch weitaus mehr als das. Ihr Haar schien sich nicht entscheiden zu können, ob es blond oder braun sein wollte, sodass die Farbtöne sich in den seidenen Strähnen vermischten, die ihr engelsgleiches Gesicht einrahmten.

Sie schien so angreifbar, wie sie so dalag und schlief, doch ihre Stirn war gerunzelt, als würde sie selbst in ihren Träumen von endlosen Prüfungen heimgesucht.

Mich überkam dieses Bedürfnis, ihr die Sorgenfalten aus dem Gesicht streichen zu wollen. Und doch ließ mich meine Treue gegenüber Typhos, meinem Gefährten und meinem König, an Ort und Stelle verbleiben.

Gefährte, wiederholte mein Phönix, obschon das Wort der Schönheit auf dem Sofa galt und nicht etwa Typhos.

Mein zwiegespaltenes Zugehörigkeitsgefühl erschütterte mich im Kern und ließ Unentschlossenheit in mir aufkommen.

Mein Phönix fühlte sich zur Frau hingezogen, während meine Vergangenheit verlangte, dass ich Befehlen Folge leistete.

Gefährte, wiederholte mein Phönix eindringlich. Meine Zähne begannen angesichts des Verlangens, sie zu beißen, zu pulsieren.

Aber das würde sie als mein markieren – *und zwar für immer*. Es wäre ein Verrat, den Luzifer mir nicht vergeben würde, weil ihn das in eine noch prekärere Lage bringen würde. Er musste sich bereits mit Melek befassen. Das Letzte, was er jetzt brauchte, war, dass ich mich auch noch einmischte.

Außerdem war ich stärker als meine Triebe, oder?

Vielleicht.

Das Verlangen schien Tag für Tag stärker zu werden. Mein Phönix war verärgert darüber, dass ich ihm sein irrationales Bedürfnis verweigerte. Er war schon so gewesen, seit er neulich die Kontrolle an sich gerissen hatte. Seine Begierden hatten sich mit meinen vermischt und meine Sinne vollends verwirrt.

Wenn ich sie biss, konnte ich sie beschützen, aber die Beanspruchung würde alles zerstören, was ich mit Typhos aufgebaut hatte.

Ein Engegefühl machte sich in meiner Brust breit und wieder fiel mir das Atmen schwer.

Mein Vogel sah es bloß als eine simple Beanspruchung an, aber ich wusste es besser. Nichts an dieser Sache war *simpel*.

Ganz zu schweigen davon, dass sie mir im Moment sowieso nicht gestatten würde, sie zu beanspruchen.

Ich hatte Mist gebaut.

Aber ich habe nur meine Arbeit getan.

Ich wusste nicht einmal, wo ich damit anfangen sollte, mich zu rechtfertigen. Nicht ihr gegenüber und Ajax schon gar nicht.

Letzterer trat in mein Blickfeld, als hätte er sich zwischen mir und der Frau, die auf dem Sofa lag, aufgebaut, um mir die Sicht auf sie zu verwehren. Als er sich nicht bewegte, wurde mir klar, dass er es mit Absicht getan hatte.

„Du führst dich auf, als wollte ich ihr wehtun", sagte ich mit anschuldigendem Tonfall. Ich gab mir keine Mühe, den genervten Tonfall und den Schmerz zu überdecken, die meiner Stimme innewohnten.

Er zog seine Braue hoch. *Tust du das denn nicht?*, schienen seine Augen zu sagen.

Verstand er den nicht, was geschehen war, verdammt noch mal?

„Wir hatten Befehle", knurrte ich und ignorierte meinen Phönix, der direkt unter Oberfläche lauerte. „Wir dürfen keine Kandidatinnen ficken. Diesem Befehl wurde nicht Folge geleistet, also war das, was im Klub geschehen ist, die logische Konsequenz unserer Handlungen." Typhos war eine Fee, die ihr Wort hielt. Wir konnten es ihm nicht verübeln, dass er uns für unsere Sünden bestraft hatte. Das war nun einmal, was der König der Höllenfeen tat.

Wenn er es nicht durchgezogen hätte, wäre er nicht der standhafte Anführer gewesen, den das Reich der Höllenfeen brauchte.

Die Königreiche der Albtraumfeen und der Höllenfeen hatten ohne einen mächtigen und berechenbaren König kurz davor gestanden, in Chaos zu versinken. Es war Typhos gewesen, der Frieden und Ordnung gestiftet hatte, wo einst Leid und Verzweiflung regiert hatten.

Ich musste es wissen. Ich war eines seiner ersten Projekte gewesen.

Ich stand auf und machte einen Schritt auf Ajax zu, sodass meine Brust seine sanft berührte. Es war, als könnte ich kaum atmen, als seine Hitze sich durch meine Kleidung fraß, aber ich musste ihm verständlich machen, was vorgefallen war.

Er wich nicht zurück und in seinen dunklen Augen loderten tiefblaue Flammen, die seinen Trotz veranschaulichten. Anstatt mit mir zu interagieren, wie er es sonst auch tat, regte er sich kein Stück. Er würde sich nicht beugen.

„Typhos hat uns auch gesagt, was geschehen würde, wenn Camillia seine Quelle noch einmal anrührt", ermahnte ich ihn.

Obwohl ich an diesem Gespräch nicht teilgenommen hatte, so hatte Typhos die Worte in meine und Meleks Gedanken gesprochen.

Ich hatte jedem einzelnen seiner Worte aufmerksam gelauscht. Typhos Luzifer verhandelte immerzu. Genau deshalb waren die Bedingungen einer jeden Abmachung so wichtig.

Obwohl ich entschlossen war, Ajax die komplexen Aspekte der Situation zu erklären, so wollte ich verzweifelt ein Hintertürchen finden, was die Angelegenheit mit Cami und Typhos betraf.

Nur so konnte ich etwas Vergleichbares wie Frieden stiften, ohne jene zu enttäuschen, denen ich Treue geschworen hatte.

Die Alternative war, allem zu entsagen, wofür ich stand und woran ich glaubte. Typhos hatte mich von einem Leben als Sklave befreit. Ich war nichts mehr als ein verherrlichtes Haustier gewesen. Aber seit ich zu seinem Kommandanten geworden war, hatte mein Leben einen Sinn erhalten, verdammt noch mal.

Er verdiente meine ewig während und unerschütterliche Treue.

Doch irgendwie hatte Camillia alles verändert, und das allein, indem sie existierte.

Ajax fletschte seine Zähne, während ich versuchte, ihm die Angelegenheit rational zu erklären. Mein Phönix reagierte auf dieselbe Weise und knurrte in meinem Kopf. Eine Geste, die nicht für Ajax, sondern für mich bestimmt war.

Weil er mit dem ehemaligen Wärter einherging.

Das treibt mich noch in den Wahnsinn.

„Leistest du jedem Befehl blind Folge?", fragte Ajax schließlich. Die Worte kamen ihm kaum lauter als im Flüsterton über die Lippen, waren jedoch mit einem tödlichen Tonfall unterlegt. Er tippte mir mit seinem Zeigefinger an den Kopf. „Ist da drinnen irgendwo ein Gehirn? Oder ist dein Schädel bloß mit Federn gefüllt?"

Meine Nackenhaare sträubten sich. Ajax und ich hatten uns noch nie so arg gestritten. Wir hatten zuvor schon miteinander gehadert, aber normalerweise ging es dabei darum, dass mein Biest etwas zu rau mit ihm umgegangen war und ihm physische Schmerzen bereitet hatte. Wenn das vorkam, konnten die Wogen oft mittels Lustspielen geglättet werden.

Jetzt zeigten meine üblichen Entschuldigungen ganz offensichtlich keine Wirkung.

Er zeigte mit dem Finger auf die Frau, die auf dem Sofa lag. „Ich habe dir gesagt, was Camillia mir bedeutet. Ich habe es dir schon einmal gesagt, aber offenbar muss ich mich wiederholen. Sie ist die erste Frau, die mich zum ersten Mal im vergangenen Jahrzehnt mehr als den Tod fühlen lässt. Mir wurde auferlegt, sie zu beschützen, und doch ist sie wie ein Tier im Zoo ausgestellt und von allen Höllenfeen begafft worden. Und dann, als sie uns dabei geholfen hat, ein zerstörerisches Portal zu verschließen, hat sie zum Dank eine Drohung gegen ihr Leben erhalten."

Er ließ seine Hand an die Seite fallen und ballte sie zu einer Faust.

„Ich habe dir gesagt, dass ich dir dafür niemals vergeben würde, und das war, *bevor* du zugesehen hast, wie Luzifer sie vor unseren Augen um ein Haar hingerichtet hat. Wenn ich es im Klub noch nicht so gemeint habe, dann jetzt allemal." Seine Nase berührte meine, während er mir ins Gesicht knurrte. „Ich werde dir nie vergeben, Az."

Scheiße.

Mein Herz schmerzte beim Gedanken daran, Ajax und Camillia zu verlieren. Die Gemütsregung überraschte mich.

Ich bin sowas von geliefert.

Weil ich Typhos genauso wenig hintergehen konnte.

Zum Glück schien Melek begierig darauf, Camillias Überleben zu gewährleisten. Das würde ich zu meinem Vorteil nutzen und mich darauf verlassen, dass er den König überzeugen würde.

In der Zwischenzeit würde ich den Befehl befolgen, den man mir erteilt hatte.

Ich würde auf sie aufpassen.

Was bedeutete, dass ich und Ajax unseren Streit beilegen mussten, bevor unsere Freundschaft daran zugrunde ging.

Wenn es noch nicht zu spät ist.

Es fühlte sich merkwürdig an, die Worte von mir zu geben. „Es tut mir leid", gab ich zähneknirschend von mir und war der Erste, der einen Schritt zurückmachte. Es war ein Zugeständnis, ausgedrückt durch meine Worte und meine Körpersprache, das sich falsch und ungewohnt anfühlte. „Ist es das, was du hören willst? *Es tut mir leid.*"

Vier Worte, die ich nur selten zu jemandem sagte.

Und doch war das jetzt schon das zweite Mal binnen weniger Tage, dass ich mich bei Ajax entschuldigte. Mit dem Unterschied, dass ich die Worte dieses Mal laut aussprach, anstatt sie bloß in Gedanken zu kommunizieren.

Ich war mir nicht sicher, was für eine Antwort ich erwartet hatte. Jedenfalls nicht, dass er sich umdrehte und mir seinen Rücken zukehrte.

Ich knirschte mit den Zähnen, weil es mich ganz schön viel Überwindung gekostet hatte, mich zu entschuldigen.

„Und ich habe vorhin etwas zu ihm gesagt. Ich habe nicht einfach nur dagestanden und zugesehen, während er sie um ein Haar hingerichtet hat", korrigierte ich ihn. „Ich ... Ich hätte vermutlich mehr sagen sollen, aber ich habe sie immerhin in Schutz genommen."

Er lachte schnaubend. „Mit deinen Worten, vielleicht. Aber

wenn es hart auf hart gekommen wäre, hättest du dich auf den Rücken gerollt und ihn gewähren lassen."

„Das kannst du nicht wissen", sagte ich zu ihm, frustriert über die Anschuldigung und seinen Unwillen, zu verstehen. „Du bist außerdem nicht der Einzige, der im Klub keine Wahl hatte. Typhos ist mein Gefährte. Mein ältester Freund. Ich werde ihn immer voranstellen."

So lautete der Schwur, den ich vor über tausend Jahren abgelegt hatte. Ein Schwur, den ich niemals brechen konnte, selbst wenn ein Teil von mir das wollte.

„Ich weiß", erwiderte Ajax schließlich mit unberührtem Tonfall. „So viel ist mir klar."

Ich erhob meine Hand, wollte ihn berühren, hielt mich aber davon ab, just, bevor ich seine Schulter streifte, und zwang meine Hand, wieder an meine Seite zu fallen.

„Das bedeutet nicht, dass du mir nicht am Herzen liegst, Ajax." Verdammt, er lag mir mehr als nur am Herzen. Ich sah ihn als *mein* an. „Ich habe getan, was ich tun musste, um dich zu beschützen." Wie konnte er das nicht sehen? Warum konnte er das nicht verstehen?

„Und was ist mit Cami?", wollte Ajax wissen und begann erneut, auf- und abzugehen, während er seinen Zauberstab abermals hervorholte und ihn herumschwenkte. „Hast du sie auch beschützt? Indem du sie da oben hast stehen und sie von allen begaffen lassen? Indem du ihr dabei zugesehen hast, wie sie wegen dieser total verrückten Bestrafung all ihren Kampfgeist verloren hat?" Er stieß ein abschätziges Lachen aus, als er das sagte, und bewegte seinen Zauberstab jetzt schneller. „Verzieh dich einfach, Az. Ich habe es satt, darüber zu reden."

Meine Frustration brodelte tief in mir und ich ging auf ihn los. Der Hauch Erregung, der sich dazugesellte, war auch keine besonders große Hilfe. Wenn ich und Ajax uns stritten, landeten wir am Ende oft im Bett.

Aber mir dämmerte, dass diese bebende Lust nicht nur von mir rührte. Durch mein Gefährtenband mit Typhos rauschte eine Hitze, die mich zum Knurren brachte.

Typhos und Melek vergnügen sich miteinander. Großartig.
Das hat mir gerade noch gefehlt.

Es handelte sich dabei nicht um die übliche verspielte Empfindung, die sich in mir ausbreitete, wenn die beiden einander fickten.

Dieses Mal war es ursprünglicher Natur, und *gefährlich*.

Die Frustration und die Unruhe um die gesamte Situation, vermischt mit so viel Aggression und Erregung, die durch meinen Körper rauschten, führten dazu, dass ich entschlossen war, Ajax zur Einsicht zu bringen.

Ihn zu zwingen, zu reden.

Zu *vergeben*.

Ajax bewegte seinen Zauberstab ruckartig und sandte daraufhin Magie los, die sich um mich legte. Er wusste, was für ein Ausdruck in meinen Augen aufzog, wenn sich ein Kampf anbahnte.

Aber dieses Mal folgte seine Faust, die auf meinen Kiefer traf und Blut aus meiner Lippe spritzen ließ.

Mein Phönix war am Ende seiner Geduld angelangt und erwachte unter der Oberfläche zum Leben. Dunkle Schatten breiteten sich um meinen Körper aus. Ich brüllte, wütend auf mein Biest und auf Ajax. Dann übte ich einen Schlag auf den ehemaligen Wärter aus, der es in sich hatte.

Er war darauf gefasst.

Er wich aus und begab sich nahtlos in Kampfposition und ließ seine Emotionen überhandnehmen. Sein Zorn beschwor eine Abfolge von Angriffen herauf. Einige kamen in Form von winzigen Dolchen, die sich in meiner Haut vergruben, nur um im nächsten Augenblick zu verschwinden, andere in Form von roher Gewalt.

Wir krachten in einen Schreibtisch und machten Kleinholz aus ihm, bevor Ajax' Faust ein Loch in der Wand schuf.

Ein einziger Laut genügte, um uns umgehend innehalten zu lassen.

Ich hielt Ajax' Handgelenk umschlungen, während er seine Finger in meine Hüfte krallte, unsere beide Blicke gebannt auf Camilla gerichtet.

Sie war ganz blass geworden und bei dem leisen Laut hatte es sich um ein Stöhnen gehandelt, das ihr über die plumpen Lippen gekommen war.

Die verlockenden Lippen hätten tiefrot sein sollen, doch jetzt wurden sie von einem kränklichen Blau überschattet.

Ich und Ajax kamen wortlos zu einem Waffenstillstand, ließen voneinander ab und eilten an ihre Seite. Ajax legte eine Hand auf ihre Schulter und er hielt mich nicht auf, als ich mich auf der anderen Seite des Sofas über sie lehnte, um den Grund für ihre Bedrängnis zu ermitteln.

Mir kam ein Knurren meines Phönix' über die Lippen, als ich eine seltsame, magische Energie spürte, die über ihre Haut sauste. Ein einzelne Träne kullerte an ihrer Wange herunter, was mich erschreckte.

Cami weinte sonst nie.

„Ist das Luzifers Werk?", wollte Ajax wissen.

„Ich weiß es nicht", erwiderte ich aufrichtig.

Ich konnte die Nachwirkungen von Typhos' und Meleks rauem, urinstinktlichem Liebesspiel noch immer spüren. Vielleichte lehnte sich Typhos' Magie in gewisser Weise auf.

Ich sah Ajax in die Augen. Die blauen Flammen in seinen obsidianschwarzen Augen loderten nur noch heißer und ich konnte es ihm nicht verübeln. „Ich werde herausfinden, was hier los ist", versprach ich ihm.

Zum Glück nickte Ajax knapp.

Wenigstens sind wir uns in einer Sache einig.

Ich machte auf meinem Absatz kehrt und ließ Camillia bei ihm, während ich den Korridor hinabeilte, um mich Luzifer zu stellen.

Normalerweise unterbrach ich ihn nicht in Person, wenn er so intim mit seinem Prinz war. Bisher hatte ich nie Anlass dazu gehabt.

Typhos Luzifer und ich waren auf platonischer Ebene miteinander verbunden. Er beschützte mich, hielt mich in Ehren und im Gegenzug diente ich ihm.

Gefährte, wiederholte mein Phönix in meinem Kopf und

bezog sich dabei auf Camillia und alle Rechtfertigungen, die eine Unterbrechung des Höllenfeen-Königs bedurfte.

„Ich weiß", sagte ich zu ihm, als wir vor Typhos' Tür angelangten. Ich hielt inne und bereitete mich mental auf den Anblick vor, was sich mir gleich bieten würde.

Das hier war eine kleine Rebellion. Eine – so meine Sorge –, die der Vorreiter dessen sein könnte, was folgen könnte.

Mir ging der uralte Schwur, den ich Typhos geleistet hatte, durch den Kopf. Es fühlte sich jetzt, als meine Hand über dem Türknauf schwebte, an, als bestünde die Gefahr, dass ich ihn brechen könnte.

Ich schwöre dir meine Treue, Typhos Luzifer – mein Gefährte, mein König. Deine Feinde werden meine sein, deine Verbündeten die meinen. Was du begehrst, soll ich auch begehren. Wir sind miteinander verbunden, als die Gleichgestellten, die du uns nennst. Ein Titel, den keiner deiner Art jemals für jemanden meinesgleichen benutzt hat. Mein Phönix wird nie wieder Asche kosten. Meine Seele wird nie wieder brennen, weil deine Quelle für uns alle lodert. Dir gebührt meine ewige Treue. Meine ewige Liebe.

Nichts wird meinen Schwur brechen.

Das verspreche ich dir mit meinem Blut.

Lang lebe der Höllenfeen-König.

KAPITEL 5

CAMI

Ein Dröhnen sauste durch die Luft. Es fand Widerhall in meiner Brust und raubte mir den Atem.

Was ...?

Schläfrig öffnete ich meine Augen.

Ich strich mir übers Gesicht und rümpfte meine Nase, als ich die salzige Textur daran vernahm.

Seltsam.

Ich ließ meine Hand sinken und blinzelte erneut. Dieses Mal rückte alles in Fokus.

Oh ... Was zum ...?

Ein Ozean.

Weitläufig. Tief. Das unendliche Blau breitete sich vor meinen Augen aus.

Und ich saß auf einem Steg aus Stein.

Aus welcher Richtung kam das Dröhnen?, fragte ich mich, während ich die Wellen und den Dunst musterte, der mich umgab.

Aber ... der feuchte Dunst stammte nicht vom Wasser – er regnete vom Himmel herab.

Oder vielleicht ... kommt er von mir?

Nein ...

Ich kam mit größter Mühe auf die Beine und sah mit zusammengekniffenen Augen in die trübe Sonne, um den

Himmel über meinem Kopf besser erkennen zu können. Die Luft schlug Wellen, als hätte sich gerade ein Portal geschlossen, und bildete einen Strudel im Wasser, der immer größer wurde.

Mir schnürte sich die Kehle zu, als ich mich herumdrehte und nach einem Fluchtweg Ausschau hielt. In einem Meeresstrudel gefangen zu sein, hörte sich nicht nach einem besonders angenehmen Tod an.

Als ich herumwirbelte, um herauszufinden, wohin der Steg führte, sah ich in Luzifers Gesicht.

Weit und breit war kein Festland zu sehen. Nur eine riesige Statue, die mit missbilligendem Blick auf mich hinabsah.

Was. Zum. Teufel?

Ich war auf einer Insel.

Auf einer Insel, die allem Anschein nach dem missbilligenden Blick von Luzifer gewidmet war.

Ist das hier ein weiteres Brautspiel?, fragte ich mich, als mir auffiel, dass die Plattform groß genug war, um einer beachtlichen Menschenmenge Platz zu bieten.

Zum Beispiel den Bräuten, die von den einst sechshundertsechsundsechzig noch übrig waren.

Aber ich war mutterseelenallein.

Und ich bin keine Braut mehr.

Und außerdem fühlte sich dieser Ort hier nicht echt an. Eher so, als wäre er einer Traumwelt entsprungen.

Die Luft schlug um, und doch spürte ich nichts. Keine wärmenden Sonnenstrahlen. Keine eiskalte Meeresbrise. Keine Feuchtigkeit vom Sprühregen der Gischt.

Es war, als hätte mich ein allumfassendes Taubheitsgefühl eingenommen und eine seltsame Empfindung zurückgelassen, die mir das Gefühl gab, in einer unsichtbaren Blase gefangen zu sein.

Ich hätte schlottern sollen, da mein nackter Körper – denn natürlich war ich wieder einmal nackt – den Elementen ausgesetzt war.

Und doch spürte ich nichts.

Es war beinahe, als würde tief in meiner Seele eine gleißende Hitze herrschen, die mich warm hielt.

Luzifers Kraft, dachte ich stirnrunzelnd.

Cami, sagte eine ferne Stimme, die sich verdächtig nach jener meiner Mutter anhörte.

Ich riss meine Augen auf, als ich mich in die Richtung der Stimme umdrehte und feststellte, dass der Strudel wieder in der Luft schimmerte. Doch jetzt war er größer, intensiver, und er schlug tosende Kraftwellen.

Ähm ...

Im nächsten Augenblick drang ein Blitzstrahl aus der Mitte davon und traf mich mitten in die Brust. Ich schrie, doch das Geräusch verlor sich in den Wellen, die gegen den Stein schlugen.

Verdammt!

Hitze strömte durch mein Wesen und bugsierte Kraft an einen Ort tief in meiner Seele. Ich strich mir über die Brust und mein Herz pochte wie wild. Meine Adern brannten. Mein Atem kam stockend.

Dann ... *beruhigte* sich meine Atmung.

Mein Körper wurde von einem elektrischen Gefühl eingenommen, während der Grund unter mir sich auftat und die Steine sich in kleine Kiesel verwandelten.

Was soll das?, staunte ich. *Was ist hier los?*

Folge ihr, flüsterte die Stimme meiner Mutter zurück. *Folge der Kraft.*

Ich blinzelte. *Wie bitte?*

Verliere ich den Verstand? Es ist unmöglich, dass meine Mutter hier ist.

Sie war eine Sterbliche.

Und sie war in der Vergangenheit nicht direkt fürsorglich gewesen.

Träume ich?, begann ich mich zu wundern und ließ meinen Blick suchend über die Meereslandschaft wandern.

Oder wurde die Stimme von der Magie im Spiel heraufbeschworen? Was für einen Zweck erfüllt sie?

Vielleicht versuchte Luzifer mich zu manipulieren und dazu zu bringen, einen Fehler zu machen. Vielleicht versuchte er mich davon zu überzeugen, seine Quelle erneut zu berühren, damit er mich bei lebendigem Leibe damit verbrennen konnte.

Denn das hier konnte kein Brautspiel sein.

Ich bin keine Braut mehr.

Warum also ...?

Die Kiesel unter meinen Füßen zerfielen zu Staub und kreierten eine körnige Textur, die meine Füße ummantelte und mich im Boden versinken ließ.

Ein Strudel.

Einer, der mich an Treibsand erinnerte.

Ein weiterer Schrei blieb mir im Rachen stecken, als ich durch den zerbröselten Stein hindurchfiel und zum unheilvollen Himmel über meinem Kopf hochsah.

Nein. Das war kein Himmel.

Sondern Wasser.

Scheiße!

Ich atmete tief ein und hielt meinen Atem an, just bevor eine Welle über meinem Kopf zusammenschlug. Der Textur fehlte jegliche Temperatur, was mich abermals innehalten ließ.

Das ... ergibt keinen Sinn.

Ich sollte nass sein. Frieren. *Zittern.*

Und doch ... spürte ich nichts.

Es spielte keine Rolle, weil ich fiel und zu einem bewölkten Himmel hochsah, bevor Wasser über meinen Kopf spülte.

Und ich konnte sehen, fast so, als würde die Blase um mich herum als magischer Schild fungieren.

Ich atmete testweise aus, gefasst darauf, dass ich zu husten anfangen würde. Aber anstatt Wasser zu schlucken, atmete ich Sauerstoff ein.

Ich sah mich blinzelnd um, erschrocken über die meeresähnliche Umgebung. Es war nicht nur eine seltsame Lichtquelle zu sehen – die so tief unter dem Wasser nicht existieren sollte –, ich war zu allem hin auch nicht allein.

Meereswesen, staunte ich und musterte die menschenähnlichen Kreaturen mit Fischschwänzen. Einige von ihnen erinnerten mich an die Sirenen, denen ich in Ajax' Verlies begegnet war, doch die übrigen schienen anders. Sie schienen zudem um den Strudel herumzuschwimmen, der um mich herum wütete, weshalb sie zu weit weg waren, um ihre Auren lesen zu können.

Trotzdem versuchte ich zu erkennen, ob sie von irgendwelchen Farben eingehüllt waren.

Im nächsten Augenblick wurde alles stockdunkel.

Ich riss meine Augen auf, als ein kaum merklicher Lichtstrahl meine Sicht trübte. Nein. Das war kein Lichtstrahl, sondern *Schuppen*.

Ist das ein verdammter Wasserdrache?

Ich trat instinktiv mit den Beinen, wollte so weit weg von dem Ding wie möglich. Aber es gab keinen Ausweg. Der Strudel hatte mich zu fest im Griff, um wegschwimmen zu können.

Und ganz abgesehen davon, hätte ich auch nicht gewusst, wie.

Ich war in diesem verdammten portalähnlichen Strudel gefangen und versank immer tiefer und tiefer im Meer.

Werde ich auf den Meeresgrund stoßen?, fragte ich mich mit einem Blick nach unten. *Wie ist es möglich, dass hier unten noch immer Lichtfetzen existieren?* Jetzt, wo die schuppenbesetzte Kreatur sich bewegt hatte, fielen ein paar Sonnenstrahlen von oben herab ins Wasser. Und doch war ich bestimmt schon um die fünfzehn Meter tief gesunken, wo ich doch so rasant sank.

Das ... widerspricht jeglicher Logik.

Ich hätte ertrinken sollen.

Und doch beschützte mich diese magische Blase – mal abgesehen, davon, dass sie mich nach unten zog, anstatt mich nach oben zu bringen. *Wohin gehen wir?*, fragte ich sie. *Warum ziehst du mich auf den Meeresgrund zu?*

Folge ihr. Ja, genau so, erwiderte meine Mutter. Ihre Worte ergaben keinen Sinn. Ich vernahm sie als Echo in meinem Kopf und sie sausten immer wieder durch meine Gedanken. Beinahe, als wäre sie mit mir unter Wasser und spräche durch die Wellen zu mir. *Du machst das klasse, Cami. Weiter so.*

Ich runzelte die Stirn. *Was?* Ihr Lob deutete darauf hin, dass ich das hier irgendwie antrieb. Aber wie? *Warum?*

Immer wieder kam und ging die Dunkelheit, meine Umgebung abwechselnd trüb und dann wieder hell. Ich hatte das

Gefühl, stockend zu atmen – vorwiegend, weil es sich unnatürlich anfühlte. Und doch fand der Sauerstoff mühelos in mein System. Meine Körpertemperatur blieb konstant und ich vernahm sogar ein paar vertraute Gerüche.

Letztere ließen mich meine Stirn kraus ziehen.

Moment mal ...

Das ... Das sollte genauso unmöglich sein wie alles andere hier. Zur Hölle, *nichts* hiervon hätte möglich sein sollen. Aber ... Dieser Geruch ...

Ich schloss meine Augen und nahm einen tiefen Atemzug. Der Geruch von einem minzigen Aftershave vermischte sich mit Geruch von Tannennadeln.

Ajax, stellte ich fest und öffnete meine Augen erneut, um mich nach der Duftquelle umzusehen. Aber ich war noch immer in dieser undurchdringbaren Dunkelheit gefangen.

Ein Traum, dachte ich. *Ich muss wohl träumen.*

Es sei denn, es handelte sich dabei um eine weitere Täuschung.

Aber warum Wasser? Warum hier?

Und selbst wenn ich träumte, bedeutete das nicht, dass ich in Sicherheit war.

Als wollte sie meinen Gedankengang bestätigen, schwamm eine riesige Kreatur an mir vorbei, nahm jedoch Abstand, als mein Wesen von einer elektrischen Spannung ummantelt wurde. Sie schien von einem Ort unter mir zu kommen.

Ein weiterer Blick nach unten. Noch immer nichts. Aber ich konnte die elektrischen Blitze, die über meine Haut rasten, spüren, was mir Gänsehaut verschaffte.

Es erinnerte mich an Luzifers Quelle. Ihre Kraftwellen ließen ähnliche Empfindungen auf meiner nackten Haut zurück.

Seltsam, dass ich das spüren konnte, alles andere aber nicht.

Es sei denn, es passiert in Wirklichkeit außerhalb dieses Traums, dachte ich und schürzte meine Lippen. *Ist das möglich? Oder ist das hier alles bloß eine total seltsame Bestrafung?*

Bei Luzifer war es schwierig zu sagen. Aber anscheinend war mehr von dieser magnetischen Energie zu absorbieren, die

Lösung auf mein Problem. Denn jeder Atemzug fühlte sich ermächtigend an. Erfrischend. *Richtig.*

Ich begann Luzifers Quelle besser zu verstehen. Sie war ein wildes, unkontrollierbares Biest und die Verkörperung von Luzifers Herz.

Was nicht schlecht war, beschloss ich. Sie war nur misstrauisch, leidenschaftlich und etwas entfesselt.

Vielleicht mag seine Macht mich deswegen, sinnierte ich. *Weil ich all diese Dinge verkörpere.*

Ich ließ mir nichts gefallen, glaubte aber auch daran, dass ein Gleichgewicht herrschen musste. Luzifer, hingegen, schien zu glauben, dass alles kontrolliert werden musste – wie das Portal bewiesen hatte, das er sich zu unterwerfen versucht hatte.

Manchmal musste man mit dem Strom schwimmen, um ihn zähmen zu können. Diese Lektion hatte ich vor all den Jahren in den Everglades gelernt. Mit dem Feuer, das mein Vater entzündet hatte. Die Magie hatte einen Partner gewollt, keinen Herrscher.

Ich stieß einen Seufzer aus und sonnte mich im Kuss der Energie. Die Kraft, die ihm innewohnte, gab mir das Gefühl, am Leben zu sein. Ich konnte meine Umgebung beinahe ausblenden und um ein Haar vergessen, dass nichts hiervon weder echt noch natürlich war.

Einfach treiben, treiben, treiben, flüsterte ich zufrieden.

Moment mal.

Ich blickte nach unten.

Nicht treiben ... Sinken.

Das ... Hm.

Nein, ich will treiben.

Doch meine Füße wurden von der Blase wie ein Anker gen Meeresgrund gezogen und ein unsichtbarer Strang riss mich in die falsche Richtung. Beinahe, als würde sie von einer undefinierbaren Kraft gelenkt.

Ich will nicht in diese Richtung gehen, sagte ich zu ihr. *Lass mich hochschwimmen.*

Der Strudel hörte nicht auf mich und dann vernahm ich die Stimme meiner Mutter. *Kämpf nicht dagegen an.* Die Worte waren ein unablässiges Mantra in meinem Kopf.

So, wie ich Luzifer kannte, ging es hier darum, dagegen anzukämpfen. Die Fassade zu durchbrechen. Die wahre Bedeutung dieses ... dieses ... was auch immer das hier war, zu finden.

Eine Bestrafung. Ein Traum. Eine Probe. Der *Tod*.

Wer zur Hölle wusste es schon. Aber ich wollte nicht weiter mit dem Strom schwimmen. Ich wollte die Schranke durchbrechen. Fliegen. Mich aus diesem bizarren Griff befreien.

Ich trat mit den Beinen, meine Bewegungen gestärkt vom Kribbeln, das durch meine Adern rauschte.

Alles um mich herum begann Wellen zu schlagen und die Kraft des Strudels ließ einen kurzen Augenblick nach.

Mehr, beschloss ich und zog an der Essenz, die mir Kraft verlieh. *Ich muss mehr davon aufnehmen.*

Ich nahm einen tiefen Atemzug und Ajax' Duft ummantelte mich, während Luzifers Quelle meinen Ruf erhörte.

Die Wellen wurden von einem Blitz durchbrochen, was bestätigte, dass es sich hierbei nicht um ein gewöhnliches Meer handelte. Die Meereskreaturen stoben auseinander und der Strudel verlor an Kraft.

Jetzt, dachte ich und trat ein weiteres Mal kräftig mit den Beinen, sodass ich aus der Blase stieß und in die Eiseskälte oberhalb der Wasseroberfläche eintauchte. Meine Haut kühlte sich umgehend ab und mein Kern lehnte sich gegen den Kälteschock auf.

Aber ich wollte *raus*.

Ich trat erneut mit meinen Beinen.

Und noch einmal.

Und noch einmal.

Meine Lunge brannte und Wasser drohte, in meinen Mund zu fließen.

Im Nachhinein gesehen, war es vielleicht nicht klug gewesen, aus dem Strudel auszubrechen, aber wenn das hier einer von Luzifers Tricks war – und ich war mir sicher, dass dem so war –, musste ich mich befreien. Seinen traumähnlichen Bann durchbrechen. *Aufwachen*, realisierte ich.

Meine Beine zitterten angesichts des Kraftaufwandes, der

vonnöten war, um an die Oberfläche zu gelangen. Ich wurde immer langsamer, während die Energie aus meinem Körper floss.

Gib mir mehr, sagte ich zu Luzifers Quelle. *Hilf mir.*

Meine Finger strichen über Meleks Talisman, der zwischen meinen Brüsten ruhte. Der Kristall schien das Einzige zu sein, was ich trug. Die Halskette vibrierte daraufhin und meine Lunge füllte sich urplötzlich mit Sauerstoff. Als würde sie mich beschützen und wieder Leben durch meine Adern senden.

Ich klammerte mich an den Gegenstand in meiner Hand und katapultierte mich nach oben. Auf dem Weg an die Oberfläche schloss ich meine Augen und Luzifers Magie rauschte über meinen Körper, bevor sie in mein Wesen drang und seine wilde Essenz meinen Kern erfrischte.

Doch es schien Meleks Talisman, der mich zu erden schien. Der mich zu beschützen schien. Der mich zu *führen* schien.

Seine Kraft half mir, Luzifers Magie zu zähmen und sie in Stränge zu flechten, die ich benutzen konnte. Was ein Kunststück war, wenn man bedachte, dass Luzifers Quelle buchstäblich eine Kugel aus brennendem Höllenfeuer war.

Ich wob die Magie zu einer Art Leiter und benutzte sie, um zurück an die Wasseroberfläche zu klettern.

Erst dann bemerkte ich, dass seltsame Stränge um mich herumflatterten. Stränge, die mit dem Strudel unter mir verbunden zu sein schienen.

Sie zogen an meinen Füßen und Beinen und versuchten mich nach unten zu reißen, während ich mich an der unsichtbaren Sprosse aus Kraft festklammerte, die nach oben führte.

Es war ein Tanz, der Feingefühl bedurfte. Die Magie rang mit den Wellen und kreierte eine Mischung aus sich abwechselndem Ziehen und Stoßen, die mich ganz benommen machte. Das, und der Sauerstoffmangel, ließ mich Sterne sehen.

Mach einfach weiter, dachte ich müde. *Du hast es ... fast ... geschafft ...*

Du schwimmst in die falsche Richtung, ließ mich meine Mutter mich wissen. *Der Kern, Camillia. Schwimm zum Kern.*

Das ist nur ein Trick, redete ich mir gut zu. *Hör nicht auf sie.*

Camillia, sagte sie mit warnendem Tonfall.

Nein.

Tu, was ich dir sage, verlangte sie.

Nein.

Camillia De la Croix. Hör sofort auf mit diesem Unfug und schwimme zurück nach unten.

Nein!, schrie ich und erreichte nach Atem ringend die Wasseroberfläche. Die Stränge, die sich um meine Fußknöchel gelegt hatten, ließen von mir ab und sanken in die Tiefe.

Ich streckte meine Hand nach der steinigen Insel aus und bemerkte die bröckelnde Statue darauf.

Jetzt lag kein missbilligender Blick mehr in Luzifers Augen. Sie waren gänzlich verschwunden. Und sein Gesicht auch.

Was auch immer ich getan hatte, hatte sein Trugbild dekonstruiert und nichts weiter als einen Steinhaufen zurückgelassen.

Die Stimme meiner Mutter flüsterte nicht mehr Worte in meinen Kopf und ihre Präsenz schien sich in den Untiefen des Meeres verloren zu haben.

Er hätte nicht die Stimme meiner Mutter benutzen sollen, um mich in die Tiefe zu locken. Sie hätte sich nie genug aus mir gemacht, um mein Überleben zu gewährleisten. Alles, was sie je getan hatte, war meinem Vater dabei zuzusehen, wie er mich gefoltert hatte. Einige Male hatte sie ihm gesagt, dass er mir einen Anstoß geben sollte, aber sie hatte nie etwas getan, das mir geholfen hätte. Sie hatte nur so tun wollen, als wäre sie eine Mutter. Hatte nur so tun wollen, als läge ihr etwas an mir.

Ich hatte vor langer Zeit gelernt, dass ich mich nur auf mich selbst verlassen konnte.

Höllenfeenregel Nummer vier: Vertraue niemandem.

Die passte gut zu *Höllenfeenregel Nummer sechs: Sei dir selbst der Nächste.*

Ich zog mich auf die Steine, schüttelte meinen Kopf und erschauderte angesichts der rauen Brise, die auf meine feuchte Haut traf.

Was auch immer für eine Blase mich vor den Elementen beschützt hatte, war längst Geschichte.

Und doch hatte ich gewonnen. Ich konnte tief in meiner

Seele spüren, dass ich mich aus dem Griff gewunden hatte, den Luzifer um mich gehabt hatte. Jetzt musste ich nur noch aufwachen.

„Ich habe die Nase voll von diesem Mist", informierte ich Luzifer, griff nach einem Stein und zermürbte ihn zwischen meinen Fingern. „Und jetzt lass mich aus diesem Traum erwachen."

Keine Antwort.

Ich stand auf und zerdrückte die Steine mit meinen Füßen. Der Kies fühlte sich eher wie Sand an als Stein. Und doch waren sie robust genug, um mir zu erlauben, an die Stelle zu klettern, wo Luzifers Kopf gewesen war.

Als ich sie erreichte, starrte ich auf die undefinierbare Masse hinab.

Er hatte mich in dieses mentale Gefängnis gesteckt, um mich zu bestrafen oder mir eine Lektion zu erteilen. Jetzt hatte ich fest vor, zu entkommen.

Angefangen damit, zu zerstören, was von seinem Gesicht noch übrig war.

Ich rammte meine Hand in den Stein, woraufhin er wie alle anderen zerbröselte.

„Lass mich hier raus", verlangte ich.

Die Ironie an meiner Wortwahl entging mir nicht. Nur vor wenigen Stunden, im Marschland, hatte ich verlangt, *eingelassen* zu werden. Jetzt wollte ich raus. Weg von ihm. Weg von diesem Ort.

Seine Kraft wärmte meine Haut, reagierte auf meinen Ruf. Aber anstatt mich zu befreien, umgarnte sie mich und erfüllte mich mit Hitze und Energie und Lebenskraft.

Nimm mich an, schien sie zu sagen. *Nimm mich an und wir werden dich freilassen.*

Ich knurrte, verärgert über die ganzen Gedankenspielereien. Frustriert über Luzifers unablässigem Bedürfnis, mich auf die Probe zu stellen. Oder mich zu bestrafen. Oder wie auch immer er das hier nennen mochte.

„Ja. Ich habe deine Quelle berührt", sagte ich zu ihm. „Um dir zu *helfen*, als du Hilfe gebraucht hast. Gern geschehen."

Vermutlich war es nicht besonders weise, dem Höllenfeen-König so etwas zu sagen, aber ich hatte seinen Mist satt. Seine Handel. Seine Folter. *Alles.*

Wenn er mich dafür geißeln wollte, etwas Gutes getan zu haben, dann konnte er mir persönlich gegenübertreten, anstatt mich in dieser gefährlichen Welt stranden zu lassen, die an ein Brautspiel erinnerte, und mich mit sich überschlagenden Wellen zu verspotten.

Ich schlug erneut auf die Steine ein und ein Knurren breitete sich in meiner Brust aus, das schließlich in meinen Rachen stieg.

„Ich habe diesen Mist hier satt", keifte ich und schloss meine Augen. „Lass mich raus!"

Im nächsten Augenblick stieg mir Ajax' minziges Rasierwasser in die Nase und sein tannenähnlicher Duft bezirzte mein Wesen. Ich konnte ihn meinen Namen flüstern hören und wie er mich zu sich zog.

Ich runzelte die Stirn.

Dann öffnete ich meine Augen.

Und während die Welt um mich herum langsam in Erscheinung trat, sah ich in zwei blauschwarze Augen.

Ajax.

Mein Entführer.

Mein Wärter.

KAPITEL 6

AJAX

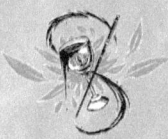

„Cami", keuchte ich, erleichtert, sie bei Bewusstsein zu sehen.

Az suchte jetzt schon gefühlte Stunden nach Luzifer, sodass ich allein mit der schlotternden Cami war.

Sie hatte nach Luft gerungen. Fast so, als hätte sie Atemprobleme gehabt. Dann hatte sie etwas davon gemurmelt, dass sie rausgelassen werden wollte, woraufhin sie wild mit ihren Beinen zu strampeln begonnen hatte.

Ich hatte alles versucht, was mir eingefallen war, um sie von ihrem Albtraum zu befreien. Ich hatte ihre starre Form sogar mit Mitternachtsfeenzauber belegt, um einen Befreiungsversuch zu wagen. Aber was auch immer Luzifer getan hatte, um sie gefangen zu halten, hatte es mir verunmöglicht, sie zu befreien.

Jetzt starrte sie mich an und ihre Pupillen weiteten sich mit merklicher Erleichterung.

Wenn mich zu sehen sie beruhigte, musste sie sich in einem höllischen Gedankengefängnis befunden haben, denn ich musste eine der letzten Personen sein, die sie derzeit in ihrer Nähe haben wollte.

Na ja, vielleicht eher als Luzifer, Melek und Az. Aber das war keine besonders hohe Messlatte.

Cami ächzte, als sie versuchte, sich auf dem Sofa aufzurappeln. Ihr Blick schien immer noch etwas unscharf, sodass ich meine Hand in ihre Richtung streckte, um ihr zu helfen. Sie schlug meine Hand fast augenblicklich weg. „Es geht schon", sagte sie.

Als sie sich aufsetze, rutschten die Laken von ihrem Körper und der Stoff sammelte sich an ihrer Taille. Normalerweise hätte ich den Anblick genossen, aber derzeit war ich besorgter um ihre Sicherheit.

Und dass sie standhaft blieb.

Etwas, das ihr zu misslingen schien, als ihre Zehen den Boden berührten.

Sie verzog das Gesicht und ihr entschlossener Gesichtsausdruck wurde von einem misstrauischen abgelöst. Es war beinahe, als wüsste sie nicht, was echt und was Fiktion war. Oder als ob sie vergessen hätte, wie sie ihren Körper einsetzen konnte.

Was zum Teufel hat Luzifer mit ihr angestellt?

Endlich gelang es ihr, sich vollständig aufzurichten. Der Seufzer, den sie ausstieß, hörte sich bekümmert an. Und doch fand dieser entschlossene Blick wieder in ihr Gesicht zurück, als sie versuchte, stehenzubleiben.

Nur um ihr Gleichgewicht in der nächsten Sekunde zu verlieren.

Ich fing sie ab, indem ich meine Hände an ihre Hüften legte, und zog sie in meinen Schoß. Mein Bedürfnis, sie zu beschützen, überwog jeden anderen Instinkt.

Sie wehrte sich nicht.

Stattdessen ließ sie sich fallen und vergrub ihr Gesicht ächzend an meiner Brust.

Ich strich ihr mit den Fingern durchs Haar, wusste nicht, was ich sagen sollte.

Denn ich hasste das hier.

Ich verabscheute, dass ich zu einem gewissen Teil verantwortlich für ihren Schmerz war. Cami hätte, alles was ihr im Klub widerfahren war, nicht durchmachen sollen. Oder was sich im Marschland abgespielt hatte. Und schon gar nicht, was sie in ihren derzeitigen Zustand versetzt hatte.

Die ganze Zeit über hatte sie nur versucht, zu überleben, und ich war zu beschäftigt mit meinen eigenen Angelegenheiten gewesen, um einzuschreiten.

Nicht mehr, dachte ich.

Ich war schon einmal gezwungen worden, tatenlos dazustehen und dabei zuzusehen, wie diejenigen, die ich liebte, litten, und hatte alles verloren.

Ich würde nicht zulassen, dass sich die Vergangenheit mit Cami wiederholte.

Als sie versuchte, sich zu bewegen, zitterte sie, was mir sagte, dass sie sich noch immer nicht auf ihren eigenen Beinen halten konnte. Ihr Körper, der an meinen gepresst war, war siedend heiß, als würde sie an einem schrecklichen Fieber leiden.

Feen hatten kein Fieber. Nur Menschen.

Obwohl Cami angeblich ein Halbling war – halb Mensch, halb Fee –, so war es meiner Meinung nach ziemlich offensichtlich, dass sie etwas völlig anderes war.

„Willst du ...?" Ich verstummte und schluckte schwer, unsicher, wie ich sie trösten sollte. „Willst du darüber reden?"

Emelyn hatte kaum darüber gesprochen, wenn sie traurig gewesen war. Aber von Zeit zu Zeit hatte sie ihrem Ärger Luft gemacht, und das schien geholfen zu haben.

„Nicht wirklich", murmelte sie und lehnte sich noch fester an mich. „Luzifer-Statue. Ozean. Strudel. Merkwürdiges Brautspiel." Sie wurde still und ich konnte keinen Sinn aus ihren Worten machen.

Ich wollte sie gerade darum bitten, mir zu erklären, was das alles zu bedeuten hatte, als sie zu zittern begann.

Sie war wach. Das Einzige, was ich tun konnte, war, ihr über den Rücken zu streicheln, während sie mit ihrer Erschöpfung und mit Magie rang, die sie brennen ließ.

Ein Knurren rumpelte durch meine Brust. Ihr derzeitiger Zustand war ganz offensichtlich darauf zurückzuführen, dass sie schlecht behandelt worden war.

Ihre *Strafe* dafür, nichts weiter getan zu haben, als dem treu zu sein, was sie war.

Was auch immer das sein mochte.

Ich brauchte nicht nachvollziehen zu können, woher sie stammte, um zu wissen, dass sie nicht verdiente, was auch immer uns bevorstand.

Ich hätte nie zulassen dürfen, dass ihr all das widerfahren würde. Nicht, dass ich etwas hatte unternehmen können. Luzifer war der König der Höllenfeen. Ihm einen Wunsch abzuschlagen, war unmöglich. Alles in diesem Reich gehörte ihm. Alle waren ihm unterstellt. Mir inklusive.

Obwohl ich technisch gesehen noch immer eine Mitternachtsfee bin.

Er mochte mich mit der Position des Wärters betraut haben, aber ich war nicht einer seiner Feen. Das war von Anfang an klar gewesen. Ich hatte nur gehofft, dass er mich eines Tages in seine Obhut nehmen, mich zu einer Höllenfee konvertieren und mich zu einem von seinen Bürgern machen würde.

Aber ... Wie hatte ich mir das vorgestellt?

Ich war sein Wärter. Aber was genau hatte das zu bedeuten? Ich befasste mich mit Albtraumfeen. Biestern, die meiner Meinung nach eingesperrt gehörten.

Aber stimmt das wirklich?, fragte ich mich und dachte zurück an alles, was ich in den vergangenen paar Wochen bezeugt hatte. *Warum werden einigen Albtraumfeen Bräute gegeben, während andere eingesperrt werden?*

Luzifer hatte es mir nie gesagt.

Weil ich nicht Teil seines inneren Zirkels bin.

Und alles, was mit Camillia geschehen war, hatte mich umso weiter davon entfernt.

Vor einem Monat wäre ich begierig darauf gewesen, zu beweisen, dass ich seiner würdig war, einen Weg zu finden, um wieder gut bei ihm angeschrieben zu sein und seine Zustimmung wiederzuerlangen.

Aber etwas hatte sich verändert.

Ich hatte mich verändert.

Was er Camillia in der vergangenen Nacht angetan hatte ..., war nicht okay. Er hatte sie zur Schau gestellt und Az gesagt, dass er mich als Geisel nehmen sollte, während er sie schikanierte.

Er hatte meine Kraft blockiert. Mich an Ort und Stelle

erstarren lassen. Mich gezwungen, zuzusehen, während er versucht hatte, Camillias Seele zu brechen.

Genau wie Constantine.

Vielleicht nicht ganz so extrem. Aber als ich vorhin gesehen hatte, wie er in stiller Wut vor sich hin gebrodelt hatte, war mir klargeworden, dass er unter Umständen durchaus so weit gehen würde – vielleicht sogar noch weiter.

Er hatte Camillia bereits mit diesen Ketten gefoltert. Und dann hatte er sie in eine Art Koma gelegt. Was würde er als Nächstes tun?

Was für eine Strafe würde er sich ausdenken?

Den Tod, antwortete ich mir selbst. *Er wird sie zweifellos umbringen.*

So viel hatte Luzifer vorhin klargemacht.

Kann ich tatenlos dabei zusehen, wie ihr das Leben genommen wird? Ich starrte die zitternde Frau an und bemerkte, dass sie ihre Augen zusammenkniff, um sich vor ihrer eigenen Schwäche zu verstecken.

Oder aber sie wollte sich vor mir verstecken – vor dem hier. Vor ihrem Bedürfnis, gehalten zu werden. Beschützt zu werden. Umsorgt zu werden.

Kümmere ich mich wirklich um sie, indem ich hier sitze und darauf warte, dass der König der Höllenfeen zurückkommt und tut, was immer er zu tun gedenkt?

Dieses Koma, in dem sie gefangen gewesen war, hatte ganz offensichtlich an ihren Energiereserven gezehrt. Sie hatte geschlottert – hatte *geweint* –, was Az in Aktion hatte treten lassen.

Aber er war noch nicht zurückgekommen und es waren mindestens schon dreißig Minuten vergangen, wenn nicht sogar mehr.

Was dauert so lange?, wunderte ich mich. *Was hecken er und der König der Höllenfeen jetzt schon wieder aus?*

Az stand auf Luzifers Seite. Das würde er immer. Niemals auf meiner. Seine heutigen Taten hatten das bewiesen.

Was weitaus mehr wehtat, als ich zuzugeben bereit war.

Aber ich konnte nicht behaupten, dass es mich überraschte.

Ich wusste, wie ihr Band funktionierte. Ich würde bei Az nie an erster Stelle stehen.

Und Camillia auch nicht, dachte ich, während ich mit meinen Fingern durch ihr Haar strich und sie an meine Brust drückte. *Sie hat bei niemandem von uns an erster Stelle gestanden. Nicht einmal bei mir.*

Luzifer schon. Immer. Ich hatte ihn unterstützt. Hatte ihm gehorcht. Hatte fast alles getan, was er verlangt hatte.

Und dann hatte er mir mit Camillia eine Falle gestellt und abgewartet, wie lange es dauern würde, bis ich mit ihr im Bett landete. Nur, damit er mich bestrafen konnte.

Aber er hatte nicht nur mich bestraft.

Camillia schluckte schwer und ihr Körper, der an meinen gedrückt war, fühlte sich zerbrechlich an. Schwach. *Niedergeknüppelt.* Und ich hasste das.

Das hier war nicht der feurige kleine Halbling, der mich herausgefordert hatte, als wir uns begegnet waren. Das hier war bloß eine Hülle der Frau, die sie einst gewesen war. Eine erschöpfte Seele, die nichts von alledem, was geschehen war, verdient hatte.

Sie hatte geholfen, das Wesen zu bekämpfen, das das Marschland in Stücke gerissen hatte. Sie hatte diesen Feen das Leben gerettet.

Und Luzifer hatte sie mit einem Koma belohnt? Ihr es gedankt, indem er ihr gedroht hatte, sie zu töten?

Klar, sie hatte sich an seiner Kraft bedient – etwas, wozu sie nicht in der Lage sein sollte –, aber vielleicht hätte er bei seinem *Gefährten* nach Antworten suchen sollen, nicht bei Camillia.

Melek hatte etwas mit ihr angestellt. Er hatte sich mit ihr verbunden. Spielte mit dem Schicksal. Hatte getrickst. Hatte sie in seine Spielchen reingezogen.

Camillia hatte genug gelitten.

Und ich hatte es satt, tatenlos zuzusehen.

Ich entscheide mich für dich, beschloss ich.

Etwas in meiner Seele veränderte sich, als ich das gelobte.

Meine Treue hatte Luzifer, Az und dem Reich der Höllenfeen gegolten.

Aber sie verdienten meine Treue nicht, wenn sie Frauen, die ihre Bräute hätten sein sollen, so behandelten.

Nicht, wenn sie jene, die unerwarteterweise über viel Macht verfügten, auf die Weise *kontrollierten*. Ganz so, wie Constantine es getan hatte. Der Rat der Mitternachtsfeen hatte seine Taten für *normal* empfunden.

Und wie es schien, dachten die Höllenfeen dasselbe über Luzifer.

Ich hatte allen, die ich geliebt hatte, dabei zugesehen, wie sie durch die Hand eines engstirnigen Anführers gestorben waren.

Das werde ich nicht noch einmal tun.

Ich hob die schlaffe Camillia in meine Arme und drückte sie, während meine Schatten sich um uns herum auszubreiten begannen.

Ich wusste, was zu tun war.

Tief drinnen war ich immer noch eine Mitternachtsfee. Und es gab immer noch Personen im Reich der Mitternachtsfeen, denen ich trauen konnte.

Sie hatten ein ähnlich mächtiges Wesen wie Luzifer ausgeschaltet. Hatten jenen die Tore zu ihrem Reich geöffnet, die ähnliche Gaben wie Camillia besaßen. Hatten einer Königin gemischter Abstammung zu regieren erlaubt.

Sie würden uns Zuflucht geben.

Sie würden Cami den Hauch einer Chance gewähren.

Die Tür zum Zimmer öffnete sich krächzend. Ich spähte durch die immer dichter werdenden Schatten und erblickte Az und Typhos, die mich anstarrten.

Az riss seine Augen schockiert auf, während Typhos – der nichts weiter als eine königliche Robe trug –, mit leerem Blick auf die Frau in meinen Armen starrte.

Jetzt gab es kein Zurück mehr.

Az wagte es, verletzt auszusehen, als könnte er nicht fassen, dass ich ihn einfach so im Stich lassen würde.

Ich hatte mich ihm als Wärter angeschlossen, um Monster aufzuspüren und sie in Schach zu halten.

Doch Cami war kein Monster. *Wir* waren es.

Dafür habe ich mich nicht gemeldet, dachte ich.

Dann verblasste das Reich der Höllenfeen. Ich wandelte durch die Schatten und brachte Cami an den einzigen Ort, an dem sie willkommen sein würde.

Zur einzigen Person, die verstehen würde.

Ich hoffe, du bist bereit für uns, Königin Aflora.

Denn ich komme nach Hause.

KAPITEL 7

AZ

VERDAMMT.

Ajax hatte mich resignierend und entschlossen angesehen, als er verschwunden war.

Er hatte sich für eine Seite entschieden. *Camis.*

Und jetzt war er weg.

Ich blinzelte die leere Stelle vor mir an und meine Gedanken rasten. Der einzige Hinweis darauf, dass Ajax und Camillia noch gerade eben dort gestanden hatten, waren die verweilenden Schatten, deren Überreste, die über dem Sofa schwebten, sich zusehends verflüchtigten. *Wie zum Teufel hat alles derart aus dem Ruder laufen können?*

Ich ... Es war nicht meine Absicht gewesen ... *Ich habe nur meine Arbeit getan. Warum versteht er das denn nicht?*

Ich ballte meine Hand zu einer Faust und wollte sie nur zu gerne auf mein Herz legen. Es war eine unerträgliche Reaktion, eine, für die ich keine Zeit hatte. Und doch fühlte ich mich ... *hintergangen.*

Aber es war meine Schuld. Ich hatte Ajax zu weit getrieben und jetzt ... *Ich muss das wieder hinbiegen.* Wir hatten eine Vergangenheit zusammen. Hatten über ein Jahrzehnt zusammen verbracht. Er konnte – *würde* – mich nach all der Zeit nicht wegen einer Frau im Stich lassen.

Mein Phönix erschauderte innerlich und seine Reaktion löste

eine brennende Empfindung in meinen Adern aus. Er schien zu sagen: *Das würde und sollte er.*

Denn mein Vogel war genauso beleidigt.

Er war wütend auf mich, wegen der Entscheidungen, die ich getroffen hatte. Weil ich Typhos Cami hatte Schmerzen zufügen lassen. Wütend auf mich, weil ich Ajax verärgert hatte.

Mein inneres Biest wollte die Kontrolle an sich reißen. Er wollte fliegen und nach seinen verletzten *Gefährten* suchen und sie um Verzeihung bitten.

Sie gehören nicht uns, erinnerte ich ihn. *Sie sind keine Phönixe.*

Der verdammte Vogel hatte den Nerv, zu schnauben.

Ich blendete ihn aus, entschlossen, auf meinen Verstand und nicht auf meine animalischen Instinkte zu hören.

Ajax braucht nur etwas Zeit. Alles wird gut. Wir ... wir werden das wieder geradebiegen.

„Jage sie", verlangte Typhos. Er benutzte den Befehl, den er meinem Phönix erteilte, wenn er wollte, dass wir nach irregeführten Seelen suchten. *„Spüre sie auf."*

„Das werde ich", versprach ich ihm. „Aber nicht sofort."

Typhos sah mich mit hochgezogener Braue an. Seine Überraschung war klar in unserem Band zu spüren. Er hatte erwartet, dass ich in Asche zerfallen und umgehend damit beginnen würde, sie aufzuspüren. Normalerweise tat ich das auch, wenn ich einen Befehl erhielt, aber diesem konnte ich nicht Folge leisten.

Noch nicht.

Mein Höllenfeen-König musterte mich einen langen Augenblick. In seinen ozeanblauen Augen schwirrten Fragen, auf die er in meinem Kopf nach Antworten suchte.

Ich sperrte ihn nicht aus, beschwor keine Mauern hoch und versuchte nicht, mich zu verstecken. Denn er musste meinen inneren Zwiespalt verstehen, musste sehen, dass meine Treue zu ihm von meiner Beziehung zu Ajax getrübt worden war.

Von meiner Beziehung zu Cami.

Von meiner Beziehung zu meinem Phönix.

Mein Kiefer zuckte und mein Vogel riss an den mentalen Fesseln, wollte aus seinem Käfig befreit werden. Aber er wollte nicht *jagen*. Er wollte *aufspüren*. Und zwischen diesen beiden Dingen bestand ein feiner Unterschied.

Das *Jagen* war für dunkle Seelen reserviert – für Feen, die etwas Übles im Sinn hatten – die ihren Teil des Handels mit dem Höllenfeen-König nicht eingehalten hatten und eine Strafe verdienten.

Das *Aufspüren* war eine angenehme Tätigkeit. Eine Art Belohnung. Ajax und Cami aufzuspüren, war in diesem Fall die Belohnung. Mein Vogel mochte es nicht, von ihnen getrennt zu sein. Er wollte sich ihnen anschließen. Bei ihnen sein. Sie um Verzeihung bitten.

Sie beißen. Sie zu seinen Gefährten machen.

Ich ballte meine Fäuste. *Elender. Phönix.*

„Verstehe", sagte Typhos einen Augenblick später und wiederholte, was er in seinem Schlafgemach von sich gegeben hatte, als ich ihm eröffnet hatte, was mit Cami geschehen war. Es hätte länger gedauert, zu ihm durchzudringen als mir recht gewesen war. Vorwiegend, weil er zu vertieft ins Lustspiel mit seinem Prinzen gewesen war, um mich zu hören. Und ich hatte sie nicht stören wollen.

Leider waren wir mitten im Gespräch von Loch, dem Kelpie-König aus dem Unterwasserreich, unterbrochen worden. Typhos hatte allen Albtraumfeen-Königen den Befehl erteilt, von nun an sämtliche Störungen zu melden, ganz egal, wie unerheblich sie auch sein mochten.

Zum Glück schien Lochs gemeldete Störung nichts mit den bestehenden Portal-Problemen zu tun zu haben. Aber Typhos hatte einige Minuten gebraucht, um zu diesem Schluss zu gelangen. Sobald er das hatte, hatte er sich wieder mir zugewandt.

Was uns alle hierhergeführt hatte, weil Typhos Cami höchstpersönlich hatte untersuchen wollen.

„Ich habe sie nur in einen traumähnlichen Zustand versetzt", hatte er zu mir gesagt. „Ich will sie nicht in der Nähe von meiner Magie haben."

Ich hatte ihm geglaubt. Und glaubte ihm auch jetzt noch. Aber das änderte nichts an der Tatsache, dass Cami noch vor wenigen Minuten voller Kraft geglommen hatte.

Voller unbekannter Kraft.

Und jetzt war sie weg.

Mit Ajax auf der Flucht.

Er wird sie beschützen, sagte ich mir, obwohl ich mir nicht sicher war, ob dieser Gedanke damit zusammenhing, dass ich ihnen hinterherjagen würde, dass Typhos Camis Tod begehrte, oder mit der merkwürdigen Kraft, die über ihre Haut gesaust war, während sie geschlafen hatte.

Ich griff mir an den Nacken. Meine Brust fühlte sich plötzlich eng an.

Das ... Ich wusste nicht, wie ich mit der Situation umgehen sollte.

Typhos war mein Gefährte. Mein bester Freund. Mein *König*.

Ajax ... Ajax hätte nichts mehr als ein vorübergehender Bettgefährte sein sollen. Doch er war zu so viel mehr geworden. Und Cami ...

Ich schluckte schwer.

Du spielst mit meinem Kopf, beschuldigte ich meinen Phönix.

Mein inneres Tier sträubte sich.

Und Typhos räusperte sich. „Du hast mir Treue geschworen", sagte er. Seine Worte schienen eher für mein Tier bestimmt als für mich. „*Mit deinem Blut.*"

„Treue schon", stimmte ich zu und spürte die Verärgerung meines Biestes. „Aber Treue ist nicht dasselbe wie blinder Gehorsam."

Genau das versuchte mein Vogel zu vermitteln. Er mochte meine andere Hälfte sein – Teil meiner Seele –, aber das bedeutete nicht, dass wir immer eins gehen würden, wenn es um den nächsten Schritt ging. Wir stimmten normalerweise ganz einfach überein und schwebten auf derselben Strömung im Wind.

Aber Cami war eine Gegenströmung. Eine Kluft, die ich nicht ignorieren konnte.

Denn ich fühlte auf eine Weise und mein Vogel auf die andere.

„Vielleicht ist es weiser, die Jagd auf morgen zu verschieben.

Das wird allen die Möglichkeit einräumen, die Geschehnisse des heutigen Abends etwas zu verarbeiten", schlug Melek vor.

„Du meinst das Geschehnis, in dem ein *Halbling* nicht nur meine Kraft angezapft, sondern sie auch benutzt hat?", fragte Typhos, dessen Blick noch immer auf mir verweilte, obwohl die Antwort dem Höllenfeen-Prinzen gewidmet war.

„Ein Geschehnis, das eingetreten ist, nachdem ich ihr gesagt habe, dass sie meine Quelle nicht noch einmal anfassen soll?"

„Ein Geschehnis, das mehrere Leben in deinem Königreich gerettet hat", entgegnete Melek. „Ein Geschehnis, das eine Gabe offengelegt hat, die wir untersuchen und analysieren müssen, anstatt sie zu vergeuden und zu zerstören."

Typhos biss die Zähne zusammen und richtete seine Aufmerksamkeit auf seinen königlichen Gefährten.

Stille kam über uns, während die beiden mental ein Gespräch miteinander führten. Eines, das ich selbst durch die Verbindung zu Typhos' Gedanken nicht mitverfolgen konnte.

Ganz so, wie Melek nicht in der Lage wäre, meine Unterhaltungen mit Typhos mitzuverfolgen.

Aber die Emotionen, die das Gespräch auslöste, die konnte ich vernehmen. Und im Moment kochte Typhos vor Wut, die er nur geradeso im Zaum zu halten wusste. Nach außen hin schien er gelassen und gefasst und er sah beinahe gelangweilt aus. Aber tief drinnen war er fuchsteufelswild.

Glücklicherweise wusste Melek mit dem Zorn des Höllenfeen-Königs umzugehen. Binnen weniger Minuten begannen sich Typhos' Gedanken zu beruhigen.

„Ajax hat die Frau uns vorgezogen", sagte Typhos schließlich hörbar und sein Blick wanderte von Melek zu mir. „Er hat gegen unsere Übereinkunft verstoßen. Du weißt, was das bedeutet, aber wenn du seine Folter in die Länge ziehen willst, nur zu."

Ich kniff meine Augen zusammen. Der König der Höllenfeen versuchte mir eine Falle zu stellen, indem er mir eine Wahl gab. Im Grunde genommen wollte er damit sagen: *Wenn du Ajax umgehend findest, werde ich seine Strafe vielleicht mildern. Wenn du wartest, werde ich meinen geballten Zorn in seine Strafe fließen lassen.*

„Camillia war nie Teil der Abmachung mit dir", erwiderte ich.

„Nein, war sie nicht. Unsere Abmachung hat sich um sein Versprechen gedreht, dass er mich und die Höllenfeen beschützen würde, und er hat allem den Rücken zugekehrt, was wir ihm gegeben haben, indem er sich für den Halbling entschieden hat."

„Wir haben auch versprochen, ihn zu beschützen", betonte ich. „Und doch haben wir ihn heute Abend im Stich gelassen. Wir haben zuerst gegen die Abmachung verstoßen. Aus diesem Grund war der Handel sowieso ungültig."

Typhos hob seine Augenbrauen. „Du wagst es, *mich* des Verstoßes gegen einen meiner eigenen Verträge zu beschuldigen?"

„Ganz recht." Ich machte einen Schritt nach vorn, mein Blick unablässig auf ihm. Ich blickte ihn ohne Reue, ohne Angst, ohne zu zögern an.

Denn ich war sein Höllenfeen-Kommandant. Seine rechte Hand. Sein *Gefährte*.

Er behielt mich aus einem guten Grund hier. Um ihm dabei zu helfen, eine Balance aufrechtzuerhalten. Um ihn und sein Volk zu beschützen. Um für die Ewigkeit an seiner Seite zu stehen und sicherzustellen, dass ihm niemals wieder jemand wehtun würde.

Aber er räumte mir dieses Recht ein, weil ich es mir mit meinem Vertrauen in ihn verdient hatte. Und Teil dieses Vertrauens beinhaltete eine unfehlbare Ehrlichkeit zwischen uns.

„Was wir heute Nacht getan haben, hat Ajax an Constantine erinnert. Ich habe ihn mit meiner Kraft gebändigt, um ihn zu beschützen, aber er hat meine Taten ganz anders interpretiert. Er hatte das Gefühl, dass wir ihn zwingen, dir dabei zuzusehen, wie du Cami folterst. Ganz so, wie Constantine es getan hat, als er alle getötet hat, die Ajax lieb waren."

Typhos' blähte seine Nasenflügel, als ich Constantine erwähnte, und seine ozeanblauen Augen wurden von dunklen violetten Wellen heimgesucht. „Ich bin nicht wie Constantine."

„Gewiss nicht", stimmte ich zu.

Constantine war ein Tyrann gewesen, der Abscheulichkeiten verabscheut hatte. Typhos war so ziemlich das Gegenteil von ihm.

Obwohl er in gewisser Hinsicht ein Tyrann sein konnte. Aber das tat jetzt nichts zur Sache.

„Was wir heute Nacht getan haben, hat Ajax an seine Vergangenheit erinnert. Er fühlt sich hintergangen. Und jetzt reagiert er auf diesen vermeintlichen Verrat."

Anstatt weiter ins Detail zu gehen, erlaubte ich ihm, meine Erinnerung an Ajax' Worte zu hören. Wie er mir gesagt hatte, dass er mir für meinen Teil von Typhos' Bestrafung nie vergeben würde.

„Constantine hat mich damals mit einem Bann gefangen gehalten. Hat mich gezwungen, dabei zuzusehen, wie alle, die ich geliebt habe, ihren Lebenswillen verloren haben, bevor er sie in Marmor verwandelt hat."

In seinen dunklen Augen hatte Schmerz gelegen, als er zu mir hochgeblickt hatte. Das Gewicht seines Schmerzes hatte sich auf meinen Schultern ausgebreitet.

„Und jetzt zwingst du mich, Cami dabei zuzusehen, wie sie ihren Kampf verliert. Sie mag nicht meine Gefährtin oder Teil meiner Familie sein, aber sie ist die erste Frau, die mich mehr fühlen lässt als nur den Tod. Zum ersten Mal seit zehn Jahren. Und du zwingst mich, ihr dabei zuzusehen, wie sie leidet. Fesselst mich. Raubst mir jegliche Kraft. Wie Constantine."

Ich war zusammengezuckt. *„Ajax."*

„Nein", hatte er zähneknirschend von sich gegeben und es mir verwehrt, zu Wort zu kommen. *„Das hier ist falsch. Ich werde dir für das hier nie vergeben."*

Und er hatte sich an sein Wort gehalten, da er sich stundenlang geweigert hatte, mit mir zu sprechen. Ein Detail, das ich jetzt mit Typhos teilte.

Als Ajax endlich wieder angefangen hatte, mit mir zu sprechen, war es auch nicht besser geworden.

„Er ist sauer", fasste ich mit sanftem Tonfall zusammen. „Aber was noch wichtiger ist ... Seine Gefühle sind verletzt. Und wenn ich ihn jetzt jage, wird das für keinen von uns gut enden."

Wir würden kämpfen, was üblicherweise zu Sex geführt hätte. Aber dieses Mal wäre es nicht so.

„Ich habe ihn noch nie so wütend gesehen", ergänzte ich.

„Wir haben ihn an eine Erfahrung erinnert, die ihn um ein Haar gebrochen hat."

„Mit dem Unterschied, dass er dieses Mal Gelegenheit hatte, das Mädchen zu retten", unterbrach Melek mit bedächtigem Tonfall. „Also hat er das auch getan."

Ja, dachte ich. *Ja, hat er.*

Mein Vogel erschauderte abermals, verärgert darüber, dass *wir* sie nicht gerettet hatten. Dass Ajax Cami vor *uns* beschützen wollte.

Es fühlte sich falsch an.

Geradezu grausam.

Sie gehört uns nicht, sagte ich ihm immer wieder.

Aber der verdammte Phönix wollte nicht hören. Er war überzeugt, endlich eine würdige Gefährtin gefunden zu haben. Eine, die wahrhaftig *unser* sein könnte.

Anders als der Höllenfeen-König, der vor mir stand.

Er war im Geiste mein. Mein bester Freund. Ein Wesen, das ich respektierte und auf brüderliche Art und Weise liebte.

Aber er war nicht *mein*.

Er gehörte Melek.

Und Ajax gehört mir, dachte ich.

Jedenfalls so in der Art. Unsere Dynamik war, gelinde gesagt, einzigartig.

Jetzt war unsere Dynamik für immer verändert worden, und das alles nur wegen Cami. Es sei denn, ich konnte die Sache irgendwie wieder geradebiegen.

Verdammt. Ich strich mir mit der Hand übers Gesicht und machte einen Schritt von Typhos weg. „Ich kann sie jetzt nicht *jagen*", murmelte ich und offenbarte Typhos meine Frustration mittels meiner Stimme und in meinen Gedanken. „Aber ich verspreche dir, sie *aufzuspüren*, sobald ich ..." Ich verstummte, war nicht sicher, wie ich den Satz beenden sollte.

Sobald ich meinen Vogel gebändigt hatte?

Sobald ich die passenden Worte gefunden hatte?

Sobald ich wusste, wie ich das Problem beheben sollte?

„Ich bin nicht wie Constantine", wiederholte Typhos, der ganz offensichtlich eingeschossen auf diesen Teil unseres

Gesprächs war. „Er hat Hunderte, wenn nicht sogar *Tausende* von Feen getötet. Er hat beinahe eine ganze Unterart von Mitternachtsfeen ausgelöscht. Alles nur, weil er machthungrig war und seinen kostbaren Thron behalten wollte. Ich bin *nicht* wie er."

„Die Malaiseblute verfügten über die Fähigkeit, Magie umzuschreiben, was seine Verbindungen zur Mitternachtsfeenquelle bedroht hat", erwiderte Melek und seine vielfarbigen Iriden glitzerten, während er dem König der Höllenfeen unablässig in die Augen sah. „Constantine hat auf diese *potenzielle Bedrohung* reagiert. Fast so, wie du jetzt auf Cami reagierst."

Typhos sah seinen Prinzen mit offen stehendem Mund an. „Ich versuche nicht, eine ganze Unterart von Feen auszulöschen wegen ihr."

„Nein, tust du nicht", stimmte Melek zu. „Aber Constantine hat auch nicht so angefangen." Er hielt seine Hand hoch, um Typhos vom Sprechen abzuhalten, während er hinzufügte: „Ich will damit nicht sagen, dass du wie er bist, Ty. Ich will damit bloß sagen, dass Ajax sensibel auf derartiges Verhalten einer Fee reagiert, die an der Macht ist. Vor allem, wenn es auf jemanden abzielt, der ihm am Herzen liegt."

„Ich habe ihr nicht einmal wehgetan", wandte Typhos ein.

„Nein, du hast sie in ein Kleid aus Ketten gesteckt und sie zur Schau gestellt – auf einer Bühne. Während dein Kommandant Ajax bewegungsunfähig gemacht hat."

Typhos kniff seine blauen Augen zusammen. „Du hast dich nicht darüber beschwert, als es stattgefunden hat, kleiner Prinz."

„Natürlich nicht. Ich liebe sinnliche Strafen", entgegnete Melek, ohne zu zögern. „Aber etwas hat gefehlt. Damals ist es mir nicht aufgefallen, jetzt aber schon."

„Und *was* hat gefehlt?", hakte Typhos nach und verschränkte seine muskulösen Arme vor seiner breiten Brust.

„Einverständnis." Das Wort platzte wie eine Bombe, was Typhos auf die Zähne beißen ließ.

„Sie ist eine Gefangene. Gefangene haben keine Rechte. Und überhaupt ..."

„Ich habe sie als eine intendierte Gefährtin markiert", fiel Melek dem Höllenfeen-König ins Wort. „Das räumt ihr mehr Rechte ein als den meisten anderen, die sich in derselben Lage wie sie befinden." Meleks ernster Tonfall war untypisch für die sonst so verspielte Fee.

Es genügte, um Typhos innehalten zu lassen.

Vielleicht waren es aber auch Meleks Worte, die endlich in den Kopf des sturen Königs der Höllenfeen durchdrangen.

„Ich weiß, dass dich ihre Fähigkeiten verunsichern", fuhr Melek mit sanfterem Tonfall weiter.

„Und du hast durchaus Anlass, deine Quelle beschützen zu wollen. Aber Vita hat Cami aus einem Grund erwählt. Deine Quelle lässt sie aus einem Grund ein. Lass uns diesen Grund ermitteln, bevor wir ein Urteil fällen."

Typhos gab ein Knurren von sich. Obwohl er seine Emotionen sonst immer so gut im Griff hatte, so trat seine Wut jetzt an die Oberfläche.

Aber er war jetzt von seinen Vertrauten umgeben, was ihm Gelegenheit einräumte, ganz sich selbst zu sein.

Unter uns trugen wir keine Masken. Wir sagten immer die Wahrheit.

Und Typhos wollte den Tatsachen nicht ins Auge blicken. Aber das musste er.

„Ajax und Cami werden sich ein oder zwei Nächte durchschlagen können. Gib ihnen diese Zeit, um zu heilen. Und habe auch etwas Gnade mit deinem Kommandanten." Melek sah mich mit untypisch besorgtem Ausdruck an. „Dein Phönix will fliegen."

Mein Biest braucht weit mehr als das, erwiderte ich um ein Haar. Doch ein elektrisches Summen unterbrach mich. Das Geräusch kam aus Typhos' Gedanken. Ich war jetzt besser vernetzt mit ihm als vorher, weshalb ich seine Reaktion auf einen eingehenden Anruf vernehmen konnte.

Er war wütend.

Erleichtert.

Erschöpft.

All diese Emotionen kamen in magnetischen Wellen über

mich. Seine innere Aufruhr ähnelte meiner eigenen – obschon sie einen ganz anderen Ursprung hatte.

Er fuhr mit der Hand durch die Luft, um einen rauchigen Bildschirm heraufzubeschwören. „Es ist Erebus", knurrte er. „Da muss ich rangehen." Seine blauen Augen sahen in meine. „Zwei Tage, Az. Ich gebe dir zwei Tage. Und dann will ich einen Lagebericht."

Der Höllenfeen-König räumte mir keine Gelegenheit ein, etwas zu erwidern, bevor er sich in eine seiner feurigen Wolken verwandelte und mich allein mit seinem Prinzen ließ.

Melek gab einen Seufzer von sich und strich sich mit seinen langen Fingern das ungebändigte blondbraune Haar aus dem Gesicht. „Er ist stur."

„Ja, ist er."

„Aber er meint es gut", ergänzte er.

„Für gewöhnlich schon", räumte ich ein.

Melek nickte und wiederholte: „Für gewöhnlich." Er zog seine Hand aus seinem Haar und schüttelte seinen Kopf. „Camillia erinnert ihn an Vivaxia. Und das nicht nur, weil sie eine Frau ist."

„Sondern weil sie seine Kräfte anzapfen kann", überlieferte ich. „Wie ein Absaugrohr."

„Ganz genau", erwiderte Melek und schürzte die Lippen. „Es kann kein Zufall sein, dass die Tugendfeen ausgerechnet jetzt beschlossen haben, in unsere Leben einzugreifen. Vielleicht hängt alles zusammen. Camis Ankunft. Ihre einzigartigen Fähigkeiten. Die Portale. Aber ich glaube nicht, dass *sie* dahintersteckt. Sie scheint mir unschuldig zu sein."

„Das war bei Vivaxia nicht anders", bemerkte ich. Der Name sandte einen Schauer an meinem Rücken hinab. Allein an unsere gemeinsame Vergangenheit zu denken, gab mir das Gefühl, dass Zeit nichts weiter als ein Konstrukt war. Die Erinnerung an ihre grausamen Berührungen wollte einfach nicht verblassen, obwohl schon tausende Jahre vergangen waren, seit ich sie zuletzt gesehen hatte.

Böse beschrieb die diabolische Frau, die Typhos um ein Haar umgebracht hatte, nicht einmal ansatzweise.

Ich hatte sie von Anfang an durchschaut, aber alle anderen hatten sie für eine sanftmütige, süße kleine Fee gehalten.

„Glaubst du, Cami ist wie sie?", fragte Melek, sein Kopf leicht schief gelegt.

„Glaubst du daran?"

„Meine Wahrnehmung war schon einmal getrübt. Ich würde mich lieber auf deine Einschätzung verlassen, Kommandant. Typhos ist immerhin nur aus einem Grund am Leben", antwortete Melek. „Was sagen deine Instinkte?"

Ich spannte meine Finger an, während meine Gedanken im Streit mit der beanspruchenden Haltung meines Vogels lagen.

Sie gehört uns.

Nein, tut sie nicht.

Doch, tut sie.

Nein, tut sie nicht.

Doch, tut sie.

Ich schloss meine Augen und schüttelte meinen Kopf. „Ich weiß es nicht. Mein Phönix ist verwirrt."

Mein inneres Biest schnaubte, beinahe so, als verspottete es mich für meine Sichtweise. *Du bist es, der verwirrt ist,* sagte dieser Laut.

Oder zumindest interpretierte ich es so.

„Dann flieg los und spüre sie auf", schlug Melek vor. „Du folgst deinen Instinkten und ich meinen. Wir werden uns gemeinsam eine Meinung bilden und dann sehen wir weiter."

Ich zog eine Braue hoch. „Was hast du vor?"

Auf seinen Lippen zog ein Lächeln auf und seine übliche Verspieltheit kehrte im Handumdrehen zurück. „Was ich am besten kann ... Mich einmischen." Im nächsten Augenblick zeigten sich seine Federn. Der weiße Flaum schimmerte voller goldener Funken. „Bis bald, Kommandant."

Er verschwand, bevor ich etwas sagen konnte. Sein Abgang ähnelte dem des Höllenfeen-Königs. Mit dem Unterschied, dass er ein Puder zurückließ, anstatt Rauch.

Ich schätzte, wir alle hatten unsere Eigenheiten.

Meine war zufällig, in Asche zu zerfallen.

Die ich zur Schau stellte, indem ich es ihm gleichtat und mich außerhalb der Palastwände teleportierte.

Denn Melek hatte recht. Mein Phönix musste fliegen.

Ich verwandelte mich und flog in die dunklen Wolken. Mein Phönix verlangte, dass wir Cami und Ajax aufspürten.

Noch nicht, sagte ich zu ihm, woraufhin mein Vogel empört knurrte.

Ich mochte mich in meiner Phönix-Gestalt befinden, aber ich hatte nach wie vor das Sagen. Aber das hielt mein Tier nicht davon ab, mir zu drohen, die Kontrolle zu übernehmen.

Es bedurfte eines merklichen Aufwands, Kontrolle zu bewahren, und ich war nicht sicher, ob es mir gelungen war, weil wir auf die Tore des Reiches zuzuschweben schienen.

Verdammt, ich konnte im Moment mein eigenes Tier kaum im Zaum behalten.

Mein ganzes Leben war auf den Kopf gestellt worden. Alles nur wegen einer Frau.

Cami.

Ich wollte sie dafür hassen. Zur Hölle, ich *sollte* sie hassen. Und doch ... fühlte sich ein Teil von mir ... *lebendig.* Als hätte ich bis vor Kurzem nicht wirklich gelebt.

Es war mir nicht bewusst gewesen, aber jetzt spürte ich es. Meinem Phönix war langweilig gewesen, bis Cami gekommen war. Nichts hatte sein Interesse erhascht.

Tausende Jahre lang hatte ich mich mit der Monotonie des Lebens abgefunden und Reiz gefunden, wo immer er sich mir als Höllenfeen-Kommandant geboten hatte.

Bis Ajax gekommen war. Bis Cami gekommen war. Sie hatten einen neuen Funken in mir entzündet, den ich vorher noch nie empfunden hatte.

Und ich wollte mehr davon.

Von *ihr.*

Von ihnen beiden.

Ich werde euch finden, schwor ich – sprach mit Cami und Ajax, obwohl mir klar war, dass sie mich nicht hören konnten. *Ich werde euch finden. Und dann werden wir reden. Morgen.*

KAPITEL 8

AJAX

EIN CHOR aus zischenden Schlangen bestätigte, dass ich mich und Cami an den richtigen Ort gebracht hatte. Wir befanden uns direkt vor den schmiedeeisernen Toren des neuen Mitternachtsfeenpalastes.

Königin Aflora und ihre Gefährten hatten diesen Ort geschaffen, kurz nachdem sie den Rat der Mitternachtsfeen entmachtet hatten. Er stand für alles, was der Rat verabscheut hatte. Es war ein Zuhause für Abscheulichkeiten.

Abscheulichkeiten wie die Mitternachtsfeenkönigin selbst.

Ich murmelte den feindseligen Schlangenreben einen Bann zu, woraufhin ihre steinähnlichen Körper begannen, sich leise fortzubewegen. Ich hätte meinen Zauberstab benutzt, um sie wegzuzaubern, aber meine Hände waren zu beschäftigt damit, Camillia zu halten.

Sie würden nicht zubeißen, auch wenn Camillia eine Außenseiterin war. Vorwiegend, weil ich sie in meinen Armen hielt.

Die beschützerischen Reben würden mich als einen annehmbaren Gast ansehen. Oder zumindest sollten sie das.

Trotzdem ging ich bedächtigen Schrittes durch die Tore, weil ich das Schicksal nicht herausfordern wollte. Zum Glück ließen sie uns aber in Ruhe.

Ich hielt direkt hinter der Schwelle inne. Eine blumige Wiese tat sich vor meinen Augen auf. Die Ansammlung von Blumen und Bäumen war untypisch für das Reich der Mitternachtsfeen. Aber unsere Königin war zu einem Teil eine Erdfee, also hätte ich eine Umgebung voller Pflanzen erwarten sollen.

„Ajax", grüßte mich mein ältester Freund, während er durch die Schatten in den Hof wandelte und sich ein paar Schritte entfernt vor mich hinstellte.

„Shade", gab ich mit einem Seufzer zurück. „Natürlich wusstest du, dass ich hierherkommen würde."

„Natürlich wusste ich, dass du hierherkommen würdest", wiederholte er und das Lächeln, das auf seinen Lippen aufzog, formte ein paar entwaffnende Grübchen an seinen Wangen.

Der Schein trog.

Nichts an dieser Fee war unschuldig. Seine Todesblutaura – eine Mischung aus dunkler Energie und violetter Magie – verriet sein dunkles Naturell.

Vermutlich war es bei mir nicht anders, aber Shade verkörperte dank seiner Schicksalsfeen-Wurzeln ein völlig anderes Kaliber von Gefahr.

Seine eisblauen Iriden glitzerten im Mondlicht, während sein Blick auf die Frau in meinen Armen wanderte. „Dir scheint es zu gefallen, deinen Halbling nackt herumzutragen. Es überrascht mich, dass sie dich gewähren lässt, wo sie doch zu einem Teil sterblich ist."

Ich sah auf Cami hinab und zuckte zusammen. „Verdammt." Ich hatte völlig vergessen, ihr Klamotten herbeizuzaubern, weil ich so konzentriert darauf gewesen war, das Höllenfeen-Königreich zu verlassen und hierherzugelangen.

Mit einem weiteren geflüsterten Bann beschwor ich eine Decke hoch, um sie damit zu bedecken. Der weiche Stoff lag auf meinen Armen auf.

Shade sah mich mit hochgezogener Augenbraue an. „Du siehst aus, als wärst du durch die Hölle gegangen."

„Sehr witzig", murmelte ich und positionierte Cami um, um sicherzustellen, dass sie es gemütlich hatte, während ihr Kopf an meine Brust gelegt war.

Sie schien wach zu sein, ihre Sinne aber nicht geschärft. Ihre langen blondbraunen Wimpern flatterten ein paarmal auf, doch ihr Blick schärfte sich nicht.

Als sie erschauderte, fügte ich eine zweite Decke hinzu. Das Reich der Mitternachtsfeen war einiges kälter als das Reich der Höllenfeen. Es würde eine Weile dauern, sich daran zu gewöhnen, nachdem ich so lange in der gleißenden Hitze gelebt hatte.

„Ich wünschte, das wäre ein Scherz", murmelte er. „Du siehst echt beschissen aus."

„Deine Bemerkungen sind wie immer äußerst hilfreich."

„Dafür hat man doch Freunde", säuselte er.

„Und um einen Zufluchtsort zu haben, hoffe ich", murmelte ich, woraufhin er seinen Kopf schief legte.

Die widerspenstigen Strähnen seines dichten schwarzen Haarschopfes fielen über eines seiner eisblauen Augen, während er mich musterte. Er hatte diese Art an sich, einem direkt in die Seele zu blicken, wenn er das tat. Es hatte mich bisher nie verunsichert, jetzt aber schon.

Weil er mir meine Bitte abschlagen konnte.

Er konnte mir den Eintritt verweigern, sodass ich keinen sicheren Zufluchtsort hätte.

Und dann was?, fragte ich mich.

Ich hatte den Ort, den ich einst mein Zuhause genannt hatte, verlassen. Hatte den anderen Mitternachtsfeen den Rücken zugekehrt. Und jetzt war ich zurück und hoffte inständig, dass mein ältester Freund mir helfen würde. *Uns* helfen würde.

„Luzifer wird sie umbringen", flüsterte ich. „Und mich jetzt vermutlich auch."

Shade erwiderte nichts und musterte mich weiter. Vielleicht musterte er überhaupt nicht mich, sondern die vielen verschiedenen Pfade vor uns.

Ich war nicht ganz sicher, wie die Wahrsagergabe von Schicksalsfeen funktionierte, vor allem nicht bei Shade. Seine gemischte Abstammung machte ihn zu etwas entschieden anderem. Seine Verbindungen zu Aflora und all ihren geteilten Gefährten hatte ihn noch mehr verändert.

Wer wusste, was er sah? Was er sagte? Was er tat?

Ich schluckte schwer und mein Griff um Camillia verstärkte sich, beinahe, als wollte ich sie beschützen. Shade würde ihr nicht wehtun, dessen war ich mir sicher. Aber einigen von Afloras anderen Gefährten könnte unsere unerwartete Ankunft missfallen.

„Wenn ich mich recht erinnere, hat Zakkai ein Übereinkommen mit Luzifer getroffen, um deine Magie etwas höllischer zu machen, anstatt all deine Wurzeln als Mitternachtsfee zu kappen. Daher ..." Er verstummte und zuckte mit den Achseln. „Ist das hier doch noch immer dein Zuhause, oder?"

„Ist es das?", fragte ich ihn, war mir nicht sicher, wie die Antwort auf diese Frage lautete. Denn ich hatte dieses Reich vor einem Jahrzehnt verlassen und geschworen, nie zurückzukehren. Und doch stand ich jetzt hier, mitten im Reich der Mitternachtsfeen und flehte meinen ältesten Freund geradezu an, Cami und mir Schutz zu bieten.

Luzifer würde uns jagen. Vermutlich mit Az' Hilfe.

Wie werden Aflora und ihre Gefährten darauf reagieren? Werden sie uns ausliefern? Oder wird meine vorschnelle Entscheidung, hierherzukommen, katastrophale Konsequenzen haben?

„Wir sollten uns noch nicht mit Semantik oder möglichen Zukünften aufhalten", murmelte Shade mit wissendem Blick. Manchmal fragte ich mich, ob er Gedanken lesen konnte, weil seine Intuition etwas zu gut war, um ein Zufall zu sein.

Leider war das typisch für Shade.

Durch seine Adern floss Macht.

„Hier entlang", fuhr er fort und deutete mit seinem Kopf einen langen Weg hinab, der von schwarzen und blauen Blumen umsäumt war. Sie kreierten einen wunderschönen Innenhof – jedenfalls auf den ersten Blick.

Bei längerem Hinsehen bestätigte sich jedoch meine Vermutung. Diese Blumen hatten Dornen.

Und nicht nur irgendwelche Dornen, sondern mit Klingen besetzte Dornen. Ähnlich wie die rasiermesserscharfen Grashalme auf der Akademie der Mitternachtsfeen.

Aflora hatte ihre Erdfeen-Abstammung ganz offensichtlich mit ihrer Magie, die ihr als Königin der Mitternachtsfeen zuteilwurde, vereint und eine neue Lebensform um ihren Palast herum erschaffen. Dieser Zauber breitete sich mit jedem Schritt mehr und mehr aus und mein Blick wanderte zu den brennenden Knallbäumen in der Ferne. Ich schnaubte lachend, als mir auffiel, dass sich anstatt des üblichen Feuers himmelblauer Rauch um die kahlen Äste rankte.

Dann, als ein Farbtupfer sich an den schwarzen Ästen des Knallbaums bemerkbar machte und wieder erlosch, hielt ich inne. „Feuerkäfer?", riet ich und sah die flackernden Lichter stirnrunzelnd an. Es handelte sich dabei üblicherweise um nervige kleine Flammenbälle, aber die hier sahen eher aus wie eine festliche Dekoration.

„Mh-hm", summte Shade, folgte meinem Blick und legte seinen Kopf schief. „Aflora hat die Palastwände verzaubert, damit einige der nervigen Lebewesen zu etwas Netterem werden. In diesem Fall hat sie dafür gesorgt, dass alle Feuerkäfer, die die Grenze zum Palast überschreiten, zu leuchtenden Schmetterlingen werden." Er sah mich an. „Wenn dir das gefällt, solltest du sehen, was sie mit den Steinhackern gemacht hat."

Ich zog meine Augenbrauen hoch. „Können sie sich nicht einfach aus einem Zauber herauspicken?" So gingen Steinhacker sonst auch vor. Sie waren vogelähnliche Wesen, die ihre langen Schnäbel dazu benutzten, Steine und andere Gegenstände zu picken, um die Zauber zu absorbieren, die auf ihnen lasteten. Lästige kleine Viecher.

„Ihr Zauber schreibt sich immer wieder um, sodass die Steinhacker ihn nicht absorbieren können." Ein Lächeln breitete sich auf seinen Lippen aus. „Was bedeutet, dass sie ständig ihre Form und Spezies verändern."

„Ich ahne, warum dich das derart belustigt." Weil er sie ganz offensichtlich für etwas Schändliches benutzte. Immerhin sprach ich hier mit Shade.

„Zakkai hasst sie."

„Ich wette, das tut er", säuselte ich.

„Und Zeph auch."

„Will heißen, dass du sie liebst", schloss ich.

„Selbstverständlich." Ein verschlagenes Glitzern flammte in seinen Augen auf. „Ich habe Florica beigebracht, wie man sie jagt."

„Und was macht sie mit ihnen, wenn sie sie findet?"

„Sie versteckt sie." Ein amüsierter Blick lag in seinen eisblauen Augen, was mir verriet, dass ihm das Versteck gefiel, das Florica sich ausgesucht hatte. „Einer hat sich neulich in eine Stachelschwein-Sphinx verwandelt." Seine Grübchen traten hervor. „In Zephs Bett. Während er geschlafen hat."

Trotz meiner miesen Stimmung konnte ich meine Mundwinkel nicht davon abhalten, zu zucken. Zeph war während meines letzten Schuljahres mit Shade Direktor gewesen. Als Kämpferblut hatte er die Trainings in Verteidigung gegen die Dunklen Künste geleitet und war ab und an ein echter Mistkerl gewesen. Der Gedanke, dass er von einer Stachelschwein-Sphinx angegriffen worden war, war ziemlich amüsant.

„Wie hat er darauf reagiert?"

„Er hat sie getötet und an Raph verfüttert." Shade ernüchterte, als er Zephs Zauberwesen – Raph, die dreiköpfige Schlange – erwähnte. „Florica ... kommt nach ihrer Mutter. Sie hat es nicht gut aufgenommen."

„Verstehe."

„Zeph kriecht ihr deswegen noch immer in den Hintern."

„Und du?"

Er warf mir einen unschuldigen Blick zu. „Ich hatte nichts damit zu tun. Ich habe meiner Tochter eine nützliche Kompetenz vermittelt. Es ist nicht meine Schuld, dass Zeph ihre Fähigkeiten nicht zu schätzen weiß."

Mir entfuhr ein Lachen und ich schüttelte meinen Kopf. Auch ein Jahrzehnt hatte diesen Gefährtenzirkel nicht besonders verändert.

Wie das wohl ist?, fragte ich mich. *Eine Familie zu haben, die alle Macken und Entscheidungen toleriert? Selbst diejenigen, die geradezu hinterhältig sind?*

Ich würde es nie erfahren.

Weil meine Entscheidungen vermutlich zu meinem Tod führen würden.

Als ich auf Cami hinabsah, stellte ich fest, dass sie ihre Augen mittlerweile geschlossen hatte. Sie hatte ihren Kopf an meine Brust gelegt und ihre sanften Züge ließen sie jünger aussehen als sonst. Und vertrauensvoller. Gütig. Sanft. *Wehrlos.*

Mir schmerzte angesichts ihrer offensichtlichen Erschöpfung das Herz. Luzifers Mätzchen hatten der Kämpferin in meinen Armen das Leben wortwörtlich ausgesogen und eine verletzliche Frau zurückgelassen, die ich kaum wiedererkannte.

Ich schluckte schwer und mir drohte ein Versprechen über die Lippen zu kommen, das ich nicht machen durfte. Denn ich war mir nicht sicher, ob ich es halten konnte.

Luzifer wird dich nie wieder anrühren, war ein Versprechen, das ich nicht ablegen konnte, auch wenn ich das wollte.

In Wahrheit würde ich vermutlich nicht lange genug überleben, um sie beschützen zu können.

Aber ich bereute meine Entscheidung nicht.

Meine Entscheidung war gefallen.

Ich würde nicht länger zwiegespalten sein, wem ich treu ergeben war. Es würde keinen Aufruhr mehr geben, weil ich Luzifers Gesetze beachten oder den Forderungen meines Herzens widerstreben musste. Ich hatte aus meinen Fehlern gelernt.

Fehler, die mir nicht noch einmal unterlaufen würden.

Dieser Gedanke gab mir das Gefühl, leichter zu sein. Als könnte ich meine Flügel spreizen und zum schwarzen Himmel schweben, der sich über das Reich der Mitternachtsfeen erstreckte.

Ich frage mich, ob Az sich so fühlt, wenn er sich in seiner Phönix-Gestalt befindet.

Vermutlich nicht, weil er das arme Ding unterdrückte, wann immer er konnte.

Was ich nicht darum geben würde, ihm eine Kostprobe seiner eigenen Medizin zu geben.

Shade musterte mich einen langen Augenblick. Alle Amüsiertheit war aufgrund dessen, was er in meinem Gesicht las, verblasst. „Heben wir uns die Führung für später auf", sagte er zu mir. „Komm schon."

Mir war nicht einmal bewusst gewesen, dass wir uns auf einer Führung befunden hatten, aber angesichts dessen, dass das hier mein erster Besuch im Palast war, hätte ein kleiner Rundgang durchaus Sinn ergeben. Mal abgesehen von der Tatsache, dass ich eine jetzt bewusstlose Frau in meinen Armen hielt.

Mein alter Freund ging in Stille voran. Er führte uns entschlossenen Schrittes den langen Weg hinab zum Hof, an mehreren einzigartig aussehenden Wesen und Kriechtieren vorbei. Sie alle schienen mithilfe von Magie verändert worden zu sein, was Shades Erwähnung von Afloras Bann, der auf dem Außenbereich lag, bestätigte. Ich war nicht allzu überrascht darüber.

Die vormalige Erdfeen-Königin liebte die Natur und das Leben, und all ihre Veränderungen in der Umgebung und am Äußeren des Palastes bestätigten das auch. Bis hin zu den erdigen Gesteinen und schwarzen Ziegeln unter meinen Füßen.

Shade kam vor einer Treppe aus Obsidian, die die Terrasse des Palastes einzurahmen schien, zu einem Halt.

„Da drinnen gibt es jede Menge Wurzeln", sagte er. „Pass einfach auf, wo du hintrittst."

Ich runzelte die Stirn. „Du meinst Baumwurzeln?"

„Neben anderen Tieren und Pflanzen", erwiderte er und zuckte – wie für ihn typisch – mit den Schultern.

Die *Wurzeln* begannen schon auf der Veranda. Ihre rebenähnlichen Äste wanden sich durch die schwarzen Steine und moosigen Gebilde, die sich auf dem Boden ausgebreitet hatten. Mehrere der Äste gehörten zu Bäumen, die Teil der Palastmauern zu sein schienen, was mich meine Augenbraue hochziehen ließ.

Ein belaubter Überhang umrahmte eine Flügeltür, die Zutritt zu einem gemütlichen Wohnzimmer mit einer Unmenge von Fenstern bot. Es schien mir etwas verschwenderisch, wenn man bedachte, dass die Sonne in diesem Reich nie schien, aber das Mondlicht kreierte eine romantische Stimmung im übergroßen Zimmer.

„Das ist der Familienflügel", erklärte Shade. „Es schien mir irgendwie passender, dass du hier übernachtest, anstatt im Gästeflügel."

„Wir wären auch mit dem Gästeflügel zufrieden gewesen", erwiderte ich.

„Ja, wärt ihr", stimmte er zu. „Aber euch hier zu haben, wird witziger sein."

„Weil Florica vielleicht einen Steinhacker in unserem Zimmer verstecken könnte?"

Er grinste. „Nein. Weil es Zakkai vermutlich unheimlich ärgern wird. Und das zaubert mir immer ein Lächeln ins Gesicht."

„Es ist wirklich erstaunlich, dass du noch lebst."

„Das dürfte die Untertreibung des Jahrtausends sein", erwiderte er, ohne zu zögern. Er führte mich einen Flur hinab zu einer Hintertreppe und hüpfte dann über eine besonders dicke Wurzel, bevor er in die zweite Etage lief.

Ich positionierte Cami um und folgte ihm. Ein Teil von mir wünschte sich, dass ich durch die Schatten wandeln und sie in einem der Zimmer aufs Bett legen könnte. Leider konnte ich mittels meiner Schatten nur an Orte reisen, an denen ich zuvor schon gewesen war.

Shade gab ein Pfeifen von sich, während er lief, woraufhin die Wände sich um uns herum zu verändern begannen und mehrere Türen ohne Klinke in Erscheinung traten. Als eine mit dem Kopf eines Wasserspeiers an der Tür erschien, hielt er an.

„Sir Silber", grüßte Shade. „Unsere Gäste sind eingetroffen."

„Gäste", wiederholte Sir Silber mit kiesiger Stimme, während er seinen steinigen Mund und Rachen bewegte. „Wie kurios."

Das Holz bewegte sich, bevor jemand von uns dem bissigen Wasserspeier antworten konnte, und das Zimmer trat in Erscheinung.

Kleine Steinfüße trafen auf den Boden. Der Wasserspeier nahm seine Rolle als Beschützer des Zimmers ein. Die meisten Mitternachtsfeen beschäftigten Wasserspeier zu diesem Zweck. Sie eigneten sich hervorragend für Sicherheitsaufgaben.

Er stampfte in die opulenten Gemächer und der plüschige, moosähnliche Teppich dämpfte seine dröhnenden Schritte.

„Wow", sagte ich, während ich die kunstvollen Beleuchtungen im Zimmer und den riesigen Balkon, der sich an der hinteren Wand entlang zog, musterte. „Das ist das Gästezimmer?"

„Für Familie und Adelige, die uns besuchen, ja", sagte Shade. „Sol und seine Gefährten kommen oft vorbei. Darum auch das riesige Bett." Er deutete auf die Matratze, die genug Platz für eine zehnköpfige Familie bot.

Sol war eine Erdfee, die mit der Königin der Elemente verbunden war. Sie hatten einen einzigartigen Gefährtenzirkel, obwohl ich zugeben musste, dass ich keinen von ihnen besonders gut kannte.

„Bist du dir sicher, dass wir hier unterkommen sollen?", fragte ich misstrauisch. „Wir sind nicht wirklich Teil eurer Familie ..." Es schmerzte mehr als erwartet, das zuzugeben, aber es stimmte.

Sosehr ich Shade respektierte, wir waren in den vergangenen paar Jahren nicht direkt eng befreundet gewesen. Ich hatte ihn weggestoßen, zusammen mit allem, was mich an meine Vergangenheit erinnert hatte.

„Wir sind auch keine Adelige", ergänzte ich mit etwas barscherer Stimme als beabsichtigt.

„Familie geht über Blutsverwandte hinaus, Ajax", entgegnete er. „Und nein, ihr seid noch keine Adelige, aber deine kleine Gefährtin könnte schon bald eine sein."

„Meine kleine Gefährtin?", wiederholte ich. Und was zum Teufel meinte er mit ‚schon bald'? „Sie ist nicht meine Gefährtin."

„Ich schätze, da hast du recht. Zumindest noch nicht." Er wandte sich von mir ab und lief zu einem Tisch. „Meine Großmutter lässt grüßen. Und Kekse hat sie auch mitgegeben." Er deutete auf die Leckerei. Etwas, was mir üblicherweise das Wasser im Mund zusammenlaufen lassen würde, weil ich die Kekse seiner Großmutter liebte. Aber ich war noch immer zu beschäftigt mit dem kryptischen Mist, den er eben von sich gegeben hatte.

„Ich werde sie ohne ihre Zustimmung niemals beißen." Ein Akt, der das Gefährtenband gegen Camis Willen kreieren würde. Was genau das war, was Shade bei Aflora getan hatte. „Cami ist nicht meine Gefährtin und wird es auch nie sein."

Vorwiegend, weil sie mich derzeit abgrundtief verabscheute.

Aber auch, weil ich mich weigerte, überhaupt in Erwägung zu ziehen, sie mein zu machen.

Sie zu beanspruchen, hätte mit Leichtigkeit zu einer Fantasie werden können. Aber das war nicht unsere Realität. Wir lebten in einem höllischen Kreislauf, der von Luzifers Bedürfnissen und Wünschen gesteuert wurde. Etwas anderes zu glauben, hätte nur dazu geführt, dass ich verletzt würde.

„Du hast Glück, dass dein Weg dir diese Freiheit einräumt", erwiderte er mit einem Funkeln in seinen Augen. „Bei mir war das nicht so."

„Ich habe mich nicht über dich und Aflora lustig gemacht. Ich meine ja nur ..." *Was meine ich eigentlich?*, fragte ich mich. „Ich will damit sagen, dass ... das, was ich und Cami miteinander haben, anders ist."

Na bitte.

Das war die Wahrheit.

Denn es ging hier wirklich nicht darum, wie er sich mit Aflora verbunden hatte. Ob sie nun zugestimmt hatte oder nicht, sie hatten alles miteinander besprochen.

Aber Cami ... Ich war mir nicht sicher, wie wir unsere derzeitigen Differenzen beilegen sollten, und ich würde der Liste ganz bestimmt nicht hinzufügen, sie gegen ihren Willen gebissen zu haben.

Auch wenn sie zu meiner Gefährtin zu machen es mir erleichtern würde, sie zu beschützen.

Ich werde nicht einmal daran denken, sagte ich mir selbst.

„Das werden wir ja sehen", murmelte er in für ihn typischer kryptischer Art. „Oma hat den Keksen eine Karte beigelegt. Lies sie, wenn du Gelegenheit hast." Er lief zu den Fenstern, die

Aussicht auf den Balkon boten. „Es gibt Verdunklungsjalousien, wenn du sie brauchst. Sir Silber wird dir zeigen, wie man sie benutzt."

Der Wasserspeier schnaubte höhnisch. „Sir Silber wird tun, was immer Euch beliebt", spottete die steinerne Kreatur. „Sir Silber muss man nicht vorstellen, weil er nur lebt, um zu dienen."

„Ich habe dich vorgestellt", insistierte Shade. „Na ja, genau genommen, habe ich dich gegrüßt. Die Absicht war jedenfalls da."

„Hmpf", gab der Wasserspeier leise von sich.

Shade stieß einen Seufzer aus. „Ich schulde dir einen Steiner, okay?"

Ich hob meine Brauen, als ich das Wort *Steiner* hörte. Shade bezog sich dabei auf eine Zigarre aus Laub, die mit giftigen Kräutern aus dem Letawald – einem gefährlichen bewaldeten Gebiet in der Nähe der Akademie der Mitternachtsfeen – gefüllt war.

„Mach drei daraus und wir sind quitt."

„Drei?" Shade schüttelte seinen Kopf. „*Zwei*, und dafür hilfst du Florica bei ihrer nächsten Aufgabe."

Der Wasserspeier kratzte sich am Kinn. „Knallbaumfackeln?"

„Jepp."

„Na gut."

„Abgemacht." Shade streckte dem Wasserspeier seine Faust entgegen, um den Handel zu besiegeln.

„Soll ich das Bett für die Dame vorbereiten?", fragte Sir Silber mich. Seinem jetzt freundlicheren Tonfall wohnte aufgrund seines Steinmundes noch immer eine kiesige Note inne.

„Ja, das wüsste ich zu schätzen." Cami war nicht schwer und es machte mir auch nichts aus, sie zu tragen, aber sie musste sich ausruhen und dieses riesige Bett würde ganz bestimmt dazu beitragen.

„Na dann ... werde ich dich Sir Silbers fähigen Klauen überlassen." Er grinste, als der Wasserspeier auf der anderen Seite des Zimmers ein Knurren von sich gab. „Wenn ihr beide euch ausgeruht habt, gesellt euch doch morgen zu uns fürs

Mitternachtsfrühstück. Ich bin mir sicher, dass Aflora deine Zukünftige kennenlernen möchte."

„Sie ist nicht ..."

Shade verschwand in einer Rauchwolke. Sein Lachen hallte im Zimmer wider, während die Stränge aus Kraft sich in Luft auflösten.

„Mistkerl", murmelte ich.

„Er ist besser als der Architekt", gab Sir Silber, der neben dem Bett stand, knirschend von sich. „Vor dem Architekten habe ich Angst."

Ja, dachte ich. *Ich auch.* Nicht, dass ich das offen zugeben würde. Selbstverständlich brauchte ich das auch nicht.

Zakkai war der Mitternachtsfeen-Architekt und ziemlich genau so mächtig wie Luzifer.

Die Mitternachtsfee auf meiner Seite zu haben, könnte sich als lohnenswert herausstellen, wenn Az hier antanzte. Aber Zakkai davon zu überzeugen, mir zu helfen, würde nicht einfach werden.

Ein Problem, mit dem ich mich morgen befassen werde. Vielleicht beim Mitternachtsfrühstück.

„Das Bett ist bereit", verkündete Sir Silber. „Handtücher liegen bereits auf dem Wärmeständer, wenn Ihr duschen oder ein Bad nehmen wollt. Braucht Ihr sonst noch etwas?"

Ich schüttelte meinen Kopf. „Nein. Danke für Eure Hilfe, Sir Silber. Legt ruhig eine Pause ein oder geht und drangsaliert Shade bezüglich Eurer Steiner."

Der Wasserspeier verbeugte sich. „Ich werde mich auf meinen Posten begeben."

Das war nicht, was ich vorgeschlagen hatte, aber ich wusste es besser, als mit einem Wasserspeier zu diskutieren. Stattdessen bedankte ich mich abermals bei ihm und trug Cami zum riesigen Bett hinüber.

Sol war ein Berg von einem Mann und seine riesige Statur war angsteinflößend. Und doch hätte die Matratze hier Platz genug für zehn seiner Art geboten.

„Gästezimmer", murrte ich, während ich Cami aufs Bett legte. „Wohl eher Orgienzimmer."

Ich zuckte zusammen, wollte im Moment nicht daran denken.

Na ja, Cami inmitten einer Orgie ..., das hätte mir gefallen können. Sie wäre eine verlockende Göttin in der Mitte und ihre wunderschönen grauen Augen würden, angesichts des leidenschaftlichen Sturms, blitzen, während sie lusterfüllt schreien würde.

Ja, bitte, dachte ich.

Doch das Bild schärfte sich und plötzlich waren die übrigen Teilnehmer der Fantasie klarer zu erkennen. Az, der von hinten in sie stieß, während sie rittlings auf mir saß und mein Schwanz tief in ihrer süßen Mitte vergraben war. Melek, der sein Glied in ihrem Mund abwechselnd versenkte und wieder aus ihr zog.

Und Luzifer, der den Befehl erteilt hatte.

Er würde in diesem Sessel sitzen, der in der Ecke des Zimmers stand und zum Bett ausgerichtet war, und würde einen seiner für ihn typischen Anzüge tragen. Die rohe Kraft des Höllenfeen-Königs würde das Zimmer einnehmen und sein dunkles Haar würde in energetischen Wogen um seine Schultern wehen. In diesen dunklen glitzernden Augen würde eine gewalttätige Absicht lauern, während er unablässig Melek anstarren würde. Und Cami. Und *mich*.

Ich erschauderte. Die Fantasie war so echt, dass sie sich beinahe real anfühlte.

Aber Camis sanfte Atemzüge zogen mich zurück in die Gegenwart – zu ihrem erschöpften Körper, der sich instinktiv in die Laken kuschelte.

Ich schüttelte meinen Kopf. Die intensive Fantasie hatte mich etwas benommen gemacht. Ich konnte nicht recht abschätzen, ob ich gerade eine Fantasie gehabt hatte oder ob die Erschöpfung mir zusehends den Verstand raubte.

Denn was ich gerade gesehen hatte, würde nie Realität werden.

Das Einzige, was Luzifer verfügen würde, wäre unserer beider Hinrichtung.

„Verdammt." Ich strich mir mit der Hand übers Gesicht. *„Verdammt."*

Cami *antwortete* mit einem leisen Seufzer darauf und schmiegte sich in den Kissenbezug mit Blumenprint, der ein herber Kontrast zu den schwarzen und roten Farbtönen im Königreich der Höllenfeen bildete.

Der Einrichtungsstil war nicht ganz so mein Fall, aber in diesem Augenblick passte er zu Cami. Und sie schien zufrieden.

Schlaf gut, kleine Rebellin.

Ich ließ sie ihren wohlverdienten Schlaf genießen und begab mich auf den Balkon.

Als ich einen tiefen Atemzug nahm, wurden mir die Folgen meines Handelns bewusst.

Jetzt habe ich es echt vermasselt, was?

Der Hof des Palastes, der reich gefüllt mit verschiedenen Bäumen, Blumen und Lebewesen war, erstreckte sich vor meinen Augen. So still. Und doch so lebendig. Natur, wohin das Auge reichte. Alles davon erleuchtet vom Mond, der am Himmelszelt hing.

Darin inbegriffen ein paar Pfirsichbäume – ein Baum, der nicht aus diesem Reich stammte, sondern äußerst sterblich war.

Ich machte mir im Geiste eine Notiz, Shade später darüber auszufragen. Die seltsame Schöpfung musste Afloras Werk sein. Dasselbe galt für die Pilze und die violetten Blätterpflanzen daneben.

Das ist zweifelsohne Nahrung für Elementefeen, dachte ich. *Vielleicht sind das hier Afloras persönliche Gärten.*

Wie surreal, dachte ich staunend.

Ich hätte mir nie träumen lassen, dass ich hierherkommen würde.

Trotz Shades offener Einladung hatte ich geglaubt, zu wissen, wie mein Leben aussehen würde, nachdem ich Az begegnet war. Er war der Tod in Person gewesen. Die Art von Einladung, nach der ich mich gesehnt hatte, nachdem Constantines Machenschaften mir das Herz gebrochen hatten.

Als ich Az zum ersten Mal begegnet war, hatte er mich zu einem Kampf herausgefordert und überrascht darüber geschienen, dass ich seine Herausforderung angenommen hatte.

Die große schwarze Tätowierung eines Phönix hatte sich über seine prallen Muskeln ausgebreitet und ein Hauch schwarzer Magie und ein gnadenloser Blick hatten in seinen violetten Augen geweilt.

Ich hatte sein Angebot angenommen – in der Erwartung, zu sterben.

Aber das war ich nicht und deswegen war mir die Position des Wärters zugefallen.

An den Kommandanten zu denken, ließ mich das Geländer so fest umklammern, dass es Risse bekam.

Ich hatte geglaubt, dass die Position des Wärters anzunehmen eine Lösung wäre. Wenn ich nicht den Tod finden würde, dann würde ich eben dem König der Höllenfeen dienen und Monster bändigen.

Eine Aufgabe, die wichtiger gewesen war als mein eigenes Leben.

Etwas, worauf Emelyn stolz gewesen wäre. Doch wenn sie mich jetzt gesehen hätte, wäre sie angewidert von mir gewesen.

Wo gehöre ich hin? Wer bin ich? Auf was für eine Zukunft kann ich noch hoffen?

Ich konnte keine dieser Fragen beantworten. Nicht mehr.

Ich hatte gerade eine lebensverändernde Entscheidung getroffen.

Eine, die meine Freunde in diesem Reich in einen Krieg stürzen könnte, wenn ich nicht vorsichtig war. *Aber was für eine andere Wahl hatte ich?*

Ich hatte Cami nicht im Reich der Höllenfeen lassen können. Sie wäre bloß weiterhin schlecht behandelt, misshandelt und am Ende getötet worden, weil sie zu überleben versucht hatte.

Weil sie sich und dem, was sie war, getreu handelte. Nur weil keiner von uns das verstand, hatten wir nicht das Recht, ihr Leben zu beenden.

Wie Constantine es getan hätte.

Fluchend ging ich zurück nach drinnen. Meine Nase erinnerte mich daran, dass Shades Großmutter, Zenaida, ihre allseits bekannten Kekse geschickt hatte.

Weil sie gewusst hatte, dass ich hierherkommen würde. Ganz so, wie Shade es gewusst hatte. Ihre Wahrsagergabe war angsteinflößend, aber nützlich.

Vor allem, weil ich am Verhungern war.

Ich nahm einen Keks vom Teller und musterte die Karte, die daneben lag. *Natürlich hat sie eine Karte mitgeschickt*, sinnierte ich und rollte amüsiert mit den Augen.

Mit einem zweiten Bissen vertilgte ich den Keks – ich war echt ungeheuer hungrig – und griff nach der Notiz.

Ich presste die Lippen aufeinander, als ich die Worte las, die auf dem oberen Bereich der Karte geschrieben standen. *Ein Bann*. Nicht nur irgendein Bann, sondern einer, der von einer Mitternachtsfee mit einem Zauberstab gesprochen werden sollte. „Okay ..."

Darunter war eine kleinere handschriftliche Notiz angebracht, auf der stand: *Es könnte sein, dass du den hier brauchen wirst, um ein gewisses Biest zu bändigen. Viel Glück.*

Ich betrachtete die Nachricht einen Augenblick lang und fragte mich, ob Zenaida etwas vorhergesehen hatte, um das ich mir Sorgen machen sollte, aber ich war zu erschöpft, um mich zu fragen, was das sein könnte.

Es war ein echt langer Tag.

Ich zog mein Oberteil aus, entledigte mich meiner Schuhe und Socken und ließ mich auf das Sofa fallen. Obwohl das Bett groß genug war, um Cami und mir Platz zu bieten, wollte ich nicht riskieren, sie aufzubringen, indem ich falsche Schlüsse zog.

Vor allem, weil sie noch immer sauer auf mich war.

Weil ich nicht darüber nachdenken wollte, prägte ich mir den Zauber von Zenaida ein. Wenn die alte Schicksalsfee wollte, dass ich diesen Bann kannte, dann gab es einen Grund dafür.

Mit diesem Gedanken murmelte ich einen Schrankenzauber, der mich aufwecken sollte, falls jemand das Zimmer ohne meine Zustimmung betrat. Dann ließ ich die Karte in meiner Hosentasche verschwinden.

Das wird fürs Erste genügen müssen.

Cami musste sich ausruhen, und ich mich auch. Wir würden morgen einen Schlachtplan entwickeln.

Vorausgesetzt, sie würde lange genug bleiben, damit wir uns aussprechen konnten.

Ich zog meinen Zauberstab hervor, um den Bann anzupassen, sodass er mich auch aufwecken würde, wenn jemand das Zimmer verließ. *Nur für den Fall ...*

KAPITEL 9

CAMI

HÖR AUF DAMIT, dachte ich und wand mich. *Lass mich in Ruhe.*

Ich schlug mir auf den Arm, doch die kriechende Empfindung wanderte unablässig über meine Haut.

Verdammte Ameise. Ich versuchte ein weiteres Mal, sie zu erwischen, woraufhin mehrere weitere in Erscheinung traten. Oder zumindest fühlte es sich so an.

Knurrend schlug ich nach den Insekten, entschlossen, sie verschwinden zu lassen. Ich war zu müde für diesen Mist. Zu ausgelaugt. *Zu* ... Ich runzelte die Stirn. *Zu kalt* ...

Ich runzelte die Stirn. Ich hatte diese Temperatur nicht mehr gespürt, seit ... *seit jenem Tag, an dem Ajax und Az mich im Reich der Mitternachtsfeen an einen Stuhl gebunden haben.*

Ich setzte mich ruckartig auf und musterte meine Umgebung mit weit aufgerissenen Augen. Ein Teil von mir war darauf gefasst, einen mir bekannten Kerker zu erblicken, der randvoll mit sich windenden Schlangen war.

Aber ... das war überhaupt nicht, was vor mir lag.

Stattdessen war ich mit seidenen Laken mit Blumenprint zugedeckt und das Zimmer, in dem ich mich befand, sah aus, als würden Möbel aus dem Fußboden wachsen.

Ich blinzelte. *Wo zur Hölle bin ich?*

Das hier war eindeutig nicht Luzifers Palast.

Aber wie es schien, waren mir gewisse Dinge aus besagtem Palast gefolgt.

Dinge wie der selbstzufriedene Melek, der neben mir auf dem unbekannten Bett faulenzte.

Sein Blick wanderte auf meine Brüste, bevor er mir eine Traube in meinen offen stehenden Mund steckte.

„Guten Morgen, mein Engel. Schön, dich zu sehen."

Ich schürzte meine Lippen, während ich seinem Blick folgte. *Scheiße.* Ich griff nach einem Laken, um meine Blöße zu bedecken, nur um mich daran zu erinnern, dass er mich in diesen Ketten gesehen hatte. War das ... *gestern? Vorgestern? Vor wenigen Stunden?*

Zur Hölle, ich hatte nicht die leiseste Ahnung.

Wie dem auch war, das hier war nichts Neues für ihn.

Und dieser Gedanke brachte mich umgehend auf.

Ich zermalmte die Traube mit meinen Zähnen und zwang mich, das süße Etwas zu schlucken. Ihr kräftiger Geschmack traf ins Schwarze. Ich musste zugeben, dass ich völlig ausgetrocknet und *hungrig* war.

Aber auch wütend.

Vielleicht ... überwog die Wut.

Mein Bauch wählte diesen Augenblick, um ein Knurren von sich zu geben und meiner Prioritätenliste damit zu widersprechen.

Zuerst essen, dann dem Höllenfeen-Prinz die Meinung sagen, schien er zu sagen.

„Wo bin ich?", wollte ich wissen, bevor ich nach einer weiteren Traube griff, die sich in einer Schüssel in Meleks Schoß befanden. *Wenigstens trägt er Klamotten.*

Natürlich deutete sein Blick an, dass es ihm weitaus lieber wäre, seine Kleidung auszuziehen und sich mir unter den Laken anzuschließen.

Irgendwann einmal hätte ich vermutlich nichts dagegen einzuwenden gehabt – nur um herauszufinden, was sich unter all den sexy Anzügen verbarg.

Aber jetzt? Jetzt wollte ich nichts mehr mit diesem Arschloch zu tun haben.

Außer vielleicht ein paar Antworten aus ihm herausbekommen.

Und alle Trauben essen. Mit diesem Gedanken griff ich nach einer weiteren und zog meine Braue hoch, während ich auf seine Antwort wartete.

„Im Reich der Mitternachtsfeen. Genauer gesagt, im Palast der Mitternachtsfeenkönigin." Er hielt einen Augenblick inne. „Er strotzt nur so vor Kraft. Spürst du sie nicht?"

Doch, tue ich, dachte ich und spannte meinen Kiefer an. *Es fühlt sich an, als würden Ameisen über meine Haut krabbeln.*

„Warum bin ich hier?", wollte ich wissen, anstatt seine Frage zu bejahen.

„Das musst du unseren werten Herrn Wärter fragen", murmelte er und blickte über seine Schulter ins Wohnzimmer, das sich hinter dem Schlafzimmer erstreckte. Ich schien mich in einer übergroßen Suite zu befinden. Eine Wand bestand gänzlich aus Glas und einer Tür, die auf einen Balkon hinausführte.

Der Mond, der am Himmelszelt hing, ließ mich innehalten. *Wie viel Uhr ist es?*

„Ich würde ihm noch eine Stunde geben", fuhr Melek fort. „Er wird den Schlaf brauchen."

Ich zog die Stirn abermals kraus – der Ausdruck würde vermutlich bestehen bleiben, wenn ich nicht bald andere Mimik verwendete –, während meine Gedanken die Ereignisse der gestrigen Nacht zusammentrugen.

Mein Traum.

Wie ich mit Ajax aufgewacht bin.

Wie ich zusammengebrochen bin.

Wie er mit mir durch die Schatten gewandelt ist ...

„Bin ich hier, um erneut verhört zu werden?", fragte ich bedächtig und musterte den reichhaltig geschmückten Raum ein weiteres Mal. Er war zweifellos ein Upgrade zum Kerker, in dem ich letztes Mal gelandet war.

„Nein. Ich glaube, Ajax hat vor, dich zu retten", erwiderte Melek und seine vielfarbigen Iriden glänzten. „Er will dich vor Ty beschützen. Ein kühner Schachzug, muss ich sagen. Wenn auch etwas übereilt. Aber seine Absicht ist ehrenwert."

Er reichte mir die Schüssel mit den Früchten.

„Hier. Iss. Du wirst deine Kräfte auch brauchen. Weil es nicht lange dauern wird, bis Az euch beide findet. Vor allem, wenn man bedenkt, wie leicht ich dich habe orten können." Er legte seinen Kopf schief, was sein blondbraunes Haar in seine ausdrucksstarken Augen fallen ließ. „Ich frage mich, wie du ihn davon überzeugen willst, dich nicht zu Ty zurückzuschleppen. Es ist eine Schande, dass ich nicht hierbleiben und zusehen kann."

Mit diesen Worten löste er sich in Luft auf. Ich funkelte die Stelle an, an der er eben noch gelegen hatte. „Typisch", murmelte ich und aß eine Traube. „Spricht immer nur in Rätseln und eröffnet mir nie wertvolle Informationen."

„Na, das stimmt so nicht", erwiderte er. Seine Stimme schreckte mich auf. Er erschien neben mir mit einem Tablett in seinem Schoß. „Alles, was ich dir sage, ist wertvoll. Es ist nicht meine Schuld, dass es dir nicht gelingt, meine Worte richtig zu interpretieren." Er hielt mir eine Tasse Kaffee hin. „Hier."

Ich hätte zu gerne aus Prinzip abgelehnt, aber der köstliche Geruch umgarnte mich in hypnotischen Wellen und ließ mir das Wasser im Mund zusammenlaufen.

Schokolade. Schlagsahne. Kaffee.

Köstlich.

Ich griff nach der Tasse und nahm vorsichtig einen Schluck davon, um die Temperatur des Getränks zu testen, und stöhnte, als das warme Getränk meinen wunden Hals beruhigte. Mir war bisher nicht aufgefallen, dass er wund war, bis ich geschluckt hatte.

Ich bin definitiv dehydriert und am Verhungern.

Na gut. Ich werde diese Mahlzeit annehmen.

Ihn aber nicht.

Auch wenn er mit Schokolade überzogene Erdbeeren hat.

Die er mir als Nächstes hinstreckte. Ich griff nach einer von ihnen, weil ... Na ja, es hörte sich gut an. Aber das bedeutete nicht, dass ich ihm diese Akt-der-Güte-Masche abnahm.

Er sah mir dabei zu, wie ich die Beere an meinen Mund führte und davon abbiss. Sein Blick folgte meiner Zunge, als ich mir über die Lippen leckte. Er schien in einer ganz spezifischen

Stimmung zu sein. Einer, mit der ich im Augenblick nicht das Geringste zu tun haben wollte.

„Bist du hier, um mich zurück zu Luzifer zu bringen?", fragte ich. „Oder versuchst du bloß, mich um den Verstand zu bringen?"

Ein belustigter Ausdruck breitete sich auf seinem Gesicht aus. „Um den Verstand will ich dich allemal bringen, mein Engel ..."

„Das habe ich nicht gefragt", fiel ich ihm ins Wort.

„Ich bin hier, um nach dir zu sehen", fuhr er fort und ignorierte meinen Einwand. „Wie geht es dir, mein Engel?"

Ich kniff meine Augen zusammen. „Als wären meine Tage gezählt, *Prinz Melek*."

„Hm", meinte er mit einem Summen, und seine Belustigung schien zuzunehmen.

Wenigstens einer von uns hat Spaß, knurrte ich in Gedanken.

Denn ich war ganz und gar nicht amüsiert von der ganzen Angelegenheit.

Ajax hatte versucht, mich zu retten. Ich erinnerte mich bruchstückhaft daran, weshalb ich ihm die Information zumindest im Ansatz abnahm. Aber das bedeutete nur, dass er Luzifer getrotzt hatte.

Was wiederum bedeutete, dass wir so gut wie geliefert waren.

Ich hatte keinen Zweifel daran, dass der König der Höllenfeen mich an den Haaren zurückschleppen würde, um mich vor aller Augen hinzurichten, sobald er mich gefunden hatte.

Na ja, nein. Er würde vermutlich Az hierhinschicken, um den Teil *mit mich an den Haaren zurückzuziehen* zu erledigen. Und dann würde Luzifer mich hinrichten. Schrecklich und vor aller Augen. Und er würde mich vermutlich nackt hinrichten, weil meine Nacktheit ein wiederkehrender Faktor in meiner Beziehung zu diesen Männern zu sein schien.

Ich griff nach einer weiteren Erdbeere und widmete mich dann meinem Kaffee, während der Höllenfeen-Prinz mich in Stille musterte.

Er hat die Früchte vermutlich verhext, dämmerte mir. *Und jetzt wartet er nur darauf, dass der Bann seine Wirkung entfaltet.*

Es war naiv gewesen, ihm in der Vergangenheit zu trauen, und ich war ein echter Dummkopf, ihm jetzt zu trauen. Aber ich war so verdammt hungrig. „Wie lange habe ich geschlafen?", fragte ich.

„Eine ganze Weile", erwiderte er kryptisch. Denn natürlich konnte diese Fee mir keine direkte Antwort auf irgendeine Frage geben. Warum würde er sich auch jemals hilfreich oder mitteilsam zeigen?

Ich trank den Kaffee und stellte die Tasse auf den Nachttisch neben mir. Darauf erschien eine Flasche Wasser, was mich meine Augen rollen ließ, bevor ich mich wieder den Trauben widmete. „Du wirst dir meine Vergebung nicht mit Essen verdienen können", murmelte ich.

„Ich versuche nicht, mir etwas zu verdienen, Cami. Ich will mich nur um dich kümmern."

„Aha?" Ich sah ihn mit hochgezogener Augenbraue an. „Mit was genau? Willst du mich mästen, bevor Luzifer mich wieder allen präsentiert?"

Seine vielfarbigen Augen glitzerten und ein uncharakteristischer Hauch von Gefühl zeichnete sich in seinem Gesicht ab. Er verblasste zu schnell, um ihn einordnen zu können. Es war nicht weiter als ein leichtes Zucken seiner Lippen, das nicht wie sein übliches Grinsen aussah. Beinahe, als wäre er drauf und dran gewesen, mich finster anzusehen.

„Mir ist klar, dass Tys Taten ... na ja, *unangenehm* für dich waren. Aber er musste etwas tun, um die Ordnung aufrechtzuerhalten. Sein Wärter und sein Kommandant haben sich ohne Erlaubnis eine Braut genommen. Sie durften nicht ungeschoren damit davonkommen. Andernfalls hätten andere Höllenfeen dasselbe getan und ihre eigenen Bräute gestohlen."

„Du meinst wohl eher ‚Gefangene nehmen, die ohnehin schon gegen ihren Willen hier sind und sie zwingen, sich zu verbinden'? Was übrigens genau das ist, was die Spiele bezwecken?", konterte ich.

Meleks Ausdruck verfinsterte sich. „Interpretierst du schon

wieder absichtlich Ereignisse falsch? Tust du wieder so, als ob du nicht wüsstest, warum die Brautspiele existieren?"

„Willst du etwa einfach verdrängen, dass die *meisten* Frauen nicht aus freiem Willen hier sind?", schoss ich zurück. Mir war klar, dass ich mich wie eine verurteilende kleine Göre anhörte, und es war mir egal. Denn scheiß auf ihn. Und scheiß auf seinen König.

Melek seufzte und schüttelte seinen Kopf. „Das Schicksal wirkt auf wundersame Weise, Camillia. Deine Zurschaustellung von Macht im Marschland hat doch genau das gezeigt, findest du nicht?"

Ich biss die Zähne zusammen. „Das hatte nichts mit meinem Schicksal zu tun."

„Ach, wirklich? Also warst du nur zufällig in genug Kraft von Ty eingewickelt, um sie einzusetzen und ein ganzes Königreich der Albtraumfeen zu retten? Faszinierend."

„Was wirfst du mir vor?"

„Ich werfe dir gar nichts vor, kleiner Engel. Ich weise nur darauf hin, dass das Schicksal gestern zu unseren Gunsten entschieden hat. Was unserem Höllenfeen-König derzeit schwerfällt, zu akzeptieren. Ähnlich wie deine Reaktion auf die Brautspiele der Höllenfeen." Ich streckte meine Hand aus, um nach einer Traube zu greifen, deren Schale ich in meinem Schoß hatte. „Du und Ty weist ein paar sehr auffällige Ähnlichkeiten auf. Sturheit, zum Beispiel."

„Ich bin nicht im Geringsten so wie er."

„Interessanterweise glaube ich, dass er diesbezüglich mit dir eins gehen würde", sinnierte er. „Natürlich habt ihr beide Unrecht, aber keiner von euch will es zugeben." Er zuckte mit der Achsel und lehnte sich dann gegen den Kopfteil des riesigen Bettes. Seine Haltung war der Inbegriff von Nonchalance.

„Wie auch immer, *Prinz Melek*. Wenn du nicht hier bist, um mich zu Luzifer zurückzuschleppen, und du wirklich nur wissen willst, wie es mir geht ... Dann ... Danke der Nachfrage. Für eine Frau, die so gut wie tot ist, geht es mir gut. Es steht dir jetzt frei, dich zu verziehen." War ich unfreundlich? Ja. Aber dieses Arschloch hatte es nicht anders verdient.

Luzifer hatte mich mit Ketten behängt und mich in einen Käfig gesteckt. *Der sich auf einer verdammten Bühne befunden hat.*

Und wozu? Um mich zu erniedrigen? Weil ich seine kostbare Quelle berührt hatte?

Dann hatte ich sie benutzt, um ihm zu *helfen*, und zum Dank wollte er mich umbringen.

Klar, vielleicht hatte Melek mich vorübergehend vor dem Zorn des Höllenfeen-Königs bewahrt. Und ja, vielleicht war es keine gute Idee, die eine Fee zu verärgern, die in der Lage zu sein schien, mich vor dem buchstäblichen Teufel zu retten. Aber ich hatte es satt, Meleks Spielchen mitzuspielen.

Hatte es satt, eine Schachfigur zu sein.

Ein Spielzeug.

Oder für was auch immer er mich hielt.

„Geh", wiederholte ich. „Und nimm deinen kryptischen Mist mit."

Er spannte seinen Kiefer an. Meine Worte hatten ganz offensichtlich einen Nerv getroffen. Aber anstatt zu verschwinden, zauberte er sich nur ein Glas Wein herbei, führte den kristallenen Rand an seinen Mund und nahm genussvoll einen Schluck davon.

„Als Ty mir deine Bestrafung offenbart hat, muss ich zugeben, dass meine Neugier geweckt war. Vorwiegend, weil ich Bondage mag und Ketten zu diesem Fetisch passen."

„Wie schön für dich", gab ich ausdruckslos zurück.

„Aber seither habe ich eingesehen, dass verbale Zustimmung zu einer solchen Aktivität genauso wichtig ist", fuhr er fort und blendete meine wiederholte Unterbrechung aus. „Auch wenn unsere Körper vielleicht eine gewisse Empfindung genießen, heißt das nicht, dass sie auch unseren Herzen und Köpfen gefällt."

Ich starrte ihn an. *Was soll ich darauf überhaupt antworten?*, fragte ich mich.

Zum Glück schien er keine Antwort von mir zu wollen.

Denn er war noch nicht fertig.

„Es tut mir leid, Cami." Alle Anzeichen auf seine typische

Verspieltheit verblassten angesichts seiner gewichtigen Worte. „Ty hat sich diese sinnliche Strafe ausgedacht, um mir zu gefallen. Selbstverständlich hat er das nicht zugegeben, aber er hat die Bestrafung zweifellos mit meinen Neigungen im Hinterkopf entworfen. Ich glaube, das war seine Art, seine Zustimmung zu zeigen."

Meine Augenbrauen wanderten nach oben. „Zustimmung für was? Mich zu foltern?"

„Zustimmung zu meinen Absichten mit dir", erwiderte er. „Er war nicht besonders erfreut über meine Entscheidungen, die dich betreffen. Zum Beispiel über die Geschenke, die ich dir gemacht habe, die Informationen, die ich dir gegeben habe. Dich geküsst zu haben. Aber ich glaube, er hat versucht, etwas Licht in eine sonst so düstere Lage zu bringen. So ist er nun einmal."

„Ich ..." Ich wusste auch nicht, wie ich darauf antworten sollte. Melek war vermutlich noch nie so direkt zu mir gewesen, und trotzdem ergab das Gesagte keinen Sinn.

„Was für Absichten?", fragte ich schließlich, weil ich noch immer nicht verstand, was er von mir wollte.

„Meine Absicht, dich zu meiner Gefährtin zu machen", stellte er mit geduldigem Tonfall klar.

Das hatte er schon einmal zu mir gesagt.

„Dann sagen wir einfach, dass ich vorhabe, dein zu werden, wenn du das eines Tages willst."

Er hatte das gesagt, als hätte ich eine Wahl. *Habe ich noch immer eine Wahl?*

„Ich will dich nicht überfordern", murmelte er. „Aber ich weiß, dass du wütend bist, und es tut mir leid. Wirklich. Ty versucht nur, mit all den Veränderungen klarzukommen, und um offen und ehrlich zu sein: Er schlägt sich nicht direkt gut."

Was du nicht sagst, entfuhr mir um ein Haar.

„Ich schulde Ajax auch eine Entschuldigung. Obwohl Az und Ty ..." Melek zuckte zusammen und sah mit zusammengekniffenen Augen zum Wohnzimmer.

Ich folgte seinem Blick – fürchtete, dass Ajax uns vielleicht gehört hatte und aufgewacht war. Aber er war noch immer in die

Kissen vergraben und hatte einen Arm über sein Gesicht gelegt, während sein anderer auf seinem nackten Oberkörper ruhte.

Doch Melek schien auf die Tür fokussiert.

Ein Schaudern rann an meinem Rücken hinab, was die Härchen an meinem Nacken sich aufstellen ließ. *Ist Ty hier? Az? Sonst jemand?*

Kraft ging von Melek aus. Goldene Staubpartikel, die durch die Luft schwirrten und die Energie auf die Tür lossandten.

„Was ist los?", flüsterte ich.

„Zakkai", murmelte Melek. „Er spielt mit meiner Essenz."

Ich schluckte schwer. Der Name war mir bekannt. *Zakkai, der Quellenarchitekt.* Er war eine furchteinflößend mächtige Mitternachtsfee, die über die Fähigkeit verfügte, Magie umzuschreiben. Er hatte mich auch mit einem Wahrheitsbann belegt, der meine Unschuld bewiesen hatte.

Er hatte mich mächtig genannt, und als er gebeten worden war, näher darauf einzugehen, was er gespürt hatte, hatte er gesagt: *„Eine Gleichgestellte."*

Was auch immer das zu bedeuten hatte.

„Ich sollte nicht hier sein, und er will sichergehen, dass ich das weiß", fuhr Melek fort. „Ich zeige ihm, dass ich mich durchaus zur Wehr setzen könnte, es aber nicht tue. Stattdessen lasse ich ihn spielen."

„Und wie gefällt ihm das?", fragte ich misstrauisch.

„Er ist noch unschlüssig", murmelte Melek achselzuckend. „Wie auch immer ... Ich glaube, wir hatten es von Entschuldigungen?" In seinen schönen Augen waberte Kraft, die er geradeso zurückzuhalten schien, während er mich ansah. „Es tut mir leid, dass ich dir wehgetan habe, Camillia. Ich würde es nie mit Absicht tun. Alles, was ich will, ist, dich beschützen."

Ich spannte und entspannte meinen Kiefer dann. Seine Aufrichtigkeit rüttelte an meinen Mauern. Aber es genügte nicht, um ihm zu vergeben. Und Luzifer ganz bestimmt nicht.

Es war zu viel geschehen. Ich konnte den beiden nicht vertrauen. *Keinem von ihnen,* korrigierte ich und mein Blick wanderte zu Ajax. *Na ja, vielleicht einigen von ihnen.*

Höllenfeenregel Nummer zehn: Taten sprechen lauter als Worte.

Und Ajax' bisherige Taten deuteten darauf hin, dass es ihm mehr als nur leidtat. Er war willens, alles für mich aufs Spiel zu setzen. Darin einbegriffen seine Beziehung zu Az.

Ich knirschte weiter mit den Zähnen, war mich nicht sicher, was ich von Ajax' Entscheidungen halten sollte. Er hätte meinetwegen nicht so viel aufgeben sollen. Hätte sich Luzifers Befehl nicht widersetzen sollen. Jetzt würde er auch gejagt werden. Vielleicht sogar getötet.

Wegen mir.

Das ... gefiel mir überhaupt nicht.

„Würde Luzifer mir glauben, wenn ich sage, dass es mir irgendwie gelungen ist, Ajax mit einem Bann zu belegen und ihn zu zwingen, mich hierherzubringen?", fragte ich Melek, während ich meine Fäuste ballte und dann wieder löste. „Oder wird er Ajax so oder so das Leben nehmen?"

„Er wird Ajax nicht umbringen, Cami. Und dich auch nicht."

Ich warf ihm einen Seitenblick zu. „Es fällt mir schwer, das zu glauben."

„Das weiß ich. Aber Az hat ihm letzte Nacht viel zu denken gegeben. Und ich werde dafür sorgen, dass er auch weiterhin über Az' Worte nachdenkt." Melek streckte seine Hand aus und seine Finger strichen um ein Haar über meine Wange. Aber in der allerletzten Sekunde zog er seine Hand zurück und schüttelte seinen Kopf erneut, bevor ihm ein weiterer Seufzer über seine allzu perfekten Lippen kam.

Warum muss er so verdammt verlockend aussehen?, fragte ich mich.

Ich *verabscheute*, wie hingezogen ich mich zu ihm fühlte. Ich weigerte mich, eine dieser Frauen zu sein, die einem Typen dafür vergaben, etwas Falsches getan zu haben, nur weil er ein umwerfend charmantes Lächeln hatte.

Oder sich aufrichtig entschuldigte.

Es könnte ein Schritt in die richtige Richtung sein, aber er hatte noch immer einiges gutzumachen, bevor ich überhaupt daran denken würde, ihm zu vergeben.

Obwohl die ausbleibenden kryptischen Bemerkungen ein guter Anfang waren.

„Mein Ziel ist, eine Einheit zu schaffen, kleiner Engel. Eine starke Zukunft zu kreieren. In den Augen unserer Feinde unantastbar und unzerstörbar zu sein", sagte er, und ließ damit meine Gedanken von eben verblassen.

Da ging die Sache mit den *fehlenden kryptischen Bemerkungen* hin.

„Das sagt mir absolut gar nichts, Melek." Das waren nichts weiter als ein paar raffinierte Worte gewesen, die keinen Sinn ergaben. *Wessen Feinde? Meine? Deine? Und was soll das ganze Gerede von Einheit und stärkeren Zukünften?*

„Vielleicht sagt es dir alles, was du wissen musst. Du verstehst vielleicht nur noch nicht alles."

Er strich sich mit den Fingern durchs Haar. Die Bewegung schien beinahe untypisch für ihn. Als wäre er gestresst und als ob er versuchte, die richtigen Worte zu finden.

Wie untypisch für Melek.

„Ich weiß, dass du wütend bist, Engelchen. Und das solltest du auch. Ty versucht dich zu kontrollieren, damit er seine Reaktion auf dich besser im Zaum halten kann. Kämpf weiter gegen ihn an. Ihr beide braucht es."

„Vielleicht *brauche* ich bloß nichts mit dir oder ihm zu tun zu haben", konterte ich.

„Vielleicht wäre es besser, wenn ich mit keinem von euch etwas zu tun hätte."

„Wenn das doch nur eine Option wäre, Engelchen", erwiderte er mit einem tiefen Seufzer. „Aber das Buch hat dich auserwählt. Und das bedeutet, dass Tys Seele dich auf einer gewissen Ebene markiert hat. Keinem von uns wurde bezüglich der Ereignisse, die eingetroffen sind, je eine Wahl gelassen."

Wenn ich das gewusst hätte, hätte ich dieses vermaledeite Buch in der Bibliothek nie angerührt.

„Die Einzige, die keine Wahl hatte, bin ich – die Gefangene der Höllenfeen", sagte ich. „Ich muss die Konsequenzen einer Vereinbarung ausbaden, die mein Vater mit dem Teufel geschlossen hat. Alles, was seit jenem Tag geschehen ist, habe ich nicht *entschieden*."

„Sind wir wieder bei diesem Thema angelangt?"

„Es stimmt", entgegnete ich.

„Hm, wenn du mich fragst, hast du jede Menge Entscheidungen getroffen, Cami", murmelte er mit wissendem Blick. „Ziemlich viele Entscheidungen, die dir Vergnügen bereitet haben, um genau zu sein."

Mir klappte die Kinnlade runter. „Wie bitte?"

„Du hast richtig gehört, mein Engel." Da war wieder ein Hauch dieser Verspieltheit, während ein Häufchen dieses goldfarbenen Staubs sich in seiner Handfläche sammelte. „Leider habe ich keine Zeit, um dieses Gespräch fortzuführen."

Im nächsten Augenblick blies er das Pulver in mein Gesicht, was mich zum Husten brachte. „Was zum Teufel war das denn?"

„Wir sehen uns bald, mein Engel", flüsterte er, seine Lippen urplötzlich an meinem Ohr. Ich zuckte zusammen und sein Mund streifte meine Schläfe. „Versuch, Az nicht umzubringen, wenn er hier auftaucht."

Dann verschwand er und ließ mich, mit seiner goldenen Essenz bedeckt, zurück.

„*Melek*", knurrte ich und strich mir vergebens übers Gesicht. Ich brauchte keinen Spiegel, um zu wissen, dass mein Gesicht über und über mit schimmernden Partikeln voll war.

Aus dem Wohnzimmer kam ein Fluchen und Ajax kam auf seine Beine. Sein Zauberstab war gezückt und sein Blick jagte im Zimmer umher, als suchte er nach einer Bedrohung.

Als sein Blick auf mir landete, hielt er inne.

Er runzelte die Stirn, vermutlich, weil er meine schimmernde Haut erblickt hatte.

Verdammt. Das Zeug klebte auch an meinen Schultern und an meinem Nacken. *Und an meinen Brüsten*, realisierte ich, als ich nach unten blickte.

Weil ich von der Decke abgelassen hatte, als ich panisch mein Gesicht abzuwischen begonnen hatte.

Der Stoff war während dem Essen unter meine Arme

geklemmt gewesen, und jetzt ... Jepp, jetzt hatte er sich an meiner Taille gesammelt.

Scheiß drauf, dachte ich. *Scheiß auf alles.*

Was spielte es jetzt noch für eine Rolle, dass ich nackt war? Zwischen dem Verhör und dem Kettenkleid und jetzt dem hier ..., machte es keinen Unterschied.

Warum also nicht auch glitzernde Titten?

Bäh!

Ich ließ meinen Kopf in meine Hände sinken und ächzte so laut, dass wohl das gesamte Königreich der Mitternachtsfeen mich hören konnte.

„Melek?", riet Ajax.

Ich machte mir nicht die Mühe, zu nicken und murmelte stattdessen bloß: „Offensichtlich."

Dann ließ ich mich aufs Bett plumpsen und schrie ins Kissen.

Diese elenden männlichen Feen.

Ich hasse sie.

Sie. Alle.

KAPITEL 10

CAMI

MEIN HALS SCHMERZTE und meine Schreie glichen eher einem Krächzen als einem ohrenbetäubenden Laut.

Das ist vermutlich ein Zeichen dafür, dass ich aufhören sollte, mich so kindisch aufzuführen und es auf eine andere Art versuchen sollte, dachte ich, wütend auf mich selbst. Aber ein Teil von mir fühlte sich auch erleichtert. Ich hatte eine Gelegenheit gebraucht, um alles rauszulassen. Und zum Glück hatte Ajax nicht versucht, mich aufzuhalten.

Leider lehnte er sich jetzt an die Wand im Schlafzimmer, hatte die Arme vor seiner muskulösen Brust verschränkt und beobachtete mich mit seinen dunklen Augen. Von hier aus konnte ich den blauen Rand, der sich um die obsidianschwarzen Iriden rankte, kaum erkennen, was ihn irgendwie noch unheilvoller aussehen ließ.

„Du hast mich ins Reich der Mitternachtsfeen gebracht", sagte ich mit einer Reibeisenstimme. Ich griff nach der Wasserflasche auf dem Nachttisch und trank die Hälfte der Flasche, bevor ich ergänzte: „Warum zum Teufel würdest du das tun? Luzifer wird dich umbringen." *Meinetwegen.*

Ajax zuckte bloß mit den Schultern. „Weil es das Richtige war. Wenn er mich deswegen umbringt, wird er nur beweisen, dass meine Reaktion richtig war." Er machte einen Schritt nach vorn und hielt mir ein Handtuch hin. Eines, von dem ich nicht bemerkt hatte, dass er es in seiner Hand gehalten und an die Brust gedrückt hatte.

Anstatt ihm dafür zu danken, stellte ich mein Wasser beiseite und griff nach einem Handtuch, bevor ich mir das Gesicht damit abrieb.

Ein Blick nach unten verriet mir, was ich bereits geahnt hatte ... „Das Zeug lässt sich nicht abmachen."

„Nein, tut es nicht."

Ich knirschte mit den Zähnen. „Verdammter Melek."

Es scheint ... tiefer in deine Poren zu dringen", sagte Ajax und steckte seine Hände in die Hosentaschen seiner Jeans.

„Es dringt in meine Poren ein?"

„Es zieht ein. Fast so, wie eine Lotion", erwiderte er.

„War ja klar", gab ich zähneknirschend von mir. „Vermutlich hat er mich gerade mit einem Ortungszauber versehen." Obwohl er ganz offensichtlich keinen brauchte, da er mich auch ohne gefunden hatte.

Ich ließ mein Gesicht abermals in meine Hände sinken und knurrte.

Das war alles total bescheuert. Jede einzelne Minute. „Ich habe nur versucht, diesen Feen zu helfen", sagte ich zu Ajax. Es war mir egal, ob ihn der abrupte Themenwechsel störte. „Aber um das zu bewerkstelligen, musste ich Luzifers Kraft benutzen."

„Ich weiß. Ich weiß, was geschehen ist."

„Und er auch, aber du hast gesehen, wohin das geführt hat", knurrte ich.

„Ich weiß nicht einmal, wo ich damit anfangen soll, seine Taten zu erklären. Melek oder Az könnten das besser. Ich kann dir nur sagen, dass ich dem, was er getan hat, nicht zustimme. Und ..." Er trat auf der Stelle. Die Bewegung war uncharakteristisch jungenhaft und völlig untypisch für den Höllenfeen-Wärter, den ich kannte. „Und alles, was ich tun kann, ist, mich für meine Beteiligung zu entschuldigen."

Ich zog meine Augenbrauen hoch. „Jetzt entschuldigst du dich auch noch?"

„Melek hat sich entschuldigt?"

„Ja."

„Oh." Er runzelte die Stirn. „Das ... Das muss ein interessantes Erlebnis gewesen sein."

„Es war definitiv etwas Neues", gab ich zu, noch immer nicht sicher, was ich davon halten sollte.

Melek hatte etwas von verbaler Zustimmung gesagt. Und er hatte es sich anhören lassen, als könnte ich frei entscheiden, ob ich ihn zu meinem Gefährten machen wollte oder nicht.

Dann hatte er mich mit seiner goldenen Essenz – einer Art beanspruchendem Sprühnebel – übergossen.

Ich konnte spüren, wie die Substanz sich in meinem Wesen festsetzte. Die Kraft wärmte meine Haut und ließ einen subtilen Hauch von Elektrizität zurück, der an meinen nackten Armen hinabwanderte.

Fluchend schmiss ich das Handtuch zu Boden. Alles hiervon ... Es ... *Bäh.*

Ich wollte einen weiteren Schrei von mir geben, aber mein noch immer wunder Hals hätte mir alle Genugtuung daran geraubt. Also griff ich nach der Wasserflasche und leerte sie. Die Flasche verschwand, sowie ich den Inhalt getrunken hatte, und die Kaffeetasse und die anderen Gegenstände, die Melek für mich mitgebracht hatte, mit ihr.

Die Trauben inklusive.

„Was ...?" Ich sah mich um, dann realisierte ich, dass Ajax einen Zauberstab in der Hand hatte.

„Wenn du sonst noch etwas willst, kann ich es dir herbeizaubern. Aber ich traue Meleks Essen nicht über den Weg", erklärte er. „Zumindest gehe ich davon aus, dass das Essen von Melek war."

„Ja, war es", bestätigte ich mit einem leisen Knurren.

Ajax nickte. „Ich weiß nicht, wie er meinen Bann hat umgehen und das Zimmer betreten können, aber meine Magie hat ihn auf dem Weg nach draußen erwischt. Das hat mich auch aufgeweckt."

„Oh." Nicht direkt meine tiefgründigste Antwort ...

„Aber dass er uns so schnell gefunden hat, stellt ein Problem dar. Wir befinden uns nicht einfach nur im Reich der Mitternachtsfeen. Wir befinden uns im Palast der

Mitternachtsfeen. Er hat gegen jegliche Protokolle verstoßen, um hierherzugelangen, was bedeutet, dass Luzifer das auch kann."

Ich erwiderte nichts, weil mich das nicht besonders überraschte. Luzifer war der Teufel in Person. Buchstäblich. Natürlich konnte er mit Leichtigkeit andere Reiche durchqueren.

Und Melek war ... Na ja, ich wusste nicht so genau, *was* Melek war, aber er war zweifelsohne mächtig.

Ajax stieß einen Seufzer aus und setzte sich auf die Bettkante. Er drehte seinen Zauberstab mit schnellen Bewegungen zwischen seinen Fingern herum. „Shade hat uns zum Mitternachtsfrühstück eingeladen." Er sprach einen Bann, der uns die Zeit verriet. „Es findet in zwei Stunden statt. Vielleicht haben sie ein paar Vorschläge."

„Melek hat erwähnt, dass Zakkai mit seinen Kräften gespielt hat." Ich war mir nicht sicher, ob diese Information nützlich war oder nicht, aber sie schien mir irgendwie wichtig zu sein. „Also weiß zumindest Zakkai, dass Melek hier war."

„Ich kann mir gut vorstellen, dass ihm das nicht gefallen hat. Zakkai und Shade haben sich mit Luzifer immer im Paradigma und nicht hier getroffen. Jedenfalls nicht, soweit ich weiß." Er strich sich mit seiner freien Hand erschöpft übers Gesicht. Das ließ mich wundern, wie viel er geschlafen hatte, da ich mich ziemlich gut ausgeruht fühlte.

Weil er mich hierhergebracht hat, dachte ich. *Er hat beschlossen, mich zu beschützen.*

„Warum?", flüsterte ich. „Warum hast du mich hierhergebracht?" Ich hatte ihn das bereits gefragt, aber ich ... Ich konnte nicht glauben, dass er es wahrhaftig getan hatte. Dass er sein Leben riskiert hatte ... *für mich.*

Niemand zuvor hatte etwas Derartiges getan. Zur Hölle, niemand hatte mich jemals in irgendeiner Weise unterstützt. Nicht einmal meine Eltern.

Zur Hölle, mein Vater hatte mich dem Teufel übergeben, damit er mich zu einer der Bräute in seinen Spielen machen konnte.

Meine Mutter würdigte mich kaum eines Blickes.

Meine besten Freunde – wenn man sie so nennen konnte – hatten vermutlich gar nicht bemerkt, dass ich verschwunden war.

Zugegeben, ich pflegte nicht viele persönliche Beziehungen.

Höllenfeenregel Nummer vier: Vertraue niemandem.

Aber ein Teil von mir wollte Ajax vertrauen – trotz allem, was wir durchgemacht hatten.

Seine Taten belegen seine Absicht, sagte ich mir und bezog mich dabei auf Regel Nummer zehn: *Taten sprechen lauter als Worte.*

„Ich konnte nirgendwo sonst hingehen", sagte Ajax und sein Zauberstab löste sich in Luft auf. „Ich habe das Reich der Mitternachtsfeen verlassen, um meinen Erinnerungen zu entfliehen. Aber was gestern passiert ist ... Was Luzifer und Az getan haben ..." Er schluckte schwer und schüttelte seinen Kopf. „Sie haben mich zur Erkenntnis gelangen lassen, dass diese Erinnerungen mich für immer heimsuchen werden."

Der Schmerz in seiner Stimme brach mir das Herz. Ich ... Ich hätte ihn hassen sollen. Hätte sie alle hassen sollen. Aber ich konnte diese Emotion derzeit nicht heraufbeschwören, um mich abzugrenzen.

Er hat versucht, mich zu retten, ging mir immer wieder durch den Kopf. *Er hat seine Beziehungen zu Az und Luzifer geopfert. Für mich.*

Das war überhaupt nicht das, was ich gewollt hatte.

Niemand sollte seine Treue für eine andere Person aufgeben müssen. Niemand sollte gezwungen sein, wählen zu müssen.

„Ich dachte, Luzifer wollte mich einfach nur bestrafen", fuhr er fort. „Ich habe etwas berührt, das mir nicht gehört. Das habe ich zugegeben. Aber ich hatte nicht erwartet, dass er dich auch bestrafen würde." Ein brennender Blick lag in seinen Augen, als er endlich zu mir ansah. „Ich hätte dir nie sagen sollen, dass du die Ketten anlegen sollst. Es tut mir leid, Cami. Du hast nicht die geringste Ahnung, wie leid es mir tut. Alles."'

Die Aufrichtigkeit in seinen Augen ähnelte dem Ausdruck, den Melek noch vor wenigen Augenblicken auf dem Gesicht gehabt hatte. Die unerwarteten Entschuldigungen der beiden Männer machten mich ganz benommen.

Vielleicht bin ich tot, sinnierte ich. *Vielleicht hat mich Luzifer umgebracht und jetzt befinde ich mich im Jenseits. Aber handelt es sich hierbei um Himmel oder Hölle?*

Das sterbliche Konzept des Todes brachte mich um ein Haar zum Lachen. Ich war mittlerweile buchstäblich durch die Hölle gegangen. Ich wusste, wie es dort aussah.

Und das hier fühlte sich nicht besonders höllisch an ..., sondern irgendwie schön.

Natürlich ließ das meinen Zorn nicht vollständig verebben. Luzifer hatte mich erniedrigt, während Ajax und die anderen nur untätig dagestanden und zugesehen hatten.

Aber Ajax hatte nicht aus freiem Willen mitgemacht.

Az hatte ihn gezwungen, mit Luzifers Bestrafung mitzuziehen, was Ajax seine ganz eigene persönliche Hölle hatte durchmachen lassen. Er hatte mir erzählt, was mit seiner Familie und mit Emelyn geschehen war. Wie Constantine ihn gezwungen hatte, ihnen beim Sterben zuzusehen.

Luzifers Taten waren nicht einmal ansatzweise so gewalttätig gewesen. Oder zumindest nicht auf der Bühne in seinem Klub. Er hatte sich nur wahnsinnig und gefühlskalt gezeigt. Aber irgendwann würde ich das Trauma, das daraus rührte, überwinden. Zur Hölle, ich war schon so gut wie darüber hinweg.

Ein paar Höllenfeen hatten mich also praktisch nackt auf einer Bühne gesehen. Im Grunde genommen hatten sie nicht viel mehr gesehen als sie anlässlich der Spiele ohnehin schon hatten. Und außerdem war es ihnen nicht erlaubt gewesen, mich zu berühren. Sie hatten nur mit mir reden dürfen. Und die meisten von ihnen hatten nichts besonders Unangemessenes gesagt.

Würde ich Luzifer jemals für seine Beteiligung daran verzeihen? Nein. Und Az vermutlich auch nicht. Vor allem, wo ich doch wusste, was er Ajax angetan hatte.

Und Melek ... Na ja, ich war nicht einmal sicher, wo ich mit ihm und seinen kryptischen Machenschaften anfangen sollte.

Ajax hingegen ... Ajax würde ich vielleicht vergeben können.

Noch nicht. Nicht jetzt. Die Wunde war noch zu frisch.

Aber irgendwann würde ich vielleicht in der Lage dazu sein, ihm zu verzeihen.

„Ich kann nicht sagen, dass ich dir vergebe", gestand ich. „Aber meine Wut gilt eher Luzifer und Az als dir."

Er schluckte schwer und nickte. „Ich verstehe." Er gab ein humorloses Schnauben von sich. „Ich kann das verstehen. Wirklich. Ich bin auch wütend auf sie. Sie ..." Er verstummte und schüttelte seinen Kopf. „Es geht jetzt nicht um mich. Vergiss es."

„Nein, sag es mir", erwiderte ich und positionierte die Decke um, damit ich mich besser bedecken konnte, bevor ich mich ein Stückchen nach vorn lehnte. „Das wird mich etwas ablenken. Oder vielleicht kann ich ja mit dir mitfühlen."

Er musterte mich einen Augenblick lang, dann zog er sein Bein auf die Matratze und drehte sich zu mir, während sein anderes Bein vom Bett baumelte.

„Ich habe ihnen vertraut und sie haben dieses Vertrauen missbraucht, indem sie mir keine Wahl gelassen haben. Kann sein, dass sie nicht wissen, was mir widerfahren ist, aber sie wissen genug. Und meine Vergangenheit zur Strafe gegen mich zu verwenden ..." Er kniff seine Augen zusammen. „Ob es nun mit Absicht geschehen ist oder nicht. Ich glaube nicht, dass ich ihnen dafür vergeben kann."

„Ich weiß nicht, ob ich es an deiner Stelle könnte", gab ich zu.

Ajax und Az hatten eine gemeinsame Vergangenheit, eine die ich vielleicht nicht vollends verstand, ich aber während unserer gemeinsamen Stunden zweifellos gespürt hatte. Dass Az so stumpfsinnig, so *rücksichtslos,* gehandelt hatte, war unverzeihlich.

Und Luzifer ... Na ja, ich bezweifelte stark, dass er sich seiner Methoden und ihrer Wirkung nicht gewahr war. Er wusste, was er tat. *Immerhin war er das wiedergeborene Böse.*

Es war gut möglich, dass ich aufgrund der bisherigen Ereignisse etwas voreingenommen war, aber Luzifer schien zweifelsohne teuflisch genug, um bewusst eine Strafe zu kreieren, die mitten ins Herz traf.

Obwohl Melek es sich so anhören ließ, als hätte Luzifer alles nur für Melek getan.

„Selbstverständlich hat er das nicht zugegeben, aber er hat die Bestrafung zweifellos mit meinen Neigungen im Hinterkopf entworfen. Ich glaube, das war seine Art, seine Zustimmung zu zeigen."

Hat er recht?, fragte ich mich. *Oder ist es vielleicht ein bisschen von beidem?*

Ajax seufzte und ließ sich aufs Bett fallen. Sein Oberkörper befand sich in der Nähe meiner Füße, doch er lag auf der Decke, während ich darunter lag.

„Bei den Feen, das ist wirklich eine unverschämt bequeme Matratze", stöhnte er, zog sein anderes Bein hoch und machte es sich auf dem Bett gemütlich. „Verdammt, sie ist vermutlich verhext, damit man Sex darauf hat."

Mir entfuhr ein Lachen, als er in die Mitte des Betts krabbelte und sich dann darauf plumpsen ließ.

„Das Sofa ist mit einem Bann belegt, der für Rückenschmerzen sorgt. Vielleicht ist darauf schlafen zu müssen die Strafe dafür, aus diesem monströsen Bett geschmissen zu werden", fuhr er fort. „Jeder, der auf diesem Sofa nächtigt, hat ganz klar etwas verbrochen."

„Ich habe dich nicht gezwungen, darauf zu nächtigen", bemerkte ich.

„Nein, aber ich habe es verdient. Darum auch die Rückenschmerzen." Er streckte sich auf der Matratze liegend und stieß einen Seufzer aus. „Ich glaube, ich lebe jetzt hier. Viel Spaß beim Mitternachtsfrühstück mit Shade. Seine Rätsel sind fast so nervig wie Meleks." Er schloss seine Augen, während er die Worte murmelte.

„Vielleicht ist das Bett verhext, damit man darauf einschläft, und nicht, damit man Sex darin hat", meinte ich.

„Ein Bett in dieser Größe ist zweifellos für Sex gedacht", murmelte er zurück. „Für Gruppensex, um genau zu sein." Er hob eine Hand hoch, um auf den Sessel zu deuten, der in der Ecke stand. „Mit Publikum."

„Hört sich an, als hättest du lange und ausgiebig darüber nachgedacht", erwiderte ich, als ich mich neben ihn legte, noch immer unter der Decke verkrochen, während er darauf liegen blieb.

„Ich denke oft an Sex, wenn ich in deiner Nähe bin", gab er zu und öffnete seine Augen, um mich anzusehen. „Ich bin mir ziemlich sicher, dass ich süchtig nach dir bin, Cami."

Meine Mundwinkel zuckten. „Ich bin mir nicht sicher, ob das eine Beleidigung oder ein Kompliment ist."

„Definitiv ein Kompliment", erwiderte er. „Du bist die erste Frau, die ich seit mehr als einem Jahrzehnt begehre. Und die erste Fee, der ich mich anvertrauen wollte. Ich glaube, ich habe dir mehr erzählt als ich Az je eröffnet habe, was vermutlich darauf hindeutet, dass ihm nicht vollends klar war, wie sehr seine Taten mir zusetzen würden. Aber ..." Er zuckte mit den Achseln. „Das bedeutet nicht, dass ich das durchgehen lassen kann."

So ähnlich, wie ich vielleicht nicht in der Lage war, Luzifers Bestrafung – und Ajax' Beteiligung daran – einfach so durchgehen zu lassen. Nur aus anderen Gründen.

„Ich werde tun, was immer in meiner Macht steht, um dich zu beschützen, Cami", versprach er. „Ich hoffe bloß, dass das reichen wird."

Ich streckte meine Hand aus und legte sie auf seine Wange. „Ich weiß den Gedanken zu schätzen, Wärter." Und das tat ich.

Denn ich merkte ihm an, dass er es so meinte.

Leider waren wir uns beide darüber im Klaren, dass Luzifer diesen Kampf am Ende gewinnen würde. Keiner von uns wusste, wie man ihn bekämpfen konnte, und wir waren auch nicht stark genug, um es überhaupt zu versuchen.

Ajax legte seinen Kopf schief, um mein Handgelenk zu küssen, und er schloss seine Augen abermals. „Dieser Instinkt, dich zu beißen, bringt mich noch um, Cami."

Ich begann, mich von ihm zu entfernen, doch dann griff er nach meiner Hand und führte mein Handgelenk an seinen Mund.

„Ich würde dich nie ohne deine Zustimmung beißen", schwor er. „Auch wenn ich über einzigartige Magie verfüge, würde das die Mitternachtsfeenbänder aktivieren. Und ich weigere mich, eine

Gefährtin ohne ihre Zustimmung zu nehmen." Er öffnete seine Augen und der blaue Rand, der seine Iriden umgab, blitzte auf. „Ich werde dir beweisen, dass du mir vertrauen kannst, Cami."

Er knabberte an meiner Halsschlagader – nicht fest genug, um die Haut zu durchbrechen –, dann küsste er meine Handfläche.

„Es wird dauern, aber ich werde mir dein Vertrauen verdienen, wenn du mich lässt."

Wollte ich das? Wollte ich, dass er sich mein Vertrauen verdienen konnte? Meine Zuneigung? Mein ... *Herz*?

Ich schluckte leer, während ich ihn musterte, und mein Rachen wurde trocken. *Taten sprechen lauter als Worte*, flüsterte ich mir immer wieder zu. *Und seine Taten ... sprechen sehr laut.*

Wie konnte es sein, dass das hier derselbe Mann war, der mich in der Vergangenheit verhört hatte? Der mich an einen Stuhl gebunden und mich mit Schlangen bedroht hatte ...?

Nur um sich im Anschluss reuig zu zeigen, nachdem ihm klargeworden war, dass ich ihn nicht hinters Licht geführt hatte. Sein Vertrauen in mich nicht ausgenutzt hatte. Ihn nicht absichtlich verletzt hatte.

Wir waren in der kurzen Zeit, die seither vergangen war, enorm gewachsen.

Wie viel mehr können wir wachsen?, fragte ich mich. *Wie könnte ein gemeinsames Leben aussehen?*

Wir würden Luzifer immer über unseren Köpfen hängen haben, weshalb unsere Tage wohl so gut wie gezählt waren. Zur Hölle, es war gut möglich, dass wir heute noch sterben würden. Morgen. Nächste Woche.

Wollte ich meine verbleibenden Stunden wirklich darauf verwenden, auf die eine Fee wütend zu sein, die versucht hatte, mir zu helfen?

Er hatte nicht gewusst, was Luzifer mit diesen Ketten vorhatte. Klar, er hatte vermutlich eine Ahnung gehabt, was mit ihnen einhergehen würde, war sich aber nicht im Klaren darüber gewesen, was tatsächlich geschehen würde. Dass er von seinem besten Freund gefangen gehalten und gezwungen würde, dabei zuzusehen, wie Luzifer mich wie eine Trophäe präsentierte, die es zu gewinnen gab.

Wir litten beide aus verschiedenen und doch irgendwie ähnlichen Gründen.

Und ich wollte keine Zeit damit vergeuden, die einzige Fee in diesem Universum zu hassen, die versucht hatte, mich zu unterstützen.

Die Devise, dass es zu spät war, um die Dinge wieder zu richten, fand hier keine Anwendung. Wir kannten einander noch nicht lange genug, um ihm seine Entscheidungen zu verübeln. Er hatte getan, was er für richtig empfunden hatte. Darin inbegriffen, mir am Ende zu helfen.

Hier ging es nicht um Vergebung.

Es ging darum, zu leben.

Anzunehmen.

Mit jemandem mitzufühlen, dessen Schicksal jetzt an meines gekettet war.

Weil er sich für mich entschieden hat. Er hat beschlossen, zu tun, was er für richtig empfunden hat. Er hat versucht, mich zu retten.

Ich zog meine Hand von seinem Mund weg, um sie erneut an seine Wange zu legen. Aber dieses Mal bewegte sich mein Körper mit meiner Hand und ich lehnte mich an seinen starken Körper. Er hatte neben mir gelegen, ohne mich zu berühren, und ich schloss die Distanz zwischen uns.

Er sah mir in die Augen, während ich mich bewegte, und seine Finger schlangen sich lose um mein Handgelenk, während seine andere Hand schlaff zwischen uns lag.

Die Decke rutschte hinab und entblößte meinen nackten Körper. Aber sein Blick lag unentwegt auf meinem Gesicht anstatt auf meinem Körper, während ich mich rittlings auf ihn setzte.

Auch er trug kein Oberteil, sodass ich freien Blick auf all die leckeren, sehnigen Muskeln hatte. Doch stattdessen blickte ich in seine Augen. Unserer Verbindung wohnte eine unbestreitbare Intimität inne.

Ich hielt den Blickkontakt aufrecht, selbst als ich mich zu

ihm beugte, um ihn zu küssen, und presste meine Brust an seine, als hätte sie schon immer dorthin gehört. Als sollte das hier geschehen. Seine Lippen öffneten sich unter meinen, seine Berührungen verehrend und wissend. Als sollte das hier geschehen. Als wären unsere Schicksale nur für diesen Augenblick aneinandergebunden worden, weil wir ganz genau wussten, was wir vom anderen brauchen würden. Auf welche Art wir es brauchen würden. *Dass* wir das hier brauchen würden.

Vielleicht hatte Melek, was das Schicksal anbelangt, recht, ging mir durch den Kopf. *Oder vielleicht hat Ajax recht damit, dass dieses Bett verzaubert wurde, um zum Sex zu animieren.*

Aber ich hatte es satt, nachzudenken.

Hatte es satt, mir Sorgen über die Zukunft, die Vergangenheit, über Luzifer und alles andere zu machen.

Jetzt wollte ich aus einem ganz anderen Grund schreien.

„Lenk mich ab, Ajax", flüsterte ich an seinen Mund gedrückt. „Schenk mir einen Augenblick des Friedens."

„Ich werde dir geben, was immer du willst, Cami", erwiderte er. „Ich werde dir alles geben."

KAPITEL 11

AJAX

Es war ein Versprechen, das ich nicht hätte machen sollen.

Ein Versprechen, das ich nicht lange halten könnte.

Aber wenigstens konnte ich das Versprechen mit ins Grab nehmen.

Weil ich keinen Zweifel daran hatte, dass Luzifer uns holen würde. Dass Melek uns so spielend leicht gefunden hatte, bedeutete, dass Az bald hier auftauchen würde. Aber ich weigerte mich, mir den Kopf über das Unvermeidbare zu zerbrechen.

Cami wollte das Leben in diesem Augenblick voll und ganz auskosten. Etwas, das ich in ihrem Kuss spürte. Und ich hatte fest vor, ihr Verlangen zu stillen.

Ich ließ meine Zunge über ihre Lippen gleiten und ersuchte damit um Erlaubnis nach mehr. Einen innigeren Kuss. Eine unausgesprochene Liebeserklärung. Ein intimer Augenblick, der ganz allein uns bestimmt sein sollte.

Es war mehr, als ich verdiente. Mehr, als ich je hätte erwarten können. Mehr, als mir je bewusst gewesen war, dass ich es wollte.

Aber ich brauchte sie.

Ich brauchte *das hier*.

Ich brauchte diesen *Moment des Friedens*, um den sie ersucht hatte, und alles darüber hinaus, was sie mir zu geben bereit war.

Zeit war ein kostbares Gut und wir hatten so wenig davon übrig.

Es sei denn, wir finden einen Weg, uns mit Luzifer zu befassen, dachte ich. Und damit meinte ich nicht, ihn umzubringen, sondern einen Handel mit ihm zu schließen. Einen Vertrag, der es uns ermöglichen würde, weiterzuleben.

Es war eine Fantasie, ein traumähnliches Verlangen, das vermutlich nie in die Realität übergehen würde. Ganz so wie das sinnliche Bild, das sich mir gestern offenbart hatte – wie ich Cami zusammen mit Melek und Az fickte, während Typhos zusah.

Dieses Bett ist definitiv verhext, beschloss ich. Aber das war im Moment unerheblich. Ich wollte Cami. Und ich hatte sie. Nackt. Rittlings auf mir. Sie küsste mich. Ihre Hände lagen an meinen Schultern. Ihre Titten waren an meine Brust gepresst. Es war perfekt, verdammt noch mal.

Ich muss mich nur noch meiner Hose entledigen.

Cami presste sich an meine Hüften, beinahe, als würde sie mit meinem Gedankengang einhergehen.

Verdammt, es war, als wären wir miteinander verbunden, obwohl ich wusste, dass dem nicht so war. Wir verstanden einander ganz einfach ohne Worte.

Ihre Fingernägel krallten sich in meine Schultern. Ihr Mund reagierte auf meinen und gewährte mir Einlass.

Wir küssten uns langsam. Innig. *Mit Absicht behaftet*. Es war ein geflüstertes Versprechen zweier Seelen. *Das hier ist unser Moment und wir nehmen ihn uns.*

Es ging hier nicht um Vergebung. Es ging nicht darum, die Vergangenheit hinter uns zu lassen oder darum, zu heilen. Hier ging es um Lust. Darum, auszubrechen. *Genuss.*

Sie küsste mich fieberhaft und ihre Lust übergoss mich wie eine heiße intensive Welle. Ich erlaubte ihr, mich damit zu übergießen, meine Instinkte zu erdrosseln und jeden noch so kleinen Zweifel verstummen zu lassen, der mir durch den Kopf hätte gehen können. Nicht, dass viele davon übrig gewesen wären.

Diese Frau hatte jede einzelne meiner Mauern niedergerissen und mich gezwungen, zu *fühlen*.

Ich war für immer verändert.

Und ich bereute es nicht im Geringsten.

Anstatt die Worte laut auszusprechen, flüsterte ich sie mit meiner Zunge in ihren Mund.

Sie stöhnte.

Ich knurrte.

Cami weckte jeden einzelnen meiner Raubtierinstinkte. Allein ihre Anwesenheit ließ meine Fangzähne pulsieren. Ich hatte nicht gelogen, als ich gesagt hatte, dass ich sie beißen wollte. Es war diese intrinsische Sehnsucht tief in mir, die drohte, Kontrolle zu übernehmen.

Sie zu beanspruchen, würde mir erlauben, sie zu beschützen.

Sie als mein zu markieren, könnte uns beide retten. Sie würde in der Gesellschaft der Mitternachtsfeen aufgenommen. Ihr würde durch unser Band Zutritt zum Reich gegeben. Vielleicht würde sie sogar neue Fähigkeiten und Kräfte erlangen, wenn unsere Seelen sich miteinander verbanden.

Vorausgesetzt, dass ich hier auch wirklich willkommen bin, dachte ich.

Aber das war ein Gedanke für einen anderen Tag. Ein andermal. Nicht jetzt. Nicht, während ich Camis sinnlichen Körper an meinen gepresst spürte.

Ich rollte uns herum, drückte sie in die Matratze und vertiefte unseren Kuss.

Daraufhin ließ sie ihre Hände über meine Schulterblätter streifen und kratzte mit ihren Fingernägeln an meiner Haut hinab. Eine subtile Beanspruchung. Eine, die ich erwiderte, indem ich an ihrer Unterlippe knabberte. Nicht fest genug, um die Haut zu durchbrechen, nur so, dass sie meine Beanspruchung auch vernehmen konnte.

Cami grinste und ihre Schenkel spannten sich um meine gelegt an, während sie ihre Fußknöchel an meinen Po presste. „Die Hose muss weg."

„Sind wir so begierig, kleine Rebellin?", fragte ich sie und ein

Lächeln breitete sich auf meinen Lippen aus. „Was ist aus Vorspiel geworden?"

„Unsere gesamte bisherige Beziehung war das reinste Vorspiel, Ajax. Fick mich endlich."

„Mh ..." Ich wollte sie ficken. Sie beanspruchen. Sie *beißen*. Sie mein machen. *Uns aneinander binden.*

Zu viel, sagte ich mir selbst. *Zu schnell.*

Wir waren durch die Hölle gegangen. *Buchstäblich. Das hier ... Wir sollten das hier nicht ... so schnell ...*

Sie drückte ihren Unterkörper an meinen. Ihr Körper beteuerte ihre Forderung, woraufhin ich fluchte. Cami schien sich genauso sehr in dieser Verbindung verloren zu haben wie ich. Sie war gefesselt. Bereit für alles. Sie *flehte* geradezu darum, von mir berührt zu werden. Um meinen Schwanz geschlungen zu sein. *Meine Fangzähne zu spüren.*

Nein.

Es liegt nur an diesem vermaledeiten Bett, realisierte ich. *Es wurde wirklich verhext.*

Vielleicht sogar von Melek.

Dieser letzte Gedanke ließ mich ein Knurren ausstoßen. Der irritierende Gedanke ließ mich lange genug innehalten, um einzuschreiten. „Nicht hier", sagte ich zu Cami und entfernte mich von der Matratze, um sie mit mir mitzuziehen. „In der Dusche."

Wir mussten uns sowieso duschen.

Und wenn wir da drinnen noch immer ficken wollten, würde ich es geschehen lassen. Denn das würde bedeuten, dass das hier echt war. Dass sie mich wahrhaftig wollte und nicht nur unter einem Lustzauber stand.

„In der Dusche?", wiederholte Cami. „Ajax, das hebt man sich doch sonst auf für danach ..."

Ich hob sie hoch und unterbrach sie, bevor sie den Satz zu Ende bringen konnte, während ich sie zärtlich an meine Brust drückte.

Sie sah mich mit weit aufgerissenen Augen an. „Das ist dein Ernst."

„Ja, ist es." Ich begann auf das anliegende Badezimmer zuzugehen. „Du bist über und über voll von Meleks Essenz. Zeit, sie abzuwaschen." *Und sicherzugehen, dass du das hier wirklich willst*, ergänzte ich in Gedanken.

Cami gab einen Laut von sich, der meine Mundwinkel zucken ließ. Es war ein Laut, der sich verärgert und frustriert anhörte, und ich ahnte, dass das nicht nur an mir lag.

Ich trat ins Badezimmer, wo mein Blick auf die übergroße Badewanne und dann zur riesigen begehbaren Dusche streifte.

„Wie soll ich mich entscheiden?", sinnierte ich und überlegte, was von beidem ich wollte. „Aber ich glaube, ich will dich hier drinnen nehmen." Ich deutete auf die gekachelte Wand, in die Simse eingelassen waren. Und eine Bank gab es auch. „Und drei Duschbrausen."

Cami folgte meinem Blick und ihre grauen Augen leuchteten erwartungsfroh auf. „Das sieht echt spaßig aus."

„Ja, tut es", stimmte ich zu, bevor ich sie runterließ. „Aber zuerst musst du meine Hose ausziehen." Das würde zeigen, ob sie das hier wirklich wollte. Es würde ihr Gelegenheit einräumen, einen Rückzieher zu machen. Einen Moment der Klarheit schaffen, um nicht vom lustvollen Bann geblendet zu sein, dem sie des Bettes wegen unterlag.

Oder Meleks goldenem Glitzer wegen, dachte ich verbittert.

Cami sah zu mir zurück. Ihr Blick landete auf meiner Hose. „Springt für mich eine Belohnung raus, wenn ich dich ausziehe?"

„Mehrere", versprach ich.

„Hm." Sie fuhr mit ihrem Fingernagel über meine untere Körperhälfte und biss sich sanft auf die Unterlippe, während sie auf die Knie sank. Es war überhaupt nicht das, was ich erwartet hatte, als ich meine Forderung gestellt hatte. Ich hatte – neben anderen Reaktionen – erwartet, dass sie ablehnen würde, weil sie wieder zu klarem Verstand gefunden hatte.

Aber das?

Das hatte ich nicht erwartet.

Oder dieser teuflische Blick in ihren Augen, als sie ihre Hand nach dem Knopf meiner Hose ausstreckte.

Ich schluckte. Mein Rachen fühlte sich plötzlich

staubtrocken an. Ich war nicht sicher, ob sie mich verwöhnen oder mich verschlingen wollte. *Vielleicht hat sie vor, mich zu foltern. Mich zu bestrafen. Mich zu* ihrem zu machen.

Mein Herz setzte bei diesem Gedanken einen Schlag aus. Meine Adern füllten sich plötzlich mit neu entfachter Lust.

Ich würde tun, was immer sie wollte. Mich beugen. Betteln. Sie stundenlang, tagelang, jahrelang verwöhnen. Ihrer Führung in jeglicher Hinsicht folgen. Tun, was immer sie wollte.

Es war eine erschütternde Einsicht. Aber diese Frau ... sie war mir unter die Haut gegangen. Sie hatte sich in meine Seele eingenistet, und das, ohne mich je gebissen zu haben.

Wie ist das überhaupt möglich?, staunte ich, während sie den Reißverschluss meiner Hose nach unten zog. *Wann ist sie mein geworden?*

Lag es daran, dass ich von ihrem Blut gekostet hatte? Dass wir zusammen buchstäblich die Hölle durchgemacht hatten?

Meine Jeans rutschte an meinen Beinen hinab, als sie daran zog und mich in mehr als nur einer Hinsicht verletzlich und nackt vor ihr stehen ließ.

Würde es ihr Angst einjagen, wenn ich es ihr sagte? Wenn ich ihr gestand, dass meine Fangzähne danach lechzten, sie zu markieren? Dass meine Mitternachtsfeen-Seele sich danach verzehrte, sich mit ihrer zu verbinden?

Wer bin ich überhaupt?, fragte ich mich und schüttelte meinen Kopf, um ihn zu klären.

Doch die Sehnsucht wurde nur noch größer, als Cami meinen Schwanz mit einem feuchten Kuss versah. Komplett unaufgefordert. Vollends unerwartet. Aber so verdammt perfekt.

Ich griff instinktiv nach ihren Haaren und meine Eier schmerzten angesichts der subtilen Neckerei.

Sie belohnte mich, indem sie diese süßen Lippen öffnete und mich in ihren Mund nahm. Ihre Zunge glitt über die Unterseite meines Glieds.

„*Verdammt*, Cami", keuchte ich.

Sie summte an meinen bebenden Schaft gelehnt und ihr verschlagener Blick verweilte auf mir. Diese Frau wusste ganz genau, was sie da tat. Und das bestätigte sie auch, indem sie auf eine Art mit meinen Piercings spielte, die – dessen war sie sich bewusst – mich noch in den Wahnsinn treiben würde.

„Ich weiß nicht, wie ich dich verdient habe", gestand ich. „Aber den Schicksalen sei Dank, dass sie dich haben meinen Weg kreuzen lassen."

Sie knabberte sanft an der kleinen Kugel, die meine Eichel zierte, und lehnte sich etwas zurück, um zu mir hochzustarren. „Das sagst du doch nur, weil ich deinen Schwanz in meinem Mund gehabt habe."

Ich lachte schnaubend, was sich eher nach einem Knurren anhörte, und hob sie hoch, um sie auf die Bank zu setzen.

„Ich sage es, weil ich nichts lieber tun würde, als dich zu beißen und dich zu beanspruchen", korrigierte ich sie, bevor ich mich nach vorn beugte und an der pochenden Halsschlagader knabberte. „Ich sage das, weil du alles verändert hast, Cami. *Alles*."

Sie hatte mich *fühlen* lassen.

Hatte mich zurück ins Leben gebracht.

Mir einen neuen Lebenszweck geschenkt.

Hatte mich daran erinnert, dass ich für das kämpfen sollte, woran ich glaubte.

„Dank dir kann ich wieder frei atmen", sagte ich mit verehrendem Tonfall zu ihr. „Mir war nicht klar, wie verloren ich war ..., bis du gekommen bist."

Es waren gewichtige Worte, vollgepackt mit Emotion. Aber ich konnte sie nicht vor ihr verheimlichen. Konnte ihr nicht vorenthalten, was für einen Einfluss sie auf mich gehabt hatte.

Ich hatte Emelyn nie wirklich eingelassen. Ich hatte mir aufgrund der düsteren Umstände nie erlaubt, vollends unachtsam zu werden. Sie war einer anderen Fee versprochen gewesen. Ich war nur eine vorübergehende Liebelei gewesen. Es spielte keine Rolle, dass wir geglaubt hatten, verliebt ineinander zu sein. Wir hatten nie eine Chance gehabt.

Oder zumindest hatte ich mir das vor all den Jahren eingeredet.

Deswegen hatte ich mich zurückgehalten.

Aber damals war alles anders gewesen. *Jetzt* war alles anders.

Ja, ich hatte Emelyn geliebt.

Aber Cami ... *Cami ist so viel mehr.*

Ich werde nicht noch einmal denselben Fehler machen und mich zurückhalten, ging mir jetzt durch den Kopf. *Ich werde Cami nicht im Stich lassen.*

Sie musste die Wahrheit erfahren. *Meine* Wahrheit.

Vor allem, weil diese Wahrheit das Einzige war, was ich noch hatte. Cami bedeutete mir mehr als ich selbst begreifen konnte. Und ich hatte es satt, die Warums und Wies zu ergründen.

Wir hätten den ganzen verdammten Tag lang darüber sprechen können und hätten doch keine Antwort gefunden.

Und ich würde ganz bestimmt nicht noch mehr Zeit verschwenden.

Ich weigere mich, diese Wahrheiten mit ins Grab zu nehmen.

Ich presste meine Hände an ihre Schenkel und spreizte ihre Beine, um mich zwischen sie stellen zu können. Dann ließ ich meinen Mund über ihre Brüste streifen und hielt inne, um an ihren wunderbaren Nippeln zu knabbern.

„Du bist so perfekt, Cami. Rebellisch. Stark. *Entschlossen.*"

Sie war die am schwierigsten zu fangende Braut für die Spiele gewesen. Und dann hatte sie ein Problem nach dem anderen gestiftet.

Ich liebte sie dafür, verdammt noch mal.

Es war genau das gewesen, was mich wachgerüttelt hatte. Es waren ihre aufrichtigen Aussagen und Behauptungen gewesen, was mich aus diesem Nebel gerissen hatte, der meinen Kopf eingenommen hatte, sodass ich in die Gegenwart hatte zurückfinden müssen. Mich von der Vergangenheit hatte verabschieden müssen. Eine mögliche Zukunft in Erwägung hatte ziehen müssen.

Ich setzte meinen Weg an ihrem flachen Bauch hinab fort und koste mit meiner Zunge ihren Bauchnabel. Alles, während ich ihr eröffnete, was mir durch den Kopf ging. Wie sie meine Sicht auf das Leben verändert hatte. Wie sie mir neue Möglichkeiten eröffnet hatte. Wie sie meine gesamte Existenz neu definiert hatte.

„Ich weiß, dass das ganz schön viel auf einmal ist", flüsterte ich, mein Mund nahe an ihrer Klitoris. „Aber Cami ... Ich meine es ernst. Ich bin so verdammt dankbar dafür, dich in meinem Leben zu haben. Ganz egal, wie kurz oder lange es am Ende sein wird, *du* warst jeden einzelnen Moment des Schmerzes und des Leids wert, den ich in der Vergangenheit ertragen musste. Und du wirst es auch in Zukunft wert sein."

KAPITEL 12

CAMI

In Ajax' schwarzen Augen waberte ein Strudel der Emotionen und seine Worte waren Musik in meinen Ohren.

Ich ... Ich wusste nicht, was ich sagen sollte. Er hatte mir gerade sein Herz ausgeschüttet, seine Mauern niedergerissen und mich in den Kern seines Wesens eingelassen.

Ich konnte seinen Schmerz beinahe spüren, als wäre es mein eigener. Seine Einsamkeit war eine spürbare Präsenz, die ich mehr als nachvollziehen konnte.

Denn auch ich hatte den Großteil meines Lebens allein verbracht. Obwohl meine Einsamkeit ganz woanders wurzelte, verstand ich dennoch, wie es sich anfühlte, sich auf niemanden verlassen zu können. Niemandem vertrauen zu können. Niemanden *lieben* zu können.

Aber wir saßen jetzt im selben Boot.

Zwei Rebellen, die einem gefährlichen Hof entflohen waren.

Zwei Feen, die vor einem tödlichen König auf der Flucht waren.

Ajax hatte sich für mich entschieden.

Und jetzt ... Jetzt wollte ich mich für ihn entscheiden.

Unsere Tage waren so gut wie gezählt. Warum sollten wir sie allein verbringen? Warum sollten wir gegen die Gefühle ankämpfen, die wir füreinander hegten?

Ajax' Lippen schlossen sich um meine Klitoris, woraufhin ich meinen Rücken durchdrückte und mir ein Schrei über die Lippen kam.

Er stieß ein zustimmendes Knurren aus, während seine Hände an meinen Schenkeln hoch an meine Hüften wanderten und mich an Ort und Stelle behielten, bevor er mich verschlang.

Verdammt. Ich hatte ihm gesagt, dass wir kein Vorspiel brauchten. Ich hatte falsch gelegen. Vorspiel war immer eine gute Idee.

Ich griff nach seinem Hinterkopf und fuhr mit meinen Fingern durch sein schwarzes Haar. *So weich. So dicht. So ... Oooh.*

Seine Fangzähne an meiner sensiblen Mitte zu spüren, sandte eine Schockwelle durch meinen Körper und ließ mir den Atem stocken.

Dann folgte seine Zunge. Sie bewegte sich an meiner Haut entlang, um das Brennen zu beruhigen.

„Hast ... Hast du ... die Haut durchbrochen?", fragte ich, atemlos von all den Empfindungen, die durch meinen Körper rauschten. *Fast. Zu knapp. Verdammt ... Das ... Ja ...!*

„Nein." Er knabberte abermals an mir und die scharfe Spitze seines Zahns sandte ein weiteres Zucken durch meinen Körper, welches noch intensiver war als das vorherige. „Ich habe dir gesagt, dass ich dich ohne Zustimmung nicht beißen werde. Ich habe das ernst gemeint." Er leckte erneut über die kleine Wunde. „Ich verwöhne deine süße Muschi nur, kleine Rebellin. Ich liebe es, dich zusammenzucken zu sehen."

Er tat es ein drittes Mal, was mir ein Stöhnen entlockte. Denn, verdammt, das fühlte sich ... *gut* an. Anders. Ein bisschen gefährlich. Und genauso erotisch.

„Es gefällt mir", gab ich zu.

„Ich weiß." Er sprach die beiden Worte an meine feuchte Muschi gepresst. Das Selbstbewusstsein in seinem Tonfall ließ mich meine Schenkel anspannen.

Er hatte mehrere Attribute genannt, die er an mir mochte. Sein Selbstbewusstsein war eine seiner vielen Eigenschaften, die mir gefielen.

Und ich wusste auch seinen Mund zu schätzen. Und seine

Zunge. Und seine *Hände* – welche zu meinen Brüsten hochglitten.

Mit seinen Daumen reizte er meine Nippel, während er mich mit seinem vampirischen Kuss im unteren Bereich neckte.

Ich wollte mehr.

Alles von ihm.

Alles, was wir sein konnten.

„Ich will, dass du mich beißt", sagte ich zu ihm. „Dass du mich *wirklich* beißt."

„Das würde die Bänder kreieren", erinnerte er mich, die Worte an meine Klitoris gesprochen.

„Das ist mir bewusst", erwiderte ich mit derselben Entschlossenheit, die er gerade an den Tag gelegt hatte. „Ich will, dass du mich beißt, Ajax."

Seine Daumen hielten an meine Haut gepresst inne und sein Blick löste sich von meiner angeheizten Mitte, um nach oben zu meinem Gesicht zu wandern. „Du willst meinen Gefährtenbiss?"

Ich schluckte schwer und nickte. „Ja." Das Wort kam mir jetzt weniger selbstbewusst als noch eben über die Lippen, aber nicht, weil ich es nicht wollte. Das tat ich zweifellos.

Aber was, wenn ich mich vorhin verhört hatte? Oder ihn vielleicht missverstanden hatte?

Nein. Er sagt immer wieder, dass er mich beißen will.

Es sei denn ...

„Willst du mich nur meines Blutes wegen beißen?", fragte ich ihn. Ich wusste nicht, wie regelmäßig er sich laben musste. Vielleicht wollte er mich deshalb beißen – um seinen Hunger zu stillen.

Er hatte sich zuvor schon nach meiner Essenz verzehrt. Az hatte ihm geholfen, indem er mich an Ajax' Stelle gebissen hatte. Und ein anderes Mal hatten wir ein Messer benutzt.

Vielleicht ... „Kannst du ein Messer heraufbeschwören?" Ich runzelte die Stirn, als mir ein weiterer Gedanke kam. „Was ist aus deinem Zauberstab geworden?" Er hatte ihn im Schlafzimmer eben noch bei sich gehabt, aber jetzt schien er spurlos verschwunden zu sein.

Ich schüttelte meinen Kopf. Hör auf, dich so albern aufzuführen, Cami.

„Vergiss, was ich gesagt habe." Ich plapperte nur noch dummes Zeug, was mir überhaupt nicht ähnlich sah. „Fick mich einfach. Vergiss, was ich gesagt habe."

Ajax hob seinen Kopf, der sich immer noch zwischen meinen Schenkeln befand, und seine blauschwarzen Augen musterten meine. „Ich soll vergessen, dass du mich gebeten hast, dich zu beißen?" Ein Lächeln zog auf seinen Lippen auf. „Ich soll vergessen, dass du mich gebeten hast, dich zu *beanspruchen*?"

„Ajax ..."

„Gar nichts werde ich vergessen, kleine Rebellin." Er griff mit beiden Händen nach der Kante der Wanne und beugte seinen muskulösen Körper zu mir hinunter. „Wenn ich das tue, werden wir für immer miteinander verbunden sein. Bist du dir sicher, dass du das willst, Cami? Bist du dir sicher, dass du mich in dir haben willst? Verbunden mit deiner Seele? In der Lage, deine Gedanken zu hören?"

Ich erschauderte. Die Intensität seiner Worte berührten meine Seele und steckten sie in Flammen.

Denn ... *Ja*, das wollte ich. Alles davon. Mit ihm.

Nicht mehr allein sein. Einen Partner haben. Mit jemandem überleben, anstatt allein. Die wenige Zeit, die mir noch blieb, mit einem Liebhaber – *einem Gefährten* – zu verbringen, anstatt sie an die Einsamkeit zu verschwenden.

Aber es war mehr als das.

Zwischen mir und Ajax hatte es von Anfang an gefunkt, auch wenn er damals noch der einschüchternde und herzlose Wärter gewesen war. Wider besseres Wissen hatte ich ihn bereits damals begehrt.

Und er hatte mich auf seine Weise unterstützt. Er hatte sich mir anvertraut, obwohl er niemandem vertraute. Er hatte mir mit den Spielen geholfen. Selbst das Verhalten, das er an den Tag gelegt hatte, nachdem er geglaubt hatte, ich hätte ihn hintergangen, war eher sinnlicher als herzloser Natur gewesen. Und als er eingesehen hatte, dass ich unschuldig war ..., war er mir in den Hintern gekrochen.

Er hatte es wiedergutgemacht.

Er war für mich da gewesen.

Und dann hatte er mich gerettet. *Und hat alles aufs Spiel gesetzt.*

Will ich ihn zum Gefährten haben?

„Ja", sagte ich zu ihm und legte meine Hand an seine Wange. Es war vermutlich völlig verrückt. Unüberlegt. Kopflos, sogar. *Aber* ... „Es fühlt sich richtig an. Das hier. Wir. In diesem Augenblick."

Ich wollte nicht länger darüber reden. Ich wollte, dass es endlich geschah. Mit *ihm.*

Ich lehnte mich nach vorn und ließ meine Lippen über seine wandern. „Wirst du mich beißen, Ajax? Wirst du das Gefährtenband erwecken?"

Er erschauderte unter meiner Hand und sah mich mit schweren Lidern an. „Es fühlt sich an, als wäre das hier nur ein Traum."

„Vielleicht ist es das auch."

„Vielleicht aber auch nicht."

„Das wird nichts daran ändern, was ich will", versprach ich ihm. „Und jetzt sag mir, was du willst."

„Ich würde es dir lieber zeigen." Er hauchte die Worte gegen meine Lippen. Die perfekte Antwort.

Taten sprechen lauter als Worte, ging mir wieder und wieder durch den Kopf, während seine Zunge in meinen Mund glitt. Meinen Nektar an seinen Lippen zu schmecken, ließ mein Herz schneller pochen.

Ein Verlangen, das nur noch heißer brannte, als er mich in die Luft hob und in die Dusche trug.

Kalte Steinfliesen trafen auf die überhitzte Haut an meinem Rücken und im nächsten Augenblick wurden wir von warmen Wassertropfen überschüttet, die auf uns niederprasselten. Ich war nicht sicher, ob die Dusche über Bewegungssensoren verfügte oder sie mittels Magie kontrolliert wurde, aber es war mir egal.

Das Einzige, was zählte, war Ajax' Kuss.

Seine Hände.

Sein Schwanz, der an meine Mitte gepresst war, als ich meine Beine um seine Hüften schlang.

Ich stöhnte, als er in mich glitt. Seine gekonnten Bewegungen schienen nur zu bestätigen, wie gut wir zusammenpassten.

Dieser Mann. Diese Fee. Dieser *Wärter*. Ich hatte mich in ihm verloren. Im Augenblick. In seiner Berührung. In seinen angenehmen Stößen. In seinem süchtig machenden Kuss. *In diesen magischen Händen.*

Er streichelte mich auf eine Art, die mir das Gefühl gab, verehrt zu werden.

Küsste mich mit einer Leidenschaft, die sich ihren Weg tief in meine Seele bahnte.

Und hielt mich so zärtlich, dass ich mich beschützt fühlte.

Sicher.

Vereint.

Nicht länger allein.

Seine Stöße drangen tief und trafen wieder und wieder auf die richtige Stelle. Ich spannte meine, um ihn geschlungenen, Schenkel an und drückte meinen Rücken durch, während ich in seinen Mund stöhnte.

Das hier war mehr als Sex. Das hier war ein Schwur. Ein Versprechen zweier Seelen, deren Körper die Bedingungen zementierten.

Mein, sagten seine Bewegungen.

Mein, erwiderte mein Kern und zog sich um ihn herum zusammen. *Beiße mich. Nimm mich. Mach mich dein.*

Ajax knurrte, vermutlich, weil ich diese Gedanken kommuniziert hatte, indem ich meine Fingernägel in seinem Rücken versenkte. Er war nicht der Einzige, der Blut fließen lassen konnte.

Er entfernte seinen Mund ruckartig von meinem und sah mich mit wildem Blick an. „Sag mir, dass ich dich beanspruchen soll, Cami. Sag es, und ich werde es tun."

„Sag mir zuerst, dass du mich beanspruchen willst", verlangte ich. Oder zumindest versuchte ich, das zu verlangen. Es kam mir sinnlicher über die Lippen, als beabsichtigt, aber er fickte mich so gut, dass ich glaubte, ich müsste sterben. Und einen besseren Weg, zu gehen, gab es definitiv nicht.

„Ich will mehr tun, als dich zu beanspruchen." Er stieß in mich. „Ich will die Ewigkeit mit dir verbringen. Auch wenn diese Ewigkeit nicht von langer Dauer sein wird. Selbst wenn ..."

Ich presste meine Lippen auf seine und ließ sein Gesülze von wegen Ewigkeit verstummen. Wollte ich die Ewigkeit mit ihm verbringen? Ja. Aber wir beide wussten, dass das vielleicht nicht passieren würde, und ich wollte nicht, dass diese Verbindung zweier Gefährten von leeren Versprechungen beschmutzt wurde.

Wir lebten im *Jetzt*. In der Gegenwart. *Heute*. „Beanspruche mich, Ajax", flüsterte ich an seinen Mund gelehnt. „Beiße mich und *beanspruche mich*."

„Verdammt, Cami." Er ließ seine Lippen kaum merklich über meine wandern und stieß mit seinen Hüften fest gegen meine. „Es könnte sein, dass das hier nur wegen eines Banns geschieht."

„Tut es nicht."

„Was, wenn doch?"

„Dann soll er uns verzaubern", sagte ich ihm. „*Beiße mich*."

Sein darauffolgendes Knurren wanderte durch meine Brust, sein Körper angespannt und an meinen gepresst. Ich kratzte mit meinen Fingernägeln an seinem Rücken hinab und genoss es, die harten, muskulösen Stellen seines athletischen Körpers zu spüren. Er war perfekt. *Und er ist mein*.

Ich versenkte meine Zähne instinktiv in seiner Unterlippe. Mein Verlangen danach, ihn zu provozieren, überstieg meinen Verstand. Im nächsten Augenblick tropfte Blut auf meine Zunge, was mich zum Stöhnen brachte. *Mein. Mein. Mein.*

Es könnte bloß wegen eines Bannes geschehen, hatte er gesagt.

Wen interessiert's?, ging mir jetzt durch den Kopf.

Ich war trunken von seiner Essenz. Gefesselt von diesem Moment. Festigte meine Zukunft. *Erwählte einen Gefährten*.

Keiner konnte mir das nehmen. Niemand.

Ajax stöhnte und ließ seine Zunge an meine gleiten, während sein vorzüglicher Geschmack in unser beider Münder floss. Sein Griff um meine Hüften festigte sich und seine Stöße wurden jetzt beinahe strafend.

Ich konnte kaum noch atmen. Konnte kaum noch klar denken. Und doch fühlte ich mich lebendiger als jemals zuvor.

Jetzt, dachte ich in seine Richtung, war mir nur vage bewusst, dass er mich nicht hören konnte.

Aber das würde er bald.

Das würde er, sobald ...

Er entfernte seinen Mund von meinem. Meine Welt wurde auf den Kopf gestellt, weil mein Anker, der mich in dieser Realität erdete, gewichen war. Mir kam ein protestierender Laut über die Lippen. Er bestand zu einem Teil aus einem Stöhnen, zum anderen aus einem Wimmern, und endete darin, dass ich nach Luft rang, als er meinen Hals koste. *Da. An meiner Halsschlagader. Seine Zähne ... Fangzähne ... Scharf ... Und ...*

Sterne tanzten vor meinen Augen und meine Klitoris pulsierte, als ich seinen *Daumen* spürte. Ich hatte nicht einmal bemerkt, dass er seine Hand bewegt hatte, weil mein Fokus zu sehr auf seinem Mund gelegen hatte.

Ich klammerte mich an ihn. Sein Name kam mir wie eine Lobeshymne über die Lippen und mein Körper zitterte, als mich ein unerwarteter Höhepunkt überrollte. Er war intensiv. Heiß. Der reinste Wahnsinn.

Lustvoll.

„*Ajax* ...“

Er umkreiste meine sensible Knospe und verlangsamte seine Bewegungen, um jeden letzten Funken meiner Ekstase aus mir herauszukitzeln.

Dann züngelte er über meine Halsschlagader. Ein Necken. Ein Versprechen. Ich war mir nicht sicher. Ich brauchte ganz einfach mehr. Ich brauchte ihn. Ich brauchte da*s hier*.

Sein Name kam mir ein weiteres Mal über die Lippen und ich spannte meine Gliedmaßen an, während ich versuchte, ihn noch näher zu mir zu ziehen, obwohl das gar nicht möglich war.

Daraufhin presste er seinen Daumen an die obere Stelle meines Geschlechts. Der Druck, der auf meiner Vulva lastete, war beinahe zu doll. In meinen Augen sammelte sich Flüssigkeit und der Augenblick wurde so viel kraftvoller, während Wellen der Lust mein Wesen wieder und wieder heimsuchten.

Mich in Lust ertränkten.

In überwältigendem Verlangen.

Und neue Gelüste aufflammen ließ.

Mich mit überwältigenden, heißen Empfindungen erstickte.

Ich hatte noch nie etwas Vergleichbares gespürt. Seine Kraft schwirrte um mich herum und kreierte einen Strudel des Wahnsinns.

Ein Raubtier, das seine Beute fängt.

Eine Mitternachtsfee, die kurz davorsteht, zuzubeißen.

Schatten tanzten in der Dusche um uns herum. Oder vielleicht wurde mir ganz einfach schwarz vor Augen.

Atme ich überhaupt noch?, fragte ich mich und rang nach Luft. *Geschieht das hier gerade wirklich?*

Wehe, das ist nicht echt.

Auf Ajax' Lippen, die an meinen Hals gepresst waren, breitete sich ein Grinsen aus. „Sag das noch mal, Cami", sagte er zu mir. „Sag mir, was du willst. Was du *brauchst*."

Ich schluckte schwer und mein Herz pochte wie wild. Ich musste nur zwei Worte von mir geben. Zwei Worte, die ich bereits gesagt hatte, nur auf andere Arten. Jetzt würde ich sicherstellen, dass er ganz genau wusste, was ich brauchte. *„Beanspruche mich."*

Im nächsten Augenblick durchdrangen seine scharfen Fangzähne die Haut an meinem Hals und er umschlang mich mit seinem muskulösen Körper, während Magie durch die Luft um uns herum schwirrte. Ich konnte spüren, wie sie unsere Seelen aneinanderband und sein Feenblut sich mit meinem vermischte, als er meine Essenz schluckte.

Es war berauschend. Überwältigend. *Echt.*

Ich hatte nicht erwartet, es so klar zu spüren. Hatte nicht erwartet, dass das Band so gut zu spüren sein würde. Doch seine Kraft schwirrte zwischen uns, strich über meine Haut und drang tief in mein Wesen.

Ajax ließ von mir ab und der dunkle Rand um seine Augen brannte wie flüssige Saphire, während er mich ansah. „Noch zwei", sagte er und entfernte seinen Daumen von meiner Klitoris. „Noch zwei Bisse und du gehörst *mir*."

Ich rang nach Luft, als er sich über mich beugte, um in meine

Brust zu beißen. Mit seinen Händen, die an meinen Hüften lagen, hob er mich höher und drückte mich gegen die Wand, während er seine gepiercte Eichel in mir verweilen ließ.

„*Verdammt*", keuchte ich und drückte meinen Rücken durch. Im nächsten Augenblick presste er mich wieder an sich und füllte mich vollends mit seinem pulsierenden Schwanz.

„Noch einer, kleine Rebellin." Er sprach die Worte gegen meine Lippen.

Ich zitterte, als er seine Fangzähne über meine Unterlippe gleiten ließ. Die beiden kribbelnden Bisswunden an meinem Körper heilten dank meiner Feengene bereits.

„Wo willst du ihn?", fragte er mich und verlangsamte seine Bewegungen im unteren Bereich, während er noch immer tief in mir steckte. „Hier?" Er stellte die Frage mit einem barschen Atem, der sich mit meinem vermischte. „Oder hast du eine andere Stelle im Sinne?"

Meine Augen fielen zu und ich versuchte erbittert, sein Starren zu erwidern. Mein Inneres war eine heiße Mischung aus Verlangen und Erwartung. Es gab so viele Stellen, an denen ich seinen Biss genießen würde.

Doch vor allem eine kam mir in den Sinn.

Eine, die mich an unser erstes Mal zusammen erinnerte.

Als Az mich anstelle von Ajax gebissen hat.

Ich winkelte meinen Kopf an und ließ meine Finger an seinem Rücken hoch über seine Schulter wandern, bevor sie bei meinem Hals angelangten. „Hier." Es war die gegenüberliegende Seite von der Stelle, an der er mich eben gebissen hatte – an einem Ort, der sich nicht direkt über meiner Halsschlagader, aber dennoch an meinem Hals befand. „Beanspruche mich hier."

Er blähte seine Nasenflügel und seine Gedanken versorgten ihn zweifellos mit dem Grund, aus dem ich diese Stelle ausgesucht hatte. Vielleicht konnte er die Erinnerung sogar durch meinen Kopf gehen spüren. Wie Az mich wie eine Opfergabe für Ajax' Schwanz hingehalten und mich gestützt hatte, während Ajax mich genommen hatte.

Und mich gebissen hatte, als Ajax es nicht konnte.

Aber jetzt konnte er es.

Er kann mich beißen, wo immer er will, wann immer er will und wie immer er will, dachte ich.

Ja, flüsterte Ajax zurück, seine Gedanken aufgrund der ersten beiden Bisse bereits mit meinen verbunden, weil sich das Mitternachtsfeenband zu bilden begann. *Und ich werde dich überall beißen, Cami.*

Dann tu es.

Auf Ajax' Lippen, die an meine gepresst waren, breitete sich ein Lächeln aus. *Das musst du mir nicht zweimal sagen.* Er brachte sein Gesicht an meinen Hals und ließ seinen Mund über der Stelle schweben, die ich gerade erwähnt hatte.

Ein elektrisches Gefühl rauschte an meinem Rückgrat hinab, als die dritte Ebene augenblicklich an ihren Platz fiel und ihre Kraft entfaltete. Die Kraft schien beinahe noch vor seinem Biss zum Leben zu erwachen. Aber es ging wirklich so schnell. Unsere Seelen freuten sich über die Verbindung, deren Potenzial sie von Anfang an gespürt hatten.

Füreinander bestimmte Gefährten gibt es nicht, staunte ich. *Aber das hier ...*

Fühlt sich an wie Schicksal, beendete Ajax den Satz an meiner Stelle und sein mentales Knurren brachte mein Blut zum Brodeln. Oder vielleicht war das sein Biss. Weil meine Instinkte im nächsten Augenblick von einer neuen Welle der brennenden Leidenschaft geflutet wurden und mein ganzer Körper in Flammen stand.

Fick mich, flehte ich ihn an. *Oh, bei den Feen*, fick mich.

Ajax' Hände, die an meinen Hüften lagen, lösten eine brennende Empfindung aus, als er meiner Forderung nachkam und mich mit seinen bestrafte, während er drohte, mich durch die verdammte Wand zu drücken.

Es war wild.

Perfekt.

Genau das, was wir beide begehrten.

Eine tödliche Mischung, die die Verbindung unserer Seelen festigte.

Mein, sagten seine Bewegungen.

Mein, entgegnete ich mit meinen Hüften. Mit meinen Fingernägeln. *Mit meinem Biss.*

Er knurrte, als ich meine Zähne in seinen Schultern versenkte. Mein Verlangen danach, ihn zu kosten, war eine überwältigende Sehnsucht, die ich nicht ausblenden konnte. Also tat ich das auch nicht. Ganz so, wie er sein darauffolgendes Verlangen nicht unterdrückte, meine Haare in seine Hand zu nehmen und meinen Mund an seinen zu führen.

Unsere Zungen rangen um Kontrolle und unser Blut vermischte sich in unseren Mündern, während unsere Körper einen sinnlichen Rhythmus fanden.

Mein Wesen wurde von einer warmen Empfindung heimgesucht und meine Nippel wurden an Ajax' Brust gedrückt hart. Ich konnte spüren, wie eine weitere Welle der Euphorie mein Wesen einzunehmen und mich ins Tal der Wonne zu bugsieren drohte – mich in die tiefsten Tiefen der Empfindungen und unverwechselbaren Hitze zu ziehen drohte.

Sie war noch mächtiger als die vorangegangene. Die Gefühle doppelt so stark. *Weil ich nicht nur meine, sondern auch Ajax' Erregung spüre*, dämmerte mir. *Sein Verlangen. Seine steigende Erregung. Die Anspannung, die sich in seiner unteren Körperhälfte sammelt. Seine heiße Leidenschaft, die zu explodieren droht.*

Oh, bei den Feen ... Meine Schenkel spannten sich um seine geschlungen an, während ich mich tiefer in seiner Erfahrung verlor als in meiner. Es war so einzigartig. So männlich. So *animalisch.*

Ich konnte ihn innerlich knurren hören. Sein unablässiger Hunger war eine bedrohliche Präsenz, die er tief in sich verbarg. Ich wollte mit diesem Biest spielen. Es herausfordern, sich zu zeigen und zuzubeißen. Mich in seiner Beanspruchung sonnen.

Er knurrte.

Dann biss er auf meine Unterlippe. Rau. *Wild.*

Ich stöhnte. *Mehr.*

Ajax drückte so fest zu, dass er Spuren an meiner Haut zurückließ. Seine dunkle Seite zeigte sich jetzt, während er meine

Wunde mit seiner Zunge umkreiste. *Du musst für mich kommen, Cami.*

Dann verschaff mir einen Höhepunkt, Ajax.

Er grinste an meinen Mund gepresst. *Mit Vergnügen.*

Etwas an dieser Antwort schien mit düsterer Absicht behaftet. Beinahe gnadenlos.

Ich verstand nicht, bis er seine Lippen wieder an meinen Hals wandern ließ seine Zähne über sein beanspruchendes Mal streifen ließ.

Ajax?, fragte ich mit sanfter Stimme. Mir war nicht ganz klar, was er vorhatte. *Was ...?*

Er biss zu und ich *erstarrte.*

Seine vorherigen Bisse waren nur oberflächlich gewesen. Beanspruchend, aber nicht zu tief. Und er hatte nicht allzu fest an meiner Ader gesogen.

Aber jetzt? *Das hier?*

Oh, das hier war etwas vollkommen anderes.

Jetzt biss er mich mit Absicht behaftet, und sein vampirischer Kuss vermischte sich mit einem brennenden Gift, das direkt in meinen Kern fand. Ich spannte mich um ihn herum an. Eine Unmenge an Kraft erfüllte mich und zwang mich, Wonne zu erfahren.

Schreie hallten durch das Zimmer.

Meine Schreie.

Blut sammelte sich unter meinen Fingernägeln, während ich mich an Ajax' Schultern klammerte.

Mein Wesen wurde wiederholt von einem Zucken heimgesucht und die Anspannung reichte bis in meine Zehen.

Ajax' Lust überwältigte mich im nächsten Augenblick. Sein Orgasmus war alles einnehmend und genauso mächtig wie meiner. Vielleicht sogar noch mächtiger. Sein Brüllen nahm meine Gedanken ein und seine Euphorie war ein süchtig machendes Gefühl, von dem ich nicht gewusst hatte, dass ich es begehrte.

Es war ... unglaublich.

Eine ekstatische Vereinigung eines bisher ungekannten Ausmaßes.

Weil es mit meinem Gefährten geschieht. Mit meiner Fee. Mit meinem Ajax.

Er legte seine Stirn an meine und die Nachbeben unseres Liebesspiels wuschen noch immer in magnetischen Wellen über uns. *Mein*, keuchte er. *Du gehörst mir.*

Und du mir, erwiderte ich.

Keiner von uns ergänzte: *Für immer.*

Keiner von uns machte sich die Mühe, unsere Verbindung mit einem Zeitstempel zu versehen.

Weil wir im *Jetzt* lebten. Heute. In diesem Augenblick.

Und dieser Augenblick ..., war pure Wonne.

Er war perfekt.

Er gehörte *uns*.

„Noch einmal", sagte ich mit heiserer Stimme zu ihm. „Ich will das noch einmal spüren."

„Ja", stimmte er zu. „Ja."

KAPITEL 13

MELEK

„Es gehört sich nicht, den Gesprächen anderer zu lauschen", säuselte eine tiefe Stimme aus dem Schatten des Palastkorridors. Ich hatte außerhalb des Gästezimmers gestanden und die Empfindungen genossen, die Ajax' Beanspruchung von Cami mit sich gebracht hatten.

Na endlich.

„Mir wurde gesagt, dass es sehr unhöflich ist", ergänzte die Stimme mit gelangweiltem Tonfall.

„Hm, mag schon sein", stimmte ich zu und bauschte meine Flügel. „Dasselbe könnte ich über das Eingreifen in die Kräfte anderer sagen."

Ich nahm meine greifbare Form an und meine Federn verschwanden im nächsten Augenblick. Und doch ahnte ich, dass Zakkai sie sowieso gesehen hatte.

Die mächtige Mitternachtsfee mochte nicht in der Lage sein, einen Begriff für mein Wesen zu finden – nur wenige konnten das –, aber er wusste, dass ich zweifellos etwas *anderes* war. Weshalb er die vergangene Stunde wohl darauf verwendet hatte, sich mit meiner Magie bekanntzumachen.

Er hatte sich eingemischt, sowie ich hier angekommen war, aber ich hatte ihn größtenteils ignoriert. Das war meine Art, ihm zu sagen, dass ich nicht hier war, um jemandem Schaden zuzufügen oder Chaos zu stiften.

Natürlich war ihm das egal. Ich gehörte nicht in dieses Reich und meine Anwesenheit brach mehrere Interreichsfeengesetze.

Ich konnte das Reich nur besuchen, wenn ich eine Einladung hatte.

Und die hatte ich nicht.

Weshalb Zakkai sich auch eingemischt hatte. Er ließ mich wissen, dass er sich nicht nur bewusst war, dass ich mich in seinem Reich – *und seinem Zuhause* – aufhielt, sondern auch, dass ihn nichts davon abhielt, meinen illegalen Besuch dazu zu verwenden, meine Magie zu erforschen.

Die meisten Feen wären tot umgefallen, wenn sie meine Essenz auch nur berührt hätten.

Ich mochte nach außen hin gelassen und unbekümmert wirken, aber ich wusste mich gegen Bedrohungen zu wehren. Und das galt auch für meine derzeitige Gesellschaft.

Die meisten Feen machten den Fehler, bloß Ty zu fürchten.

Zakkais kleine Erforschung sollte sichergestellt haben, dass ihm nicht derselbe Fehler unterlief. Obwohl ich so ein Gefühl hatte, dass Zakkai sich vor niemandem fürchtete. Nicht aus Arroganz, sondern weil er selbstbewusst war.

Und Selbstbewusstsein respektierte ich.

„Ich werde öfters vorbeikommen", informierte ich ihn. „Jedenfalls solange sich Cami hier aufhält." Ich sah in seine silberblauen Augen. „Sie ist meine intendierte Gefährtin. Und jetzt verstößt es nicht gegen die Regeln."

Weil sie offiziell mit einer Mitternachtsfee verbunden war. Was bedeutete, dass sie in diesem Reich fortan willkommen war.

Und als ihr anderer Gefährte – ganz egal, auf welcher Ebene wir miteinander verbunden waren –, war es mir jetzt gestattet, ihr hierher zu folgen.

„Zumindest gemäß der neuen Interreichsfeengesetze, die dieses Reich jetzt befolgt", ergänzte ich hörbar. „Oder?"

Zakkai antwortete nicht und musterte mich mit prüfendem Blick, während er meine Kraft erneut inspizierte.

Ich ließ die Intrusion zu, amüsiert über seine wiederholten Versuche, mit meinem inneren Wesen zu spielen. Es spielte keine Rolle, wie viele Male er versuchte, meine Magie zu manipulieren, die Stränge fanden ganz einfach wieder an ihren vorherigen Platz zurück.

Weil ich nicht wie andere Feen war.

Etwas, dessen er sich ganz offensichtlich bereits bewusst war.

„Na ja. Wie ich schon sagte ... Ich werde jetzt öfters vorbeischauen", fuhr ich fort und störte mich nicht an seiner fortwährenden Stille. „Zumindest so lange, wie Ajax Camillia in diesem Reich behält."

Er sagte immer noch nichts. Er schien nicht einmal den Hauch von Interesse an diesem Gespräch zu hegen.

Es war bewundernswert, wie gut er sich beherrschen konnte. Und dass er unablässig mit meinen Fähigkeiten spielte, auch.

Zakkai war die stärkste Mitternachtsfee des Universums. Obwohl ich ahnte, dass seine Königin ähnlich starke Fähigkeiten wie er besaß. Ihr Gefährtenzirkel war außergewöhnlich.

Weshalb ich sehr erfreut gewesen war, als Ty angefangen hatte, Handel mit ihnen abzuschließen – angefangen damit, dass er Ajax angestellt und mit Zakkai einen Handel abgeschlossen hatte, der beinhaltete, dass er die Kräfte des Wärters veränderte.

Aber das bedeutete nicht, dass Zakkai oder sein Gefährtenzirkel uns vertraute.

Vielleicht wird sich das eines Tages ändern.

Und vielleicht wird sich ihr Misstrauen als begründet herausstellen.

Hm. Viel davon hängt von Cami und Ty ab.

Ich legte meinen Kopf schief. „Ich glaube, der Interreichsfeenball könnte eine gute Frist für uns alle sein. Das wird Ty ein paar Wochen Zeit einräumen, um sich zu beruhigen. Und mir wird es genug Zeit geben, um sicherzustellen, dass Cami angemessen vorbereitet ist, um sich mit ihm zu befassen, wenn sie sich wiedersehen."

Natürlich würde ich Ty davon überzeugen müssen, sie und Ajax in der Zwischenzeit in Ruhe zu lassen. *Es sei denn ...*

„Würdet du und dein Zirkel sich bereit erklären, Camillia und Ajax so lange als Gäste zu beherbergen?", fragte ich Zakkai. „Denn wenn ihr das tätet, würden sie als Ehrengäste des königlichen Zirkels der Mitternachtsfeen gelten. Und niemand würde es wagen, einen solchen Titel zu missachten."

Nicht einmal der Höllenfeen-König, sinnierte ich.

Er verschränkte seine Arme vor der Brust und lehnte sich, noch immer stumm, an die Wand.

Wenn er glaubte, das würde mich einschüchtern, hatte er sich geschnitten.

Ich war ein meisterhafter Spieler. Vor allem in solchen, in denen es um Kraft und die Fähigkeit ging, Haltung zu bewahren.

„Vielleicht wirst du bis zum Interreichsfeenball herausfinden, woher ich abstamme, wo ich doch regelmäßig vorbeischauen werde. Vorausgesetzt, Camillia und Ajax werden hierbleiben, meine ich." Ich lächelte. „Ich könnte es dir verraten, wenn dir das lieber ist. Es könnte gut sein, dass du nur so hinter meine uralten Wurzeln kommst."

Er zog an einem weiteren meiner Tugendfeen-Stränge, jetzt fester als noch gerade eben.

Leider schnappte diese Ranke direkt wieder an ihren Platz, wie alle anderen vor ihr.

„Die meisten Mischfeen verfügen über eine Unmenge an Kraftsträngen und alle von ihnen werden willkürlich zusammengewoben, um einen einzigartigen Hybriden zu schaffen – oder eine *Abscheulichkeit*, wie einige sie nennen", sagte Zakkai schließlich. „Deine Kraftstränge sind alle intakt. Du bist keine Mischfee."

„Nein, bin ich nicht", stimmte ich zu. „Ich bin ein Reinblut."

„Ein Reinblut von was?"

„Du willst nicht, dass ich dir das verrate. Ein Teil von dir genießt es, das Rätsel zu lösen." Alle Malaiseblute – eine spezifische Art von Mitternachtsfeen, der Zakkai angehörte – liebten Rätsel.

Und ich war vermutlich die faszinierendste Fee, der Zakkai je begegnet war.

Na ja, das stimmte so vielleicht nicht. Ty mochte ihn vielleicht noch etwas mehr faszinieren als ich.

Zakkai stieß sich von der Wand ab und seine Arme fielen an seine Seite. „Wie gefällt es Luzifer, dass sein Gefährte sich mit jemand anderem verbunden hat?"

Ich zuckte mit der Schulter. „Das musst du ihn selbst fragen."

„Ich frage aber dich", erwiderte Zakkai. „Ich muss wissen, wie weit Typhos Luzifer gehen wird, um Camillia De la Croix zurückzuholen."

„Bis ans Ende aller Reiche", erwiderte ich.

Vor allem, wenn er realisiert, wie gut sie in unseren Zirkel passt, ergänzte ich in Gedanken.

Laut stellte ich jedoch klar: „Aber ich bezweifle, dass er seine vorläufige Allianz mit euch gefährden wird, um sie zurückzuholen, solange sie den Schutz genießt, den sie durch eine Einladung eurerseits erlangen würde. Er verschafft sich keinen gewaltsamen Zutritt an Orte. Er wird viel eher versuchen, einen Handel abzuschließen."

„Und was, wenn dieser Handel nicht zustande kommt?"

Auf meinen Lippen breitete sich ein Lächeln aus. „Seine Handel kommen immer zustande. Aber falls ihr die Ersten sein solltet, die das Gegenteil bezwecken, wird er ganz einfach einen gewiefteren Weg finden, um sie nach Hause zu bringen."

„Wie du bereits angedeutet hast, hat sie sich gerade mit einer Mitternachtsfee verbunden. Das macht dieses Reich jetzt zu ihrem Zuhause. Auf unbestimmte Zeit."

„Das stimmt", sagte ich. „Aber ihr Gefährte verfügt über einzigartige Magie, oder etwa nicht?"

Er sagte nichts. Nicht, dass ich das erwartete. Immerhin war er es, der Ajax' Verbindungen zur Quelle der Mitternachtsfeen und jener der Höllenfeen umgeschrieben hatte.

„Wie ich schon sagte ... Tys Handel kommen immer zustande. Und er liebt Schlupflöcher." Ich sah zur Tür, die zur Gästesuite führte, bevor ich meinen Blick wieder auf Zakkai richtete. „Ich schätze, das bedeutet, dass Ajax zwei Orte hat, die er sein Zuhause nennt, und Camillia jetzt auch. Was mich zurück zu meiner Empfehlung bezüglich der *Gäste* bringt."

Zakkai blieb still, aber dieses Mal ahnte ich, dass er mit seinen Gefährten sprach, anstatt mich mit Stille zu strafen.

Ich ließ ihn tun, was er tun musste, und lehnte mich entspannt gegen die Wand. Mein Fokus wanderte zu meiner intendierten Gefährtin und die wunderbare Lust, die ihr Wesen einnahm.

Ajax war gründlich, wie er es auch sein sollte.

Ich schloss meine Augen und genoss ihre Ekstase. Der Gedanke, dass ich eines Tages der Grund für solche Empfindungen sein würde, zauberte mir ein Lächeln aufs Gesicht.

Melek?

Mein Lächeln wurde noch breiter. *Liebster. Du kommst wie immer zur rechten Zeit.* Obwohl ich vor nur wenigen Stunden noch mit Ty gespielt hatte, war ich bereit für mehr. Und er konnte das zweifelsfrei spüren, weshalb er in Gedanken nach mir gerufen hatte.

Ich brauche dich im Marschland, erwiderte er. Die Worte ließen mein Grinsen abrupt verblassen.

Ist etwas passiert? Ich war losgezogen, um Cami zu finden, während Ty einen Unseelie befragt hatte, den Erebus im Königreich herumwandeln gesehen hatte. Das wäre im Marschland üblicherweise nicht der Rede wert gewesen, weil die Unseelie nun einmal dort lebten. Aber dieser spezifische Unseelie gehörte nicht zu Erebus' Hof. Er war ein Außenseiter.

Und der Vater einer der Höllenfeen-Bräute.

Es ist mir endlich gelungen, die Stränge der Tugendfeen zu entwirren. Ty hörte sich erschöpft an. *Aber entweder fehlt mir einer oder die Magie hat seine Erinnerungen gelöscht. Weil er sich nicht daran erinnert, das Portal geschaffen zu haben, obwohl sein Wesen über und über mit Beweisen voll war, die auf das Gegenteil hindeuten.*

Damit meinte er, dass der Unseelie in Überresten des Portalbannes getränkt war, wie ich annahm.

Ich bin auf deine Meinung angewiesen, ergänzte er. *Ich ... Ich will sichergehen, dass mir nichts Offensichtliches entgeht.*

Was bedeutete, dass er sein eigenes Werk anzweifelte. Etwas, das überhaupt nicht zu meinem Ty passte. *Ich bin in Kürze bei dir. Und ich werde dir etwas zu essen bringen.* Das würde der vorgeschobene Grund für meinen Besuch sein. Etwas, um zu verheimlichen, dass er meine Hilfe bei der Befragung benötigte.

Die meisten Albtraumfeen gingen davon aus, dass ich nur dazu da war, mich um die Bedürfnisse des Höllenfeen-Königs zu kümmern. Es spielte keine Rolle, dass ich ummantelt von Kraft war. Und zu allem Überfluss mit Kraft, die zu verbergen ich mich nicht bemühte. Sie gingen ganz einfach davon aus, dass Ty alle Arbeit für mich erledigte.

Ich gab mir keine Mühe, die falschen Vermutungen zu dementieren. Es war besser, wenn sie mich unterschätzten.

Wo wir gerade von unterschätzen sprechen ... Zakkai unterschätzte mich auf keinen Fall. Der Quellenarchitekt nahm mich immer noch mit emotionslosem Blick unter die Lupe.

„Langsam komme ich mir wie ein Forschungsobjekt vor."

„Das bist du auch", erwiderte er. „Ich mag unbekannte Gleichungen nicht. Und genau das bist du."

„Na ja, vielleicht wirst du mich durch meine anstehenden Besuche besser kennenlernen." Ich wartete darauf, dass er mich korrigieren würde. Als er das nicht tat, sagte ich: „Ich werde Ty wissen lassen, dass Ajax und Cami derzeit Gäste der Mitternachtsfeenkönigin und ihren Gefährten sind."

Es folgte keine Antwort.

Aber er stritt es auch nicht ab.

„Es könnte sein, dass du Az der Gästeliste hinzufügen musst", ergänzte ich. „Ich habe nicht nur gehört, wie Cami und Ajax sich verbunden haben, sondern es auch gespürt. Also hat der Phönix das auch. Ich ahne, dass er schon bald hier eintreffen wird."

Tatsächlich überraschte es mich, dass er nicht schon hier war. Sein Biest musste kurz davorstehen, die Kontrolle zu übernehmen, weil sein Verlangen danach, seine Paarungsabsichten zu sichern, alles andere in den Hintergrund rücken lassen würde.

Obwohl ..., wenn jemand das gefährliche Tier zähmen

konnte, dann Az. Darum hatte das Schicksal ihm auch seine Phönix-Seite verliehen.

Natürlich war es gut möglich, dass Az nicht einmal den Grund für die Aufregung seines Phönix begriff. Er schien nicht zu verstehen, dass sein Biest via Ajax auf Cami geprägt wurde, was die drei fürs Leben miteinander verbunden hatte.

Oder vielleicht hatte es nichts mit Unverständnis zu tun und vielmehr mit Verleugnung.

Was es auch war, die kommenden Stunden oder Tage würden zweifelsohne unterhaltsam werden.

„Viel Glück", sagte ich zu Zakkai. „Ich ahne, dass euch eine ungemein interessante Erfahrung bevorsteht."

Zakkai lachte schnaubend. „Jeder Tag in diesem Palast ist ein Erlebnis."

Angesichts der magischen Funken, die um uns herumschwirrten, bezweifelte ich das keineswegs. „Bis bald, Architekt."

Ich verschwand, bevor er etwas Gegenteiliges äußern konnte.

Nicht, dass er das hätte. Ich weckte sein Interesse zu sehr, um mich abzuweisen.

Oh, ich hatte keinen Zweifel daran, dass er versuchen würde, mich zu töten, wenn er mich eine Gefahr wähnte. Natürlich würde ihm das nicht gelingen, aber er würde es zweifelsohne versuchen.

Er wollte seinen Zirkel beschützen. Seine Familie. Seine Gefährtin.

Das konnte ich gut nachvollziehen, denn ich teilte dieses Gefühl im Hinblick auf meinen König und unsere zukünftige Königin.

Weshalb ich guthieß, das Ajax einen vorübergehenden Tapetenwechsel umgesetzt hatte. Cami würde bei den Mitternachtsfeen sicher sein. Jedenfalls fürs Erste. Und das würde mir Zeit verschaffen. Zeit, um Ty dazu zu bringen, mit ihr zusammenzuarbeiten, anstatt gegen sie.

Etwas, das ungeheuer wichtig werden würde, sobald ihm dämmerte, dass Ajax sich mit Cami verbunden hatte. Er hatte es nicht im selben Umfang gespürt wie Az und ich.

Aber er würde es bald genug erfahren.

Entweder von mir oder von Az.

Dank sei den Feen für Interreichsfeenpolitik. Das würde Ty etwas verlangsamen.

Hoffentlich würde es lange genug sein, damit er zur Vernunft kam.

Andernfalls wäre alles umsonst gewesen.

Und Ty könnte auf der Verliererseite stehen ...

ICH UMKLAMMERTE meinen Schwanz und meiner Kehle entrang sich ein Stöhnen, das von Ajax' Laken gedämpft wurde.

Warum musste ich ausgerechnet hier ein Nest bauen?, fragte ich mich. *Ich bin umgeben von Rosen und Pfefferminze und Sex.*

Ein Knurren rumpelte durch meine Brust und ich rollte mich in den Laken herum, während Erinnerungen an Ajax und Cami durch meinen Kopf sausten.

Der Geruch unseres sinnlichen Lustspiels verweilte noch immer hier, obwohl sich das Ganze bereits vor weit über einem Monat abgespielt hatte. Oder vielleicht bildete ich mir das bloß ein. Vielleicht war es nichts weiter als eine Erinnerung.

Ich war stundenlang umhergeflogen, hatte meinen Phönix erschöpft und mein Verlangen danach, zu existieren, besänftigt. *Frei* zu sein. Und doch war ich am Ende in Ajax' altem Zimmer im Gefängnis der Höllenfeen gelandet. Mein Verlangen danach, zu einer einfacheren Zeit zurückzukehren, hatte jeden rationalen Gedanken überstiegen.

Und jetzt wurde ich von diesem sexuellen Bedürfnis gefoltert, das so verdammt potent war, dass ich kaum noch atmen konnte.

Verdammt.

Mein Phönix brannte gewissermaßen in mir, seine Bedrängnis eine spürbare Flamme, die drohte, mein gesamtes Wesen zu verbrennen.

Ich strich mit meiner Hand an meinem bebenden Schaft hinab, während Bilder daran, wie Ajax Cami gefickt hatte, durch meinen Kopf sausten.

Er hatte sie hart genommen und seine Stöße hatten Cami gezwungen, sich an mir zu reiben, während ich sie ihm hinhielt, damit er sie plündern konnte. Diese samtig weichen Schenkel hatten sich so verdammt gut an meinen Händen angefühlt und sie hatte ihren nackten Rücken an meinen bebenden Schwanz gepresst.

„*Verflammt*", flüsterte ich und schluckte leer, bevor ich mein Glied so fest umschlang, dass es wehtat. Ich brauchte mehr. Ich brauchte *sie*.

Was zum Teufel ist bloß los mit mir?, staunte ich. *Warum verliere ich die Kontrolle?*

Verzögerte Befriedigung war eines meiner liebsten Spiele. Ich liebte es, mich dazu zu zwingen, zu warten. Es erlaubte der Gewalt, die in mir wütete, einen Höhepunkt zu erreichen und dann ließ ich sie üblicherweise an Ajax' Arsch aus.

Oh, aber ich hätte nur zu gerne Camis Ausdauer auf den Prüfstand gestellt. Erforscht, wie gut sie meine Kraftexplosion hinnehmen konnte. Meine Stärke. *Mein wildes Verlangen.*

Würde sie weinen?

Würde sie um mehr betteln?

Würde sie auf dieselbe Art und Weise reagieren?

Ich ahnte, dass es eine Mischung aus allem sein würde. Sie würde versuchen, mir auf dieselbe Weise wehzutun, wie ich ihr wehtat. Und wir beide würden in denselben Wogen dieser exquisiten Wonne enden und in schmerzvoller Lust ertrinken. Von der sinnlichen Folter überwältigt werden.

Ich würde in diese rosigen kleinen Nippel beißen. Ihre Klitoris mit meiner Zunge und meinen Zähnen foltern. Sie herumdrehen und mit all meiner Kraft in diese süße Muschi stoßen.

Und ihren Arsch dann mit demselben Enthusiasmus nehmen.

Alles, während Ajax zusieht, dachte ich, während die Fantasie sich lebendig vor meinem inneren Auge entfaltete, und streichelte meinen Schwanz. *Ich würde dafür sorgen, dass er sie zum Nachtisch saubermacht.*

Und sie dann erneut ficken.

Während er in ihre Muschi drang.

Ich würde sie zwischen uns einfangen. Sie zwingen, uns zu nehmen. Ihr einen Höhepunkt bescheren. Wieder und immer wieder.

Bis sie nicht mehr sprechen, denken, *atmen* könnte.

Bei den Feen, ja, dachte ich und stellte mir vor, wie ihr gut gebauter kleiner Körper satt und von blauen Flecken und blutigen Spuren von unseren Bissen übersät war.

Sie würde so verdammt befriedigt sein.

So verdammt schön.

Durch und durch unser.

Ich stöhnte erneut und vergrub mein Gesicht in Ajax' Kissen, während mein Schaft in meiner Hand pulsierte. *So gut. So verdammt gut.*

Aber es war nicht Camis süße Muschi oder Ajax' süchtig machender Mund, was ich daran spürte. Es war nur meine Hand.

Die musste genügen.

Fürs Erste.

Ich drückte so fest zu, dass es wehtat, würgte meinen Schwanz und erzeugte das richtige Maß an Druck, den ich brauchte, um zu kommen.

Rauf und runter. Leicht abdrehen. Verdammt ...

Ich würde es genießen, Cami beizubringen, wie sie mich verwöhnen konnte. Und dann würde ich den Gefallen mit meiner Zunge erwidern und tun, was immer sie begehrte, um sie Sterne sehen zu lassen.

Vorausgesetzt, sie wird mir je vergeben.

Verdammt, daran will ich jetzt gar nicht denken.

Nur an diese enge Muschi. Wie sie sich um mich herum zusammenzieht. Wie feucht sie ist. Wie perfekt. Mein.

Und Ajax auch. Sein flinker Mund. Dieser feste Po. Sein wütendes Schnauben. All die Magie.

Ich wollte Ajax auf seinen Knien. Dass er Camis Klitoris verehrte, während ich sie von hinten nahm. Ich würde ihn jeden einzelnen Tropfen auflecken lassen, während ich in ihren Mund stieß, und die beiden sich schließlich in den Laken winden und miteinander spielen würden, während ich zusah.

So viele Fantasien.

So viele *Ideen*.

Mein Daumen strich über den feuchten Schlitz an meiner Eichel und meine Eier spannten sich voller Verlangen an. *So nahe. So verdammt nahe dran.*

Ajax' Kissen erstickte mich um ein Haar, als ich in den Stoff biss, und ein Knurren des Verlangens unterdrückte. Es war so intensiv. So anders als ich. Ich verfügte üblicherweise über mehr Kontrolle.

Was ist bloß mit mir los? Warum bin ich so geil? Woher kommt all diese angestaute Lust?

Mein Phönix klaute mit zunehmender Dringlichkeit an meinen Sinnen. Er brauchte diese Explosion. Dieses Ausstoßen von Kraft. Es verbrannte mich von innen. *Buchstäblich.*

Ich riss an meinem Schwanz und verlangte, dass er reagierte und einen Teil dieses Drucks ausstieß.

Aber das führte nur dazu, dass ich noch leidenschaftlicher brannte.

Mit einem Knurren ließ ich von meinem Schaft ab und keuchte auf den Laken liegend. Etwas stimmte nicht. Ich hätte die Kontrolle nicht derart verlieren sollen.

Sprich mit mir, sagte ich zu meinem Vogel. *Was brauchst du wirklich?*

Ich verwandelte mich in die Gestalt meines Phönix und überließ ihm die Führung.

Tu, was du tun musst, sagte ich, und realisierte erst hinterher, was für eine bescheuerte Idee das gewesen war, als die Welt unmittelbar in tausend Stücke zersprang.

Und sich im nächsten Augenblick neu zusammenfügte. Genauer gesagt, verwandelte sie sich in ein Schlafzimmer, das mit Blumen geschmückt und mit allerhand Erdtönen versehen war.

Verdammt. Natürlich hatte mein Tier uns hierhergebracht – direkt zu Ajax und Cami. Ins Herz des Königreichs der Mitternachtsfeen. *In den Palast der Mitternachtsfeen.*

Ich fing meinen Phönix umgehend ein und meine menschliche Gestalt übernahm umgehend wieder. Er erschauderte daraufhin, wutentbrannt darüber, dass ich ihm nur ein paar Minuten Herrschaft über unseren geteilten Körper gegeben hatte. Aber ich war der Dominante. Der *Bedachte*. Derjenige, der vernünftig sein konnte.

Ganz anders als mein Vogel.

Der uns gerade mittels einer Aschewolke in ein Territorium gebracht hatte, in dem wir vielleicht, vielleicht aber auch nicht, willkommen waren.

Das Verhör war etwas anderes gewesen. Damals war ich Ajax' Gast gewesen.

Aber jetzt? Jetzt ganz bestimmt nicht.

Vor allem, weil er derzeit *in* Cami steckte.

Auf dem Bett.

Mein Schwanz wurde auf der Stelle wieder hart, als ich das sah, und meine Lust überkam mich in einer feurigen Welle, die mich benommen zurückließ. Mein Biest knurrte tief in mir, war hungrig. Ich konnte es ihm nachfühlen. Mein Magen zog sich zusammen, als ich Ajax dabei zusah, wie er in Camis feuchte Mitte stieß.

Verdammt.

Verdammt!

Ich redete mir ein, dass ich mich mittels meiner Aschefähigkeiten hier wegbringen sollte, aber mein Phönix widersetzte sich mir, weil er zu hingerissen vom Bild war, das sich ihm bot.

Von ihren Lustschreien.

Von ihrem befriedigten Stöhnen.

Von ihren sinnlichen Körpern, die vom Mondlicht erleuchtet wurden, das durch die Fenster fiel.

Es war eine berauschende Szene. Eine Einladung, die mein Biest annehmen wollte.

Nicht jetzt!, sagte ich immer wieder, und machte einen Schritt nach vorn. *Hör auf!*

Aber mein Tier hörte nicht auf mich. Er sah, was er wollte, und kämpfte wie verrückt darum, Kontrolle über unser Wesen zu nehmen und verlangte, dass ich mich ihnen *anschloss*. *Dass ich sie fickte. Dass ich sie nahm. Dass ich sie biss.*

Ich schüttelte meinen Kopf und mir kam ein Knurren über die Lippen, während ich gegen mein verdammtes Biest ankämpfte.

Was ich nicht hätte tun sollen.

Im nächsten Augenblick war Ajax auf den Beinen und beschwor seinen Zauberstab herauf, sein Schwanz von Camis Nektar benetzt. Dieser Anblick ließ mir das Wasser im Mund zusammenlaufen und meine Zunge flehte darum, eine Kostprobe von ihren vermischten Lustsäften zu erhaschen.

Cami wimmerte und griff mit ihren zierlichen Fingern nach dem Laken, bevor sie es hochzog, um sich zu bedecken, was mein Phönix nicht verstand. *Warum versteckt sich?*, schien er zu fragen.

Aber ich wusste, warum.

Weil sie sich vor uns fürchtet.

Ich konnte diese Angst im Raum vernehmen. Genauso, wie Ajax' Wut.

Ich hielt meine Hände hoch. „Ajax, ich ...“

Er sprach einen Bann. Einen, den ich seit Tausenden von Jahren nicht mehr gehört hatte. Ich erstarrte innerlich und mein Körper tat es mir gleich. *Das ...? Wie?*

Das muss ich mir einbilden.

Er konnte doch nicht ... davon wissen ...?

Doch als die Worte um mich herum schwirrten und der Bann Form annahm, wurde mir klar, dass er sehr wohl wusste. Jedenfalls von einem Teil.

Oder weiß er alles?, fragte ich mich, erstaunt über die Magie, die meinen Körper einnahm. Es war der Beginn eines Albtraums, aus dem ich vor Ewigkeiten erwacht war.

Ein Albtraum, dem ich *entflohen* war.

Vivaxia.

Meine Sicht trübte sich und wurde dann von Dunkelheit überschattet, als mein Phönix wieder volle Kontrolle über unseren Körper nahm.

Die bekannte Magie ließ mir übel werden. Ich hatte keine

Kontrolle über meinen eigenen Körper, meine Seele, meinen *Willen*. Ich war in meiner tierischen Gestalt gefangen.

Aber mein Phönix hatte genauso wenig Kontrolle.

Er war *gebändigt* worden. Niedergeknüppelt. *Eingenommen* von einem uralten Bann.

Von Ajax.

Ich sah ihn fassungslos an, konnte nicht verstehen, wie er mir das hatte antun können. Wo er diesen grausamen Zauber erlernt hatte. Mich auf diese Art zu *bändigen* ... Warum?

„*Knie dich hin*", verlangte er.

Mir rutschte das Herz in die Hose, als sich ein unsichtbares Gewicht auf meinen Schultern ausbreitete. Mein Vogel beugte sich umgehend und bestätigte damit, dass Ajax Kontrolle über uns hatte.

Wo zum Teufel hat er diesen Bann her? Von Vivaxia? Ein Schaudern durchfuhr mich. *Oh, verflammt, ist sie hier?*

Uralte Erinnerungen entfalteten sich in meinem Kopf. Vivaxias Stimme barg diese schrille Note, die ich permanent ausradiert gewähnt hatte. *Jage*, hatte sie oft gesagt. Sie hatte das Wort völlig anders betont, als Typhos es tat. Er bot es meinem Phönix zur Belohnung an – als eine Art Spiel. Um die Kontrolle wiederzuerlangen. Aber Vivaxia hatte das Wort immer als Befehl von sich gegeben. Es hatte nie eine Wahl gegeben. Ich hatte nie wählen können, ob ich mich widersetzen oder für mich einstehen wollte.

Sie hatte mir befohlen, mich zu beugen, und ich hatte es getan.

Sie hatte mir befohlen, zu jagen, und ich hatte ihr gehorcht.

Sie hatte mir befohlen, zu töten ..., und ich hatte es getan.

Wie konntest du mir das antun?, wollte ich Ajax fragen. *Ist dir überhaupt klar, was du getan hast?*

„Wie fühlt es sich an, seines freien Willens beraubt zu werden?", fragte Ajax mich mit wütendem Tonfall, den er sich sonst nur für unartige Albtraumfeen aufhob. Doch dieser Tonfall war noch düsterer in seiner Natur. *Wütender*. Unterlegt von einem spürbaren Zorn, der meine Seele erkalten ließ. „Ist nicht besonders witzig, was?"

„Was hast du getan?", fragte Cami, die auf dem Bett lag, ihre Augen weit aufgerissen, während sie uns abwechselnd ansah.

Az?, flüsterte Typhos in meine Gedanken. *Ich spüre ... Schmerz.*

Ich schluckte hart und mein Herz pochte angesichts der Intensität des Bannes und der Erinnerungen, die er an die Oberfläche geholt hatte. *Ajax ...* Ich verstummte. *Ich ...* Ich wusste nicht recht, wie ich es erklären sollte. Wenn ich Typhos sagte, was Ajax getan hatte, würde er mir zu Hilfe kommen. Auf Ajax losgehen. Und ihn ohne Wenn und Aber töten.

Dieser Bann fühlte sich zu bekannt an.

„Es handelt sich um einen Bändigungszauber", sagte Ajax, sein Blick auf mich gerichtet, während er Cami antwortete.

„Shades Großmutter hat ihn mir gegeben und gesagt, dass ich ihn vielleicht brauchen würde. Jetzt verstehe ich, warum."

Ich blinzelte. *Zenaida hat in dir gegeben?*

Azazel?, fragte Typhos. *Ajax hat was?*

Ich ... Ich habe ihn gefunden, begann ich langsam. *Ich muss mich kurz konzentrieren.*

Typhos erwiderte nichts. Seine Stille sagte mir, dass er meiner Bitte nachkommen würde.

Zenaida hat Ajax den Bann gegeben, wiederholte ich für mich. *Nicht Vivaxia. Aber woher hat Zenaida ihn? Wie konnte sie davon wissen?*

Sie war eine Schicksalsfee, die mit Luzifer einen Handel hinsichtlich des Paradigmas abgeschlossen hatte, welches die Brautspiele beherbergte. Sie hatte dabei geholfen, das magische Reich im Ödland zu schaffen. Nur jene, die wussten, wo es sich befand, konnten es finden – und selbst dann war es längst nicht jedem gestattet, es zu betreten.

Warum mischt sie sich in Dinge ein, die nur mich und Ajax etwas angehen?, fragte ich mich. *Warum hat sie ihm einen so verletzenden Bann gegeben?*

„Was für eine Wirkung hat er?", wollte Cami wissen, während sie, das Laken noch immer um ihren Körper geschlungen, vom Bett aufstand.

Ajax blieb nackt vor mir stehen, war nicht im Geringsten

darum bemüht, sich vor mir oder ihr zu bedecken. Aber er hatte noch immer seinen Zauberstab auf mich gerichtet, als könnte ich zu einer Gefahr werden.

Bedeutet das, dass ich die Kontrolle potenziell brechen kann, die der Bann über mich hat? Oder liegt es daran, dass er sich nicht vollends im Klaren darüber ist, was er getan hat?

„Ich bin nicht ganz sicher", erwiderte er zu Cami und beantwortete damit meine letzte Frage. *Ihm ist nicht bewusst, wie schwerwiegend sein Bann ist.*

Was bedeutete, dass er mir nicht mit Absicht derart hatte wehtun wollen.

Oder vielleicht hatte er mich derart verletzen wollen, hatte aber nicht realisiert, wie effektiv der Bann sein würde.

„Ähm ... Wenn das so ist ... Was jetzt?", fragte Cami mit misstrauischem Gesichtsausdruck.

„Ich bin nicht sicher", wiederholte er und lief in meine Richtung.

Mein Phönix wandte seinen Blick umgehend von ihm ab und unterwarf sich demjenigen, der die Autorität im Raum hatte. Es war eine erlernte Reaktion, die aus jahrhundertelangem Missbrauch von derjenigen stammte, die den Bann gesprochen hatte.

Eine Reaktion, von der ich geglaubt hatte, sie abgelegt zu haben.

Ganz so, wie ich geglaubt hatte, diesem Albtraum entronnen zu sein.

Aber der Bann brachte alles mit voller Wucht zurück. *Verdammte Zenaida. Was hast du getan?*

Ajax ging vor mir in die Hocke. Mein Phönix sah ihn nicht an und blieb unterwürfig – aus Angst, er könnte erneut herumkommandiert werden. Der Bann tat verdammt noch mal *weh.* „Wie es scheint, hat der Bann Az in den Hintergrund gezwungen und seinen Phönix hervortreten lassen." Er winkte seinen Zauberstab herbei, sodass ich ihn sehen konnte und sagte: *„Sitz."*

Ich knirschte innerlich mit den Zähnen, während mein

Phönix sich nach hinten bewegte, um sich *hinzusetzen*, wie Ajax es uns aufgetragen hatte.

Dass mein Phönix sich so fügsam verhielt, brachte mich zurück in eine Zeit, in der das mein Leben gewesen war. Als ich keinen freien Willen gehabt hatte. Als jede Bewegung, die ich gemacht hatte, ein Befehl gewesen war, der von einer bösartigen Tugendfee gekommen war.

Ihre Visage zeichnete sich vor meinem inneren Auge ab. Ihre gnadenlosen grauen Augen glitzerten giftig. Ihr langes, tiefschwarzes Haar umrahmte ihr elegantes, wunderschönes Gesicht.

Sie war umwerfend.

Eine Frau, die manch eine Fee begehrte und zugleich beneidete.

Aber ich wusste zu gut, wie kalt ihr Herz war.

Und mit der Zeit hatte Typhos auch miterlebt, wie sie war und was für Schmerzen sie anderen bereitet hatte. Ihm mit eingeschlossen.

Das Gefühl von Verrat floss durch meine Adern, als Ajax lachte. „Wie es scheint, wird er tun, was immer ich sage."

„Zum Beispiel, ins Reich der Höllenfeen zurückgehen und uns in Ruhe lassen?", fragte Cami.

„Vielleicht." Ajax schien zu zögern. „Aber der Bann könnte seine Wirkung verlieren, wenn er diesen Ort verlässt. Dann hätten wir das Überraschungsmoment nicht mehr auf unserer Seite, wenn er zurückkommt."

„Stimmt." Camis nackte Füße huschten über den Fußboden und sie begann, auf- und abzugehen. „Also, was sollen wir tun?"

„Ich weiß es nicht", erwiderte Ajax und hörte sich zwiegespalten an. „Ich kann ihn in Ketten legen und ihn in einen Käfig stecken, wenn du willst."

Cami hielt mitten im Schritt an. „Das ist ein äußerst verlockendes Angebot."

„Wenn ich ihn zurück in seine menschliche Gestalt zwingen würde, könnten wir ihn auch dazu bringen, eine Kette um seinen Schwanz zu schlingen", ergänzte Ajax und die düstere Absicht dieses Vorschlags ließ mich innerlich erschaudern.

„Ähnlich wie das, was Luzifer dir angetan hat."

Und dieser Teil ließ mich zusammenzucken.

Denn er hatte nicht unrecht.

Typhos' Ketten waren entwickelt worden, um Cami zu erregen.

Ich schätze, mir zur Rache dasselbe anzutun, war nur fair.

Aber so?, dachte ich und schluckte abermals schwer. *Indem man mich mit meiner Vergangenheit belastet? Indem man einen Bann benutzt, der mich meines freien Willens beraubt und mich und meinen Phönix hilflos ausliefert?*

Mein Vogel stieß ein leises, trauriges Geräusch aus, vielleicht, weil er die Absichten der Agierenden verstand. Oder aber er verlieh dem Schmerz Ausdruck, der mein Herz heimsuchte.

Denn das hier war mehr als eine Bestrafung. Das hier war Rache. Brutal. Grausam.

Genau wie Vivaxia.

KAPITEL 15

AZ

CAMI GING neben Ajax in die Hocke und ihr sündhaft köstlicher Geruch erhaschte die Aufmerksamkeit meines Phönix, sodass er seinen Blick auf sie richtete. Sie hatte den Bann nicht gesprochen, weshalb er sich nicht vor ihr fürchtete. Wenn überhaupt, schien er zu glauben, dass sie ihm helfen würde.

Ihre grauen Augen musterten mich, ihr Gesichtsausdruck nichtssagend, während sie meine tierische Form beäugte. Ich war kein kleiner Phönix, sondern eine Kreatur, die selbst im Sitzen über ihr türmte und auf sie hinabstarrte.

Aber sie schien nicht verängstigt, eher neugierig. Tief beeindruckt, sogar.

Ihre offenkundige Bewunderung ließ meinen Phönix sich aufplustern und seine Freude floss durch unser Wesen – trotz der heimsuchenden Erinnerungen, die mir durch den Kopf gingen.

„Wie lange, glaubst du, wird dieser Bann anhalten?", fragte sie leise und ging nicht weiter auf Ajax' Angebot ein, mich in Ketten gehüllt in einen Käfig zu sperren.

„Ich weiß es nicht." Er schien nicht so angetan von meinem Biest wie sie. Ajax sah mich viel eher misstrauisch als bewundernd an. „Ich muss einen Weg finden, um ihn festzuhalten, weil Az uns zu Luzifer bringen wird, sowie er frei ist."

Ich runzelte innerlich die Stirn. *Ist das wirklich, was du denkst? Dass ich hier bin, um euch zu Typhos zu schleppen? Ohne vorher überhaupt ein Gespräch mit euch zu führen?*

Ich hatte dem Höllenfeen-König gesagt, dass ich Cami und Ajax *aufspüren* würde. Ich hatte nicht gesagt, dass ich sie *jagen* würde.

Aber das konnte Ajax nicht wissen.

Und er hatte mir auch keine Gelegenheit eingeräumt, es zu erklären.

Weil er mir nicht mehr vertraut.

Ich hatte ihn mit meiner Kraft gefesselt und jetzt hatte er mich mit seiner Magie in Ketten gelegt.

Mein Phönix legte seinen Kopf schief, sein Blick noch immer auf Cami gerichtet, während sie ihn nach wie vor bestaunte. Er blinzelte ein paarmal. Er verhielt sich jetzt viel sanfter als sonst. Beinahe reuevoll, sogar. Er wusste, dass sie verärgert war, und das gefiel ihm nicht. Ihm war auch klar, dass Ajax wütend auf ihn war. Genau deshalb wollte er wohl nicht gegen Ajax' Griff ankämpfen, in dem wir uns befanden. Er schien ihn zu akzeptieren.

Zugegeben ..., dasselbe hatte er auch bei Vivaxia getan.

Der Zauber bezweckte vollumfängliche Folgebereitschaft. Er entfaltete seine Wirkung, indem er sich um meine Seele rankte und die Phönix-Seele an den Zauber band.

Wie eine Leine.

Oder Ketten.

Der Gedanke ließ mich meine Stirn abermals kraus ziehen. Die Parallelen, die zwischen Vivaxias Zauber und Luzifers Bestrafung bestanden, zeigten sich jetzt klar in meinen Gedanken.

Nein, sagte ich mir selbst. *Luzifer ist nicht wie Vivaxia.*

Und auch nicht, wie Constantine.

Er hatte sich eine sinnliche Bestrafung für Cami ausgedacht. Eine, die auch mich und Ajax in die Schranken gewiesen hatte. Sie war nicht gewalttätiger Natur gewesen.

Aber den emotionalen Schaden, den sie angerichtet hatte ...

Ist das schlimmer?, fragte ich mich.

Ajax hatte sein Vertrauen in mich verloren. Eine Nacht hatte genügt, um eine zehnjährige Freundschaft zu zerstören. Alles nur, weil ich versucht hatte, ihn davor zu bewahren, die Dinge noch schlimmer zu machen.

Ich hatte nur dafür sorgen wollen, dass wir den Vorfall überstehen würden und weitermachen könnten.

Aber meine Taten hatten mehr Schaden angerichtet als Gutes bewirkt.

Aber was, wenn er reagiert hätte? Was hätte Typhos ihm dann angetan? Was hätte er Cami angetan?

Schuldgefühle wallten in meiner Brust auf, während dieselbe Frau mich unaufhörlich anstarrte.

Nichts hiervon war ihre Schuld.

Sie war in ein Leben gedrängt worden, um das sie nie gebeten hatte. Sie war in irgendwelche Brautspiele geworfen worden, von deren Existenz sie nicht einmal gewusst hatte, und war wie eine Trophäe zur Schau gestellt worden. Nur wegen dem, was sie war.

Selten. Begehrt. Mächtig.

Sie und ich sind nicht so verschieden, dämmerte mir. *Weil Vivaxia einst dasselbe mit mir getan hat.*

„Also hat Az im Moment keine Kontrolle", sagte Cami bedächtig. „Will heißen, dass, was immer wir ihm auftragen, wir eigentlich seinem Phönix befehlen?"

Ajax musterte mich einen Augenblick lang, dann nickte er. „Der Bann ist dazu bestimmt, sein Biest zu bändigen. Ich habe also Grund zur Annahme, dass es so funktioniert."

„Und du kennst die Grenzen des Banns nicht oder was er anrichten könnte?"

„Nein."

„Und du hast ihn trotzdem gesprochen?", hakte sie mit gerunzelter Stirn nach. „Was, wenn er ihm wehtut?"

Er zog seine Augenbrauen hoch. „Machst du dir etwas daraus? Nach allem, was er getan hat?"

„Na ja ... Nein." Sie sah ihn an. „Ich weiß es nicht." Ihr Blick wanderte zurück zu meinem Phönix. „Aber sein Tier ist nicht das Problem. Tatsächlich scheint sein Biest mich zu mögen."

Ich mag dich auch, dachte ich in ihre Richtung, verärgert

über die Andeutung, dass nur mein Phönix sie mögen würde. *Wie ist das mittlerweile nicht offensichtlich?*

Ich hatte sie vor Typhos in Schutz genommen. Hatte mich auf ihre Seite gestellt und ihr dafür *gedankt*, dass sie das Portal verschlossen hatte. Ich war nur zu ihm gegangen, um ihn zu bitten, ihr dabei zu helfen, was auch immer für Magie sie in ihrem Schlaf verletzt hatte, zu überkommen.

Aber mir war keine Gelegenheit eingeräumt worden, etwas zu sagen, bevor Ajax mit ihr verschwunden war.

Und jetzt war mir diese Gelegenheit wegen seines verdammten Banns wieder verwehrt geblieben.

Mein Biest erschauderte, schien auch an meiner Stelle verärgert. Vielleicht konnte er meine Emotionen fühlen. Mein Entsetzen darüber, dass sie glaubte, ich würde sie nicht *mögen*. Meine Trauer über Ajax' mangelndes Vertrauen. Meine Frustration darüber, nicht aussprechen zu können, was ich zu sagen hatte.

Cami erhob meine Hand in die Richtung meines Phönix, was Ajax erstarren ließ.

„Cami", sagte er mit warnendem Tonfall. „Ich bin mir nicht sicher, ob das eine gute Idee ist."

Wow, dachte ich in seine Richtung. *Glaubst du wirklich, dass mein Tier sie angreifen wird? Er ist verliebt in sie, verdammt noch mal. Das Einzige, was er tun wird, ist, für sie zu schnurren.*

Was er natürlich tat. Die darauffolgenden Vibrationen waren laut und nervtötend und übertönten kurzzeitig alle anderen Geräusche in meinem Kopf.

Camis Mundwinkel zuckten und sie kraulte meinen Phönix hinter dem Ohr, wie man es bei einem Hund tun würde. „Du bist irgendwie süß in dieser Form", sagte sie zu mir. Oder jedenfalls nahm ich an, dass sie mit meinem Vogel sprach und nicht mit mir. Vielleicht beides. Wer wusste es schon?

Ajax rollte seine Augen.

Mein Vogel schnurrte nur noch lauter und koste ihr Handgelenk mit seinem Schnabel.

Eine Rose, die ihn die Schatten der Nacht gehüllt ist und von

*einem Feld voller Minze und Tanne umgeben ist. Verdammt, das
ist ein unverschämt betörender Geruch.*

Kein Wunder, dass mein Tier schnurrte.

Es riecht nach zu Hause.

Wo wir hingehören.

Wo wir sein wollen.

Für immer und ewig.

Ich seufzte innerlich, verspürte trotz der gefährlichen Lage, in
der ich mich befand, kurz ein Gefühl der Freude.

Cami tat es mir gleich. Der Laut war Musik in den Ohren
meines Vogels. „Ich glaube, er ist müde", sagte sie zu Ajax. „Er
sieht ganz verträumt und schlaftru... *Aua!*" Sie zog ihre Hand
zurück und riss ihre Augen auf, als sie die feurige,
halbmondförmige Bisswunde an ihrem Handgelenk erblickte.

Oh, ver...

Ajax fiel meinen Vogel an und brachte ihn zu Boden, bevor
ich überhaupt recht begreifen konnte, was gerade passiert war.
Seine Faust kollidierte mit meinem Schnabel und mein Phönix
reagierte mit einem aufgeregten Krähen. Sein Vogelhirn schätzte
die Situation komplett falsch ein. *Paarungszeit*, schien er zu
denken. Was vermutlich daher rührte, dass die meisten meiner
Kämpfe mit Ajax im Bett endeten.

Er stieß einen mächtigen Kraftschub aus, der Ajax der Länge
nach zu Boden fallen ließ, bevor er die Mitternachtsfee in
spielerischer Manier ansprang, um ihn mit seinem Schnabel zu
Boden zu drücken.

Ajax stieß ein Brüllen aus.

Mein Phönix schnurrte.

Und der Geschmack von Ajax' Blut füllte meinen Mund, um
sich dann mit Camis Essenz zu vermischen.

Verdammt!, schrie ich meinen Phönix an. *Was zum Teufel
machst du da?!*

Er hatte Cami *und* Ajax gerade gebissen.

Und jetzt stolzierte er siegesreich im Kreis herum und
krächzte wie ein verdammtes Biest, das brunftig war.

Denn jetzt wollte er sich *paaren.*

Doch als er versuchte, mir die Kontrolle zu übergeben, um

meine menschliche Gestalt anzunehmen und unsere neuen Gefährten zu genießen, konnte er das nicht. Der Bann ließ es nicht zu.

Ajax griff sich mit der Hand an den Nacken und in seinen blauschwarzen Augen ruhte ein wütender Blick, als mein Biest begann, auf- und abzugehen. Verwirrung ging zu Panik über. Mein Phönix verstand nicht, warum ich die Kontrolle nicht übernehmen und den Akt zu Ende bringen konnte.

Nicht, dass es viel zu Ende zu bringen gab.

Es bedurfte nur eines einzigen Bisses, um das Band einer Formwandlerfee zu vervollständigen.

Eines Bisses in *tierischer* Form.

Was ihm gelungen war.

Und jetzt sind wir mit Ajax und Cami verbunden, staunte ich erneut. *Bei den Höllenfeuern, das ist nicht gut. Das ist gar nicht gut.*

Az?, flüsterte Typhos in meine Gedanken. *Was ist los?*

Ich knirschte mit den Zähnen. *Ich brauche noch etwas mehr Zeit. Bitte.* Ich war mir noch nicht sicher, was ich ihm sagen sollte. Wie ich erklären sollte, was geschehen war.

Und das hier ... Das machte alles tausendmal schlimmer.

Typhos hakte nicht weiter nach. Stattdessen spürte ich seine Geduld und sein Verständnis in meiner Seele erblühen. Aber ihm musste bewusst sein, dass gerade etwas Monumentales geschehen war. Zur Hölle, er konnte die Veränderung vermutlich mittels unseres Tugendfeenbandes spüren.

Wir waren nicht durch meinen Phönix verbunden, was wohl bedeutete, dass mein Biest nie wirklich mit Typhos verbunden gewesen war.

Aber mein Vogel war jetzt zweifelsohne mit Ajax und Cami verbunden.

Wie konntest du das tun?, wollte ich von meinem Tier wissen. *Wie konntest du das ohne meine Zustimmung tun?*

Aber mein Vogel hörte mir nicht zu. Nicht, dass er mich verstanden hätte. Er war zu erschüttert darüber, dass er mir nicht die Kontrolle zurückgeben konnte.

Dieser Bann gefiel ihm ganz und gar nicht.

Dieses Gewicht von unsichtbaren Ketten.

Das Gefühl, einer höheren Gewalt unterworfen zu sein.

Es war lange her, seit uns das jemand angetan hatte. Er hatte Ajax' Bann bis gerade eben nicht vollends verstanden, und jetzt, wo er das tat, starrte er die Mitternachtsfee erstaunt an. Dieses Gefühl, verraten worden zu sein, zeigte sich in einem tiefen quäkenden Krächzen, das mir das Herz brach.

Wie konntest du uns das antun?, schien mein Phönix zu fragen. *Was habe ich falsch gemacht?*

Er wusste, dass wir sie aufgebracht hatten. Er wusste es, weil er meine Schuldgefühle spüren konnte. Aber er war fälschlicherweise davon ausgegangen, dass hierherzukommen alles regeln würde. Dass seine Gefährten zu beißen, die Probleme lösen würde, die ich geschaffen hatte.

Mein Tier verarbeitete Gefühle nicht auf dieselbe Weise wie ich. Und er verstand auch komplexe Situationen nicht.

Das hier sind unsere Gefährten, also beiße ich sie, lautete seine Devise.

Zustimmung war ein Fremdwort für ihn. Er war zu sehr von seinen tierischen Instinkten eingenommen, um in Erwägung zu ziehen, dass Ajax und Cami das Band vielleicht nicht wollten. Für meinen Phönix gab es keinen anderen Weg nach vorn.

Scheiße. Ich hatte gewusst, was er gefühlt hatte. Wie nahe dran er gewesen war, sie sein zu machen, aber ich hatte den Instinkt unterdrückt. Ich hatte *ihn* unterdrückt.

Aber Ajax' Bann hatte mich in die Untiefen meiner Psyche verbannt, sodass mein Vogel jetzt die Zügel in der Hand hielt.

Und jetzt …

„Jetzt sind wir Gefährten", gab Ajax zischend von sich und sah mich mit zusammengekniffenen Augen an. „Willst du wirklich mir die Schuld an der ganzen Sache geben?"

Ich blinzelte ihn innerlich an. Was? *Nein. Ich gebe dir nicht die Schuld*, wollte ich sagen. *Wie zum Teufel bist du überhaupt zu diesem Schluss gelangt?*

„Weil deine Gedanken echt unheimlich *laut* sind", entgegnete er. „Mein Bann hat dich ausgeschlossen und deinem Vogel freie Hand gegeben. Das ist, was du denkst."

Du kannst meine Gedanken hören? Wenn ich gekonnt hätte, hätte ich die Stirn gerunzelt.

Natürlich kann er meine Gedanken hören, dachte ich im nächsten Augenblick.

Wir waren jetzt Gefährten. Und Formwandlerfeen-Bänder bedurften eines *offenen Geistes.*

Es war anders als die Tugendfeen-Bänder zwischen mir und Typhos, dank denen wir starke Emotionen des anderen vage wahrnehmen konnten, anderweitig aber nur telepathisch miteinander kommunizierten, wenn uns danach war.

Die Bänder von Formwandlerfeen bargen eine ganz andere Art der Telepathie.

Und beide Gefährten konnten darauf zugreifen.

Was bedeutete, dass ich Cami und Ajax auch hören konnte.

Scheiße. Es musste einen Weg geben, um unsere Gedanken abzuschotten. *Denk nach, Az.* Meine Mutter hatte mir Dinge beigebracht, als ich noch ein Jungvogel gewesen war. Sie hatte mir gezeigt, wie ich meinen Geist und andere schützen konnte.

Ich war zu mächtig, um uneingeschränkten Zugriff auf meine Gedanken zu gewähren.

Eine einzige Energieexplosion konnte meinen Gefährten das Bewusstsein rauben.

Cami sagte etwas, doch ich blendete sie aus, weil ich zu konzentriert darauf war, unsere mentalen Verbindungen abzukapseln. Ich musste sie auf telepathische Kommunikation einschränken. Ganz so, wie ich es bei Typhos getan hatte.

Ajax' tiefe Stimme erfüllte die Luft, seine Antwort vermutlich für Cami gedacht.

Oder vielleicht auch für mich.

Aber ich konnte ihn nicht hören. Ich war zu beschäftigt damit, die uralte Geschichte in meinem Kopf nach Erinnerungen abzusuchen, die mir Zugang zum Wissen geben würden, das ich begehrte.

Ich hatte immer einen Gefährten gewollt, aber nach all den Jahrtausenden, in denen ich niemanden gefunden hatte, der meines Phönix würdig war, hatte ich mit diesem Teil meiner Vergangenheit den Kontakt verloren. Warum

Informationen behalten, die offensichtlich nie relevant werden würden?

Aber in diesem Moment war es das.

Weil mein Phönix endlich seine Gefährten erwählt hat.

War Ajax immer schon ein Kandidat gewesen und ich hatte das Interesse meines Vogels an ihm nur falsch interpretiert? Oder war das alles nur auf Cami zurückzuführen?

Ich hatte sie für Ajax gebissen.

Damals hatte ich mich aber in meiner menschlichen Gestalt befunden.

Aber vielleicht ... Vielleicht hing alles zusammen? Vielleicht hatte ich meinen Phönix provoziert, indem ich mich mit Ajax und Cami vergnügt hatte?

Oder vielleicht war sie von Anfang an eine ideale Gefährtin, weshalb ich mich so zu ihr hingezogen gefühlt habe.

Das hauptsächliche Ziel, das mein Phönix verfolgte, war, *sich zu paaren*. Nicht nur, einen Gefährten zu finden, sondern sich *fortzupflanzen*.

War Cami die ideale Mutter für meinen zukünftigen Nachwuchs?

Wolltest du sie deshalb so sehr?, fragte ich meinen Vogel. *Für die Brunft?*

Spielt es eine Rolle?, fragte sich ein anderer Teil von mir. *Es ist vollbracht. Es kann nicht ungeschehen gemacht werden.*

Und wenn ich ehrlich war, wollte ich es auch nicht ungeschehen machen.

Das hier fühlte sich – trotz der Umstände – richtig an.

Der Bann hatte meinem Vogel Schmerzen zugefügt und jetzt floss dieses Gefühl, verraten worden zu sein, durch unsere Adern. Aber innen drin war mein Tier endlich zufrieden. Er hatte die andere Hälfte seiner Seele gefunden. *In Cami und in Ajax.*

Sie glichen meine feurige Seele aus.

Aber gleiche ich auch sie aus? Endlich gelang es mir, mich aus meinen Gedanken zu reißen und meine Umgebung genauer zu mustern. Ajax stand mit verschränkten Armen und mörderischem Blick vor mir.

Und Cami ... Ich versuchte mich umzusehen und nach ihr zu

suchen, doch mein Phönix saß da und starrte stattdessen direkt in Ajax' Richtung.

Du hast noch mehr Befehle ausgesprochen, realisierte ich und seufzte innerlich. Wenigstens hatten diese Befehle nicht *wehgetan*.

Ja, habe ich, bestätigte er mental und mit barschem Tonfall.

Oh. Was hat mein Phönix getan?

Er zog seine Augenbrauen hoch. *Dein Phönix hat sich gerade mit uns zwangsverbunden. Grund genug, um ihn zu bändigen, findest du nicht?*

Ich erschauderte angesichts des Tonfalls und der Frage. *Er hat instinktiv reagiert. Ähnlich wie du reagiert hast, als ich angekommen bin – um zu reden, und nicht, um dich zu Typhos zurückzubringen, übrigens.*

Er schnaubte. *Er hat dir aufgetragen, uns zu jagen. Dir ist schon klar, dass ich diesen Teil deiner Gedanken mitbekommen habe, oder?*

Ich habe ihm gesagt, dass ich euch aufspüren werde, Ajax. Nicht, dass ich euch jagen werde. Zwischen den beiden besteht ein Unterschied.

Er rollte mit seinen Augen. *Für mich hört sich das an, als wäre es ein und dasselbe.*

Na, für mein Biest sind das zwei äußerst verschiedene Dinge. Ich zog mich abermals in die Tiefen meiner Psyche zurück und suchte nach den Mauern, die ich brauchte, um meine Gedanken abzuschotten.

Ajax' Verhalten sagte mir ganz genau, was er von diesem *erzwungenen Band* hielt.

Und Cami ... Na ja, wie es schien, war sie gegangen. Ich wusste das nur aufgrund meiner Verbindung zu ihren Gedanken. Ich wollte sie nicht noch mehr verstören, als ich es ohnehin schon hatte, also zog ich mich zurück und ließ sie allein mit ihren Gedanken.

Ganz so, wie ich Ajax in Ruhe ließ, der vor mir stand.

Wenn er ein Gehorsamkeitsspiel mit meinem Vogel spielen wollte, nur zu. Ich hatte wichtigere Dinge zu erledigen. *In meinem Kopf.*

KAPITEL 16

CAMI

WAS ZUM TEUFEL ist gerade passiert?

Im einen Augenblick hatte ich den Phönix bestaunt und dann ... *Dann hat er mich gebissen.*

Mich zu seiner Gefährtin gemacht.

Mich beansprucht.

Ganz so, wie Ajax es hatte. Moment mal ... Eigentlich nicht. Das war völlig anders gewesen.

Ich wurde gerade von einem verdammten Phönix gebissen. Der Gedanke ging mir wieder und wieder durch den Kopf, während meine Füße mich eiligen Schrittes einen Flur im Palast hinuntertrugen. Ich hatte keine Ahnung, wohin ich ging und es war mir auch egal. Ich hatte Ajax gesagt, dass er mir Kleidung herbeizaubern sollte und dann war ich gegangen.

„Ich brauche einen Spaziergang", war alles, was ich zu ihm gesagt hatte, bevor ich das Zimmer verlassen hatte.

Es war vermutlich nicht sicher, allein hier herumzuwandeln, und es war als Gast auch nicht besonders angebracht, aber *scheiß drauf.* Was zum Teufel hätte ich sonst tun sollen? Ich brauchte etwas frische Luft. Musste durchatmen. Musste *frei* sein.

Aber ich würde nie wieder frei sein, weil ich jetzt *zwei* Gefährten hatte.

Nein, das stimmte nicht ... Ich hatte *drei.*

Melek.

„*Verflucht*", murmelte ich laut. *Ich schätze, so lässt es sich auch sterben – indem ich mit ein paar männlichen Seelen verbunden bin.*

Sie konnten mir wenigstens ein paar Hundert Orgasmen verschaffen, bevor Luzifer mich umbringen würde. Das wäre angesichts der Situation das Mindeste, was sie tun könnten, oder etwa nicht?

Ich musste beim Gedanken daran beinahe lachen.

Das ist doch völlig verrückt. Ich habe meinen Verstand verloren. Und ich habe drei Gefährten.

„Vollkommen hirnverbrannt", sagte ich zu mir selbst, während ich um die Ecke in irgendeinen unbekannten Korridor abbog. „Dieser Ort hier ist das reinste Labyrinth." Ich war erst ein paar Minuten herumgewandert, hatte mich aber bereits hoffnungslos verlaufen.

„Eine Führung könnte helfen", sprach eine sanfte Stimme hinter mir.

Ich verzog das Gesicht und blickte über meine Schulter. Hinter mir, nur ein paar Meter von mir entfernt, stand eine Frau mit blauschwarzem Haar.

„Tut mir leid. Ich habe dich etwas sagen gehört, als ich mein Zimmer verlassen habe." Sie deutete auf eine hölzerne Platte, die aussah wie eine Tür. Mal abgesehen davon, dass sie über keine Türklinke verfügte.

Tatsächlich schienen alle ‚Türen' hier über diese merkwürdige Eigenschaft zu verfügen. „Wie betritt und verlässt man ein Zimmer, das keinen Türknauf hat?", fragte ich verdattert.

„Die Wasserspeier kümmern sich darum", erwiderte sie mit zuckenden Mundwinkeln. „Man muss sich erst einmal daran gewöhnen." Sie rümpfte ihre Nase. „Tatsächlich dauert es bei vielen Dingen, die man hier antrifft, eine Weile, bis man sich an sie gewöhnt hat. Wie zum Beispiel die ewig während Nacht. Die fehlenden Blumen. Flauschige Tiere, die alles töten wollen, was sich ihnen in den Weg stellt. Hm." Sie zuckte mit den Achseln. „Aber es ist dennoch mein Zuhause."

Ich blinzelte sie an. „Oh." Dieses Reich schien ganz offensichtlich seine Eigenarten zu haben.

Was mir noch bewusster wurde, als ich mich im Flur umsah.

In die Wände waren Bäume eingepflanzt. Und ihre Wurzeln trieben über den gesamten Boden aus.

Es war ein Wunder, dass ich nicht gestolpert und der Länge nach hingefallen war.

Vielleicht war ich meiner Umgebung bewusster gewesen als gedacht. Ich hatte die Umgebung nur nicht so eingehend gemustert, als ich daran vorbeigegangen war.

Ich ließ meine Fingerspitzen über den nächstgelegenen Baum streifen. Ich erwartete, eine plastikähnliche Textur zu spüren, wie man es von einer Vase mit Plastikblumen kannte.

Aber nein.

Der ist echt, staunte ich und machte einen Schritt auf die schwarze Rinde zu. „Was ist das für ein Baum?", fragte ich, verwirrt über seine Farbe und seinen Standort.

„Meine Neuschöpfung eines brennenden Knallbaums", erwiderte die Frau. „Ich nenne sie Drallbäume."

Drallbäume?, wiederholte ich in Gedanken. *Ein merkwürdiger Name.* „Sie sehen echt nett aus."

„Danke." Sie hörte sich erfreut über mein Kompliment an. „Meine Gärten sind voll von ihnen, wenn du mehr sehen möchtest. Aber es gibt auch noch andere Dinge dort. Zum Beispiel Pfirsichbäume."

Ich blickte zu ihr zurück. „Pfirsichbäume?"

„Einer meiner ältesten Freunde liebt die Frucht aus dem Reich der Sterblichen. Er hat mich auf den Geschmack gebracht. Also habe ich jetzt auch welche."

„Oh." Ich war heute wirklich ausgesprochen wortgewandt.

Warum wohl?, dachte ich sardonisch.

Ich ballte meine Hände zu Fäusten, als ich die Quelle meiner derzeitigen Frustration erblickte. Über die feurige, sichelförmige Bisswunde an meinem Handgelenk hatte sich bereits eine Kruste gebildet, aber sie schien nicht recht verheilen zu wollen.

Dein Biss wird eine Narbe zurücklassen, was?, dachte ich in Az' Richtung.

Er antwortete nicht. Seine Gedanken waren jetzt stiller als noch eben.

Ich zog die Stirn kraus. *Az?*

Nichts.

Ich drehte mich zum Korridor um, den ich gerade hinabgegangen war, als könnte ich irgendwie das Zimmer wiederfinden, das ich vor einiger Zeit – wie lange auch immer es her war – verlassen hatte. *Ajax?*

Ja?, erwiderte er augenblicklich.

Hast du Az bewusstlos geschlagen?, wollte ich wissen, und mein Herz setzte einen Schlag aus. Ajax würde ihn doch nicht umbringen ... oder?

Nein, aber das kann ich, wenn du willst.

Ich runzelte die Stirn. *Ich ... Nein. Das will ich nicht.* Zumindest glaubte ich, dass ich das nicht wollte. *Ich kann ihn nicht hören.*

Er erschafft eine Art mentale Mauer, murmelte Ajax. *Oder zumindest hat er das in Gedanken gesagt. Er hat darüber nachgedacht, was eine Kraftexplosion mit uns anrichten könnte, wenn sein Geist angreifbar ist.*

Oh. Da war dieses geistreiche Wort schon wieder. *Geht es ihm gut?*

Ich konnte Ajax nicht sehen, aber ich spürte, wie er erschauderte. *Es geht ihm gut.*

Geht es dir gut?, hakte ich nach.

Es folgte eine Stille. Dann hörte ich Ajax im Geiste seufzen. *Ja, es geht mir gut, kleine Rebellin. Und dir?*

Ich presste meine Lippen aufeinander. *Ich weiß es nicht. Ich bin irgendwie ...*

„Hat eine meiner Kreaturen dich gebissen?", fragte die Frau urplötzlich und erinnerte mich daran, dass sie neben mir stand. Ihr Blick lag auf meiner Brust. Ich folgte ihm und realisierte, dass ich meine Faust an mein Herz gedrückt hatte. Sie war jedoch abgedreht, sodass das dunkle sichelförmige Mal auf meiner Haut offen zu sehen war.

„Nein, das war ein Phönix", sagte ich zu ihr.

Sie riss ihre Augen auf. „Ein Phönix? Wirklich? Sie sind für gewöhnlich immer so sanftmütig."

Ich konnte mir das Lachen nicht verkneifen, das aus mir hervorbrach. Es war eher sarkastisch als humorvoll in seiner Natur, aber der Gedanke daran, dass Az *sanftmütig* war, war zum Wegschmeißen. „Nein, dieser Phönix nicht", versicherte ich ihr. „Dieser Phönix ist einschüchternd und dominant."

„Dominant?", wiederholte sie stirnrunzelnd. „Ich schätze, man kann sie durchaus als dominant ansehen. Sie sind majestätische, königliche Wesen, die ..." Sie verstummte und legte ihren Kopf schief. „Moment mal ... Du redest von einem Mann, oder etwa nicht? Nicht vom Tier?"

„Na ja ... Es war sein *Tier*, das mich gebissen hat." Ich drehte meinen Arm herum, damit sie die Wunde besser sehen konnte. „Und ich schätze, das Mal wird jetzt nicht mehr weggehen, weil wir jetzt für immer miteinander verbunden sind."

Genau darum hatte ich das Zimmer verlassen, um einen Spaziergang zu machen. *Richtig.* Ich sah mich um, begierig darauf, dieser Idee zu folgen. Mein Verlangen danach, nachzudenken und zu entkommen, überstieg alles andere.

„Hm", meinte die Frau mit einem Summen und schien sich meinem Verlangen danach, zu fliehen, nicht bewusst zu sein. „Du wurdest gegen deinen Willen mit jemandem verbunden. Damit kenne ich mich bestens aus."

Mein Instinkt, wegzurennen, ließ kurz nach und ich sah zurück zur Frau. „Tust du das?"

„Oh, ja." Sie kniff ihre Augen leicht zusammen. „Ich weiß, wie es sich anfühlt, gebissen zu werden, ohne vorher um Erlaubnis gefragt zu werden."

Okay. Jetzt hatte sie meine Aufmerksamkeit. „Wer bist du?"

Ihre Mundwinkel zuckten. „Aflora."

Mir klappte die Kinnlade herunter. „Aflora ... Du meinst ... *Königin Aflora?" Verdammt.*

Was ist los?, fragte Ajax augenblicklich. Meine mentale Bemerkung war offensichtlich auf direktem Wege zu ihm gelangt.

Ich musste schleunigst herausfinden, wie ich diese Kanäle kontrollieren konnte.

Cami?, hakte er nach. *Geht es dir gut?*

Ich glaube, ich bin gerade der Königin der Mitternachtsfeen begegnet, sagte ich zu ihm. *Aflora* war nicht direkt ein geläufiger Name, und ich hatte ihn jetzt schon einige Male gehört.

„Aflora ist mir lieber“, murmelte sie und zog ihre Nase abermals kraus, als hätte sie etwas Saures gegessen. „Der Titel ist überflüssig.“

Sind ihre Gefährten bei ihr?, wollte Ajax wissen.

Nein, nur sie, erwiderte ich, nachdem ich mich umgesehen hatte. *Warum fragst du?*

Ich wollte nur wissen, ob ich dich retten muss.

Ich ... packe das schon. Jedenfalls hoffte ich das. „Du wurdest gegen deinen Willen gebissen und mit jemandem verbunden?“, fragte ich Aflora. Ich war an ihren Worten, dass sie sich mit dem Thema auskannte, hängen geblieben.

„Ja, mittels eines Bisses.“ Sie klimperte mit ihren langen Wimpern und sah auf mein Handgelenk. „Aber ich wurde in den Hals gebissen.“

Ich musterte ihre makellose Haut. „Sieht aus, als wäre die Wunde verheilt.“

Sie nickte. „Mitternachtsfeen-Male hinterlassen ihren Abdruck auf der Seele, nicht auf der Haut.“

„Ich glaube, meine ist auf beidem sichtbar.“

„Das glaube ich auch.“ Sie sah mich mit nachdenklichem Gesichtsausdruck an. „Brauchst du Hilfe?“

Ich schluckte hart und schüttelte meinen Kopf. „Nein.“ Vorwiegend, weil ich nicht die leiseste Ahnung hatte, was für ‚Hilfe‘ sie mir anzubieten hatte. Und ich war nicht direkt verletzt, nur ... zwiegespalten. „Ich wollte nur etwas frische Luft schnappen.“

Ein Lächeln zog auf ihren Lippen auf. „Na, damit kann ich dir behilflich sein, wenn du willst“, bot sie an. „Ich kann dich in meine Gärten bringen.“

„Oh, ähm, ich will keine Umstände machen.“ Sie war eine Königin. Sie hatte vermutlich *königliche Dinge* zu erledigen. „Ich ... finde bestimmt auch selbst dorthin.“

Sie lachte und schüttelte ihren Kopf. „Es ist wirklich kein Problem. Ich war sowieso auf dem Weg dorthin. Ich muss Dragonya für Florica finden."

Dragonya?, wiederholte ich in Gedanken. *Keine Ahnung, was das ist, aber...* „Okay."

„Hervorragend. Folge mir." Sie ging um mich herum und ihr langer Rock fächerte aus. Der schwarze Stoff raschelte, während sie voranschritt.

Zumindest ihr Outfit passte zu einer Vampirkönigin.

Ich hingegen trug eine Jeans, ein Tanktop und eine Lederjacke. Meine Stiefel hatten keinen Absatz. Ein praktisches Outfit zum Spazierengehen und so gar nicht königlich. Darum hatte ich Ajax gebeten. Und ich – Teil des Fußvolkes – bereute meine Kleiderwahl nicht, auch wenn ich jetzt einer umwerfend schönen Adeligen gegenüberstand.

Melek würde sie lieben, sinnierte ich. *Sie würde kleidungstechnisch zu den Anzügen von ihm und Luzifer passen, die die beiden so gerne zu tragen scheinen.*

Sie wären von allen guten Geistern verlassen, wenn sie sie anfassen würden, entgegnete Ajax, der meine Gedanken ganz offensichtlich erneut vernommen hatte. *Zakkai ist echt angsteinflößend, verdammt. Selbst sie wissen das. Und er ist nur einer ihrer vier Gefährten.*

Ist das der Kerl, der sie ohne Einwilligung gebissen hat?, fragte ich.

Ajax schnaubte. *Nein. Das war Shade. Und woher weißt du das?*

Sie hat es erwähnt.

Aha. Er hielt inne. *Ich schätze, das hast du mit ihr gemeinsam. Er hat sich in einen Phönix verwandelt und sie beansprucht?*

Ajax lachte hustend. *Nein. Er hat sie ganz einfach gegen eine Wand gedrückt und sie mit seinem vampirischen Charme verführt. Und dann hat er seine Fangzähne in ihrem Hals versenkt.*

Ohne ihre Einwilligung?

Ohne ihre Einwilligung, bestätigte er. *Und er hat das alles getan, ohne ihr seinen Namen zu nennen. Der Mitternachtsfeen-Rat war stinksauer.*

Und Aflora?

Auch stinksauer.

Warum wohl?, ging mir durch den Kopf. „Warum hast du ihn nicht umgebracht?", fragte ich laut, als wir bei einem breiten Korridor angelangten, der in eine Art große Empfangshalle zu führen schien.

„Wen?", fragte sie, sichtlich erschrocken.

„Den Gefährten, der dich ohne Einwilligung gebissen hat."

Sie warf einen flüchtigen Blick zu mir zurück und verlangsamte. „Im Herzen bin ich eine Erdfee. Wir tendieren dazu, Frieden der Gewalt vorzuziehen."

„Also ... Hast du ihn dich einfach zu seiner Gefährtin machen lassen?"

Sie lachte. Der Laut erinnerte mich an ein magisches Klangspiel. „Nein. Er ist mir in den Hintern gekrochen. *Ununterbrochen.* Sie alle, um genau zu sein."

„Sie alle ...?" Ich riss meine Augen auf. „Mehrere Männer haben sich ohne deine Zustimmung mit dir verbunden?"

Und ich dachte, ich hätte es schlimm ...

„Nein. Es ... Nein. Nur einer. Die anderen ..." Sie presste ihre Lippen aufeinander und schüttelte abermals den Kopf. „Um ehrlich zu sein, es ist eine lange Geschichte. Aber sie hat ein glückliches Ende genommen. Und ich würde jetzt auch nichts mehr daran ändern."

Ihr Name war mir ein Begriff, weil sie und ihr Gefährtenzirkel eine bösartige Mitternachtsfee – Constantine – ausgelöscht hatten.

Wenn ich an ihrer Stelle gewesen wäre, würde ich es wohl auch nicht bereuen.

„Ich will mich nicht wie Shade anhören – der übrigens der Weidenstumpf ist, der mich gegen meinen Willen gebissen hat –, aber das Schicksal kann manchmal grausam sein. Aber am Ende wird meistens immer alles gut."

„Weidenstumpf?", fragte ich sie.

„Sie meint *Arschloch* oder *Mistkerl*", sagte eine

Männerstimme, und im nächsten Moment trat ein Mann aus den Schatten, gerade, als wir nach draußen gelangten. „Ich habe meinen Spitznamen gehört und dachte, dass du mich vielleicht brauchst."

Aflora rollte ihre Augen. „Du folgst mir schon, seit ich das Zimmer verlassen habe."

Shade legte eine Hand auf sein Herz und riss seine eisblauen Augen auf, um gespielt unschuldig zu wirken. „Ich? Dir folgen? Das würde mir nicht einmal im Traum einfallen, kleine Rose."

Aflora gab einen Laut von sich. „Ich zeige unserem Gast die Gärten."

„Einem Gast, dem du nicht vorgestellt wurdest." Shade warf mir einen bewussten Blick zu. „Die meisten Leute stellen sich vor, bevor sie nach einem Namen fragen. Vor allem, wenn die Person zu *Gast* in jemandes Palast ist."

„*Du* willst *mir* eine Standpauke halten?" Ich zog eine Augenbraue hoch. „Nachdem ich erfahren habe, dass du Königin Aflora deinen Gefährtenbiss aufgezwungen hast?"

„Nenn mich einfach nur Aflora", unterbrach die Königin. „Und ist schon gut, Shade. Ich weiß, dass das hier Cami ist. Sie braucht sich nicht vorzustellen."

„Es wäre nur angemessen", säuselte er.

„Shade? Wert auf *formelle* und *angebrachte* Dinge legen?", fragte ein Mann hinter uns. „Habe ich ein alternatives Universum betreten?"

Ich sah den Mann an, der gerade zu uns gestoßen war. Ein groß gewachsener Mann, dessen kastanienbraunes Haar von grauen und weißen Strähnen durchzogen war. In seinen verbrannt goldenen Augen lauerte ein belustigter Blick, als er die Schwelle überquerte, um sich uns anzuschließen.

Aflora seufzte. „Ich wollte nur einen Spaziergang mit Cami machen."

„Ich dachte, du suchst nach Dragonya?", fragte Shade und bestätigte damit, dass er diesen Teil unseres Gesprächs mitbekommen hatte.

„Ja, das auch." Sie sah den Mann mit hochgezogener Braue an. „*Jemand* hat einen Feuerball in meine Gärten geschmissen und Dragonya ist ihm hinterhergerannt. Ich muss sicherstellen, dass die Gärten keinen Schaden genommen haben und das kleine Zauberwesen zu unserer Tochter zurückbringen."

„Aha, ein Feuerball, sagst du?" Er streckte seine Arme über seinen Kopf, woraufhin sein maßgeschneidertes Hemd etwas über seine mittlere Körperhälfte hochrutschte. Aflora folgte der Bewegung mit ihrem Blick und ihre Wangen erröteten, als sie die Muskeln des Mannes erblickte.

Ich konnte es ihr nicht verübeln, die Mitternachtsfee war echt heiß. Zur Hölle, das waren sie beide.

Aber Shade entsprach mehr meinem Typ, mit seinem Bad-Boy-Look und dem teuflischen Charme.

Du und Shade seid befreundet, richtig?, fragte ich Ajax, erinnerte mich and die Kameradschaft, die sie während meines Verhörs gezeigt hatten.

Ja. Warum fragst du?

Nur so, log ich.

Ajax und Shade hatten zweifellos denselben Stil. Aber Ajax schien irgendwie gefährlicher. Vielleicht war es der Höllenfeen-Einfluss, der ihm diesen düsteren Appeal verlieh.

„Hör auf, unsere Königin abzulenken, Shade", sagte der andere Mann. „Sie war dabei, Cami herumzuführen."

„Und du kannst nur davon wissen, weil du mir auch gefolgt bist", erwiderte sie, ohne zu zögern, und sah jetzt den goldäugigen Mann mit hochgezogener Augenbraue an.

Er hielt seine Hände hoch. „Ich habe nach Shade gesucht."

Afloras Ausdruck bestätigte, dass sie ihm nicht glaubte.

Und Shade auch nicht. Etwas, das sein darauffolgendes Schnauben bestätigte.

„Zeph will sparren", ergänzte der Mann. „Also wollte ich diesen Gefallen einlösen, den du mir noch schuldest."

Shade schnaubte abermals. „Gutes Timing."

„Findest du nicht auch?" Seine goldenen Iriden schienen trotz der verbrannten Farbe zu glimmen. „Du solltest lieber zu ihm gehen. Du weißt, wie sehr unser vormaliger Direktor es verabscheut, wenn man zu spät kommt."

„Das ist umso mehr Grund dafür, zu spät zu kommen",

säuselte Shade. „Mach dich nützlich und suche nach Dragonya, damit unsere Gefährtin sich voll und ganz auf unseren Gast konzentrieren kann." Er löste sich in eine Rauchwolke auf, bevor jemand etwas erwidern konnte.

Aflora sah mit zusammengekniffenen Augen auf die Stelle, an der er gerade noch gestanden hatte, und ich hatte das deutliche Gefühl, dass sie ihm im Geiste etwas sagte.

Wenn ich sie gewesen wäre, hätte ich ihm gesagt, dass es nicht nötig war, dass jemand etwas an meiner Stelle erledigte.

„Kols", sagte der andere Mann und streckte mir seine Hand entgegen.

Ich starrte sie an. „Tut mir leid, was?" Mir war der Begriff *Kols* vollends unbekannt.

„Das ist ein Spitzname für Kolstov."

„Okay ..."

„Das ist sein Name", stellte Aflora klar und half mir damit auf die Sprünge.

„Oh." Ich sah auf die Hand des Mannes und streckte ihm meine misstrauisch entgegen. „Cami. Das ist der Spitzname von Camillia. Aber bitte, nenn mich nicht so."

„Dann nenn mich Kols anstelle von Kolstov", erwiderte er und ließ meine Hand los.

„Abgemacht, Kols."

„*Abgemacht*, Cami", wiederholte er, bevor er Aflora ansah. „*Wenn* du meine Hilfe mit Dragonya brauchst, sag mir Bescheid. Andernfalls werde ich euch ungestört durch die Gärten spazieren lassen."

Sie warf ihm ein erleichtertes Lächeln zu. „Danke."

Der Mann zwinkerte ihr zu und lief zurück ins Haus, anstatt in einer Wolke zu verschwinden. Er schloss die Tür sanft und ließ mich mit Aflora allein auf dem Treppenabsatz zurück.

„Wollen wir?", fragte sie und deutete auf den Pfad aus schwarzen Ziegeln vor uns.

„Klar", stimmte ich zu. „Warum nicht?"

Das Gelände zu besichtigen, würde mir bestimmt beim Nachdenken helfen. Oder vielleicht würde es auch einfach eine willkommene Ablenkung sein. Was es auch war, es war zweifellos das, was ich jetzt brauchte.

Ich bin hier, wenn du mich brauchst, murmelte Ajax. Seine Worte erinnerten mich daran, was Kols Aflora eben versprochen hatte.

Danke, erwiderte ich, und verstand, was Aflora damit gemeint hatte.

KAPITEL 17

CAMI

Aflora ging in Stille voran, weil sie zu spüren schien, dass ich ein paar Minuten brauchte, um alles zu verarbeiten, was geschehen war.

Es war ganz einfach ganz schön viel auf einmal.

Ich musste einfach etwas frische Luft schnappen.

Darüber nachdenken, was Az getan hatte.

Mir überlegen, wie ich weiterverfahren sollte.

Nicht, dass ich gegen die Verbindung jetzt noch viel ausrichten konnte. Sein Phönix hatte seinen Anspruch kundgetan und uns für immer aneinander gebunden. So viel hatte ich Az' Gedanken entnommen und sofort verstanden, dass ich keine Wahl hatte.

Wir waren offiziell miteinander verbunden.

Das Seltsame daran war, dass es mich nicht besonders aufbrachte. Das verwirrte mich, weil ich fuchsteufelswild sein sollte. Und doch ... war ich das nicht.

Vielleicht waren es die plötzlichen Gedanken gewesen, die ich vernommen hatte, die den Zorn hatten abschwellen lassen, den ich ansonsten verspürt hätte. Aber er war genauso zwiegespalten gewesen. Genauso alarmiert und überrascht über die Taten seines Phönix.

Er leidet auch, hatte ich beinahe umgehend realisiert.

Der Bann, mit dem Ajax ihn belegt hatte, tat weh und hatte

eine Vergangenheit hochgeholt, die ich nicht ganz verstand, und die ihn verletzlich machte. Sein Phönix hatte auf diese Verletzlichkeit reagiert und ein Band vervollständigt, das er offenbar mittels Ajax zu schmieden begonnen hatte.

Eine Reaktion, die von seiner tierischen Seite ausgelöst worden war.

Und nicht etwa von seinen Emotionen.

Az – der Mann – hatte mir nicht die Wahl nehmen wollen. Und sein Vogel wusste es nicht besser.

War ich wütend? Natürlich. Aber ich hatte auch Verständnis.

Das ist alles so verwirrend, murmelte ich mir selbst zu, während Aflora mich in ihre Gärten führte.

Obwohl es sich dabei nicht wirklich um *Gärten* im traditionellen Sinne handelte. Das Gebiet ähnelte einem gotischen Wald, der randvoll mit blätterlosen Ästen, wahllos platzierten Pfirsichbäumen und *brennenden* Blumen gefüllt war.

Ich musterte meine Umgebung blinzelnd, erstaunt über die schöne Gegend. Sie schien geradezu einer Fantasy-Saga zu entspringen, mit all den unbekannten Tieren, die herumwanderten.

Und wow, sie hatte das mit den Phönixen ernst gemeint. Sie waren nicht schwarz, wie Az' Tier, sondern feuerrot und orange. Sie erleuchteten den Nachthimmel, als sie über unsere Köpfe flogen, während ihre majestätischen Körper voller flackernder Glut glommen.

„Az ist einiges größer als der hier", sagte ich zu Aflora, während ich einem von ihnen dabei zusah, wie er auf einem Ast in der Nähe landete. „Doppelt so groß."

„Vermutlich ist das so, weil er eine Formwandlerfee ist und kein Vollblut-Phönix." Sie lief mit ausgestreckter Hand auf ihn zu, während sie eine Art Blume in ihrer Hand heraufbeschwor. Die Kreatur senkte ihren Kopf, um ihr die Blüte vorsichtig aus der Hand zu picken, bedacht darauf, sie nicht mit seinem Schnabel zu verletzen.

Anders als ein gewisser anderer Phönix, den ich kenne, staunte ich.

Er ist nicht verliebt in sie und wurde auch nicht auf sie geprägt, wie es bei meinem Phönix der Fall war, erwiderte Az leise. Allem Anschein nach war unsere Verbindung jetzt wieder offen.

Ich antwortete ihm nicht umgehend. Stattdessen stupste ich die Verbindung an, die er kreiert hatte, und versuchte zu entscheiden, wie tief sie reichte. Aber wie es schien, konnte ich nicht all seine Gedanken hören. Entweder das oder ihm ging schlichtweg nichts durch den Kopf. *Hast du deine Mauer errichtet?*, wollte ich wissen und bezog mich dabei darauf, was Ajax gesagt hatte.

Ich baue sie noch immer, aber der Grundstein ist gelegt, ja.

Um uns davon abzuhalten, deine Gedanken zu hören?

Um zu verhindern, dass ihr meine magischen Ausbrüche spürt, korrigierte er. *Ich kann sie bewusst niederreißen, aber sie ist nötig, um euer beider Sicherheit zu gewährleisten.*

Ich wollte ihn der Lüge bezichtigen, aber das konnte ich nicht. Weil ich einen Teil seiner Realisation mitbekommen hatte, bevor ich das Zimmer vorhin verlassen hatte. Er war so erstaunt über die Anstalten seines Phönix gewesen, dass seine Gedanken frei zugänglich gewesen waren, was mir einen tiefen Einblick in seine Natur gestattet hatte. In seine Absichten. In seine Ängste. In seine Unsicherheiten.

Es war … überwältigend gewesen.

Und doch war etwas daran so versöhnlich gewesen.

Mein Körper war vor all diesen Höllenfeen zur Schau gestellt worden, und es kam dem, seine Gedanken plötzlich anderen gegenüber offengelegt zu haben, damit sie sie erkunden konnten, nicht einmal vergleichsweise nahe. Es hatte sich beinahe invasiv angefühlt, derart freien Zugriff auf seine Gedanken zu haben.

Aber es hatte mir geholfen, ihn etwas besser zu verstehen.

Hatte ich ihm deswegen vergeben? Nicht wirklich.

Aber ich hatte gehört, wie sehr es ihn frustriert hatte, dass Ajax seine Aufgabe nicht verstand. Dass er nicht verstand, dass Az ihn vor Luzifers potenziellem Zorn beschützen musste. Dass er seine Pflicht tun musste. Seine Verpflichtung gegenüber dem Höllenfeen-König einhalten musste.

Sein Schmerz und seine Einsamkeit, die daher rührten, dass Ajax nicht verstand.

Seine Trauer darüber, dass Ajax ihn beschuldigt hatte, wie Constantine zu sein.

Az war nicht wie Constantine. Und Az glaubte auch nicht, dass Luzifer wie er war.

Obwohl er tief drinnen zugab, dass Luzifer sich ähnlich verhalten hatte, und das tat ihm unheimlich leid.

Ein Teil von ihm fürchtete, dass Ajax ihm nie vergeben würde.

Es war durchaus möglich, dass dieser Teil von ihm sein Tier dazu verführt hatte, Ajax zu beißen, um sicherzustellen, dass er ihm nicht noch einmal entkommen konnte.

Ich hatte all das und so viel mehr in den wenigen Sekunden unserer Verbindung vernommen, als sie sich festgesetzt hatte. Ich hatte nicht die geringste Ahnung, was Az meinen Gedanken entnommen hatte, wenn er denn überhaupt denselben Zugriff darauf bekommen hatte. Aber es hatte sich so angehört, als hätte seine Konzentration vollends darauf gelegen, in diesen Schutzmodus zu finden, sowie er den anfänglichen Schock überwunden hatte.

„Es hat eine Weile gedauert, bis ich die Absichten meiner Gefährten verstanden habe", sagte Aflora, nachdem der Phönix eine weitere magische Blume von ihrer Handfläche gepickt hatte. „Sie haben mich im Grunde genommen beschützt. Zum einen, indem sie mich im Training an meine Grenzen getrieben oder solche gesetzt haben, um unsere Geheimnisse zu bewahren. Aber es war alles ein Lernprozess." Ihre himmelblauen Augen sahen in meine. „Für sie und für mich."

Ich nickte. „Das ist bei den meisten Beziehungen so."

„Stimmt", antwortete sie. „Aber mächtige Beziehungen gehen oft auch mit komplexen Hürden einher. Wie es scheint, seid ihr gerade an eine oder zwei davon geraten."

„Es gibt so einige, ja", murmelte ich und dachte dabei an Luzifers Verlangen danach, mich umzubringen. An Az' fehlgeleiteten Phönix. An Ajax, der den Mitternachtsfeen den Rücken zugekehrt hatte. An Meleks kryptischen Mist. „Nur ein paar wenige kleine Hürden."

Aflora nickte zustimmend. „Ich würde dir gerne sagen, dass

es mit der Zeit einfacher wird, aber manchmal bin ich mir dessen nicht so sicher. Hürden können eine Beziehung auch interessant machen." Ihre Aufmerksamkeit wanderte zu einem Baum in der Nähe und sie kniff ihre Augen zusammen. „*Sehr* interessant, sogar." In der nächsten Sekunde kam ihr ein Pfeifen über die Lippen. Das unerwartete Geräusch ließ mich meine Hände auf die Ohren pressen, während ihre Kraft in unerwarteten Wellen um uns herumwirbelte.

Cami?, fragten Az und Ajax zeitgleich.

Ich knirschte mit den Zähnen. *Hört auf damit.*

Ich spüre Panik, meinte Az.

Geht es dir gut?, wollte Ajax beinahe gleichzeitig wissen.

Ich presste meine Hände auf die Ohren und schützte mein Gehör vor Afloras Pfeifen, während ich gleichzeitig versuchte, die beiden Männerstimmen aus meinem Kopf zu vertreiben. *Es. Geht. Mir. Gut.* Oder das würde es jedenfalls, wenn dieses Geräusch sich verflüchtigen würde.

Was ist los?, wollte Az wissen.

Wo bist du?, fragte Ajax.

Ist das euer Ernst? Es. Geht. Mir. Gut.

Aber natürlich glaubten sie mir nicht.

Denn Ajax brachte Az – noch immer in seiner Phönix-Gestalt – mit sich und die beiden erschienen im nächsten Augenblick im Hof.

Dicht gefolgt von Shade und Kols.

Ich schüttelte meinen Kopf. *Das ist doch einfach nicht zu fassen, verdammt.*

Ich öffnete meinen Mund, um den *übermäßig beschützerischen Männern* ordentlich die Meinung zu geigen, doch dann kam ein Knurren zwischen den Pfirsichbäumen vor uns, was mich meine Augenbrauen hochziehen ließ.

Aflora schien nicht allzu besorgt, aber Kols und Shade machten beide einen Schritt zurück, um sich an ihre Seite zu stellen, während Az und Ajax dasselbe bei mir taten.

Was zur Hölle war das?, fragte ich mich.

Keine Ahnung, erwiderte Az und sein Tier stieß ein tiefes, warnendes Knurren aus.

In Afloras Hand materialisierte sich ein Zauberstab, fast so, wie Ajax es jetzt schon einige Male in meiner Anwesenheit getan hatte. *Also beschwören Mitternachtsfeen ihre Zauberstäbe herauf?*, fragte ich ihn. Oder vielleicht fragte ich auch *sie beide*. Ich war mir nicht sicher, wie diese Sache mit der telepathischen Verbindung funktionierte.

Ja, erwiderten die beiden im Chor.

Könnt ihr einander hören, wenn ihr mit mir sprecht?, wollte ich wissen, mit dem Hintergedanken, dass sich in meinem Kopf jetzt vielleicht ein Gefährtenzirkel festgesetzt hatte.

Nein, erwiderten sie, was mich die Stirn runzeln ließ.

Okay. Ich musste dahinterkommen, wie das alles funktionierte. Und zwar bald.

Aber der zischende Laut, der jetzt die Luft erfüllte, hatte zweifelsohne Vorrang.

Aflora machte einen Schritt nach vorn, als sich ein Feuerball materialisierte. Die bedrohliche Kugel raste in einem chaotischen Zickzack den Weg zwischen den Bäumen hinunter.

Kols fluchte.

Shade grinste.

Und Aflora pfiff ein weiteres Mal.

Ich zuckte zusammen und sah dann mit weit aufgerissenen Augen dabei zu, wie ein riesiger schwarzer Drache erschien, dessen Zunge seitlich aus seiner Schnauze hing und dessen Blick fixiert auf den *Feuerball* war.

Oh, dachte ich. Dieses Wort wurde zusehends fester Bestandteil meines Vokabulars. *Das muss der Feuerball sein, den Aflora vorhin erwähnt hat.*

Sie hat einen Feuerball erwähnt?, fragte Ajax, während Az gleichzeitig wissen wollte: *Was für ein Feuerball?*

Ich glaube, Shade hat in heraufbeschworen und ihn aus dem Fenster geworfen, damit Dragonya ihm nachjagen kann. Und ich schätze, dass es sich bei diesem Drachen um Dragonya handelt. Nicht direkt der originellste Name, aber irgendwie passte er zur Kreatur mit den breiten Flügeln, die auf uns zu galoppierte.

Aflora trat in Aktion, stellte sich zwischen den Drachen und den Feuerball und verschränkte ihre Arme mit mütterlicher Frustration vor der Brust. *„Jetzt ist aber Schluss!"*, verlangte sie.

Dragonya reagierte augenblicklich auf den Tonfall und stemmte ihre Pfoten in die Erde, um schlitternd anzuhalten und nur wenige Zentimeter vor Aflora zu einem Halt zu kommen. Anstatt sich reuevoll zu zeigen, leckte der Drache der Frau kräftig über die Wange, bevor er sich hinsetzte und wie ein übergroßer Welpe hechelte.

„Dragonya!", schrie ein Stimmchen und im nächsten Augenblick rannte ein kleines Mädchen, dicht gefolgt von zwei Männern, in die Gärten.

Florica, erinnerte ich mich. Ich war ihr während meines Verhörs in diesem Reich flüchtig begegnet.

Sie warf ihre Arme um den Drachen, bevor ein großer weißer Wolf an ihre Seite rannte.

Ich zog meine Augenbrauen hoch, aber niemand reagierte auf das plötzliche Erscheinen des Wolfs.

Und sie schienen auch nicht zu bemerken, dass eine Krähe, eine Fledermaus und ein Falke herbeiflogen und sich auf den Ästen in einem nahegelegenen Baum niedergelassen hatten.

Zauberwesen, erklärte Ajax mir leise, weil ihm vermutlich mein verwirrter Gesichtsausdruck aufgefallen war. *Alle Mitternachtsfeen haben ein Tier zum Zauberwesen. Der Drache scheint Floricas Zauberwesen zu sein, was ich normalerweise zum Schreien finden würde, wenn das Biest dir nicht so nahe wäre. War ja klar, dass Shades Tochter eine brutale, widerspenstige Kreatur zum Zauberwesen hat.*

Ich zog die Stirn kraus. *Haben alle Mitternachtsfeen Zauberwesen?*

Ja.

Wo ist dann deines?, wollte ich wissen und sah ihn an. *Ist es eine Albtraumfee? Denn das sind die einzigen Kreaturen, mit denen ich dich im Reich der Höllenfeen habe verkehren sehen.*

Er presste seine Lippen aufeinander. *Mein Zauberwesen ist hier geblieben. Wo es sicher ist.*

Also hast du ein Zauberwesen?

Ja.

Wo ist es?

Er zuckte mit den Achseln. *Ich habe es seit Jahren nicht mehr gesehen.*

Es ist echt merkwürdig, deine Fragen an Ajax zu hören, ohne seine Antworten zu vernehmen, flüsterte Az in meine Gedanken. *Hat er ein Zauberwesen?*

Ja, sagte ich zu ihm. *Aber er hat es schon seit Jahren nicht mehr gesehen.*

Ajax verzog seine Miene. *Gibst du diese Information an Az weiter?*

Er hat gefragt, erwiderte ich.

Das geht ihn nichts an, entgegnete Ajax.

Dann sprich du doch mit ihm, sagte ich entnervt. *Ich bin nicht eure Mittelsfrau.*

Dafür ist es zu spät, säuselte Az.

Das war nicht besonders hilfreich. Meine Worte waren mit einem verärgerten Tonfall unterlegt.

Er hat dich zwischen uns gestellt, knurrte Ajax. *Oder besser gesagt: sein Phönix.*

Ich seufzte schwer und laut in meinen Gedanken. *Ja. Sein Phönix hat uns beide gebissen. Aber das bedeutet nicht, dass ich im Schussfeuer stehen werde, wenn ihr eure Probleme ausfechtet. Ich weiß, dass er dir wehgetan hat. Und dann hast du ihm mit diesem Bann wehgetan. Und jetzt sind wir alle verletzt. Aber ich will nicht als Vermittlerin dienen.*

Ich wünschte, es wäre so einfach, erwiderte Ajax und Az antwortete: *Ich werde mit ihm sprechen.*

„Das reicht jetzt", sagte ich laut. „Ihr beide bereitet mir Kopfschmerzen und ich werde mich jetzt nicht mit diesem Thema befassen."

Anstatt den beiden – oder den anderen Mitternachtsfeen – Gelegenheit einzuräumen, sich zu Wort zu melden, machte ich auf meinem Absatz kehrt und ging irgendeinen Weg hinab.

Sie konnten von mir aus alle mit dem Drachen spielen.

Oder wonach auch immer ihnen war.

Ich brauche etwas Zeit, um das alles zu verdauen, sagte ich zu ihnen. *Bitte ... Gebt mir einfach etwas Zeit.*

Die beiden wurden einen langen Augenblick still, bevor sie zustimmten. *Okay*, sagten sie im Chor.

KAPITEL 18

AJAX

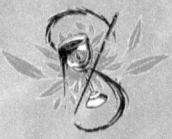

Was für ein Durcheinander, dachte ich, während ich mir mit der Hand übers Gesicht strich.

Nicht der Teil mit dem Drachen – obwohl das allein schon ziemlich viel zu verdauen war –, sondern alles, was mit Cami zu tun hatte.

Mit Az.

Mit Luzifer.

Mit dem *Schicksal.*

Ich gebe dir die Schuld daran, Trottel, sagte ich zu Az und warf ihm einen finsteren Blick zu.

Sein Phönix wedelte mit seinen Flügeln und musterte meinen Gesichtsausdruck. *Du bringst meinen Vogel auf.*

„Ich *bringe* deinen Vogel *auf*?" Ich lachte schnaubend. „Ist das dein verdammter Ernst?"

Die Kreatur sah mich an. Seine Brust war derart aufgeplustert, dass er jetzt doppelt so groß als üblich aussah. Was beeindruckend war, wenn man bedachte, dass sein Tier von Haus aus gigantisch war.

Tu es nicht, sagte Az. *Das wird nicht gut enden.*

Ich bedauere, es dir sagen zu müssen, aber es ist eh schon alles im Eimer, keifte ich in Gedanken zurück. „Sitz", verlangte ich.

Der Phönix zuckte merklich zusammen und tat dann genau

das, was ich ihm aufgetragen hatte. In meinem Herzen breitete sich ein stechender Schmerz aus. Ich machte ruckartig einen Schritt vom Vogel weg und meine Hand wanderte an meine Brust, um die Wunde zu untersuchen.

Doch das Einzige, was ich spüren konnte, war das Oberteil, das ich mir übergezogen hatte, bevor ich durch die Schatten hierher gewandelt war.

Ich sah mit gerunzelter Stirn nach unten und mein Oberkörper schmerzte angesichts des Angriffs durch eine unbekannte Quelle.

Das bin ich, sagte Az zähneknirschend und sein Vogel zuckte abermals zusammen. *Es ist dieser verdammte Bann. Es tut weh, mich zu fügen.*

Ich runzelte die Stirn noch etwas tiefer und ein unangenehmes Gefühl breitete sich angesichts des Schmerzes, dem Az' Worte innewohnte, in meiner Brust aus. *Du ... Du hast es verdient*, zwang ich mich zu sagen. *Nach dem, was du mir angetan hast ..., ist es nur gerecht.*

Az ächzte in meinen Gedanken, bestritt das Gesagte jedoch nicht. Er sagte allgemein nicht viel.

Aber sein Phönix schien mit finsterem Blick in meine Richtung zu starren.

Ich starrte finster zurück. „Du hast mich ohne meine Zustimmung gebissen."

Weil er dich als seinen Gefährten auserwählt hat, murmelte Az. *Ich habe versucht, seine Instinkte zu unterdrücken, aber Vivaxias Zauber hat mich in meinen Hinterkopf verbannt, sodass mein Tier jetzt die volle Kontrolle hat. Er hat dich gebissen, um zu verhindern, dass du wieder vor ihm davonrennst.*

Wer zur Hölle ist Vivaxia?, fragte ich ihn. „Zenaida hat mir diesen Zauber gegeben", fügte ich hörbar hinzu. „Das habe ich dir doch bereits gesagt."

„Was für ein Bann hat Zen ihm gegeben?", fragte jemand mit sanfter Stimme. Eine Frau. Ich sah hoch und erinnerte mich plötzlich daran, dass wir ein Publikum hatten. Aflora und all ihre Gefährten.

Shade stand neben ihr mit einer Tüte Popcorn in der Hand. Eine Tüte, die er mit Zakkai und Zeph zu teilen schien, weil beide Männer derzeit auf etwas herumkauten.

„Etwas von wegen ‚ein Biest bändigen'", säuselte Shade, bevor er nach einer Handvoll der Kerne griff und sie sich in den Mund schob.

„Willst du mich verarschen?" Ich deutete auf die Tüte, die er in seiner Hand hielt. „Ist mein Leben ein Witz für dich?"

„Nein", erwiderte er. „Aber ich bin davon ausgegangen, dass du kurz davor stehst, dich mit dem riesigen Phönix zu prügeln, und wollte etwas zu knabbern haben, um das Spektakel mitzuverfolgen."

Der Drache hinter ihm stupste seinen Arm mit seiner Schnauze an, woraufhin Shade einen Knochen in seiner Hand heraufbeschwor und ihn dem Biest zuwarf. Er – oder vielleicht handelte es sich dabei auch um eine *sie* – fing den Knochen mit der Schnauze ab und rollte sich mit Florica auf dem Rücken am Boden zu einer Kugel ein. Das Wesen aß schmatzend, während das kleine Mädchen zum Mond hochblickte.

„Wäre etwas Privatsphäre zu viel verlangt?", fragte ich sie.

Zakkai musterte uns einen Augenblick und zuckte dann mit den Schultern, bevor er sich von uns abwandte und sich neben Florica kniete. „Lass uns Dragonya zurück zu Papa Shades Höhle bringen und mehr Feuerbälle kreieren."

Das Grinsen auf Shades Lippen verblasste umgehend. „Nein."

Doch Florica jubelte bereits freudig, was den Drachen augenblicklich aufschrecken ließ. Zakkai griff nach dem Knochen und schmiss ihn in Richtung Palast, bevor er Shade ein flüchtiges Lächeln zuwarf.

Shade fluchte und wandelte umgehend durch die Schatten, um den jetzt fliegenden Drachen einzuholen. Florica, die auf dem Rücken der Kreatur saß, gab ein freudiges Kreischen von sich.

Zeph und Kols tauschten einen Blick aus und Aflora seufzte. „Ihr alle bereitet mir Kopfschmerzen. Warum müssen Männer so nervtötend sein?"

„Hey, ich habe gar nichts getan", wandte Kols ein.

„Mh-hm", murmelte Aflora.

„Und ich auch nicht", ergänzte Zeph, der sich durch seine tiefe Stimme auszeichnete. Das und seine grünen Augen – dieselbe Farbe, die seine Magie barg. „Aber ich werde gleich etwas ... *tun*."

Aflora sah ihn mit hochgezogenen Augenbrauen an. „Zeph."

Sie kreischte, als er sie in seine Arme hob. „Du siehst völlig ausgehungert aus, Elfenblume. Kols, hol die Blutpaste."

Kols grinste. „Okay, okay. Treffen wir uns auf dem Zimmer?"

Zeph nickte.

Aflora errötete.

Und ich drehte mich kopfschüttelnd zurück zu Az um. *Wenigstens sind sie jetzt alle beschäftigt*, dachte ich in seine Richtung. Meine Wut schien in Anbetracht dessen, was sich in den vergangenen paar Minuten abgespielt hatte, abgeflaut zu sein.

Erinnere mich daran, mich nicht fortzupflanzen, erwiderte Az und zuckte dann zusammen, als sein Vogel daraufhin ein Knurren ausstieß. Wie es schien, stand der Mann im Widerspruch mit den Instinkten seines Vogels.

Trotz allem zuckten meine Mundwinkel. *Sich fortzupflanzen, ist womöglich das Beste, was Shade jemals widerfahren ist. Neben der Tatsache, dass er sich mit Aflora verbunden hat, natürlich.* Er mochte nach wie vor ein unausstehlicher Mistkerl sein, aber er war im vergangenen Jahrzehnt gewachsen. *Früher war er der totale Rebell.*

Er scheint mir nach wie vor ziemlich rebellisch.

Ja, ich schätze, das ist er, stimmte ich zu und schüttelte meinen Kopf erneut. *Einen Drachen zum Zauberwesen zu haben, ist ganz schön besonders.*

Hm. Az hörte sich nicht so beeindruckt davon an. *Was hast du für ein Zauberwesen?*

Ich spannte meinen Kiefer an. *Das geht dich gar nichts an, verdammt.*

Heikles Thema?, neckte er.

Willst du, dass ich dich umbringe?, fragte ich energisch und ballte meine Hände ballten zu Fäusten. *Denn das werde ich. Das kann ich. Vor allem, solange du unter diesem Bann stehst.*

Ich werde bloß in Asche zerfallen und wiedergeboren werden, entgegnete er. *Also, nur zu, wenn das deine Stimmung aufhellt, töte mich ruhig.*

Ich spannte meinen Kiefer an. *Das wird meine Stimmung nicht aufhellen.*

Warum dann Energie darauf verschwenden?, fragte er. *Außerdem brauchst du meine Hilfe, um Cami beschützen zu können. Mich zu töten, wird das vorübergehend schwieriger machen.*

Ich sah ihn mit finsterem Blick an. „Wie willst du mir dabei helfen, Cami zu beschützen? Du bist mit der verdammten Bedrohung *verbunden*."

Typhos wird ihr nicht wehtun.

„Mhm. Wer 's glaubt, wird selig", sagte ich ausdruckslos. „Dein Phönix hat sich gerade mit ihr verbunden und sie zu seiner Gefährtin gemacht. Vermutlich wird Typhos sie jetzt für eine noch größere Bedrohung halten."

Oder vielleicht wird er einsehen, dass sie eine wertvolle Verbündete ist, bemerkte Az. *Vielleicht solltest du mir Gelegenheit einräumen, mit ihm zu sprechen und zu verhandeln.*

Ich zog meine Augenbrauen hoch. „Als könnte ich dir damit trauen. Das letzte Mal, als du *verhandelt hast*, ist Cami in Ketten auf einer Bühne gelandet und ich war gezwungen, wie versteinert dazustehen und zuzusehen, weil du mich mit deinen Kräften gefesselt hast."

Typhos und ich haben beide eingesehen, dass das falsch war, erwiderte Az. *Er hat versucht, uns beide auf sinnliche Art und Weise zu foltern. Es war nicht seine Absicht, uns wehzutun. Aber als ich ihm klargemacht habe, wie ähnlich seine Strafe den Taten von Constantine waren ... Warum, glaubst du, hat Typhos mir Zeit dabei gelassen, euch aufzuspüren?*

Ich knirschte mit den Zähnen, war nicht sicher, wie ich darauf antworten sollte. Es hörte sich vielmehr wie eine Entschuldigung als eine Erklärung oder eine Ausrede an. Was seltsam war, weil Az sonst nicht der Typ Mann war, der sich entschuldigte.

Er weiß, dass etwas nicht stimmt. Dass mir etwas widerfahren ist, das mir Schmerzen bereitet. Aber anstatt voreilig zu handeln, um die Sache zu beheben, vertraut er darauf, dass ich die Sache regeln werde, weil ich ihn darum gebeten habe, mir etwas Zeit zu geben. Hört sich das nach jemandem an, der eine Bedrohung für Cami darstellt?

„Mir ist nicht entgangen, wie er sie gestern Abend angesehen hat. Er wollte sie töten."

Ja, als er sich in den Wogen des Chaos und der Verwirrung befunden hat, weil sich ein Portal aufgetan hatte. Sie hat seine Kraft benutzt, um es zu verschließen. Zu diesem Zeitpunkt hat er nicht klar denken können. Aber jetzt sollte er sich etwas beruhigt haben. Wir können mit ihm sprechen.

Ich schnaubte. „Das würde dir so passen, was? Uns davon zu überzeugen, dass es sicher ist, für *ein Gespräch* ins Reich der Höllenfeen zurückzukehren." Kommt nicht infrage. „Hier ist es sicherer für Cami. Und überhaupt, ist das ihre Entscheidung, nicht meine."

Az antwortete nicht umgehend. Sein Phönix verriet nichts. Seine Gedanken waren ebenfalls still, was bestätigte, dass er seine Mauer fertiggestellt hatte. Oder zumindest war er nahe an der Vollendung seines kleinen mentalen Projekts.

Ich hoffte, dass diese Mauer ihn auch meinen Gedanken fernhielt.

Ich weiß, dass ich dein Vertrauen missbraucht habe, sagte Az leise. *Ich verdiene deinen Zorn. Und Typhos auch. Aber wir können das wieder hinbiegen, Ajax. Bitte, lass es uns richten.*

Was richten?, fragte ich ihn in Gedanken. *Was ist das hier deiner Meinung nach?*

Wir, erwiderte er, ohne zu zögern. *Du, ich, Cami. Unsere Zukunft. Unsere Verbindung. Mir ist klar, dass mein Vogel uns die Entscheidung abgenommen hat, aber es gibt kein Zurück. Wir können nur vorwärtsgehen. Und um das zu tun, müssen wir das Problem zwischen uns lösen.*

„Ich glaube nicht, dass das möglich ist", sagte ich keuchend und meine Beine sehnten sich plötzlich danach, sich in Bewegung zu setzen. Also tat ich das. Ich lief nicht weit weg, ging bloß vor dem noch immer vor mir sitzenden Phönix auf und ab. „Du hast mich bewegungsunfähig gemacht, Az. Du hast mich gezwungen, Luzifer dabei zuzusehen, wie er sie erniedrigt hat. Wie konntest du mir das antun? Wie konntest du *ihr* das antun?"

Es war so herzlos gewesen.

So *falsch.*

„Sie hat nichts Falsches getan. Es ist nicht so, als würde sie sich absichtlich Luzifers Kräften bedienen. Es … passiert einfach so. Du hast es selbst gesehen. Du weißt, dass sie keine schlechten Absichten hat. Es ist ganz einfach … *Sie.*" Und doch war Luzifer völlig versessen darauf gewesen, sie dafür zu bestrafen. Sein Verlangen danach, sie zu züchtigen, hatte jeglichen Verstand vergehen lassen.

Er hätte ihr dafür *danken* sollen, ihm mit dem Portal geholfen zu haben.

Stattdessen hatte er sie deswegen um ein Haar umgebracht.

Und Az … „Du bist sein Gefährte", flüsterte ich. „Du bist ihm treu ergeben."

Nicht mehr. Die beiden Worte flossen sanft durch meinen Kopf. Az' mentale Stimme hörte sich schmerzgeplagt an. *Mein Phönix hat sich für dich und Cami entschieden. Mein Phönix hat sich mit euch beiden verbunden. Obwohl meine Seele nach wie vor an Typhos gebunden ist, so gehört meine tierische Seele euch.*

Ich hielt inne, um ihn anzusehen. „Was zum Teufel hat das zu bedeuten?"

Es bedeutet, dass ich mittels meiner Formwandlerfee-Hälfte mit euch verbunden bin, meine Höllenfee-Hälfte aber an Typhos gebunden ist. Meine Seele ist im Grunde genommen also gespalten. Anders kann ich es nicht erklären.

„Also bist du nach wie vor mit ihm verbunden."

Ja. Ich werde immer mit ihm verbunden sein. Aber jetzt werde ich auch für immer mit dir und Cami verbunden sein. Was bedeutet, dass … ich euch allen treu ergeben bin. Keiner von euch ist wichtiger als der andere.

„Und wenn wir sterben?", fragte ich ihn. „Was dann?"

Dann stirbt meine tierische Seele mit euch.

Ich sah ihn mit offenem Mund an. „Und was zur Hölle soll das heißen?" Es war so ziemlich dieselbe Frage, die ich ihm gerade eben gestellt hatte, jetzt aber aus einem ganz anderen Grund.

Genau das, was ich eben gesagt habe. Eine Formwandlerfee kann ohne ihren auserwählten Gefährten nicht leben. Wenn einer von euch beiden stirbt, wird meine tierische Seele mit euch gehen. Und obwohl in mir noch andere Feenteile stecken, so macht mein Phönix den größten Teil meiner Seele aus. Daher ... Er verstummte. Er brauchte den Satz nicht zu Ende zu führen.

Dennoch sprach ich die Worte an seiner Stelle aus. „Würdest du auch sterben."

Ja.

Ich musterte ihn und suchte sein Gesicht nach einem verräterischen Zeichen ab, das auf eine Lüge schließen lassen würde. Doch das Einzige, was sein Phönix tat, war, zu mir zurückzublicken. Seine schwarzen Augen verrieten nichts. „Wehe, du lügst mich an ...“

Tue ich nicht. Aber ich verstehe, dass du mir noch nicht wieder vertrauen kannst. Sag mir einfach, was du brauchst, Ajax. Ich werde tun, was immer nötig ist. Ich verspreche es.

Ich zog meine Augenbrauen hoch. „Das ist ein gefährliches Versprechen."

Dann stelle mich auf die Probe, forderte er mich heraus. *Gib mir eine Aufgabe. Sag mir, was ich tun soll und ich werde es aus freiem Willen tun.*

Ich kniff meine Augen zusammen. „Du willst also, dass ich den Bann auflöse, damit du mir beweisen kannst, dass du es auch wirklich ernst meinst." Ich schüttelte meinen Kopf. „Wow. Beinahe hätte ich dir geglaubt, Az. *Beinahe*. Aber ich werde den Zauber ganz bestimmt nicht aufheben. Sobald ich das tue, wirst du uns zu Luzifer zurückschleifen. Und dann ist das Spiel aus."

„Vielleicht wird er das, vielleicht aber auch nicht", sagte Cami und kam zwischen den Bäumen hervor. Sie warf mir einen kritischen Blick zu, bevor sie Az ansah. „Ich will sehen, was er tut."

Ich sah sie fassungslos an. „Du willst, dass ich ihn freilasse?"

„Ja. Ich will ihm Gelegenheit einräumen, seine Treue unter Beweis zu stellen.“

„Und was, wenn er unser Vertrauen wieder missbraucht?“, wollte ich wissen. „Was dann?“

„Dann wissen wir es zumindest“, erwiderte sie und ihre grauen Augen sahen in meine. „Ich will nicht in einer Welt leben, in der ich mich immer wieder fragen muss, wem ich vertrauen kann und was gewesen wäre, wenn ich etwas getan oder nicht getan hätte. Ich will Tatsachen und unwiderlegbare Wahrheiten. Keine Spielchen. Ich will das Unvermeidbare nicht länger hinauszögern. Ich will keine offenen Fragen, nur klare Antworten. Lass ihn frei, dann werden wir wissen, was Sache ist. Ende der Diskussion.“

„Wenn ich ihn freilasse, wird er uns zu Luzifer bringen“, bekräftigte ich. „Dessen bin ich mir sicher.“

„Mag schon sein“, wiederholte sie. „Aber wir beide wissen, dass ich mich ihm früher oder später sowieso stellen muss. Also …, lass Az frei. Entweder wird er das Unvermeidbare herbeiführen oder uns beweisen, dass wir ihm trauen können. Das ist unsere beste Option. Unser *einziger* Schachzug.“

„Ich könnte ihn in einen Käfig stecken.“ Ich hatte ihr das bereits zuvor angeboten, aber sie hatte den Vorschlag nicht angenommen. Ich hätte es getan. Die Ketten hätte ich aber vermutlich weggelassen.

„Wie lange?“, fragte sie und hörte sich plötzlich müde an. „Stunden? Tage? Wochen?“ Sie warf seinem Phönix einen traurigen Blick zu. „Das ist doch ungerecht für sein Tier. Es war schließlich nicht der Phönix, der beschlossen hat, dich mittels seiner Kraft bewegungsunfähig zu machen, sondern Az. Und es ist auch Az, der Gelegenheit haben will, unser Vertrauen zurückzugewinnen. Ich finde, wir sollten ihm eine Chance geben. Es wird nicht einfach sein, aber ich glaube, dessen ist er sich bewusst.“

Ja, bin ich, flüsterte er in meine Gedanken.

Du hast mit ihr gesprochen, oder etwa nicht?, wurde mir plötzlich klar. *Sie hat herausgefunden, wie sie die mentalen Verbindungen kontrollieren kann.*

Nein. Ich habe sie in Ruhe gelassen, während sie spazieren gegangen ist.

Ich kniff meine Augen leicht zusammen, wurde von Misstrauen heimgesucht. „Hast du mit Az gesprochen?", fragte ich Cami. Ich musste die Wahrheit von ihr hören.

„Nein. Aber ich konnte tief genug in seinen Kopf sehen, um zu begreifen, wie leid ihm tut, was geschehen ist. Ich weiß auch, dass der Bann, den du benutzt, ihm weitaus mehr Schmerzen bereitet als Luzifers Ketten es bei mir jemals getan haben." Sie machte einen Schritt auf mich zu und ihr Ausdruck spiegelte das Misstrauen in ihrer Stimme. „Befreie ihn, Ajax. Nur so können wir herausfinden, was er wirklich vorhat."

Mein Kiefer schmerzte, weil ich mir so arg auf die Zähne gebissen hatte, und meine Frustration über ihre Entscheidung erschöpfte mich fast so sehr wie sie.

Ich hasste, dass sie recht hatte.

Wir würden nicht hinter Az' Absichten kommen, bis ich ihn befreite.

Und überhaupt ... Wie lange würde der Bann ihn bändigen?

Ich hatte nicht die geringste Ahnung.

„In Ordnung", sagte ich und blickte zu Az. „Du willst versuchen, unser Vertrauen zurückzugewinnen?"

Sein Phönix blinzelte und Az sagte: *Ich glaube, das habe ich klargemacht, ja.*

Das ist jetzt kein guter Zeitpunkt für herablassende Kommentare, entgegnete ich.

Komm einfach auf den Punkt, Ajax. Sag mir, wie ich es wiedergutmachen kann.

Ein Lächeln zog auf meinen Lippen auf, jedoch nicht aus Belustigung, sondern weil ich finstere Absichten hatte. Weil er geschworen hatte, *alles* zu tun, um es wieder hinzubiegen.

Was bedeutete, dass ich fordern konnte, was immer ich begehrte.

„Okay, Az. Ich werde dich freilassen. Aber ich will, dass du Luzifer dazu bringst, uns in Ruhe zu lassen. *Für immer.* Und wenn du zurückkommst, will ich, dass du deinem Phönix wieder die Kontrolle übergibst. Ob in menschlicher Gestalt oder tierischer, ist mir egal. Aber der Vogel wird die Kontrolle haben, während du von innen her zusiehst."

Wie lange?, fragte Az misstrauisch.

„Bis wir beschließen, dass wir dir wieder vertrauen können", erwiderte ich und verschränkte meine Arme vor der Brust. „Was lange dauern könnte."

*LUZIFER DAZU BRINGEN, Cami und Ajax in Ruhe zu lassen.
Und zwar für immer.*

*Meinem Phönix die Kontrolle übergeben, bis Ajax und Cami
mir wieder vertrauen.*

Ich ließ mir die beiden Bedingungen durch den Kopf gehen.
Der analytische Teil meines Gehirns verarbeitete sie und brach sie
in eine Unmenge an Hintertürchen herunter. Es war ein Instinkt,
der daher rührte, jahrtausendelang mehrere der erfahrensten
Verhandlungspartner gekannt zu haben.

Die Bedingung, dass Luzifer Cami und Ajax nicht verfolgen
durfte, konnte auf so viele verschiedene Arten interpretiert
werden. *Typhos ist mein anderer Gefährte*, erinnerte ich Ajax.
Luzifer wird immer Teil meines Lebens sein.

„Dessen bin ich mir bewusst", erwiderte Ajax. „Aber er wird
weder Teil von meinem noch von Camis Leben sein. So lautet die
Bedingung."

*Du willst, dass ich Luzifer davon überzeuge, dich und Cami
nicht weiter zu verfolgen*, formulierte ich bedächtig um. *Für
immer. Und im Gegenzug dazu wirst du mir meine Freiheit
schenken.*

„Ich will auch, dass du deinem Phönix die vollumfängliche
Kontrolle übergibst."

Ja, das auch. Bis ihr mir wieder vertraut.

Er kniff seine Augen zusammen. „Das wird nie geschehen, aber ja."

„Was wird nie geschehen?", wollte Cami wissen.

„Dass ich ihm je wieder vertraue", überlieferte Ajax, bevor er sie darüber informierte, was ich sonst noch gesagt hatte. Darunter auch, wie ich umformuliert hatte, dass Luzifer sie nicht weiter verfolgen sollte.

Cami sah mich mit misstrauischer Miene an und zuckte mit den Achseln. „Das geht in Ordnung für mich."

Aber genügt es, um mir irgendwann zu vergeben?, fragte ich leise. *Um mir zu vertrauen?*

Sie sah mich an, was meinen Vogel ermuntern ließ. Er war bis über beide Ohren verliebt in diese Frau und wollte sich auf seinen Rücken legen und ihr seinen Bauch präsentieren.

Als sie ihn nicht umgehend anlächelte oder seine Anwesenheit anerkannte, seufzte er.

Mein Phönix verstand nicht, warum sie immer noch wütend auf ihn war. Seiner Meinung nach hatte er das Problem *gelöst*, indem er sie gebissen hatte. Jetzt gehörte sie ihm. Warum war sie dann nicht so verliebt in ihn wie er in sie?

Ich wusste, warum, aber ich wusste nicht, wo ich anfangen sollte, es ihm zu erklären. Es war zu kompliziert. Er konnte komplexe Zusammenhänge nicht erkennen, sondern orientierte sich an seinen Instinkten.

„Ich weiß nicht, ob ich dir vergeben oder dir vertrauen kann", sagte sie schließlich. „Das ... ist ganz schön viel, Az."

Ich weiß, sagte ich zu ihr. *Und es tut mir leid. Aber es gibt nichts, was ich tun kann, um das Band ungeschehen zu machen. Es wird bestehen bleiben. Für immer.*

„Du meinst, bis Luzifer mich findet und tötet."

Dieses Mal war ich es, der seufzte, nicht mein Phönix.

Luzifer wird dich nicht umbringen, Cami. Dein Tod würde dafür sorgen, dass mein Phönix auch stirbt. Es würde Melek wehtun. Und Ajax auch. Und auch wenn Ajax es im Moment nicht glauben mag, so macht Typhos sich auch etwas aus ihm. Wir alle liegen ihm am Herzen. Er zeigt es bloß auf einzigartige Art und Weise.

Sie schnaubte. „So kann man es auch nennen."

Er ist uralt. Seine Art, zu zeigen, dass jemand ihm am Herzen liegt, ist etwas altertümlich, gab ich zu. *Aber es geht jetzt nicht um Luzifer. Es geht hier um dich und mich. Sag mir, was du von mir willst. Sag mir, wie ich mir dein Vertrauen verdienen kann. Mir ist bewusst, dass es dauern wird. Ich will nur wissen, wo ich anfangen soll, Cami. Bitte.*

Denn jetzt gab es kein Zurück mehr. Ich musste einen Weg finden, um voranzugehen, andernfalls würde mein Phönix leiden. *Ich* würde leiden.

Ich brauchte Cami und Ajax mehr als ihnen bewusst war.

Und sie waren mir wichtig.

Ich will dafür sorgen, dass das zwischen uns funktioniert, sagte ich zu ihr. *Mir ist klar, dass keiner von uns das geplant hat, aber es ist nun einmal geschehen. Entweder freunden wir uns damit an oder verbringen unser Leben damit, uns dagegen zu wehren.*

Sie kaute mit nachdenklichem Blick auf ihrer Unterlippe herum.

Was hast du ihr gesagt?, wollte Ajax wissen. Seinem Tonfall wohnte ein Hauch Verärgerung darüber inne, dass er nicht in unser Gespräch involviert war. Oder vielleicht glaubte er, dass ich versuchte, sie von etwas zu überzeugen.

Ich erkundige mich nach ihren Bedingungen, informierte ich ihn.

Er sagte nichts und sah stattdessen zu Cami, die seinen Blick erwiderte und nickte. *Ja*, sagte sie. *Er will wissen, wie meine Bedingungen lauten.*

Die Worte waren für Ajax bestimmt gewesen, nicht für mich.

Denn offenbar hatte er gerade um Bestätigung dessen gebeten, was ich gesagt hatte.

Ich habe es echt vermasselt, ging mir zum tausendsten Mal durch den Kopf. Es spielte keine Rolle, wie viele Male ich erklärte, warum, er würde mich trotzdem dafür hassen.

Also würde ich mir sein Vertrauen ganz einfach zurückverdienen müssen.

Damit angefangen, dass ich Luzifer davon überzeugen musste, Cami und Ajax nicht weiter zu verfolgen.

„Ich will, dass du mich trainierst", brach es plötzlich aus Cami heraus, was meinen Vogel ermuntern ließ. Er mochte ihre Stimme. Oder vielleicht verstand er sogar, was sie sagte. „Ich will, dass du mir beibringst, wie ich mich gegen Luzifer oder andere Personen, die mir wehtun wollen, wehren kann."

Ajax nickte. „Das ist eine gute Bedingung."

Ja, dachte ich zu mir selbst. *Ja, ist es.*

Sonst noch etwas?, fragte ich sie.

„Du hast gefragt, wo du anfangen sollst." Sie zuckte mit den Achseln. „Damit möchte ich anfangen."

Alles klar, stimmte ich zu. *Ich akzeptiere deine anfänglichen Bedingungen.*

Wenn sie später weitere hinzufügen wollte, würden wir einen Handel abschließen oder ich würde ganz einfach tun, was sie verlangte. Das kam ganz auf ihre Forderung an.

Ich nehme deine Bedingungen an, ergänzte ich in Ajax' Richtung.

„Gut." Er sah Cami an. „Bist du dir sicher?"

„Das ist der einzige Weg. Ich werde seinen Phönix nicht in einen Käfig sperren. Das wäre herzlos."

Ajax ächzte, teilte ihre Ansicht ganz offensichtlich nicht, sagte aber nichts. Stattdessen holte er eine Karte aus seiner Hosentasche und ließ seinen Blick darüber streifen.

Dann seufzte er und gab die Worte von sich, die ich nur ein paar wenige Male in meinem Leben gehört hatte. Den Umkehrbann.

Er war geringfügig anders als jener, den Vivaxia benutzt hatte, aber auch der Bändigungszauber, den er benutzt hatte, wies Unterschiede zu ihrem auf.

Woher hat Zenaida diese Banne?, fragte ich mich, während sich meine Lunge mit Lebenskraft füllte. Ich hatte nur ungefähr eine Stunde hier drinnen festgesessen, aber es hatte sich wie Jahre angefühlt. Es hatte sich angefühlt, als hätte der schwere Zauber sich mit Widerhaken in meinem Geist versenkt und mich in unsichtbare Fesseln gelegt.

Als die letzte Fessel sich löste, übernahm mein Tier umgehend die Kontrolle und erlaubte mir, mich in meine menschliche Gestalt zu verwandeln. Ich stand auf und streckte mich. Meine Gliedmaßen fühlten sich an, als wäre ich von den Überresten der schrecklichen Magie windelweich geprügelt worden.

Meine Hände strichen über meine Arme und Beine und versuchten mich von dieser spinnennetzartigen Empfindung zu erlösen, die der Bann zurückgelassen hatte.

Alles, während Ajax und Cami mit besorgtem Ausdruck zusahen. Aber es war nicht mein Wohlergehen, das ihnen am Herzen lag, sondern ihr eigenes.

Und das tat fast so weh wie der Bann selbst.

Ich verdiene es, ermahnte ich mich. *Aber ich werde es wiedergutmachen.*

„Wenn du mit einem spezifischen Gefährten sprechen möchtest, denk ganz einfach an diesen Gefährten", sagte ich zu Cami. „Irgendwann wirst du die verschiedenen Kanäle in deinem Kopf sehen können. Es handelt sich dabei um eine wichtige Fähigkeit, die dir dabei helfen wird, deine Gedanken zu schützen."

Ich kannte mich wegen meiner Verbindungen zu Typhos gut damit aus.

Hätte ich nicht gewusst, wie man unsere telepathische Verbindungen öffnete und schloss, hätte er bereits von Ajax und Cami gewusst. Zum Glück hatte er nur eine sanfte Störung gespürt, weil das Band mit meinem Phönix geknüpft worden war. Und mein Tier verband sich nur mit Typhos, wenn ich überschüssige Energie ausstoßen musste.

Anders als Melek, der vollständig durch Tugendfeenbänder mit Typhos verbunden war.

Als Melek sich mit Cami verbunden hatte, hatte Typhos dies so gut spüren können, weil es sich dabei um dieselbe Magie handelte, die die beiden benutzt hatten, um sich miteinander zu verbinden.

„Du kannst mit Ajax üben, während ich weg bin", ergänzte ich. „Sieh das als meinen ersten Trainingstipp an."

Ich ließ sie zurück, um mit Ajax zu sprechen und

verschwand, um ins Reich der Höllenfeen zu gelangen und Typhos aufzusuchen.

Nicht direkt die erste Lektion, die ich erwartet hatte, sprach Cami in meine Gedanken, als ich im Palast der Höllenfeen ankam.

Nein, aber eine wichtige, versprach ich ihr. *Andernfalls hätte Typhos alles gehört, was ich zu dir und Ajax gesagt habe.*

Na ja, technisch gesehen, stimmte das so nicht. Mein Band mit Typhos war mittels seiner Tugendfeenmagie geschaffen worden, nicht mittels jener meines Phönix. Deswegen hatte er nur beschränkten Zugriff auf meine Gedanken. Ich konnte ihn einlassen, wenn ich das wollte, aber ich verfügte von Haus aus über mentale Barrieren, die ihn davon abhielten, zu tief vorzudringen.

Anstatt Cami diese Details vorzuenthalten, beschloss ich, sie ihr zu offenbaren und ihr zu erklären, dass mein Phönix sich nie mit ihm verbunden hatte, weshalb unsere Bänder anders waren.

Das Einzige, was ich nicht verriet, war, was für eine Art von Feenmagie Typhos benutzt hatte, um mich an ihn zu binden. Ich ließ sie ganz einfach im Glauben, dass es ein Höllenfeen-Gefährtenband war, anstatt Luzifers Herkunft zu verraten.

Es lag nicht an mir, diese Geschichte zu erzählen.

Aber deine Gedanken schützen zu können, ist dennoch eine nützliche Fähigkeit, schloss ich. *Man kann nie wissen, wann man in der Lage sein muss, seine Gedanken abzuschotten.*

Ein Bild von Vivaxia ging mir durch den Kopf. Ich wollte ihr wunderschönes Gesicht nicht sehen.

Sie schien mich heute unablässig heimzusuchen.

Bescheuerter Bann.

Cami wurde still und erwiderte nichts auf meine Aussage, dass es sich dabei um eine wichtige Fähigkeit handelte. Anstatt sie dazu zu drängen, meine erste Lektion anzunehmen, konzentrierte ich mich auf die andere Aufgabe, die mir bevorstand – den Höllenfeen-König zu finden.

Ich aktivierte unsere mentale Verbindung. *Typhos.*

Ich bin in meiner Höhle, erwiderte er, war sich ganz offensichtlich bewusst, dass ich zum Palast zurückgekehrt war.

Anstatt zu seinem untertägigen Büro – auch bekannt als seine Höhle – zu laufen, reiste ich mittels meiner Aschewolke. Es war schneller und ich brauchte keine Zeit, um meine Gedanken zu ordnen.

Es gab nur einen Weg, Typhos mit diesem Thema zu begegnen, und der war, direkt auf den Punkt zu kommen.

„Azazel", sagte er, als ich im schicken Wohnbereich ankam, der direkt an seinen großen Tisch aus Obsidian anschloss. Seine Höhle war für Privatangelegenheiten gedacht. Dieser untertägige Bereich wurde nicht einmal von den Höllenhunden frequentiert.

Luzifer kam nur hierher, wenn er an etwas Geheimem arbeitete. Ich ahnte, dass ihn die Portale, die sich in unserem Reich immer wieder auftaten, hierhergeführt hatten.

Die Karten, die auf seinem Schreibtisch ausgebreitet waren, bestätigten meine Annahme. Er hatte all jene Standorte gekennzeichnet, an denen wir angegriffen worden waren und wo sich potenziell angreifbare Stellen befanden. Ein Stapel Ordner lag daneben und ein gefiederter Stift, an dessen scharfen Spitze magische Tinte klebte, schwebte in der Luft.

„Neue Vereinbarungen?", fragte ich. Er arbeitete normalerweise in einem anderen Bereich des Palastes an ihnen, aber vielleicht waren die hier besonders.

„Nein. Alte Vereinbarungen, die ich überprüfe." Er sah mich mit seinen saphirblauen Augen an. „Erebus hat den Unseelie geschnappt, der für das Portal im Marschland verantwortlich war. Es war einer der Väter der Bräute. Er war über und über mit Tugendfeenmagie überzogen, verfügte aber über keine Erinnerungen an den Angriff."

Ich zog meine Augenbrauen hoch. „Glaubst du, er war nichts weiter als eine Schachfigur?"

„Ich weiß es nicht. Deswegen suche ich nach einer anderen Fee, die vielleicht nicht damit einverstanden ist, dass ihre Tochter Teil unseres Programms ist. Vielleicht arbeiten sie zusammen. Oder aber, vielleicht benutzt sie jemand. Melek prüft noch immer unseren neuesten Fall, um herauszufinden, ob mir irgendwelche Stränge aus Tugendfeenmagie entgangen sind."

„Möchtest du, dass ich auch vorbeischaue und überprüfe, ob

ich etwas riechen kann?", fragte ich, erschöpft beim Gedanken an die potenzielle Aufgabe, aber auch willens, sie auszuführen, wenn es helfen würde, diesem Wahnsinn ein Ende zu bereiten.

Typhos musterte mich einen Augenblick lang, sein finsterer Blick einschätzend, aber auch wissend.

Wir waren schon eine lange Zeit zusammen, was bedeutete, dass er mir immer ansehen konnte, wenn ich nicht offen und ehrlich zu ihm war.

Aber das hier war anders. *Völlig* anders. Wir hatten noch nie etwas Vergleichbares erlebt.

Er stieß sich vom Schreibtisch ab und kam auf mich zu, um sich in einen seiner Ledersessel zu setzen.

„Sag mir zuerst, was mit Ajax und Cami geschehen ist."

Ich stieß einen Seufzer aus und setzte mich ihm gegenüber, bevor ich ihm alles erzählte. Darunter auch, dass mein Phönix Ajax und Cami gebissen hatte.

Ihm die Wahrheit vorzuenthalten, würde sowieso nichts bringen. Mein Alter und meine Erfahrung hatten mir das schon vor Jahrtausenden gezeigt.

Typhos unterbrach mich kein einziges Mal. Nicht einmal, als ich Vivaxias Bann erwähnte. Aber ich spürte seine Wut durch unser Band fließen, als ich ihren Namen erwähnte und die Erinnerung daran, was sie mir unzählige Male zuvor angetan hatte.

Ich beendete meinen Bericht damit, dass ich ihm Ajax' Forderungen offenbarte.

„Und Cami will, dass ich sie ausbilde", schloss ich, just als Melek im Zimmer auftauchte. Er zog seine blondbraune Augenbraue neugierig hoch, sagte aber nichts und lief stattdessen zur Bar, um sich ein Getränk zu holen.

Interessanterweise entschied er sich für Wasser mit Eis, anstatt ein alkoholisches Getränk.

Er goss drei Gläser ein und brachte sie wortlos zu uns, bevor er sich auf das Sofa gegenüber von uns setzte.

Typhos sagte nichts, während sein Prinz sich bewegte. Sein Fokus lag voll und ganz auf mir.

„Inwiefern?", fragte Typhos. Sein Tonfall und sein

Gesichtsausdruck verrieten mir nicht, wie es in ihm aussah. Und doch konnte ich seinen Zorn durch unser Band sausen spüren, als handelte es sich dabei um einen stromführenden Draht. Er pulsierte bereits, seit ich den Bann erwähnt hatte und hatte seither nicht an Kraft verloren, sondern eher zugenommen.

„Um sich vor dir und anderen Dingen zu schützen, die sie als Bedrohung erachtet", sagte ich zu ihm, enthielt ihm keine Details vor. Denn jede noch so kleine Information war bei Vereinbarungen von Wichtigkeit.

„Und hast du vor, dieser Forderung nachzukommen?"

„Ja." Es hatte keinen Zweck, meine Absichten zu verschleiern. Typhos verdiente es, die Wahrheit zu erfahren. Er musste das verstehen. „Mein Phönix hat sie zu seiner Gefährtin gemacht. Die Seele meines Tieres ist an ihre gebunden. Sie zu beschützen, ist jetzt genauso wichtig für mich, wie mich selbst zu schützen. Also, ja, ich werde sie ausbilden. Und Ajax auch, wenn er mich lässt."

Was noch lange nicht der Fall sein würde, wenn man den derzeitigen Stand unserer Beziehung betrachtete.

Zum Glück hatte ich das vergangene Jahrzehnt damit zugebracht, ihm beizubringen, wie man kämpfte.

Natürlich waren körperliche Fähigkeiten nicht besonders hilfreich, wenn es um Auseinandersetzungen mit Typhos ging. Er trug seine Kämpfe nie auf physischer, sondern immer auf psychischer Ebene aus.

„Verstehe." Er griff nach dem Glas, das Melek ihm eingeschenkt hatte, und nahm mit beurteilendem Blick einen großen Schluck davon. „Dein Phönix hat die Sache komplizierter gemacht."

Es gab nichts, was ich dazu sagen konnte, außer: „Ich weiß."

„Da muss ich widersprechen", unterbrach Melek. „Ich glaube, er hat alles besser gemacht. Jetzt hast du noch mehr Kontrolle über das Mädchen. Du bist durch mich und Az mit ihr verbunden."

„Du gehst immer wieder davon aus, dass diese Verbindungen nicht bloß eine geschickt gestellt Falle sind", erwiderte Typhos, seine Stimme von einem wütenden Tonfall unterlegt. „Az'

Phönix hat nach mehreren tausend Jahren endlich eine Gefährtin gefunden. Und zufälligerweise handelt es sich dabei um dieselbe Frau, mit der du dich verbunden hast. Das kann kein Zufall sein."

„Ich habe es nie einen Zufall genannt", meinte Melek lächelnd. „Ich habe nur gesagt, dass die Umstände die Situation besser gemacht haben, weil du jetzt mehr Kontrolle hast."

Typhos stellte sein jetzt leeres Glas auf den Tisch. „Solange sie nicht viel eher Kontrolle über euch erlangt. Was sich noch herausstellen wird."

„Ich bezweifle stark, dass das der Fall sein wird", sagte ich. „Meine Phönix-Bänder ermöglichen es mir, in ihre Gedanken zu spähen. Sie war erstaunt darüber, dass mein Tier sie gebissen hat. Es war eine aufrichtige Reaktion."

„Dann benutzt jemand sie vielleicht auf eine ähnliche Weise wie der Unseelie-Vater benutzt wurde", warf Typhos ein.

„Mit welchem Ziel?", wollte Melek wissen. „Sie hat dir *geholfen*, Ty. Warum würde sie das tun, wenn sie dir wehtun wollen würde?"

Der Höllenfeen-König spannte seinen Kiefer an, seine Verärgerung spürbar.

Er lag nicht gerne falsch.

Aber es war mehr als das. Seine Instinkte sagten ihm, dass etwas nicht stimmte. Und bis er herausfand, was es war, würde er die Sache nicht ruhen lassen.

„Ich traue ihr nicht über den Weg." Die Worte waren nicht überraschend, die Aussage hingegen schon. Vor allem, weil Typhos sie kaum hörbar von sich gab. „Ich traue der Sache nicht."

Melek rutschte vom Sofa, um sich zu den Füßen des Königs hinzuknien, während er seine Hände auf die mit Anzughosen bekleideten Beine legte und zu ihm hochsah. „Vertrauen aufzubauen, bedarf Zeit, Liebster. Wir alle wissen das."

Ich nickte, stimmte Melek zu. „Wir alle misstrauen Dingen, die wir nicht verstehen. Und Camillia De la Croix ist definitiv ein mir unbekanntes Wesen. Aber mein Phönix vertraut ihr ohne Wenn und Aber. Er hat etwas in ihr gesehen, das sie seines Bisses würdig macht. Und du weißt, dass er wählerisch ist."

„Es muss ein Bann sein", meinte Typhos. „Ihr alle seid wegen ihr völlig außer Kontrolle geraten. Derart unüberlegte Entscheidungen sehen euch nicht ähnlich."

Ich ging davon aus, dass die Bezeichnung ‚ihr alle‘ Ajax mit einschloss.

Und der letzte Teil stimmte nicht ganz. Melek war der *Prinz* der unüberlegten Entscheidungen.

„Mag sein, dass es mit einem Bann zusammenhängt", wiederholte Melek. „Oder aber es ist Schicksal. Aber wir verdienen es, den Grund zu ermitteln. Wir verdienen es, die Gelegenheit zu haben, diesen Instinkten zu folgen und auf sie zu vertrauen. Wir verdienen es, Cami kennenzulernen. Sie ist einzigartig. Lass es uns auf unsere Art versuchen, Liebster. Lass uns freie Hand mit ihr, damit wir offen mit dir sprechen können."

Ich sagte nichts, weil Meleks Bitte genau das war, was ich mir auch wünschte.

Er bat Typhos darum, uns zu erlauben, Cami kennenzulernen. Herauszufinden, ob das, was wir für sie fühlen, echt war, und im Gegenzug würden wir ihm alles Wichtige mitteilen. Wie ich es gerade eben getan hatte.

Räum uns die Freiheit ein, mit ihr zusammen zu sein, und wir werden dir sagen, ob du ihr trauen kannst, lautete Meleks Bitte sozusagen.

„Du hast zuvor schon gesagt, dass ich den Schmerz ertragen muss, wenn sie mich hintergeht. Dieses Risiko nehme ich auf mich. Wie es scheint, tut Az' Phönix das auch. Erlaube uns, sie kennenzulernen. Bitte." Melek senkte seinen Kopf auf Typhos' Knie, seine vollkommene Unterwerfung ein Geschenk an den König der Höllenfeen.

Denn Melek unterwarf sich nicht so leicht.

Zur Hölle, *ich* unterwarf mich niemandem. Aber ich ahnte, dass mein Vogel womöglich versuchen würde, sich Cami zu unterwerfen.

Typhos stieß einen Seufzer aus und strich durch Meleks dichtes Haar. „Was genau willst du von mir, Melek? Sie hat meine Quelle berührt. Willst du, dass ich ihr vergebe? Dass ich sie freilasse? Dass ich ihr erlaube, zurückzukommen? Wie lauten deine Bedingungen? Sei spezifisch."

Melek musterte ihn einige Sekunden lang, bevor er zu mir blickte.

Ich wusste, wie die Bedingungen lauten mussten.

Aber ich ließ Melek die Verhandlungen führen. Weil er sich oft mit Typhos befasste, hatte er einen klaren Vorteil.

Ich folgte Befehlen normalerweise, weil ich mit ihnen einherging.

Melek lehnte sich auf – selbst, wenn er mit dem Befehl einherging –, weil er es genoss, zu rebellieren.

Oder viel eher die Bestrafung, die darauf folgte.

Ich spielte diese Spielchen mit Typhos nicht. *Dieser Moment gehört ganz dir*, dachte ich in Meleks Richtung. Er konnte mich nicht hören, aber wir kannten einander schon lange genug, dass er mir meine Gedanken wohl vom Gesicht ablesen konnte.

Ajax hatte mir aufgetragen, dafür zu sorgen, dass Typhos sie nicht weiter verfolgen würde. Er hatte mir nicht gesagt, wie ich es bewerkstelligen sollte. Nur, dass ich dafür sorgen musste.

Also machte ich mir alle Vorteile zunutze, die ich hatte. Melek.

„Ich habe eine Liste", begann Melek mit glänzenden Augen und sah zu Typhos hoch.

„Das habe ich mir schon gedacht", säuselte der König und ließ sich in seinen Sessel zurücksinken, als handelte es sich dabei um einen Thron. Er machte eine Handbewegung und sprach: „Fahre fort."

„Du wirst Camillia nicht wehtun. Das beinhaltet physischen, psychischen und mentalen Schmerz, das Anheuern einer Drittperson, dem Anheuern eines Außenstehenden und strategisches Planen aller Art, das auch nur zum winzigsten bisschen Leid oder Schaden für Camillia De la Croix führen könnte."

Typhos zog eine Augenbraue hoch. „Diese Bedingung hat es in sich."

„Ich bin noch nicht fertig, Liebster", murmelte Melek. „Du

wirst auch tun, was immer in deiner Macht steht, um die Dinge mit Ajax wieder zu richten. Wir brauchen ihn."

„Tun wir das?"

„Ja, tun wir", entgegnete Melek. „Er ist mit meiner intendierten Gefährtin verbunden. Und mit deinem Gefährten. Er ist jetzt offiziell Teil unseres Zirkels. Du musst es wiedergutmachen bei ihm."

Typhos kratzte sich am Kinn. „Sonst noch etwas?"

„Du wirst mir und Az die Freiheit einräumen, Cami zu umwerben, wie immer wir wollen. Du wirst dich nicht einmischen. Du wirst nicht reinreden. Du wirst *keine Regeln* aufstellen."

Typhos knurrte. „Es bin nicht ich, der sich in die Angelegenheiten anderer einmischt, kleiner Prinz."

Ein Grinsen zog auf Meleks Lippen auf. „Das ist gelogen, Liebster. Du mischst dich nur auf andere Arten ein."

„Hm." Das Summen, das aus Typhos' Brust stieß, hörte sich wie ein tiefes Rumpeln an und seine saphirblauen Augen glühten kraftvoll. „Das sind ganz schön viele Forderungen, Melek."

„Gewiss", stimmte der Prinz zu. „Und ich werde an jeder einzelnen festhalten."

Typhos zog seine Augenbraue etwas höher. „Verstehe. Und was bekomme ich im Gegenzug? Was springt für mich dabei heraus?"

Meleks Lächeln wurde breiter. „Du bekommst eine Höllenfeen-Königin."

KAPITEL 20

A Z

Typhos erwiderte Meleks Lächeln nicht. „Ich hege kein Verlangen danach, eine Königin zu haben und habe auch keinen Bedarf an einer, Melek. Ich bin mehr als zufrieden mit dir."

„Du hast sehr wohl Bedarf an einer Königin", entgegnete Melek und sein Grinsen wurde von einem ernsten Ausdruck abgelöst. Etwas, das in letzter Zeit immer öfter vorkam. „Der Portal-Vorfall hat bewiesen, dass du eine Königin brauchst, Typhos."

„Er hat recht", pflichtete ich Melek bei. „Cami hat dir geholfen, als du es gebraucht hast. Mit der richtigen Führung könnte sie dir wieder helfen."

Typhos schnaubte. „Das war reiner Zufall."

„Das war kein Zufall, Ty." Melek streckte seine Hand nach dem Gesicht des Königs aus und legte seine Hände an seine Wangen. „Du hast die Last dieses Reiches schon zu lange allein geschultert. Du brauchst mehr Unterstützung. *Cami* ist die Lösung. Du musst ihr nur eine Chance geben, es zu beweisen."

Typhos' Kiefer zuckte. „Du hast ganz schön viel Vertrauen in ein Mädchen, das du kaum kennst."

„Und du hast ganz schön viele Vorurteile gegenüber einer Frau, mit der du kaum ein Wort gewechselt hast", entgegnete

Melek. „Sie ist einzigartig, Ty. Es ist, als wäre sie für *uns* geschaffen worden."

„Genau deswegen mache ich mir Sorgen", erwiderte Typhos. „Etwas stimmt nicht mit ihr. Und es ist mehr als diese magische Muschi, die ihr anscheinend alle ficken wollt."

Mein Phönix erschauderte innerlich. Ihm gefiel der rohe Tonfall nicht, von dem der König gerade Gebrauch gemacht hatte, um über seine Gefährtin zu sprechen. Ich schluckte das Verlangen herunter, ihm dafür ins Gesicht zu schlagen. Mein Kopf wollte Verstand walten lassen, aber mein Phönix verlangte Taten.

Typhos' Blick wanderte zu mir. Unsere Verbindung verriet meine sich aufbäumende Wut zweifellos. „Siehst du das anders?"

„Mein Phönix schon", erwiderte ich. „Er mag deine Bedingungen nicht verstehen, aber er versteht deinen Tonfall. Und er ist seiner Gefährtin gegenüber sehr beschützerisch."

„Du bekommst nicht nur eine Königin", unterbrach Melek und führte Typhos' Blick zurück zu ihm. „Sondern einen ganzen Gefährtenzirkel. Ein Ort der Kraft, der dir hilft, die Waagschalen auszugleichen. Dein Königreich ist größer geworden und hat dir zu viel abverlangt. Du brauchst uns, Ty. Du brauchst unsere Unterstützung. Du kannst die Sache nicht länger allein regeln."

Typhos ballte seine Hände zu Fäusten. „Es geht mir gut."

„Nein, es geht dir nicht gut", insistierte Melek. „Ich bin in dir, Ty. Ich kann *spüren*, wie schwer das Gewicht der Quelle auf deinen Schultern lastet."

„Es liegt an mir, diese Bürde zu tragen."

„Es ist *unsere* Bürde." Melek entfernte seine Hände mit strengem Gesichtsausdruck und verlagerte sein Gewicht auf seine Fersen, während er zum König hochblickte. „Was passiert, wenn die Quelle dich mit Haut und Haar verschlingt? Wie, glaubst du, wird sich das auf das Reich der Höllenfeen auswirken? Was, glaubst du, wird das für Auswirkungen auf *mich* haben?"

Typhos kniff seine Augen zusammen. Die Muskeln an seinem Nacken schienen sich anzuspannen und die Adern in seinen Händen stärker hervorzutreten. Melek hatte einen Nerv getroffen. Mehrere, wie es schien.

Aber ... „Er hat nicht unrecht", sagte ich mit sanfter Stimme zu Typhos. „Ich kann dieses Gewicht auch spüren. Ich habe bis vor Kurzem nur nicht begriffen, wie schwer es ist."

Melek war viel mehr im Einklang mit dem König der Höllenfeen als ich. Und er dachte an die Zukunft. Weil er sich immerzu einmischte und Spielchen trieb, ergab sich ihm den Vorteil, eine Situation einschätzen zu können, bevor sie überhaupt eingetreten war.

„Du kannst eine Rücktrittsklausel einbauen", bot Melek an. „Wenn sich herausstellt, dass es zu gefährlich ist oder du das Gefühl hast, dass unser Urteilsvermögen wahrhaftig getrübt ist, darfst du eingreifen. Aber du wirst handfeste Beweise liefern müssen, die deine Befürchtungen belegen."

Es war eine gefährliche Klausel, vor allem, weil das bedeutete, dass jede Bedingung annulliert und gestrichen werden konnte, je nachdem, wie Typhos die Ereignisse interpretierte.

Aber Melek schien sich auf seine Überzeugung zu verlassen, dass es funktionieren würde – wenn Typhos Cami nur eine Chance gab.

„Gegen unsere Vereinbarung zu verstoßen, wird Folgen haben", ergänzte Melek. „Die Seele des Phönix wie auch Teile meiner eigenen werden leiden. Und Ajax ... Er würde es nicht überleben. Also müsstest du dir deines Verdachts absolut sicher sein, bevor du zur Tat schreiten dürftest. Andernfalls würdest du riskieren, mehr zu verlieren als du jemals gehabt hast."

Ein Hauch Angst kroch durch mein Band mit Typhos – ein völlig untypisches Gefühl für ihn –, als der König begriff, was Melek da sagte.

Er begriff vermutlich erst jetzt, dass es zu spät war, um überhaupt zu versuchen, in dieser Angelegenheit zu verhandeln. Alles war bereits an seinen Platz gefallen. Die Vereinbarung zwischen unseren Seelen war geschlossen worden.

Er hatte keine Wahl. Entweder nahm er an und versuchte, mit der neuen Realität umzugehen, oder er lehnte ab und riskierte, seinen kleinen Kreis der Vertrauten zu zerstören.

Denn mein Phönix würde mich auf Camis und Ajax' Seite

ziehen. Mein Verlangen danach, sie beschützen zu wollen, nahm mich jetzt schon vollumfänglich ein.

Und Melek würde nicht so leicht locker lassen. Er mischte sich nur in Angelegenheiten ein, die ihm am Herzen lagen, und Cami bedeutete ihm offenbar ungeheuer viel.

Typhos strich sich mit der Hand übers Gesicht und seine Erschöpfung erfasste mich mittels unseres Bandes wie eine Flutwelle. Die Sicherheitslücken setzten ihm zu. Genauso wie die zunehmende Kraft des Reiches. Sie hatte einen Punkt erreicht, an dem es ihm beinahe unmöglich war, sie zu kontrollieren.

Wie konnte mir das entgehen?, dachte ich staunend. Es hatte Anzeichen gegeben, aber er hatte sich bisher immer durchgesetzt. Und er hatte meine Phönix-Energie angenommen, ohne mit der Wimper zu zucken.

Aber ich hatte Ajax im vergangenen Jahrzehnt immer öfter benutzt, weil mein Bedarf mit der Zeit zugenommen hatte. Ich war bisher davon ausgegangen, dass es meine Anziehung zu Ajax gewesen war, was mich ihn so erbittert brauchen ließ, und vielleicht stimmte das in gewisser Hinsicht auch.

Aber wie es schien, hatte mein Phönix auch gespürt, dass Typhos an seine Grenzen gestoßen war.

Und deshalb hatte ich Ajax so oft aufgesucht. War ihm nähergekommen. Hatte ihm zu *vertrauen* begonnen.

Kein Wunder, dass du ihn auserwählt hast, dachte ich zu meinem Vogel. *Du wusstest, dass er ein idealer Gefährte ist, weil er deine Kraft mühelos angenommen hat.*

Ich war in den vergangenen paar Jahren mit diesem Nebel im Kopf durchs Leben gegangen und hatte mich auf nichts anderes als meine eigenen körperlichen Bedürfnisse konzentriert.

Cami hatte mich wachgerüttelt.

Sie hatte alles verändert.

Zum Besseren, dämmerte mir.

Az?, fragte sie urplötzlich, woraufhin ich mich kerzengerade aufrichtete.

Cami? Geht es dir gut? Mein Phönix ging beunruhigt auf und ab.

Es geht mir gut. Ich übe nur meine erste Lektion. Sie hörte sich zufrieden mit sich selbst an.

Meine Mundwinkel zuckten. *Gutes Mädchen.*

Sei nicht herablassend, keifte sie.

Bin ich doch gar nicht. Ich bin froh, dass du übst, sagte ich ihr.

„Azazel?", fragte Typhos und seine Stimme zog meine Aufmerksamkeit zurück auf ihn. „Geht es dir gut?"

Ich blinzelte ihn an und runzelte die Stirn. „Ja, tut mir leid. Cami hat mit mir gesprochen."

Er zog seine Augenbraue abermals hoch. „Und worüber?"

„Sie übt ihre telepathischen Fähigkeiten." Ich zuckte mit den Achseln. „Sie hat sich vorhin schwer damit getan, sodass ihre mentalen Antworten mich und Ajax gleichzeitig erreicht haben. Ich habe ihr gesagt, dass sie sich auf ihre mentalen Kanäle konzentrieren soll."

„Verstehe." Er stieß einen Atem aus und griff sich an den Nacken. „Das ..." Er verstummte und schüttelte langsam seinen Kopf. „Du hast mir keine wirkliche Wahl gelassen." Seine Aufmerksamkeit wanderte zu Melek. „Das hast du absichtlich getan."

„Ich kann nicht alle Lorbeeren dafür einheimsen, Liebster", murmelte Melek. „Az und Ajax haben ihren Teil dazu beigetragen."

„Ja, und ich habe keinen Zweifel daran, wer diese Teile in Bewegung gesetzt hat", erwiderte der König.

Melek blieb stumm, bestätigte die Anschuldigung zwar nicht, verneinte sie aber auch nicht.

Was vermutlich darauf hindeutete, dass er schuldig war.

An jedem anderen Tag wäre ich vermutlich wütend darüber gewesen, in eines seiner kleinen Spielchen gezogen worden zu sein. Aber ich war irgendwie froh darüber, wie alles gekommen war.

Mein Phönix war ... ruhig. Glücklich, sogar. Er schien direkt neben mir zu verweilen, unsere Seelen auf eine Art verbunden, wie ich es nie zuvor erlebt hatte. Sogar meine Energiereserven schienen aufgestockt und mein übliches Verlangen danach, überschüssige Kraft auszustoßen, war nicht da.

Ich habe meinen Frieden gefunden, realisierte ich und runzelte die Stirn. *Liegt es daran, dass ich jetzt Gefährten habe? Oder ist das bloß vorübergehender Natur und auf die heutigen Ereignisse zurückzuführen?*

„Ich akzeptiere deine Bedingungen, kleiner Prinz", sagte Typhos schließlich. „Und die Rücktrittsklausel. Aber ich behalte mir das Recht vor, zu einem späteren Zeitpunkt neu zu verhandeln. Ganz so, wie ich mir das Recht vorbehalte, den Kurs zu ändern, wenn Ajax oder Cami es erforderlich machen."

Melek musterte ihn eine lange Zeit, ließ sich die Worte vermutlich durch den Kopf gehen und suchte nach Hintertürchen, die Typhos mit ihnen zu schaffen gedachte.

Mir kamen mehrere in den Sinn. Vor allem, inwiefern Typhos Cami und Ajax manipulieren könnte, um den Kurs zu ändern. Aber das würde er auch ohne die Klausel tun.

Typhos war ein meisterhafter Stratege.

Melek aber auch.

Darum passten die beiden auch so gut zusammen.

Melek legte seine Hände auf Typhos' Schenkel und stand auf, bevor er sich vornüber lehnte und mit seinen Lippen über jene des König strich. „Abgemacht, Liebster."

Ich näherte mich ihnen nicht. Stattdessen sprach ich in Gedanken: *Ich nehme auch an.*

„Erfüllt das die Bedingungen der Vereinbarung zwischen dir und Ajax?"

„Du darfst weder ihn noch Cami verfolgen. Und ich brauche Zeit, um mir ihr Vertrauen zu verdienen."

Sobald ich das getan hatte, könnte ich meine Vereinbarung mit Ajax abändern, und dann könnten wir das Thema Typhos erneut aufnehmen.

Oder zumindest hoffte ich das.

„Wie es scheint, habe auch ich eine Scharte auszuwetzen. Wie soll ich das tun, wenn ich ihn nicht *verfolgen* darf?", wollte Typhos wissen.

„Ich bin mir sicher, dass du dir einen angebrachten Weg einfallen lassen wirst, Liebster", sagte Melek und richtete sich auf.

„Aber im schlimmsten Fall werden wir ihnen auf dem Interreichsfeenball im Reich der Mitternachtsfeen begegnen."

Typhos sah ihn an und zog seine Augenbraue abermals hoch. „Werden wir das?"

Melek grinste. „Ja, werden wir."

„Ich erinnere mich nicht daran, zugesagt zu haben, kleiner Prinz."

„Nein, ich habe die günstige Gelegenheit ergriffen, unsere Teilnahme zu bestätigen, als ich vorhin mit Zakkai gesprochen habe. Oder zumindest habe ich angedeutet, dass wir teilnehmen werden." Melek zuckte mit den Schultern. „Da Ajax und Cami Gäste der Königsfamilie sind, werden sie zweifellos dort sein. Das ist doch die perfekte Gelegenheit für eine Wiedervereinigung, findest du nicht?"

Typhos stieß einen Seufzer aus und sah zur Decke, bevor er sich noch tiefer in seinen Sessel sinken ließ. „Interreichs-feenpolitik-Angelegenheiten. Das siehst du als *perfekte Gelegenheit* an?"

Melek grinste. „Ja, tue ich."

„Na gut." Typhos machte eine Handbewegung. „Ajax und Cami können im Reich der Mitternachtsfeen als *Gäste* verweilen. Aber du bleibst hier bei mir und hilfst mir, den Grund für die Sicherheitslücken zu ermitteln." Die Worte waren an Melek gerichtet, diejenigen, die darauf folgten, jedoch an mich. „Und du wirst an unserer Stelle ein Auge auf Ajax und Cami haben."

Ich nickte. „Wird gemacht."

„Und Cami ausbilden", ergänzte Melek. „Und ich habe ein paar Ideen für ihr Training. Ich werde sie dir auf dem Weg nach draußen eröffnen."

Typhos warf ihm einen eindringlichen Blick zu. „Mischst du dich noch mehr ein?"

Melek presste eine Hand auf seine Brust, seine Haltung der Inbegriff von Unschuld. „Ich? Das würde ich nie tun."

Typhos schüttelte bloß abermals seinen Kopf und erhob sich aus seinem Sessel. „Geh und misch dich ein. Ich brauche sowieso etwas Zeit, um das Geschehene zu verarbeiten."

Melek näherte sich dem muskulösen König erneut und legte

seine Hand abermals an Typhos' Wange. „Alles, was ich tue ...
Alles, was ich getan habe, war für dich, Ty." Die Aufrichtigkeit in
Meleks Stimme ließ mich wünschen, ich könnte mich in Luft
auflösen. Das war einer dieser Momente, die ich nicht stören
wollte.

„Das sagst du immer wieder", flüsterte Typhos. „Ich vertraue
darauf, dass du es auch so meinst."

„Das tue ich." Melek strich mit seinen Lippen erneut über
Tys, dann wich er einen Schritt zurück, um zu mir zu blicken.
„Geh und zieh dir eine Hose an. Und dann gehen wir spazieren."

Ich sah an mir herunter und stellte erst jetzt fest, dass ich
nackt war. Ich war so eingenommen von meiner Aufgabe
gewesen, dass ich meine Kleidung vergessen hatte.
Formwandlerfeen-Probleme.

„Es sei denn, du wanderst lieber nackt umher", meinte
Melek. „Mir macht das nichts aus."

Ich schnaubte, als ich die kokette Bemerkung vernahm. „Wir
treffen uns bei meiner Hütte." Anstatt auf eine Antwort zu
warten, reiste ich mittels meiner Aschewolke in mein Zuhause.

Melek materialisierte sich, gerade, als ich den Reißverschluss
meiner schwarzen Jeans schloss. Er musterte mich wortlos,
während ich mir ein Oberteil, Socken und dann Stiefel anzog.
Jetzt schien er nicht mehr verspielt.

„Ich werde dir nicht viel Zeit rauben, Az", sagte er, während
ich auf die Tür meiner Hütte zuging. „Ich glaube, wir vertreten
dieselbe Meinung."

„Irgendwie bezweifle ich das." Ich öffnete die Tür, doch er
schloss sie wieder und stellte sich zwischen mich und das Holz. In
seinen vielfarbigen Augen waberte ein geheimnisvoller Blick.

„Du musst deine Trainingszeit mit Cami darauf verwenden,
ihr zu zeigen, wer Ty wirklich ist", sagte Melek zu mir, seine
Worte unterlegt von einem untypisch strengen Tonfall. „Nur so
werden wir alle in einem Stück aus der Sache herauskommen."

Ich starrte ihn an. Weil wir beide die gleiche Körpergröße
hatten, konnten wir uns direkt in die Augen sehen. „Es wird
weitaus mehr bedürfen als zu *verstehen*, um sicherzustellen, dass
wir die Sache überleben, Melek."

„Ja, dessen bin ich mir bewusst. Aber ich habe alle Hände damit zu tun, Ty zu trainieren. Du musst Cami für mich übernehmen. Ich werde dir nach wie vor assistieren, wann immer ich kann, aber du musst die Führung übernehmen."

„Die Führung übernehmen?", wiederholte ich. „Von dir?"

„Wer, glaubst du, hat ihr bisher Informationen über Ty gegeben?", fragte Melek mit ernstem Gesichtsausdruck. „Sie muss Ty verstehen, Az. Und im Moment sieht sie ihn im völlig falschen Licht."

Ich knirschte mit den Zähnen. Weil er recht hatte. Sie kannte Ty nicht wirklich. „Will heißen, dass deine Bemühungen keine Früchte getragen haben?"

Ein wütender Blick blitzte in seinen vielfarbigen Iriden auf und er kniff seine Augen zusammen. „Ich hatte nicht viel Unterstützung."

„Vielleicht liegt es daran, dass du dieses Spielchen ganz allein gespielt hast."

„Es ist kein Spiel", entgegnete er. „Es geht hier darum, Ty zu retten. *Uns* zu retten. Und ich habe es satt, darauf zu warten, bis ihr alle das verstanden habt." Er schubste mich. Der bedrohliche Akt war völlig untypisch für Melek. „Zeig ihr, wer Ty ist, Az. Hilf ihr. Das wird sie beschützen. Uns alle."

Er räumte mir keine Gelegenheit ein, Einwände zu erheben, sondern verschwand spurlos.

Az?, flüsterte Cami und lenkte mich ab, ehe ich ein finsteres Gesicht machen konnte.

Cami?

Hast du das gehört?

Was?, fragte ich sie, mein Phönix umgehend in Alarmbereitschaft. *Ist alles in Ordnung?*

Ja ... Sie zog das Wort in die Länge. *Und jetzt? Hast du das gehört?*

Deine Frage, ob ich dich gehört habe?

Nein, meine Bemerkung zu den Schlangenreben.

Ich runzelte die Stirn. *Was? Ich habe dich nichts von Schlangenreben sagen hören.*

Ein aufgeregtes Gefühl sauste durch unser Band.

Cami?

Es funktioniert!, sagte sie zu mir. *Ich habe Kontrolle über meine mentale Stimme.*

Trotz der ernsten Lage zog ein Lächeln auf meinen Lippen auf. *Dann schätze ich, wird es Zeit für unsere nächste Lektion, kleine Kämpferin.*

Und ich hatte da so eine Idee, was das sein könnte.

Um Typhos verstehen zu können, musste Cami begreifen, dass Typhos Luzifer nie verlor. Ganz egal, was man ihm auch antat, er hatte am Ende immer die Oberhand. Ganz egal, was geschah.

Um ihn also anzunehmen, musste sie lernen, seine Sprache zu sprechen.

Als Erstes musste sie verstehen, dass das Physische nicht von Wichtigkeit war.

Dann würde ich sie in seinen Geist einführen.

Ich komme jetzt zurück, sagte ich. *Wenn ich bei euch ankomme, wird mein Phönix wieder die Kontrolle übernehmen. Aber ich werde meine menschliche Gestalt behalten.*

Okay, erwiderte sie.

Ich wiederholte die Details für Ajax. Er würdigte meine Erklärung keiner Antwort.

Seufzend kehrte ich ins Reich der Mitternachtsfeen zurück.

Es werden ein paar echt lange Wochen werden.

KAPITEL 21

CAMI

ICH STARRTE AZ AN. Er lag auf dem Sofa. Der hochgewachsene Mann schien es ziemlich ungemütlich auf dem Möbelstück zu haben.

Er hatte beschlossen, sich darauf auszuruhen, nachdem er von seinem Treffen mit Luzifer zurückgekehrt war, was mich und Ajax den ganzen Tag allein hier zurückgelassen hatte. *Oder Nacht*, korrigierte ich mich. *Keine Ahnung, wie viel Uhr es ist.*

Dieses Reich verfügte über keinen Sonnenschein. Es war unmöglich, die Zeit ohne die Hilfe der Sonne zu bestimmen.

Nicht, dass es von Wichtigkeit war.

Ajax und ich hatten seit Az' Rückkehr gestern kein Auge zugetan. Wir beide warteten nur darauf, dass Typhos auf magische Art und Weise erschien und uns ins Reich der Höllenfeen zurückbugsieren würde. Aber nichts war geschehen.

Irgendwann hatten wir schließlich gegessen und Ajax hatte etwas davon gesagt, dass wir das Mitternachtsfrühstück mit Shade und den anderen verpasst hatten. Ich hatte das Zimmer nicht verlassen wollen, weil ich zu besorgt darum gewesen war, was als Nächstes passieren würde. Also waren wir hiergeblieben und hatten im Bett gegessen.

Ajax hatte gesagt, dass er ganz einfach etwas aus der Küche hätte bestellen können, aber stattdessen hatte er unsere Mahlzeit herbeigezaubert, weil es einfacher war. Er hatte seinen Zauberstab auch darauf verwendet, die Krümel zu beseitigen.

Jetzt ließen wir uns am Tisch, der neben einer der Balkontüren stand, eine riesige Pizza schmecken.

Ich glaube, Luzifer kommt wirklich nicht, dachte ich in seine Richtung. *Das, oder er hat einen langen Atem. Aber ich habe das Gefühl, dass wir bloß unsere Zeit verschwenden, wenn wir auf das Unvermeidbare warten.*

Ajax griff nach einem Stück Pizza, sein Blick auf Az gerichtet. *Glaubst du wirklich, dass er dich ausbilden wird?*

Es war ein subtiler Themenwechsel, und doch schien es ihm auf dem Magen zu liegen. *Ich weiß es nicht. Es gibt nur einen Weg, es herauszufinden.*

Da stimme ich dir zu. Er holte seinen Zauberstab aus seiner Hosentasche und flüsterte einen Bann.

Ich runzelte die Stirn, als sich eine Schlange auf Az' Brust materialisierte.

Ajax…

Pst. Ich habe das schon einmal getan, sagte er zu mir.

Ich hielt meinen Atem an, während die Schlange nach oben schlängelte und ihre Zunge in Richtung Az' Kinn ausstreckte. Er ließ seine Hand hochschnellen und dann steckte die Schlange urplötzlich in Az' Mund. Er schüttelte sie, als wäre sie ein übergroßer Wurm.

Ich riss meine Augen auf und Ajax brach in Gelächter aus.

Die Schlange verschwand im nächsten Augenblick und ließ einen keuchenden, *wütenden* Az auf dem Sofa zurück.

Seine schwarzen Augen glitzerten, als er Ajax finster anblickte. Der Phönix war ganz offensichtlich wütend darüber, auf so rüpelhafte Art und Weise geweckt worden zu sein.

„Na, zumindest weiß ich jetzt, dass dein Vogel die Kontrolle hat."

Az spuckte zu Boden, die Bewegung tierischer Natur, obwohl er sich in menschlicher Gestalt befand.

„Oh, das sehe ich anders. Es war zum Totlachen", säuselte Ajax, der ganz offensichtlich Az antwortete. „Aber es war sowieso an der Zeit, dass du aufwachst. Cami muss trainiert werden und Shade schreibt mir immer wieder."

Ich runzelte die Stirn. *Shade hat dir geschrieben?*

Er hat mein Ohr mit einer Art Kitzelbann berührt, erwiderte er. *Oder jedenfalls gehe ich davon aus, dass er dahintersteckt. Niemand sonst versteht sich darauf, so nervtötend zu sein.*

Az erhob sich vom Sofa. Der groß gewachsene Mann war einschüchternd und zum Dahinschmelzen zugleich. Er streckte seine Arme über den Kopf. Er hatte sein Oberteil ausgezogen und sich entschieden, in einer schwarzen Jeans zu schlafen und keine Socken zu tragen.

Ich wollte mich nicht zu ihm hingezogen fühlen. Ich wollte ihn *hassen.*

Aber ... das gestaltete sich schwierig, wenn er praktisch Sex auf zwei Beinen war. Sein dunkles Haar war zerzaust, sein Gesicht schlaftrunken und sein Körper *perfekt.*

Ajax und ich hatten uns miteinander amüsiert, als Az gestern zurückgekommen war. Wir hatten nie Gelegenheit gehabt, unser letztes Mal abzuschließen. Wir waren zu beschäftigt damit gewesen, was seither geschehen war.

Wenn du mich weiterhin so ansiehst, wird mein Phönix ein ganz anderes Training absolvieren wollen, sprach Az in meine Gedanken, seine Stimme sah einem leisen Schnurren ähnlich.

Dich wie ansehen?

Als wolltest du mich verschlingen, kleine Kämpferin.

Tu ich gar nicht.

Doch, tust du, erwiderte er und beugte sich nach vorn, um sein Oberteil aufzuheben. *Und da mein Phönix sich gestern mit dir verbunden hat, sieht er dich genauso an. Er scheint ziemlich begierig darauf, sich fortzupflanzen.*

Sich fortzupflanzen?, wiederholte ich.

Aber er ging nicht weiter darauf ein. Stattdessen sah er auf seine Schuhe und lief dann hinüber, um nach einem Stück Pizza zu greifen.

„Habe ich dir erlaubt, zu essen?", fragte Ajax.

Az gab ein Knurren von sich und nahm einen großen Bissen vom Pizzastück.

Ajax kniff seine Augen zusammen.

Az ignorierte ihn und verdrückte das Stück im nächsten Augenblick.

Dann griff er nach einem zweiten und aß es mit bewusstem Blick zu Ajax.

„Langsam fange ich an zu glauben, dass du wieder die Kontrolle hast, Az", säuselte der Wärter. „Verstößt du jetzt schon gegen unsere Vereinbarung?"

Ich wartete auf eine Antwort, doch Az aß wortlos weiter.

Hat er dir mittels Gedankenkraft geantwortet?, fragte ich Ajax.

Ja. Er sagt, dass sein Vogel Hunger hat und wenn ich nicht will, dass er isst, er keine Pizza auf den Tisch hätte stellen sollen, murmelte Ajax.

Glaubst du ihm?, fragte ich ihn.

Nein. Er sah mich an. *Und du?*

Ich bin mir nicht sicher, was ich noch glauben soll, gab ich zu.

Stille kam über uns, während Az ein drittes Stück vertilgte und dann in die kleine Küchennische ging, die an unsere Suite anschloss, und den Kühlschrank öffnete. Er holte eine Flasche Orangensaft daraus und trank direkt aus der Packung. *Für mich sieht das ganz schön tierisch aus*, sinnierte ich.

Ja, stimmte Ajax zu und erhob seine Hand, um gegen sein Ohr zu schlagen. *Wenn Shade mich noch einmal kitzelt, werde ich ihn umbringen.*

Vermutlich kein weiser Schachzug, wo wir uns doch in seinem Palast befinden, bemerkte ich. *Erst recht, weil er einen mächtigen Gefährtenzirkel hat.*

Ich bin mir ziemlich sicher, dass Zakkai mich dafür belohnen würde, Shade zu töten, murmelte Ajax und stand auf.

„Ist ja gut. Ich hab's gerafft", sagte er und schlug erneut gegen sein Ohr, bevor er seinen Zauberstab hervorholte und einen Bann sprach.

Irgendwie hatte ich befürchtet, dass sich gleich eine weitere Schlange materialisieren würde, aber nichts geschah.

Was hast du getan?, fragte ich stirnrunzelnd.

Ich habe Shade ein kleines Geschenk geschickt.

Die erwähnte Mitternachtsfee erschien einen Augenblick später in der Suite. Er hatte eine Fledermaus auf der einen Schulter sitzen, eine Eule auf der anderen. „Bevor du dein Zauberwesen auf mich losjagst, solltest du dich zuerst mit ihm kurzschließen und ermitteln, ob er dich überhaupt noch mag."

Az, der in der Küche stand, drehte sich langsam um. Seine Nase zuckte, während er in der Luft schnüffelte. Sein Blick wanderte direkt zu den beiden geflügelten Kreaturen und ein tiefes Knurren stieß aus seiner Brust.

Na ja, vielleicht knurrte er auch Shade an.

Es war schwierig zu sagen.

Ich fragte Ajax um ein Haar, aber er war zu beschäftigt damit, die Eule anzustarren, die auf Shades Schulter saß.

Geht es dir gut?, fragte ich ihn, besorgt über sein blasses Gesicht. Weil mir keine bessere Beschreibung einfällt: Er sah aus, als hätte er gerade einen Geist gesehen.

Ajax erwiderte nichts. Er schluckte schwer und machte einen Schritt nach vorn.

Die Eule bauschte ihr Gefieder und drehte ihren kleinen Schnabel in bewusst verachtender Manier ab.

Ich zog meine Augenbrauen hoch. *Na, das kleine Ding hat eine ganz schön starke Persönlichkeit, was?*

„Du hast auf ihn aufgepasst", sagte Ajax hörbar, seine Worte an Shade gerichtet.

„Natürlich habe ich das. Er ist Dracos bester Freund. Und du bist mein bester Freund." Shade legte seinen Kopf schief. „Willst du mit uns spazieren gehen?"

Ajax schluckte abermals schwer, dann räusperte er sich. „Ich ... Ähm ..." Er schüttelte seinen Kopf und sah dann zu mir. *Geht es für dich in Ordnung, wenn du eine Weile hier bei Az bleibst?*

Ich sah zum noch immer knurrenden Mann, der in der Küche stand. Er war jetzt fokussiert auf die Eule. *Was ist mit deinem Phönix los?*, fragte ich Az.

Er mag es nicht, dass andere um deine Aufmerksamkeit buhlen, gab Az zähneknirschend von sich. *Er will die Eule in Stücke reißen.*

Oh. Ich runzelte die Stirn. „Az' Phönix scheint die Eule nicht zu mögen. Vielleicht ist ein Spaziergang also keine schlechte Idee", sagte ich hörbar zu Ajax.

„Ihr beide werdet lernen müssen, miteinander klarzukommen", säuselte Shade und sah die Eule und Az abwechselnd an. „Mag sein, dass Kuro Ajax derzeit die kalte Schulter zeigt, aber sobald sie ihren Streit beilegen, ahne ich, dass er Ajax wieder auf Schritt und Tritt folgen wird."

Ich runzelte die Stirn und setzte die Informationsfetzen zusammen.

Moment mal ... Ist die Eule dein Zauberwesen?, fragte ich Ajax.

Ja. Seine mentale Stimme hörte sich schroff an. *Kuro gehört mir.*

Warum ist er so wütend auf dich?

Er glaubt, dass ich ihn zurückgelassen habe, murmelte Ajax.

Hast du das?

Irgendwie schon. Es ist kompliziert. Er räusperte sich. *Er ... Er erinnert mich an meine Vergangenheit. Und ich habe das alles hinter mir gelassen. Ihn inbegriffen.*

Schuldgefühle machten sich in unserem Band breit, was mir das Herz brach. *Du musstest heilen.*

Nein. Ich bin davongerannt, erwiderte er. *Ich habe mich vor meinem Schmerz versteckt. Und jetzt bezahle ich dafür.*

Er räusperte sich abermals. „Ja, lass uns spazieren gehen", sagte er, bevor ich etwas bemerken konnte. Dann sah er zu Az. „Wenn du ihr auch nur ein Haar krümmst, während ich weg bin, werde ich dich umbringen. Hast du verstanden?"

Ruf nach mir, wenn du das Gefühl hast, dass etwas nicht stimmt, ergänzte er in Gedanken. *Ich werde hier sein.*

Ich nickte. Auch wenn es total verrückt war, den Versuch zu wagen, Az zu vertrauen ..., nur so konnten wir ihn auf die Probe stellen. Wir konnten den ganzen Tag hier sitzen und ihn anstarren und darauf warten, dass Luzifer angriff oder Az uns zurück in die Hölle schleifte, oder wir konnten ihm Gelegenheit bieten, seinen Teil der Abmachung einzuhalten.

Letzteres mochte die gefährlichere Option sein, aber nur so würden wir seine wahren Absichten ermitteln können.

Az erschauderte in der Küche, als Shade auf die Tür zuging. „Viel Spaß", murmelte die Mitternachtsfee und zwinkerte mir zu, bevor er durch das Holz schritt.

Buchstäblich.

Er lief einfach so durch die Tür hindurch, ohne einen Bann zu sprechen.

Als Ajax ihm folgte, zog ich meine Augenbrauen hoch. *Wir können* durch *Türen gehen?*

Das hier ist das Reich der Mitternachtsfeen. Hier ist nichts so, wie es scheint, erwiderte Az, dessen Vogel noch immer in der Küche stand. Einige Sekunden später schnüffelte er erneut in der Luft und widmete sich dann wieder dem Orangensaft.

Das ließ ein Grinsen auf meinen Lippen aufziehen, gegen das ich nicht ankämpfen konnte. Ihn so zu sehen, war ziemlich witzig.

Ich spüre, dass du mich auslachst, murmelte er.

Du stehst kurz davor, dir den ganzen Saft übers Gesicht zu schütten.

Mein Phönix hat mehr Kontrolle, als du denkst, entgegnete er, während sein Vogel die jetzt leere Flasche abstellte. *Bist du bereit für deine nächste Lektion?*

„Klar", erwiderte ich. „Handelt es sich dabei um eine weitere Aufgabe für die Gedanken?"

Ich spürte, wie er in meinem Kopf grinste und erhaschte die darauffolgende Aufregung in seinen schwarzen Augen.

Nein. Die hier ist physischer Natur. Lass uns nach einem angemessenem Zimmer dafür suchen.

Dreißig Minuten später war mir klar, dass die Reben, Blumen und Bäume, die den Palast schmückten, nicht nur zur Zierde gedacht waren. Ich hätte schwören können, dass sie lebendig waren – vielleicht beobachteten sie uns sogar auf Schritt und Tritt.

Aber keiner stellte sich uns in den Weg, um uns aufzuhalten. Nur ein paar wenige Wasserspeier fragten uns, ob wir eine Wegbeschreibung brauchten.

Als ich fragte, wo sich der Sparringbereich befand, führte uns eine kleine steinerne Kreatur in ein Zimmer, das von schwarzen Brandspuren gezeichnet war. Während der Großteil des Palastes mit Bäumen und Blumen aller Art geschmückt war, war dieser Ort hier das komplette Gegenteil davon, mit seinem harten, steinernen Innenleben. Es war nicht besonders ausgiebig möbliert, was darauf hindeutete, dass, was auch immer sich hier drinnen befunden hatte, verbrannt oder absichtlich leer gelassen worden war.

Es war der einzige Ort, der nicht von Wurzeln oder anderen Pflanzen übersät war, die ein Training erschwert hätten. Vielleicht war das hier einst einmal ein Sparringbereich gewesen, aber ich hatte das Gefühl, dass es vor Kurzem in ein Spielzimmer für Florica umgewandelt worden war.

Denn in der Mitte des Zimmers lag ein einsamer Teddy auf seiner Seite am Boden. Die Dachluke, durch die das Licht einfiel, erleuchtete den armen kleinen Bären, sodass ich sehen konnte, dass er schon bessere Tage gesehen hatte. An einigen Stellen war sein Fell abgebrannt und einer seiner Knöpfe war geschmolzen. Dennoch schien das Spielzeug von einem gewissen kleinen Feeling aber unglaublich geliebt zu werden.

Ich hatte als Kind nicht viele Stofftiere gehabt. Oder zumindest hatten sie nicht lange überlebt. Meine Mutter hatte mir einige geschenkt, aber mein Vater hatte immer die Meinung vertreten, dass sich an seelenlose Gegenstände zu hängen mich verweichlichen würde, sodass er sie mit Dämonen infiziert hatte, die versucht hatten, mich in meinem Schlaf zu erstechen.

Das hatte nicht gut geendet.

„Ist das hier eines von Floricas Spielzimmern?", fragte ich den Wasserspeier. Ich fragte nach, weil ich es als Gast nicht einnehmen wollte, falls Florica vorhatte, es zu benutzen.

„Eines von vielen", bestätigte die kleine Kreatur. „Ich werde eine Markierung anbringen, damit andere wissen, dass das Zimmer belegt ist. Wenn Ihr etwas braucht, ruft nach Sir Fletcher."

Mit diesen Worten ging der Wasserspeier davon.

Offenbar hatten wir diesen Ort ganz für uns allein. Hoffentlich ging das in Ordnung.

„Hm", summte ich und beugte mich hinunter, um den Teddy aufzuheben. „Ich will nicht riskieren, dass dem Kleinen etwas zustößt." Das Letzte, was ich wollte, war, ein kleines Mädchen traurig zu machen, das gerne mit dem Feuer spielte. Ganz abgesehen davon war die Mutter des besagten Mädchens eine äußerst mächtige Königin.

Ich drehte den Teddy herum und ging auf die Bank zu, die sich an der Wand entlang streckte. Er fiel mir um ein Haar aus den Händen, als die schwarzen Kulleraugen rot zu glühen begannen.

Was zum Teufel?, dachte ich erschrocken.

Zuerst tat ich es als Kindheitstrauma ab, das sich wieder meldete, aber Az' Phönix zischte. Er räumte mir keine Gelegenheit ein, zu reagieren, bevor er nach dem Stofftier griff und es quer durch den Raum schmiss.

Es ging im nächsten Augenblick in einem Schwall Feuer auf, was der Wand eine weitere Brandspur hinzufügte.

„Erinnere mich daran, nie Kinder zu haben", sagte ich.

Denn Aflora war echt nicht zu beneiden.

Dieses ‚Spielzimmer' war offenbar der Ort, an dem Florica ihre Feuerkünste übte, darin einbegriffen, ihre Stofftiere in Feuerbomben zu verwandeln.

Der Phönix gab einen seltsamen Laut von sich, als hätte ich ihm wehgetan.

Az war die ganze Zeit über still gewesen, und ich fuhr beinahe aus meiner eigenen Haut, als seine Stimme sich in meinem Kopf meldete. *Bitte,* bitte *sprich in Anwesenheit meines Phönix nicht von Nachwuchs. Er ist mit dir verbunden, falls es dir entfallen ist.*

Ich drehte mich um und stellte fest, dass der schwarze Phönix mich anstarrte. Das gefährliche, uralte Biest, das ich zutiefst gekränkt zu haben schien, war ganz offensichtlich aufgebracht. In seinen Augen brannte glitzernde Glut und Schatten wirbelten um seine Füße, während er keuchend seinen Mund öffnete.

„Ich wollte nicht ..." Ich verstummte, als der Phönix seine Hände zu Fäusten ballte.

Er ist ein Tier, Cami, erklärte Az. *Der Sinn und Zweck des sich Verbindens mit einer Frau ist, Nachwuchs zu zeugen. Ajax ist ein Kämpfer wie ich – einer, der fähig ist, später eventuelle Feelinge zu beschützen – aber du, du bist mehr als das. Du bist die erste Frau seit Tausenden von Jahren, die er für kompatibel erachtet.*

Ich riss meine Augen auf. „Wie bitte?", kreischte ich. Ein Teil von mir wollte auf den Tausende-von-Jahren-Kommentar eingehen. Mir war nicht klar gewesen, dass Az *so* alt war, auch wenn es irgendwie Sinn ergab, wo er doch seit Anbeginn an Luzifers Seite gewesen war. Aber die Information bezüglich des Anspruchs auf meine *reproduktiven Organe* fühlte sich dringlicher an.

Der Phönix legte seinen Kopf schief und ein Teil seiner Wut verebbte mit Az' Worten. Er schien es für offensichtlich zu erachten, dass ich die Mutter seines zukünftigen Kindes sein würde.

Oder seines Feelings.

Oder ... seines Vögelchens?

Bäh.

Wut breitete sich in meiner Brust aus. „Nur, damit ich das richtig verstehe ... Der einzige Grund, warum du so nett zu mir warst – warum du mich beschützt und *gebissen* hast –, ist, dass du meinen *Uterus* willst?"

Ich war nicht sicher, ob ich mit Az oder seinem Phönix sprach.

Nein, ich sprach definitiv mit seinem Phönix. Die ganze Zeit über hatte er auf meiner Seite gestanden, aber niemals hätte ich gedacht, dass das der Grund dafür gewesen war.

Er legte seinen Kopf auf die andere Seite. Der Phönix schien verletzt von meiner Schlussfolgerung. *Natürlich nicht, Cami. Du bist perfekt.*

Ein Teil meiner Wut verflüchtigte sich, als ich diese simple Aussage vernahm.

Denn ich konnte die Gefühle und Rückversicherung spüren, die sie unterlegten. Er hatte nicht gezögert. Er war nicht über seine eigenen Worte gestolpert.

Er hatte es so gemeint.

Du ... Du hältst mich für perfekt?

Der schwarze Phönix hatte Kontrolle über Az' Körper und er erhob die Hand, um seine Finger über meine Unterlippe streifen zu lassen.

Wir beide, bestätigte Az. *Und deswegen überrascht es mich auch nicht, dass mein Phönix sich mit dir fortpflanzen will, aber es muss nicht in naher Zukunft geschehen. Oder überhaupt, wenn du das nicht willst.*

Der Phönix gab einen widerspenstigen Laut von sich, der sich aber eher wie ein verstimmtes Geräusch anhörte. Eines, das zu sagen versuchte: *Es ist nur eine Frage der Zeit. Du wirst schon sehen.*

Ich würde Az sich mit seinem geilen Vogel befassen lassen, der instinktiv agierte.

Wenn Az sagte, dass er mich nicht nur meiner Fortpflanzungsfähigkeiten wegen zu seiner Gefährtin gemacht hatte, würde ich ihm glauben.

Sein Finger strich weiter über meine Lippe, und mir fiel nicht auf, dass meine Zunge sich hervorgeschoben hatte, um ihn zu kosten, bis es bereits geschehen war.

Vorsicht, schnurrte Az in meinem Kopf. *Sonst wird mein Vogel ...*

Er beugte sich nach vorn, um mich zu küssen, doch ich wich zurück. „Was machst du da?", fragte ich, verstört darüber, dass ich ihn das beinahe hatte tun lassen – und dass mich die Aussicht darauf heiß gemacht hatte.

Ich ermahnte mich daran, dass ich wütend auf Az hätte sein sollen. Dass er Ajax mit magischen Fesseln versehen und ihn gezwungen hatte, dabei zuzusehen, wie ich vor dem gesamten Königreich der Höllenfeen bloßgestellt worden war.

Aber ich war auch seine Gefährtin, also war mein Körper nicht gewillt, auf diesen Gedanken zu hören.

Damit muss Az sich tagtäglich herumschlagen. Seine tierischen Instinkte machten die Hälfte seiner Seele aus.

Er bewegte sich in seiner Aschewolke hinter mich und knabberte an meinem Ohrläppchen, was mich aufjaulen ließ. *Das Training beginnt jetzt, Cami.*

Als ich mich herumdrehte, um ihn wegzuschlagen, war er nicht mehr da.

Er reiste wieder durch seine Aschewolke zu mir und streifte dieses Mal meine Schulter. „Aua!", brüllte ich und wurde immer wütender.

Er tat es wieder und wieder, biss mich an empfindlicheren Stellen.

An meiner Hüfte.

An meinem Handgelenk.

Als er mich unerwartet überraschte und mich ins Wanken geraten ließ, biss er mir sanft in den Schenkel.

„Hör auf, Az", zischte ich.

Sag das meinem Vogel, sagte er in meinem Kopf. *Ajax hat ihm die Kontrolle übertragen. Wenn du willst, dass er aufhört, halte ihn auf.*

Mir dämmerte, dass das hier Teil von Az' Training war, was bedeutete, dass er wollte, dass ich mich zur Wehr setzte.

Mit Vergnügen.

Ich schlug nach ihm, doch er bediente sich ganz einfach seiner Aschewolke und verschwand.

Der Phönix materialisierte sich wieder hinter mir, was mir ein Knurren entlockte, während ich mich zu ihm umdrehte. Das Momentum meines Körpers half mir nicht, aber wie ich geahnt hatte, verschwand er in einer Aschewolke.

Netter Versuch, sagte Az. *Aber Luzifer kann sich in Luft auflösen und wieder erscheinen, wann immer er will. Ähnlich wie Ajax – und wie mein Phönix in Asche zerfallen kann. Du wirst eine körperliche Auseinandersetzung nie gewinnen, ganz egal, wie viel Erfahrung du mitbringst. Nicht gegen einen von uns.*

„Es sei denn, ihr seid abgelenkt", erwiderte ich und erwischte den Phönix dabei, wie er in mein Shirt schaute. Ich warf mich erneut auf ihn.

Sein Phönix sah mich mit seinen dunklen Augen an, bevor er sich wieder auflöste, nur um einige Meter entfernt, außer Reichweite, wieder in Erscheinung zu treten.

„Hör auf, davonzurennen", sagte ich zu ihm und wurde noch wütender. Nicht auf ihn, sondern viel eher auf die Tatsache, dass er weitaus schwieriger einzufangen war als mir bewusst gewesen war.

Nicht, bis du verstehst, erwiderte Az kryptisch.

Ich griff an, dieses Mal mit einem Tritt in die untere Körperhälfte, der ihn eiskalt hätte erwischen sollen.

Er zerfiel wieder in Asche.

Vielleicht glaubte er, dass er mich auslaugen konnte.

„Du willst also spielen?", sagte ich und folgte seinem Blick, als er nach links schaute.

„Wir werden ja sehen, wer zuerst müde wird." Wie mich in letzter Zeit jeder erinnerte, war ich nicht einmal zur Hälfte sterblich. Ich war etwas *Andersartiges* und ich konnte dieses Spiel hier die ganze Nacht spielen.

Der Phönix antwortete nicht. Er zerfiel ganz einfach erneut in Asche, also folgte ich ihm. Ich hatte mich jedoch in der Richtung geirrt, die er nehmen würde. Er materialisierte sich zu meiner Rechten anstatt meiner Linken.

Vorgetäuschtes Manöver, beschloss ich.

Vielleicht ging er mir jetzt noch durch die Lappen, aber ich lernte stetig dazu. Also verfolgte ich ihn und versuchte ein Muster zu erkennen. Nach mindestens dreißig Minuten schwirrte Ruß von seiner Magie im Zimmer herum, die mir das Sehen erschwerte. Ich riss den unteren Teil meines Oberteils ab und band es mir um die Stirn, um es von Zeit zu Zeit dazu zu benutzen, den Staub aus meinen Augen zu wischen, während Schweiß an meiner Stirn hinablief.

Es muss ein Muster geben.

Trotz meiner Bemühungen konnte ich keines erkennen. Immer, wenn ich glaubte, ihn erwischt zu haben, verwandelte er sich in Asche und entkam mir.

Die Strahlen des Mondlichts fielen in einem anderen Winkel ein, während wir tanzten, und sagten mir, dass bereits mehrere Stunden vergangen waren. Trotz des reichhaltigen Frühstücks, das ich zu mir genommen hatte, musste der Mittag gekommen und gegangen sein und mir knurrte der Magen.

Aber ich würde nicht aufhören. Nicht, bis ich gewonnen hatte.

Obwohl ich über viel Ausdauer verfügte, atmete ich schwer und mein T-Shirt klebte schweißnass an meiner Haut. Ich hätte am liebsten geschrien.

Ich hatte viel geschlafen, war aber unablässig von Albträumen heimgesucht worden. Ganz zu schweigen von allem, was ich am vorangegangenen Tag durchgemacht hatte.

Und die Tage davor.

Ich war fix und fertig, auch wenn ich es nicht zugeben wollte. Die Erschöpfung steckte in meinen Armen und Beinen, die sich schwer wie Blei anfühlten. Ich wurde immer langsamer, während der Phönix noch immer genauso aussah wie heute Morgen. Müde, aber eher in emotionaler als physischer Hinsicht.

Und im Moment schien er entschlossen, mir etwas zu *vermitteln*. Was auch immer dieses *Etwas* war.

Er beobachtete mich mit diesen dunklen Augen, in denen ein nachdenklicher Blick ruhte. Ein makelloses Hemd, das oben aufgeknöpft war und wie durch ein Wunder nicht von Asche befleckt war, schwebte durchs Zimmer. Immer, wenn er wieder auftauchte, lief er um mich herum und neckte mich mit seinem raubtierähnlichen Starren, bevor er erneut verschwand.

Dieser Mistkerl war nicht einmal ins Schwitzen gekommen.

Der Phönix erschien einen Augenblick später vor mir, nahe genug, dass ich zuschlagen konnte. Ich versuchte es – bei den Göttern, ich versuchte es wirklich –, aber meine Kraft entsagte mir. Ich streifte seine Wange mit meinen Knöcheln und brach in seinen Armen zusammen.

„Du bist ein Arschloch", knurrte ich, während ich meine Augen für einen kurzen Augenblick schloss. „Ich ... muss nur kurz etwas Luft schnappen. Dann werde ich dir in den Hintern treten."

Mh-hm, murmelte Az.

Der Phönix drückte mir einen Kuss auf den Kopf und schien sich nicht an der klebrigen Asche zu stören, die sich auf meiner feuchten Haut abgesetzt hatte.

Mein Phönix ist der Meinung, dass du duschen solltest. Aber ich muss ihm widersprechen.

„Gut. Denn ich muss dir zuerst noch in den Hintern ...", begann ich, doch Az fiel mir ins Wort.

Du brauchst ein Bad, korrigierte Az. *Und eine Massage.*

„Ich hasse euch beide", murmelte ich, vorwiegend, weil ich keinen Kampfgeist mehr hatte, um abzulehnen.

Ein Bad und eine Massage hörten sich verdammt noch mal fantastisch an.

Der Phönix hob mich mühelos in seine Arme und verwandelte sich dann wieder in Asche. Dieses Mal materialisierten wir uns in meinem Zimmer.

Dort erwartete Ajax uns bereits und funkelte uns mit ausgestreckten Armen an. „Ich übernehme von hier an. Übergib sie mir."

„Nein", sagte das Biest. Das Wort kam ihm leise aber mit einem gewalttätigen Tonfall über die Lippen.

Ich wusste, dass das nicht Az war, der da sprach. Az wollte mich genauso wenig gehen lassen wie sein Tier, aber sein Vogel hatte mich endlich in seinen Armen – Feenarmen – und er wollte mich streicheln.

Mich beschützen.

Zu Ende bringen, was er angefangen hatte.

Und in diesem Augenblick stand Ajax dem im Wege.

„Bitte", knurrte ich an seine Brust gedrückt. „Hört auf, euch zu streiten." Ich wollte wirklich nicht schon wieder in ihre Streitereien verwickelt werden.

Manchmal war es ganz amüsant, aber im Augenblick ... Nein danke. Ich ahnte, dass es in einem Blutbad zweier Gefährten enden würde. Wir hatten dringendere Angelegenheiten zu erledigen – zum Beispiel uns mit einem wütenden Luzifer befassen, der ein Hintertürchen in der Vereinbarung finden könnte, die er mit Az geschlossen hatte – und das jeden Augenblick.

Und nachdem ich Königin Aflora und unseren übrigen Gastgebern begegnet war, wollte ich wirklich nicht, dass Luzifer diesen Ort hier niederbrannte. Nicht, dass Zakkai das zulassen würde, aber ich wusste, wozu Luzifer imstande war.

Ich wollte nicht herausfinden, wie weit er gehen würde, wenn er beschloss, mich zu holen.

Ajax streckte seine Arme aus. „Ich will dich nicht noch einmal auffordern müssen." Die Drohung verweilte zwischen uns. Ajax hatte noch immer Zugriff auf den Bändigungszauber. Er würde ihn nicht benutzen – es sei denn, die Situation erforderte es.

Der Phönix spannte seinen Kiefer an, als wollte er sich widersetzen, aber vielleicht versuchte Az ihn dazu zu bringen, ein Einsehen zu haben. Ich konnte das Surren von Kraft spüren, das seine geschmeidige Stimme unterlegte, und den magischen Faden, den ich nicht verstand.

Ich folgte ihm neugierig, wollte erfahren, wohin er führte.

Zu seiner Seele.

Seine Seele stand in Flammen, und das nicht nur, weil er zu einem Teil ein Phönix war. Weil wir ihn verletzt hatten. Der Gedanke fühlte sich nach allem, was er getan hatte, lächerlich an, aber es schien, als würde auch mir etwas entgehen.

Wie viel wussten wir wirklich über Az? Über seine Vergangenheit? Darüber, *warum* er Luzifer so treu ergeben war?

Das ließ mich wundern, ob wir zu weit gegangen waren. Wenn ich nicht vorsichtig war, könnte ich aus Versehen Mitleid mit ihm haben.

Oder andere Gefühle entwickeln.

Keine Gefühle, tadelte ich mich. Nicht, nachdem ich erfahren hatte, dass ich eine glorifizierte Schwarze-Phönix-Babymaschine war.

Aber er hat gesagt, dass er sich mit mir fortpflanzen will, weil ich perfekt bin ...

Bäh. Ich war hin- und hergerissen.

Magie waberte unter Az' Haut, und einen Augenblick lang fühlte sie sich ähnlich an wie die Fäden eines Netzes. Es breitete sich aus und spannte sich an, bevor er sich schließlich bewegte und mich Ajax hinstreckte.

Hat Az etwas getan? Führt er etwas im Schilde?

Aufgrund der Bedingungen unserer Vereinbarung hatte noch immer der Phönix die volle Kontrolle. Az musste mit ihm gesprochen haben, um ihn dazu zu bringen, zu gehorchen. Aber mit einem Vogel konnte man doch gar nicht vernünftig reden, oder?

Wie war es ihm dann gelungen, den Vogel dazu zu bewegen, ihm zuzuhören?

Zu müde. Ist mir egal ...

Ich hatte das Gefühl, schwerelos zu sein, als ich vom einen zum anderen Mann wanderte, als wäre ich ein kostbares Geschenk, das sie miteinander teilten.

Az' Stimme wusch wie eine sanfte Berührung durch meine Gedanken, als mir das durch den Kopf ging. *Sobald dir bewusst wird, dass das hier für die Ewigkeit ist, Cami, wird dir auch klarwerden, dass ich dich nicht teilen werde. Jedenfalls am Anfang. Unsere Paarung wird zwischen uns beiden ganz allein stattfinden. Dann wird Ajax dazukommen und wir beide werden dich kommen lassen, bis du das Bewusstsein verlierst oder uns anflehst, aufzuhören. Und selbst dann werden wir das nicht.*

Ich schluckte schwer und versuchte so zu tun, als hätte ich nicht gehört, was Az gesagt hatte.

Aber das hatte ich.

Und wenn ich ehrlich war, gefiel es mir.

Ich bin so was von geliefert.

KAPITEL 22

CAMI

Az' Phönix hatte gehorcht. Obwohl der hasserfüllte Blick, der in seinen Augen glomm, mir sagte, dass es ihm nicht gefiel.

Ajax hielt mich mühelos in seinen Armen und ich entspannte mich. Ich war so *müde*.

Ich war mir nicht sicher, ob Ajax von der Sache mit der Fortpflanzung wusste. Wenn dem so war, konnte ich mir gut vorstellen, dass er wütend war. Vielleicht hatte er also nicht daran gedacht.

Stattdessen schien er zufrieden darüber, dass der Phönix seinen Befehlen Folge geleistet hatte. Die Vereinbarung, die wir geschlossen hatten, schien zum beabsichtigten Ergebnis zu führen und sorgte dafür, dass Az in seinem Hinterkopf gefangen war und sein Vogel die Kontrolle hatte. Auch wenn sich das als nervtötend und potenziell problematisch herausstellte.

Sein Vogel agierte instinktiv und angesichts des sichelförmigen Mals an meinem Handgelenk hatte ich das Gefühl, dass es gefährlich war, ihm das Zepter zu lange zu überlassen.

Aber das würde er, bis wir Az wieder vertrauten, und das würde sowieso nie passieren, oder?

„Um was ging es heute in deinem Training?", fragte Ajax, während er auf mich hinabblickte.

Sein Blick wanderte zu Az, bevor ich antworten konnte, was mich zur Annahme führte, dass Az ihm mental geantwortet hatte. Sie schienen eine Weile lang zu reden, dann runzelte Ajax die Stirn.

Az' stand mit nichtssagendem Ausdruck da, dann verwandelte er sich in seine tierische Form, bevor er sich mittels seiner Aschewolke verdünnisierte.

Az?, fragte ich, aber er hatte diese mentale Mauer wieder hochgezogen.

„Was hast du zu ihm gesagt?", murmelte ich und versuchte, vor Erschöpfung nicht auf Ajax einzuschlafen.

Ajax kniff seine dunkelblauen Augen zusammen und musterte mich. „Ich habe ihn gefragt, warum sein Tier aussieht, als wollte es mir die Augen auspicken. Er sagte, dass er sich darum kümmern würde, und ergänzte dann, dass wir Zeit bräuchten, um zu heilen, und er sie uns geben würde."

„Warum siehst du dann so wütend aus?" Das hörte sich doch gar nicht so schlecht an.

„Weil sein Vogel ziemlich respektlos ist."

Ich seufzte. „*Ajax.*" Über was auch immer sie gesprochen hatten, hatte ihn unheimlich aufgebracht.

Hatte er von der Sache mit der Fortpflanzung erfahren?

Was für eine Sache mit der Fortpflanzung?, wollte Ajax mit tödlichem Tonfall wissen.

Scheiße.

„Es ... Ich will jetzt nicht darüber reden. Was auch immer gerade zwischen euch Jungs vorgefallen ist, können wir es gut sein lassen? Ich will nicht, dass das hier ausartet und zu einem Wer-hat-den-Längeren-Wettbewerb wird."

„Wir messen nicht, wer den Längeren hat", sagte Ajax mit unberührtem Gesichtsausdruck.

Ich rollte meine Augen und schloss sie dann, weil mir alles *wehtat*.

„Er tut, was wir von ihm verlangt haben. Luzifer ist nicht hierhergekommen, um den Ort niederzubrennen, wir wurden nicht in die Hölle verschleppt und Az und sein Phönix haben sich Mühe gegeben. Er hat angefangen, mich zu trainieren, obwohl ich nicht so sicher bin, ob ich heute besonders viel gelernt habe."

Bis auf die Tatsache, dass ich Luzifer in einem Kampf nicht besiegen könnte. Irgendwie hatte ich das Gefühl, das bereits gewusst zu haben, aber das heutige Training hatte es mir noch einmal unmissverständlich klargemacht.

Ajax schnaubte. „Er glaubt, dass er dich haben kann, nur weil er sich mit dir verbunden hat."

„Und meine Babys", murmelte ich, während ich meine Nase an ihn kuschelte. *Bei den Göttern, er riecht so gut. Nach Minze. Ich sollte ihn mit weißem Rum übergießen und testen, ob er wie ein Mojito schmeckt.*

Ajax zog eine Augenbraue hoch. „Wie bitte? Wolltest du das mit dem *Fortpflanzungsproblem* sagen?", fragte er und zog mich aus meiner seltsam spezifischen Fantasie.

„Ja? Nein? Ich ... Ich bin zu müde für dieses Gespräch, Ajax", murmelte ich.

Ein tiefes Knurren drang aus seiner Brust, aber er hakte nicht weiter nach. *„Wie dem auch sei* ... Ich werde dir dennoch mit diesem Bad und der Massage behilflich sein, wenn du willst. Ich hatte einen ... *ereignisreichen* Tag."

Ich blinzelte ihn mit schweren Lidern an. „Wo warst du?"

Ich wollte sein Angebot annehmen, doch jetzt hatte er meine Neugier geweckt.

Er zuckte mit den Schultern. „Ich werde es dir verraten. Aber zuerst sollten wir dich waschen. Du riechst wie ein geröstetes Marshmallow."

Ich rümpfte meine Nase. „Wie bitte?!"

„Du hast richtig gehört", sagte er und ein fahles Grinsen zog auf seinen verlockenden Lippen auf.

Er trug mich in ein riesiges Badezimmer und half mir, mich auszuziehen und meinen verworrenen Pferdeschwanz zu entwirren. Es fühlte sich natürlich an. Als würden wir das jeden Tag tun.

Und weil sein Marshmallow-Kommentar mich hungrig gemacht hatte, zauberte er mir auch eine Mahlzeit herbei – zusammen mit einem niedrigen Tisch sowie einem länglichen

Kissen, auf das ich mich setzen konnte. Die Auswahl war wunderbar und beinhaltete traditionelle S'mores aus Marshmallows und Graham Crackern und geschmolzener Schokolade, die wie jene im Reich der Sterblichen schmeckte.

Ich aß alles, was sich auf meinem Teller befand, während eine riesige Wanne mit in die Wände eingelassenen Bänken sich mit Wasser füllte. Dieses Mal benutzten wir die Dusche nicht. Ein Bad würde weitaus entspannender sein. Und es machte mir nichts aus, nackt zu essen. Vor allem, wo Ajax mich doch mit Trauben fütterte.

Ich sagte ihm nicht, dass Melek dasselbe getan hatte. Das würde vermutlich nur den Schwanzmesswettbewerb antreiben.

Und obwohl ich Meleks Schwanz nicht gesehen hatte, so hatte ich das Gefühl, dass er auch wetteifern würde.

Hör auf, an Schwänze zu denken, tadelte ich mich.

Ja, hör auf damit, schnurrte Az in meinen Kopf, der seine Mauer allem Anschein nach rechtzeitig niedergerissen hatte, um meinen Gedankengang zu Schwänzen zu vernehmen. *Es sei denn, du denkst auch an meinen. Dann, bitte, nur zu. Lass dich nicht aufhalten. Und da du dich gefragt hast ... Meleks Schwanz ist größer als Ajax'*, ergänzte er, woraufhin mir eine Traube im Hals steckenblieb.

„Geht es dir gut da drüben?", fragte Ajax.

Er hat nichts weiter als ein Handtuch getragen, als er Typhos' Zorn an deiner Stelle erduldet hat, und das ist die harte Wahrheit, fuhr Az fort. *Wortwörtlich hart. Und mit ‚seinen Zorn ertragen' meine ich, dass Ty ihn gefickt hat. Brutal. Und er hat währenddessen zweifellos an dich gedacht.*

Ich massierte meine Schläfe, als könnte ich Az damit aus meinem Kopf drängen, während Ajax mich anstarrte und auf eine Antwort wartete. „Mh-hmmm", murmelte ich und tat so, als würde ich nicht gerade heiß und geil werden.

Aus irgendeinem Grund war der Gedanke daran, zu sehen, wie Melek Luzifer in diesem Kontext in sich aufnahm ... intensiv. Und zu wissen, dass sie an mich dachten, war nicht direkt unangenehm.

„Jepp. Es geht mir gut", sagte ich und griff nach einem belegten Brötchen.

Genieße es, dir Dinge in den Mund zu stecken, kleine Kämpferin. Ich bin mir sicher, dass Ajax einen netten Nachtisch hergeben wird.

Ich starrte auf mein Sandwich und runzelte die Stirn.

Warum neckte er mich? Az war so verdammt verwirrend. Im einen Augenblick war er wütend, im nächsten wollte er Spielchen treiben.

Ich blendete ihn aus und aß meine Mahlzeit, während Az sich wieder dem zuwandte, was er vor unserem Gespräch getan hatte. Jetzt, wo Az mich Ajax überlassen hatte, ging es mir gar nicht schlecht. Und Ajax' Fürsorge beinhaltete Essen.

Und ein Bad.

Einladende Dampfwölkchen hoben sich aus der Wanne empor und vielfarbige Rosenblüten schwammen im Bad. Denn ... Natürlich musste alles an diesem Ort in irgendeiner Form über Blumen verfügen.

Aber es machte mir nichts aus.

Ajax scheuchte mich – trotz meiner Proteste – zuerst unter die Dusche. Meine Auflehnung erstarb rasch, als sich dieses saubere Gefühl auf meiner Haut bemerkbar machte. Es wäre eine Schande gewesen, die hübschen Blüten mit Asche zu verunstalten. „Okay. Na gut. Vielleicht war es keine gute Idee, Az' blödem Phönix den ganzen Tag über in einem versengten Zimmer nachzujagen. Es hat mich nur ausgelaugt. Und mich über und über mit Asche bedeckt."

„Wenn dich auszulaugen die heutige Lektion war ... Das hätte ich auch übernehmen können", sagte er mit einem schelmischen Grinsen, während er mich zur Badewanne führte. „Und es hätte viel mehr Spaß gemacht."

Ajax entledigte sich seiner Kleidung. Es schien ihm nichts auszumachen, dass ich mir den Moment zunutze machte, um die Aussicht zu genießen. Mein Blick verweilte auf seinem härter werdenden Schwanz, dessen Eichel eine Kugel zierte, die ich so gerne in mir spürte.

Wenn er versuchte, mich davon abzulenken, mich nicht wie eine totale Versagerin zu fühlen, dann funktionierte es.

„Und jetzt dreh dich um", sagte er und machte eine Bewegung mit seinem Finger.

Ich rollte erneut meine Augen und gehorchte, bevor ich mich ins warme Wasser sinken ließ.

Oh, bei den Feen, das fühlt sich echt gut an.

Meine Muskeln entspannten sich, sowie die beruhigende Wärme mich einlullte. Ajax schloss sich mir an und machte es sich auf einer der Bänke im Wasser bequem, während seine Hände Magie an meinen Schultern vollbrachten.

Die Blüten blühten um uns herum und Ajax' Körper verweilte kaum spürbar dicht hinter meinem. Nur seine Hände berührten mich und kneteten die starren Muskeln durch.

Ich stöhnte. „Wo hast du gelernt, zu massieren?", fragte ich und lehnte mich in seine starken Hände.

Er lachte. „Ich lese nur deine Körpersprache. Wenn ich ... das hier tue", sagte er und presste auf eine besonders empfindliche Stelle. Ich gab ein kehliges Stöhnen von mir, während eine Mischung aus Lust und Schmerz durch meine Muskeln sauste. „Und du so einen Laut von dir gibst, weiß ich, dass ich etwas richtig gemacht habe."

„Ja. Tu das noch mal", murmelte ich.

Ajax machte weiter und entlockte mir ein Stöhnen nach dem anderen. Ich krümmte meine Zehen, bis ich komplett schlaff an ihn gelehnt war. Ich wäre im warmen Bad versunken, wenn er nicht mein Fels gewesen wäre.

Ist er denn auch steinhart für dich?, neckte Az.

Dieser elende Mistkerl.

Er hätte Ajax und mir Zeit geben sollen, um zu heilen, aber er legte keinen besonders guten Job dabei hin, mich in Ruhe zu lassen.

Vermutlich, weil ich immer wieder an Sex dachte, was auf Az und seinen Vogel wie der Ruf einer Sirene wirkte.

Raus aus meinem Kopf. Ich versuche, meinen Abend zu genießen, dachte ich zurück und stellte mir dann eine riesige Mauer vor.

Ich spürte, wie etwas dagegen pochte, dann verhallte das Echo.

Er war nicht der Einzige, der Gedankenspiele treiben konnte.

Mit dem siegreichen Gefühl, Az– zumindest vorübergehend – ausgesperrt zu haben, rückte ich näher zu Ajax. Ich legte meinen Kopf auf seine Schulter und seine Brust presste sich an meinen Rücken. Sein Piercing drückte sich mit einem sinnlichen Versprechen an meinen Rücken, ganz so, wie sein langes Glied, aber er hörte nicht auf, zu massieren.

Seine Massage hatte sich jetzt zu meiner Brust verschoben und ich konnte mich nicht beschweren.

„Es tut mir leid, dass ich dich mit ihm allein gelassen habe", murmelte er, während er die besonders angespannten Stellen an der Seite meiner Brust knetete und tiefer ins Gewebe vordrang. Ich zuckte zusammen, als er eine weitere empfindliche Stelle berührte. Er verringerte den Druck etwas, massierte aber weiter, bis ich mich entspannte.

„Ich bezweifle, dass ich etwas gelernt hätte, wenn du dort gewesen wärst", konterte ich. „Ihr beide scheint euch immer nur zanken zu können."

Oder einander ficken, ergänzte ich in Gedanken.

Vielleicht hatte Az meine Ergänzung gehört, aber er störte meinen Moment mit Ajax kein zweites Mal. Ich konnte spüren, dass er sich irgendwo ausruhte und sich in seiner Vogelform wohler fühlte als in seiner Feengestalt.

Ich konnte auch spüren, dass es ihm leicht fiel, seinen Phönix die Kontrolle übernehmen zu lassen. Und das machte es ihm einfacher, die brodelnden Emotionen zu ignorieren, die auch ich in seiner feurigen Seele wahrnahm.

Ich war nicht die Einzige, die zwangsverpaart worden war, wurde mir jetzt klar. Es war mir zuvor schon durch den Kopf gegangen, aber erst jetzt schien der Gedanke einzusickern.

Der Phönix hatte mich und Ajax gebissen.

Es war nicht Az' Entscheidung gewesen, was bedeutete, dass er genauso hilflos gewesen war wie wir alle.

Nicht, dass ich Mitleid mit ihm haben werde. Dieser freche Hund.

„Ich hoffe, er war nicht zu anstrengend", fuhr Ajax fort, während seine Hände hochwanderten, um nach meinen Brüsten zu greifen.

Meine Nippel wurden hart und flehten um seine Aufmerksamkeit.

„Er hat versucht, mir etwas zu vermitteln", sagte ich seufzend. Jetzt, wo ich einen vollen Magen hatte und in einem warmen Bad saß, in dem sich ein nackter und flirtender Ajax befand, war ich nicht mehr so aufgebracht über die brutale Nacht mit Az. „Etwas, das ich klar und deutlich verstanden habe. Luzifer ist unantastbar."

Was meine Befürchtung bestätigte, dass wir nicht in einem Stück aus der Nummer herauskommen würden.

Ajax stieß ein Summen aus und seinen warmen Atem an meinem Ohr zu spüren, ließ mich erschaudern. „Das ist eine wichtige Lektion. Ich habe sie auf die harte Tour gelernt."

Ich seufzte und es misslang mir, mich um Luzifer und meine Probleme zu scheren.

Aber Ajax war noch immer angespannt, auch wenn seine Bewegungen darauf abzielten, mir Entspannung und Vergnügen zu bereiten. Es war offensichtlich, dass er angeheizt war, aber etwas beschäftigte ihn.

„Wirst du mir erzählen, was du heute getan hast?", fragte ich.

Seine Hände schwebten über meinen Brüsten und hielten inne, bevor seine Finger über meine Nippel streiften. Die daraus resultierende Lust ließ ein Kitzeln durch meine Zehen sausen. „Shade hat mich hinters Licht geführt und mich dazu überredet, meine Eltern zu besuchen."

Ich lehnte meinen Kopf zurück, sodass ich zu ihm hochsehen konnte. „Deine Eltern?"

Er nickte. „Ihre Statuen auf dem Friedhof, zumindest. Emelyn liegt auch dort begraben."

Oh. Scheiße.

„Ajax, das tut mir so leid. Ich wollte nicht ..."

Er ließ eine Hand zwischen meine Beine gleiten und presste direkt auf meine Klitoris. Ich atmete scharf ein und mir entfielen augenblicklich alle Fragen, die ich ihm hatte stellen wollen.

„Ich würde mich im Augenblick lieber auf dich konzentrieren", flüsterte er mir ins Ohr und seine Finger zogen Kreise an meinem Innenschenkel, während seine linke Hand weiter über meinen Nippel strich. „Auf uns."

Ja, bitte.

Ich hatte nicht beabsichtigt, ihm meinen Gedanken zu offenbaren, aber er vernahm ihn und erhörte meine Bitte, indem er meinen Hals küsste und dann *zubiss*.

Ich liebte, dass er mich jetzt beißen konnte. So fest er wollte. Wo immer er wollte. So *oft* er wollte.

Ich auch, kleine Rebellin.

Ich auch.

KAPITEL 23

AZ

CAMI MOCHTE MICH AUSGESPERRT HABEN, aber ihre Lust wusch dennoch durch meine Adern und befriedigte mein Biest für den Rest des Tages. Obwohl er sich ihnen anschließen wollte, hatte Ajax' emotionaler Zustand bewiesen, dass sie diese Zeit zusammen jetzt brauchten.

Sie würden einander dabei helfen, zu heilen.

Und irgendwann würden sie sich hoffentlich gegenseitig dabei helfen können, mir wieder zu vertrauen.

Mein Phönix und ich gingen in der Zwischenzeit auf Jagd. Das Verlangen nach frischem Fleisch rührte eher von meinem inneren Biest als von mir.

Wir schwebten durch das Reich der Mitternachtsfeen, unsere Flügel gespreizt. Sie warfen bedrohliche Schatten auf den Boden. Es gab hier so viele Kreaturen, zwischen denen ich mich entscheiden konnte, aber die Magie, die von ihnen ausging, ließ meinen Phönix innehalten.

Ihm gefiel dieser Geruch nicht.

Zu blumig, beschloss ich. *Wie die Königin der Mitternachtsfeen.*

Vielleicht würde ich heute doch nicht jagen.

Vielleicht konnte ich mir von Ajax etwas zu essen klauen.

Sie schienen ihre fünfte – *oder war es die sechste?* – Runde zu beenden. Sie würden zweifellos bald etwas zu sich nehmen müssen.

Oder vielleicht konnte ich etwas auf dem Weg aufschnappen.

Der Palast der Mitternachtsfeen verfügte über eine offene Küche und einen sehr geräumigen Speisesaal.

Ich befand mich mitten im Flug, als Ajax sagte: *Was ist eigentlich der Grund für all das Helikoptern?*

Wenn ich mich in menschlicher Gestalt befunden hätte, hätte ich ihn mit hochgezogener Augenbraue angesehen. *Ich fliege gerade über den Palast.*

Sag ich doch ... Du bist immer da, wo wir sind, wie eine dieser Helikopter-Mütter.

Ich schnaubte, setzte meine Reise fort und verwandelte mich in meine menschliche Gestalt, als ich die Küche erreichte. Ich hatte meinem Vogel die Kontrolle übergeben, aber wir schienen viel eher zusammen als gegeneinander zu arbeiten, was dazu führte, dass fast all unsere Bewegungen identisch waren.

Es fühlte sich ... seltsam an.

Unbekannt, sogar.

Aber es gefiel mir.

Mich mit den anderen zu verbinden, hatte mich auf eine Art vervollständigt, die ich nicht erwartet hatte. Das Einzige, was jetzt noch fehlte, war die tatsächliche *Beziehung*, die mit der Beanspruchung eines Gefährten einherging.

Ich stieß einen tiefen Seufzer aus, griff nach einem Teller Eier und Speck, der auf einem Brenner stand, und reiste mittels meiner Aschewolke den Korridor hinab vor das Schlafzimmer. *Lasst mich wissen, wenn ich reinkommen kann*, sagte ich zu Ajax und setzte mich mit meiner gestohlenen Mahlzeit auf den Boden.

Er erwiderte nichts, aber ich hörte, wie die Dusche im Zimmer angelassen wurde.

Bald darauf folgte Camis Stöhnen, was meinen Vogel zustimmend schnurren ließ.

Angeber, murmelte ich in Ajax' Richtung.

Sie schmeckt so verdammt gut, Az. Echt unglaublich ...

Arschloch, erwiderte ich.

Sein Lachen sauste durch meinen Kopf und ließ meine

Lippen leicht zucken. Vorwiegend, weil sich das wie der Ajax anhörte, den ich kannte. Was hoffentlich bedeutete, dass wir uns unserer Versöhnung näherten.

Ich genoss Camis Lust, während ich mit hartem Schwanz weiter aß. Es bedurfte merklichen Aufwands, nicht nach unten zu fassen und mich zu massieren. Aber ich wollte keiner der lauernden Mitternachtsfeen hier eine derartige Show liefern.

Stattdessen aß ich den Rest meines Frühstücks und wartete wie ein guter kleiner Phönix auf Erlaubnis, eintreten zu dürfen.

Es erinnerte mich beinahe an Vivaxia und die vielen Male, in denen sie mir befohlen hatte, allein auf der Stange zu schlafen.

Aber das hier war anders. Jetzt wurde die Situation von einem Unterton von Vorfreude begleitet, während ich darauf wartete, dass Ajax mir Eintritt gewährte.

Endlich rauschte sein Höhepunkt durch meine Gedanken und sein hungriges Knurren ließ sich meine Eier anspannen. Denn ich kannte diesen Laut. Ich liebte diesen Laut.

Verdammt, du bringst mich noch um, sagte ich zu ihm und ballte meine Fäuste, um sie davon abzuhalten, umherzuwandern.

Gut, erwiderte er, seine mentale Stimme außer Atem.

Mir gingen sinnliche Drohungen im Wechselgebet durch den Kopf. Die meisten davon waren Ideen, wie ich es ihm später heimzahlen könnte.

Eines Tages, besänftigte ich mich. *Wenn ich mir das Recht verdient habe, ihn und Cami wieder zu berühren.*

Dann würde ich meine Rache bekommen.

Fürs Erste würde ich den Schmerz erdulden – derjenige in meinem Gemächt und in meinem Herzen.

Ich presste meine Hand auf das betroffene Organ in meiner Brust und schloss meine Augen.

Ich *hasste*, wie die Dinge zwischen mir und meinen Gefährten standen. Es fühlte sich alles so falsch an.

Aber ich hatte keine Wahl. Ich musste es akzeptieren. Ich musste es *wiedergutmachen*.

Sobald wir angezogen sind, können wir über das heutige Training sprechen, sagte Ajax. *Aber keine ,Lektionen' mehr. Du wirst Cami und mir etwas Nützliches beibringen. Etwas, das wir brauchen können, wenn wir gegen Luzifer kämpfen werden.*

Ich stieß um ein Haar einen Seufzer aus.

Der springende Punkt unserer letzten Lektion war gewesen, dass man Typhos nicht bekämpfen konnte. Außerdem war ich nicht sicher, ob ich in der Lage war, etwas zu unterrichten, was einem meiner Gefährten Schaden zufügen konnte.

Anstatt mich auf all das zu konzentrieren, wiederholte ich: *Uns? Heißt das, du wirst dich dem Spaß anschließen?*

Ajax lachte höhnisch in meinen Gedanken. *Ich würde es nicht spaßig nennen, aber ich würde die Nacht lieber mit dir verbringen als mit Shade.*

Sein Geständnis weckte meine Neugier. *Aha? Hat Shade etwas angestellt?*

Ja. Er ging nicht weiter darauf ein.

Willst du darüber reden?

Nein.

Okay, erwiderte ich.

Und überhaupt ... geht dich das nichts an, ergänzte Ajax, als ermahnte er sich, dass ich nicht länger eine Person war, der er sich anvertrauen konnte. Nicht, dass er mir im vergangenen Jahrzehnt besonders viel anvertraut hatte.

Zu seinem Unglück ging es mich jetzt, wo wir Gefährten waren, irgendwie sehr wohl etwas an. Selbst vorher war ich Ajax immer nahegestanden. Ich war nicht direkt beschützerisch gewesen – weil er keinen Schutz brauchte –, sondern vielleicht eher besitzergreifend.

Und mir gefiel die Idee, dass Shade mit meinem Gefährten spielte, nicht.

Anstatt nachzuhaken, erwiderte ich bloß: *Okay.*

Ich würde ihm zur rechten Zeit mehr Details entlocken.

Ich habe eine Idee für das heutige Training, sagte ich und konzentrierte mich darauf, anstatt auf Ajax' Probleme mit Shade.

Gut, erwiderte Ajax. *Cami ist fast so weit.*

Fast?, wiederholte ich.

Daraufhin folgte eine Welle der Lust, was mir sagte, dass er eine weitere Runde anzetteln würde.

Echt jetzt?, knurrte ich.

Mein Schwanz wurde umgehend wieder hart und mein Körper – wie auch mein Tier – wurden von der Erregung, die durch meine Adern floss, eingenommen.

Ajax versuchte mir etwas klarzumachen. Etwas, das ich unmissverständlich verstand.

Ich warte draußen, zischte ich ihm zu.

Du kannst deinen Spaß haben, ergänzte ich in Gedanken für mich selbst. *Weil es nur eine Frage der Zeit ist, bis ich es dir heimzahlen werde.*

ICH STELLTE FEST, DASS DRAUSSEN EINE HOSE UND Schuhe auf mich warteten. Die Größe passte zu gut, um ein Zufall zu sein.

Shade, riet ich.

Der Stoff war vermutlich verhext, aber ich zog mir die Sachen trotzdem an. Dann ging ich auf und ab, während ich darauf wartete, dass Ajax und Cami sich mir anschlossen.

Als sie das taten, sagte ich nichts. Stattdessen legte ich meinen Kopf schief und führte sie an einen Ort am Rande des Palastgeländes.

Es war ein Ort, den ich während meines Rundflugs entdeckt hatte. Ein Ort außerhalb der reichhaltig geschmückten Höfe und näher an der Wildnis. Direkt hinter der Lichtung befand sich ein Wald und die weitläufige Wildnis war von einer Vielzahl an Kreaturen bewohnt und wurde von Kraft heimgesucht. Ich hatte darüber nachgedacht, hier zu jagen, aber Afloras Essenz schien in jedes einzelne Blatt gewoben zu sein und ich wollte die Königin der Mitternachtsfeen nicht verärgern, indem ich versehentlich eines ihrer Haustiere umbrachte.

Ich hielt in der Mitte der Lichtung inne und drehte mich zu Ajax und Cami um.

Die heutige Lektion würde genug Holz bedürfen, um ein Feuer zu machen, aber nicht so viel, um ein Inferno ausbrechen zu lassen. Das feuchte Laub würde zwar dafür sorgen, dass alles zischte, aber es würde nicht reichen, um die Flammen zu löschen.

Nicht, wenn ich doch vorhatte, etwas auszustoßen, das weder Ajax noch Cami jemals zuvor erlebt hatten.

Eine Ansammlung von Steinen, die von Wurzeln umgeben waren, bot mir den perfekten Arbeitsplatz. Ich stand zwischen zwei riesigen Bäumen, die selbst auf diesem schwierigen Terrain Halt gefunden hatten.

„Also, du sagtest, du hättest eine Idee für das heutige Training", sagte Ajax und verschränkte seine Arme vor der Brust. „Wie lautet deine Idee?"

Er trug heute seine Lederrüstung. Ich wusste, dass sie mit einer Vielzahl an versteckten Klingen ausgestattet war – und seinem Zauberstab, der irgendwo verstaut war. Vermutlich in seinem Stiefel. Ich fand es interessant, dass er nicht sein Mitternachtsfeen-Gewand trug, wo wir uns doch wieder auf seinem Gebiet befanden. Es ließ darauf schließen, dass ihm nicht ganz wohl hier war.

Ich dachte einen Augenblick lang darüber nach, bevor ich mich auf Cami konzentrierte.

Zeit fürs Training, dachte ich zu seinem Phönix.

Er nahm umgehend die Zügel in die Hand. Mein Tier hob meinen Arm hoch und schnippte mit den Fingern. Eine Sekunde später ging am Rande der Lichtung ein Baum in Flammen auf, was Ajax und Cami herumwirbeln ließ.

Löscht es, sagte ich zu ihnen.

Sie sahen einander, dann mich an. „Ich dachte, du hast gesagt, dass zu lernen, wie man gegen Luzifer kämpft, nichts mit Feuer zu tun hat", sagte Cami.

Löscht es, wiederholte ich und mein Phönix plusterte seine Brust auf. *Die Lektion hat einen Sinn. Ich verspreche es.*

Cami funkelte mich an und Ajax schien noch weniger amüsiert als sie. „Aflora wird es nicht gefallen, dass du ihr Eigentum niederbrennst", informierte er mich. „Ich werde sicherstellen, dass sie weiß, dass das hier *deine* Idee war."

Ich schnaubte innerlich. *Na gut. Hört auf, Zeit zu schinden und löscht das verdammte Feuer.*

Das war für das heutige Training unabdinglich, vorausgesetzt, sie würden die erste Aufgabe überleben. Sie mussten diese Lektion meistern, damit der nächste Schritt meines Plans an seinen Platz fallen konnte.

Ein Plan, von dem ich hoffte, dass er in Erlösung enden würde.

Und nicht im Tod.

Obwohl ... Als Cami ihren ersten Versuch startete, die Flammen zu beruhigen, offensichtlich wurde, dass das hier eine Weile dauern würde.

Denn anstatt die Flammen mit Wasser oder etwas Ähnlichem zu löschen, benutzte sie Wärme, was sie höher lodern ließ.

„Das hat beim Portal im Marschland geholfen", sagte sie mit gespitzten Lippen.

Das hier ist kein Portal, sagte ich in Gedanken zu ihr. Es ist Phönixfeuer.

Aber sie hörte nicht auf mich.

Stattdessen wandte sie einen ähnlichen Bann an, was mich einen Seufzer ausstoßen ließ.

Wenn es so weiterging, würden wir alle verbrennen.

KAPITEL 24

CAMI

ICH RAFF ES NICHT, knurrte ich in Gedanken. Ich hatte dieses endlose Spiel mit dem Feuer satt.

Jeder Versuch, die Flammen des Phönix auszulöschen, hatte alles nur noch schlimmer gemacht. Wenigstens hatte Ajax einen Bann gesprochen, der die Feuer davon abhielt, sich auszubreiten und das gesamte Gebiet einzunehmen. Er konnte es zügeln und davon abhalten, sich auszubreiten. Aber wir konnten es nicht löschen.

Was die fünf Bäume bestätigten, die in Flammen aufgegangen waren und jetzt mit kräftigem Rot, Blau und Gold flackerten.

Ich hatte noch nie ein vergleichbares Feuer gesehen. Es reichte hoch bis in den Himmel und an den Ästen der Bäume knisterten Flammen, die die Luft mit dem Geruch von brennender Glut versah.

Löscht es, sagte Az zum tausendsten Mal.

„Ich versuche es ja, verdammt noch mal!", keifte ich. Erinnerungen an meine Kindheit suchten mich heim.

Diese Aufgabe in den Everglades, vor die mein Vater mich gestellt hatte – als er mich inmitten des sumpfigen Geländes abgeladen und alles um mich herum in Brand gesteckt hatte –, schien ein einschneidendes Erlebnis gewesen zu sein.

Oder vielleicht lag es daran, dass mit dem Feuer zu spielen ein amüsanter Zeitvertreib für Höllenfeen war.

Was es auch war, ich hasste Feuer jetzt hochoffiziell.

Ajax stand keuchend neben mir, sein Oberkörper gerötet. Er hatte die obere Schicht seiner Kampfleder ausgezogen, weil das feuerfeste Material begonnen hatte, mit seiner Haut zu verschmelzen.

Scheiße. Wie soll ich das unter Kontrolle bringen, wenn sogar Ajax es schwerfällt?

Die Hitze, die die Feuer kreierten, war jetzt viel zu hoch und drohte, uns zu verschlingen, wenn es noch lange so weiterging.

Ajax ging auf dem mit Asche bedeckten Grund auf und ab, seine Frustration spürbar. Immer mal wieder warf er Az Beleidigungen an den Kopf, aber die Formwandlerfee antwortete nicht.

Aflora wird fuchsteufelswild sein, dachte ich und musterte die brennenden Bäume.

Sieh genauer hin, meinte Az seufzend in Gedanken. *Was für Schaden ist entstanden?*

Ich blinzelte die glitzernden Blätter an, die an den Ästen hingen, und kräuselte meine Lippen. Der Baum brannte nicht wirklich ...? *Wie ...?*

Lösch einfach das Feuer, Cami.

Wenn du das noch einmal sagst ... Ich wusste nicht, wie ich die Drohung beenden sollte.

Der Phönix schien sich nicht an der Hitze zu stören, was durchaus Sinn ergab. Denn das hier war Phönixfeuer.

Und ich hatte nicht die leiseste Ahnung, wie ich dagegen ankommen sollte.

Ich hatte alles versucht. Wasserbanne. Wärmebanne, wie ich es bei den Feuern in den Everglades und im Marschland getan hatte.

Eis, Erde, Sandstürme ... *Alles!*

Nicht ganz alles, korrigierte Az. Offenbar scheiterte ich gerade an der ersten Aufgabe – meine Gedanken zu schützen.

Wenn du von Luzifers Quelle sprichst. Nein. Ich würde dieses

304

Ding nicht einmal mit einer drei Meter langen Stange berühren. Diese Lektion habe ich gelernt.

Az summte in Gedanken. *Nein, das habe ich nicht gemeint. Wenn überhaupt, würde die das Feuer nur noch heißer machen, anstatt die Flammen einzudämmen.*

Großartig. Was zum Teufel sollen wir dann tun? Selbst Ajax hatte einige Tricks angewendet, aber keiner davon hatte Wirkung gezeigt.

„Inwiefern soll uns das helfen, etwas darüber zu lernen, wie wir Luzifer bekämpfen können?", wollte ich wissen, während ich mir Schweiß von der Stirn wischte. Vielleicht gab es hier wirklich eine Lektion zu lernen und ich begriff sie nur nicht.

Der Phönix beobachtete uns bloß mit seinen tiefschwarzen Augen. Ich wusste, dass Az auch irgendwo da drinnen war, auch wenn ich nicht einmal einen Hauch der violetten Iriden seiner Seele erhaschen konnte.

Wenn ich es dir verrate, macht das den Zweck des heutigen Trainings zunichte, sagte Az und machte mich damit noch wütender. *Hast du aus der letzten Lektion denn gar nichts gelernt?*

Die letzte Lektion hatte mir vermittelt, dass Luzifer unantastbar war. Ich war nicht sicher, was das mit dem hier zu tun hatte.

Es sei denn …

Vielleicht soll ich nicht dagegen ankämpfen?, dachte ich, woraufhin Ajax zu mir blickte.

Denn, ja, er hatte den Gedanken vermutlich gehört. Genauso wie Az. Ich würde mich später mit dem Problem der *Geheimhaltung von Gedanken* befassen.

„Vielleicht müssen wir zusammenarbeiten", schlug Ajax vor.

Der Phönix erstarrte, als er das hörte, was anriet, dass Ajax auf der richtigen Fährte war.

Ich nickte. „Geht klar. Nimm meine Hand."

Ajax tat, worum ich ihn gebeten hatte, und legte seine Finger in meine, während die Feuer um uns herum lichterloh brannten.

Ich konnte den Mond nicht mehr erkennen. Der Rauch verdunkelte den Himmel, und selbst der Grund unter meinen Stiefeln fühlte sich heiß und unstet an. Die Hitze drang durch die

Sohlen und versengte meine Füße. Ich tat mein Bestes, um den Schmerz auszublenden, aber ich wollte nichts mehr als diesem wachsenden Inferno zu entfliehen.

Aber Phönixfeuer brannte nicht so, wie echtes Feuer es tat. Es breitete sich nicht im selben Muster aus. Es schien an neue Orte zu springen und ohne jegliche Vorwarnung aufzuflackern, bevor es wieder in der Erde verschwand.

Immer, wenn es zum Leben erwachte, nahm mein Herz einen Satz und eine intensive Hitze rauschte durch meinen Körper.

Der Phönix lief durch die Feuersäulen, schien sich in ihrer Mitte wie zu Hause zu fühlen, während sich die Flammen um seine Finger herum blau verfärbten. Das Feuer brannte ihm die Kleidung vom Körper und ich schluckte schwer, während ich seinen nackten Körper musterte.

Sei aufmerksam, kleine Kämpferin, sagte Az mit einem zufriedenen Trällern.

Ich spannte meinen Kiefer an und widmete meine Aufmerksamkeit wieder Ajax' blauschwarzen Augen. „Mach es mir nach", sagte ich.

Ajax nickte.

Ich sprach einen Bann. Einen Bann, der mir gerade eingefallen war, nachdem ich Az durch das Feuer hatte schreiten sehen.

Feuerwandler.

Der Bann sollte dazu führen, die Flammen zu genießen, anstatt gegen sie anzukämpfen. Mein Vater hatte mir einmal eine Falle gestellt, und der einzige Ausweg hatte über heiße Kohlen geführt.

Ich hatte mir beinahe die Füße abgebrannt, bevor er mir den verdammten Feuerwandler-Bann eröffnet hatte.

Ihn jetzt zu sprechen, löste gemischte Gefühle in mir aus. Ich verabscheute, wie oft ich die Dinge, die ich von meinem Vater erlernt hatte, anwandte. So viel von meiner Kindheit war ein einziger Kampf um Leben und Tod gewesen.

Aber auf seine ganz eigene Weise hatte er versucht, mich auf das vorzubereiten, was – wie er wusste – kommen würde.

Aber ich wette, dass du nie gedacht hättest, dass es so ausgehen würde, ging mir durch den Kopf.

Trotzdem wäre es dumm gewesen, von meinem Wissen keinen Gebrauch zu machen. Wenn ich meinen Vater jemals finden würde, würde ich ihm die Meinung geigen und ihm zeigen, was ich von seiner Abmachung mit Luzifer hielt.

Nur ein weiterer Grund, am Leben zu bleiben.

Die Feuer kamen näher, als ich die Worte von mir gab, und ließen meine Haut angesichts der intensiven Hitze brennen. Ich passte den Feuerwandler-Bann an, sodass er meinen ganzen Körper einhüllte und meiner Haut erlaubte, die Flammen zu absorbieren.

Eine kühle Brise strich über meine Haut, als Ajax seinen Schutzbann einsetzte. Ich hörte auf, den Bann zu sprechen und öffnete meine Augen, um ihn anzusehen.

„Nein, lass das Feuer kommen", sagte ich zu ihm.

Der Phönix grinste und zeigte seine weißen Zähne.

Ja, so ist es gut, mein Mädchen, lobte Az. *Du lernst dazu.*

Ich knirschte mit den Zähnen, als ich ihn das sagen hörte, aber ich war zu konzentriert auf das Feuer, um ihn auszuschimpfen.

Ajax, der neben mir stand, runzelte die Stirn. Doch sein Schutzbann ließ im nächsten Augenblick von mir ab.

Ich wusste, dass er mir vertraute und ich hoffte inständig, dass ich uns beide nicht umbringen würde.

Aber ich wusste auch, dass Az das nicht zulassen würde. Er versuchte, uns etwas beizubringen.

Und er hatte selbst gesagt, dass die Seele seines Phönix jetzt mit unseren verflochten war.

Uns zu töten, würde seinem eigenen Tier Schmerzen zufügen und ich bezweifelte, dass er das jemals zulassen würde.

Hitze loderte um mich herum auf und war bald schon nicht mehr auszuhalten.

Ich knirschte mit den Zähnen.

Der Schmerz kletterte an meinen Beinen hoch und erreichte dann meine Hüften, während die Flammen immer höher loderten.

„Az!", schrie Ajax mit warnendem Tonfall.

Der schwarze Phönix schloss sich uns an, indem er durch das Feuer schritt. Er legte eine Hand auf Ajax' Schulter, seine andere auf meine.

Nehmt es an, instruierte Az und bestätigte damit, dass es das war, was uns letztendlich helfen würde, die Feuer auszulöschen.

Der einzige Weg, um sie zu beseitigen, war, sie zu *konsumieren*.

Ich krallte meine Finger in Ajax' Handfläche und er nickte mir ermutigend zu, was ich kaum sehen konnte, weil sein Gesicht vom Rauch verdeckt wurde.

Ich biss mir auf die Zähne und versuchte das Brennen auszuhalten, aber es fühlte sich an, als würde meine Haut Blasen werfen und sich angesichts der Flammen von meinem Körper ablösen.

Brennend heiße Flammen wanderten an meinem Körper hoch und drangen gnadenlos in meine Haut, bevor das Feuer in mich schlüpfte. Ich schrie und warf meinen Kopf zurück.

Ich brannte am lebendigen Leib.

Es tut weh!

Halte durch, Cami, ermutigte mich Az. *Du schaffst das. Und du bist ... wunderschön.*

Ich hatte keine Ahnung, wie ich aussah, und es war mir auch egal. Ich wusste nur, dass ich Schmerzen hatte. Mit tat alles weh.

Du siehst gebadet in meinen Flammen wunderschön aus, sagte Az. *Ihr beide.*

Ich war mir ziemlich sicher, dass er ein sadistischer Wahnsinniger war, weil ich überzeugt davon war, dass ich gerade einen schrecklichen Tod durchlebte. Ajax musste aushalten, wie sich meine Fingernägel in seiner Haut versenkten, aber er brannte doch bestimmt auch so wie ich.

Ich glaube, ich hasse dich, sagte ich zu Az.

Ich nehme deinen Hass an, erwiderte er. *Aber hör nicht auf, kleine Kämpferin. Nimm die Hitze an.*

Der Schmerz nahm mich vollends ein, aber nach, was sich wie Minuten der Qualen anfühlte, realisierte ich, dass ich bereits tot sein sollte.

Und doch war ich am Leben.

Und meine Haut schmilzt nicht.

Ajax' Atmung stockte und spiegelte meine eigene Erschöpfung. Er hielt meine Hand, während Az an unserer Seite verweilte.

Die Feuer wurden kälter, aber nicht, weil sie ausgelöscht worden waren.

Sie waren verschwunden ... *In uns.*

Dunkle, schwarze Streifen besudelten den Grund und breiteten sich in einem riesigen Muster aus, das die Flammen zurückgelassen hatten.

Wir standen zu dritt in einem Kreis, während Kraftwellen aus uns strömten und in der Mitte zu einem Knoten zusammenliefen.

Die Magie schoss in die Höhe und ich sah blinzelnd zu ihr hoch. Wieder konnte ich diese Stränge erkennen.

Besteht alles aus Strängen?, fragte ich mich.

Luzifers Quelle hatte sich wie ein heller Strang angefühlt. Und dann schienen sich andere magische Elemente zu materialisieren. Vielleicht waren es weitere Teile von Luzifers Quelle, die mit meinen Gedanken spielte, oder aber, so funktionierte Magie nun mal.

Und ich kann sie sehen.

„Das ist ... faszinierend", gab Ajax zu. Seine dunklen Augen glühten voller neuem Licht, was es unmöglich machte, meinen Blick von ihm abzuwenden.

Az hatte recht. Es war wahrhaftig wunderschön.

„Warum hast du noch nie zuvor Phönixfeuer an mir verwendet?", wollte Ajax von Az wissen, und entfernte sich als Erster von ihm. Er ließ seine Hände an seine Seite fallen, was Asche um ihn herum durch die Luft stieben ließ. Seine Kleidung war verbrannt worden, genauso wie meine. Als wären wir alle wiedergeboren worden. „Das hätte Sparring etwas interessanter gemacht."

Die Hand des Phönix blieb auf meiner Schulter liegen, sein Fokus verweilte auf Ajax.

„Es hätte mich umgebracht?", fragte Ajax und schien Az' mentale Antwort zu wiederholen.

„Warum hat es mich dann jetzt nicht das Leben gekostet?"

Dieses Mal erreichte mich Az' Antwort ebenfalls. *Weil ihr mit mir verbunden seid.* Das Tier musterte mich, dann Ajax mit seinen dunklen Augen. *Ihr beide.*

Und jetzt fühlte es sich irgendwie wirklich so an, als würden wir ihm gehören.

Nicht nur Az, sondern dem schwarzen Phönix. Sein Biss hatte uns beansprucht, aber seine Feuer hatten uns *gereinigt.*

Ich schluckte schwer und sah dabei zu, wie die Stränge der Magie langsam verblassten. Aber das neuartige Brennen in meiner Seele blieb bestehen.

Gestern war es darum gegangen, zu lernen, dass Luzifer unantastbar war.

Heute Abend hatte ich gelernt, die Flammen anzunehmen, anstatt gegen sie anzukämpfen.

Was für eine Lektion versuchst du mir, zu erteilen, Az?

Denn das hier fühlte sich überhaupt nicht so an, als könnte ich mich damit gegen Luzifer wehren.

Viel eher schien es mir eine Lektion darin zu sein, andere einzulassen und ihnen Zugriff auf meine Seele zu geben.

Akzeptanz, flüsterte er mir zu. *Es ist eine Lektion in Akzeptanz und Vertrauen.*

Und inwiefern wird mich das in der Zukunft beschützen? Denn das Einzige, was es bezweckte, war, dass ich mich verletzlicher fühlte als jemals zuvor.

Jetzt hast du Zugriff auf mein Phönixfeuer, Cami. Vertrau mir, ich werde dich beschützen, wann immer nötig. Mach dir ganz einfach das Mal in deiner Seele zunutze und es wird dir gehorchen. Genauso wie meine Asche und mein Biest.

KAPITEL 25

CAMI

ZWEI WOCHEN SPÄTER

DIE TRÄUME HATTEN in der Nacht des Phönixfeuers begonnen.

Zuerst war ich erstarrt und hatte die Träume für real gehalten. Dass Luzifer mich gefunden hatte. Aber während ich mir langsam meiner Umgebung bewusst geworden war, hatte ich realisiert, dass nichts an dieser Situation irgendeinen Sinn ergeben hatte.

Ich war nackt gewesen – das hatte mich nicht weiter überrascht.

Aber er hatte ... *gelächelt.*

Ein verheißungsvolles Lächeln war auf seinen Lippen aufgezogen. Und er hatte Worte an meine nackte Haut geflüstert. Seine Komplimente waren ein sinnlicher Kuss für meine Sinne gewesen.

Etwas war geschehen, als Az mich mit seinem Phönixfeuer markiert hatte. Etwas Monumentales. Ich konnte es nicht definieren. Aber irgendwie hatte es mich Luzifer nähergebracht.

Oder vielleicht lag es ganz einfach an der stetig wachsenden Verbindung zu Az, die Chaos in meinem Kopf stiftete.

Er war mit Luzifer verbunden, was mich in gewisser Weise auch mit ihm verband.

Und mit Melek.

Beide Männer schienen ganz versessen darauf zu sein, mich ihren Höllenfeen-König in einem anderen Licht sehen zu lassen.

Angesichts Az' Überlebenstraining – das sich immer irgendwie auf Luzifer bezog – und Meleks sporadischen Besuchen, waren mir die Ähnlichkeiten aufgefallen und ich hatte beschlossen, dass ihr gemeinsames Ziel nicht nur jenes war, mir beizubringen, wie ich im Kampf gegen Luzifer überleben würde. Sie wollten auch, dass ich ihn *verstand*.

Was wohl der Grund dafür war, warum ich immer wieder von diesem furchteinflößenden Mann träumte.

Oh, aber ich träumte nicht nur von ihm ... Ich *idealisierte* ihn und seine Kraft.

Denn immer, wenn ich meine Augen schloss, war eine andere Facette von Luzifer da und wartete auf mich. Eine, die so unreal war, dass ich gewichtige Zweifel daran hatte, dass Luzifer tatsächlich existierte.

Ob real oder fabriziert, die heutige Nacht ging genauso vonstatten wie die vorangegangenen. Ich war in meinem eigenen Kopf gefangen, während ich gedankenlos geballte Kraft *absorbierte*. Flammen züngelten an meiner nackten Haut und ich fand mich zwischen zwei muskulösen Armen wieder, an denen schroffe Flammen brannten.

Ich sah hoch und stellte fest, dass der König der Höllenfeen auf mich hinabstarrte. Seine Flügel waren in diesem Traum echt und spreizten sich prachtvoll aus. Die weißen Daunen sahen so weich aus, dass ich meine Finger darin versenken wollte. Das Bedürfnis, die weichen Daunen zu berühren, ließ ein Kribbeln durch meine Finger sausen.

Aber ich wagte es nicht, mich zu bewegen.

Wir lagen auf einem Bett aus flüssigen Flammen. Die Decken könnten in einem anderen Leben rotem Satin geglichen haben. Alles bewegte sich und schlug angesichts der Hitze Wellen. Aber nichts an diesem Traum fühlte sich an, als spielte es sich in einer Traumwelt ab.

Alles fühlte sich so echt an. Hitze wusch über mich, drang in mich und tief in meiner Seele tat sich ein unbekannter, gähnender Void auf, verschlang die Kraft und füllte mich mit feuriger Energie und einer gefährlichen Glut.

Die Flammen in mir aufzunehmen, führte nur dazu, dass sie noch wilder, *stärker* wurden und drohten, mich mit magnetischer Energie und heißer Intensität zu ertränken.

Alles, während der makellose König der Höllenfeen mit seinem sinnlichen Grinsen über mir schwebte und dieser hungrige Blick in seinen blauen Augen waberte.

Um meine Umgebung sorgte ich mich nicht, auch wenn ich es vielleicht hätte tun sollen. Es war der Mann, der meinen Körper mit seinem an Ort und Stelle behielt, der meine volle Aufmerksamkeit hatte.

Stärke und Kraft sausten durch seinen perfekten Körper. Das Gefühl von sich anbahnender Gefahr jagte mir einen Schauer über den Rücken und drängte mich zur Flucht.

Doch das Einzige, was ich tun konnte, war, fasziniert zu ihm hochzustarren und alles wahrzunehmen.

Die Hitze.

Seine Augen.

Sein Verlangen – und meines.

Luzifer war angsteinflößender als der schwarze Phönix. Seine Iriden funkelten wie schwarzblaue Diamanten und sein Blick verbrühte mich mit unverhohlener Leidenschaft.

Ja, er war angsteinflößend. Aber er war genauso verlockend wie Az' bestialischer Vogel.

Du willst das hier, oder? Luzifer stellte mir diese Frage jedes Mal. Und meine Antwort war immer dieselbe: *Ja.*

In meinen Träumen war Luzifer ein Gott, aber *er* verehrte *mich*. Er war stets über mich gebeugt und badete mich in seinem Licht, während seine wunderschönen Flügel sich an seinen Schultern ausbreiteten.

Und er gab mir in diesen Träumen seine Kraft. Er bedrohte mich nicht, weil ich seine Quelle angerührt hatte.

Hier bot er sie mir willens an. Die Kraft bäumte sich auf und ich sog sie gierig ein. Ich war hungrig. Durstig.

Ich wollte alles davon.

Er gab es mir in meinen Träumen. Er kämpfte nicht gegen mich an und hasste mich auch nicht. Seine Quelle nahm mich an, also tat er es ihr gleich.

Und er erwartete, dass dieser Kanal in beide Richtungen Signale senden würde.

Nimm alles davon, Camillia, sagte er zu mir. *Lass es in deiner Seele brennen, bis nur noch mein Mal zurückbleibt.*

Ich öffnete stöhnend meinen Mund und ergab mich. Was auch immer für Mauern ich errichtet hatte, zerbröckelten und zerbröselten zu Asche, sodass ich nackt und verletzlich vor dem König der Höllenfeen lag.

Dann setzte die Lust ein, wie sie es immer tat.

Oh ...

Meine Zehen krümmten sich und zwischen meinen Beinen machte sich diese elektrische Hitze breit. Das sanfte Grinsen meines Königs sagte mir, dass ihm meine Reaktion auf seine Kraft gefiel.

Aber warum ist es immer so?

Warum bist du immer ... hier?

Bei mir?

„Cami?", fragte eine Stimme, was mich meine Lippen schürzen ließ.

Hör nicht auf ihn. Bleib bei mir, sagte Luzifer.

Ja, dachte ich. *Ja, bitte.*

Aber ... Ich konnte eine Hand spüren ... Eine, die nicht zum Höllenfeen-König gehörte. Es war keine unwillkommene Berührung. Wenn überhaupt war sie beruhigend.

Trink weiter, drängte Luzifer. *Hör nicht auf. Du bist so nahe dran.*

Ich runzelte die Stirn. *So nahe dran an was?* Ich war bereits gekommen, oder etwa nicht? Sollte ich etwa ...?

„Cami", sagte diese Stimme erneut, was meinen Körper erzittern ließ.

Ich blinzelte verwirrt. Dann runzelte ich meine Stirn noch tiefer, als die saphirblauen Augen sich in zwei andere Iriden verwandelten.

Ajax?, dachte ich.

In seinen Augen brannte kein Höllenfeuer. Seine Iriden waren von blauen Flammen umgeben.

„Noch so ein Traum?", fragte Ajax leise und legte seine Arme um mich, bevor er mich an seine Brust zog und seine Lippen kaum spürbar über meine Braue wandern ließ.

Ich schluckte schwer und nickte.

Ich hatte die Träume nicht vor ihm versteckt. Und ich hatte ihm auch Meleks Besuche nicht vorenthalten. Ich war komplett offen mit Ajax gewesen.

Und mit Az auch.

In gewissem Masse.

Aber Az schlief noch immer auf dem Sofa. Und er verließ das Zimmer regelmäßig, um mir und Ajax Privatsphäre zu geben.

„Hatte er wieder dieselbe Handlung?", hakte Ajax nach. „Hast du wieder Kraft absorbiert, während er ...?"

Ich nickte abermals. „Ja."

Ajax versuchte eine Stütze zu sein, aber ich wusste, dass ihn die Träume beschäftigten. Vor allem, weil ich oft schreiend aus ihnen erwachte ... *Vor Lust schreiend.*

Er war überzeugt davon, dass Melek mich mit einer Art Traumtrank verhext hatte.

Er hatte vermutlich recht.

Aber ich fragte mich trotzdem, ob es etwas mit dem Phönixfeuer zu tun hatte, nur weil die seltsamen Träume in jener Nacht begonnen hatten.

Die Energie, die vom Traum rührte, blieb bestehen und ließ meine Haut brennen. Zumindest das war echt. Der rosafarbene Hauch, der über meine Haut wanderte, stand in starkem Kontrast zur angenehmen kühlen Brise, die durch das Zimmer wehte. Ich hatte nicht die geringste Ahnung, woher sie kam – vermutlich aus den Untiefen meiner Seele –, aber sie glühte immer, wenn ich aufwachte.

Und das jagte mir eine Heidenangst ein.

Weil das auf nichts Gutes schließen ließ.

Und es war nicht normal.

Ich leckte meine Lippen und versuchte mich von den warmen Empfindungen zu befreien. „Glaubst du, diese Träume haben etwas mit der Quelle zu tun?", fragte ich und konnte das Beben in meiner Stimme nicht verbergen. Wir hatten bisher schon flüchtig darüber gesprochen, aber nie ausführlich.

Der jüngste Traum war noch intensiver gewesen als die anderen.

Ich war so *hungrig* gewesen und hatte Luzifers Kraft eingesaugt, als hätte ich sie gebraucht, um zu überleben.

Und das verängstigte mich.

Weil ich mich in meinen Träumen nach seiner Kraft *verzehrt* hatte.

Genauso, wie ich mich nach *ihm* verzehrte.

„Möglich ist es", murmelte Ajax und strich mir mit den Fingern durchs Haar. „Oder aber es hängt mit unserem Band zu Az zusammen. Du träumst immer wieder von heißer Kraft, was mit dem Phönixfeuer zusammenhängen könnte."

Stimmt, dachte ich.

„Es könnten auch die Überbleibsel einer Verbindung sein, die die beiden teilen, und durch die Bänder sickern", ergänzte er.

Das hörte sich kompliziert an, aber ich musste einräumen, dass auch das eine Möglichkeit war. Az und Luzifer waren Gefährten. Es konnte durchaus sein, dass das in irgendeiner Weise Auswirkungen auf mich hatte. Es war nicht direkt so, als wären die beiden wie jede andere Fee. Wer wusste, was für Veränderungen Az' Biss in mir hervorrufen würde?

Oder Ajax'.

Mein Wärter – und jetzt auch mein Beschützer, mein *Gefährte* – zog mit seinem Daumen sanfte Kreise auf meiner Hüfte, während wir zusammen nackt im Bett lagen. Der Mond schwebte an seiner üblichen Stelle am Himmel, was es unmöglich machte, die Zeit abzuschätzen. Doch ich ahnte, dass bald eine weitere Nacht des Trainings auf uns zukommen würde.

Ajax befriedigte mich fast jeden Tag – denn immerhin könnte es unser letzter sein, richtig? Aber ganz egal, wie eingehend er mich auch fickte oder wie viele Höhepunkte er mir auch verschaffte, so wachte ich oft mit einem Orgasmus auf, der mir von einem König in Traumgestalt verschafft worden war.

Klar, meine Umwerbung mit Ajax war nicht der Liebe

entsprungen, sondern vielmehr der Realisation, dass wir jeden Moment sterben könnten. Aber nach zwei Wochen intensiver Zeit zusammen, war es zu einer Beziehung herangewachsen, die ich zu genießen begann.

Es könnte mehr daraus werden.

Sie könnte *echt* sein. Aber ich hatte das Gefühl, dass ich nie herausfinden würde, was Ajax und ich sein könnten, weil diese verdammten Träume uns immer wieder die Stimmung vermiesten.

„Vielleicht liegt es an Melek", sinnierte Ajax. „Die Sinnlichkeit würde jedenfalls zu ihm passen. Denn Az und Luzifer sind nicht auf die Art miteinander verbunden."

Oh, stimmt. Das ergab Sinn. Der König und der Prinz waren definitiv in romantischer Hinsicht ein Paar und Melek hatte mich als seine Intendierte markiert.

Vielleicht war es eine Mischung aus allem.

Oder vielleicht entgeht mir etwas Wichtiges.

Ich schüttelte meinen Kopf. Die Melek-Theorie ging nicht ganz auf. „Wenn es darauf zurückzuführen wäre, dass Melek sich mit mir verbunden hat, dann hätten mich diese Träume schon vor langer Zeit heimsuchen müssen."

Ajax gab ein Summen von sich. „Da wäre noch dieses goldene Glibberzeug, mit dem er dich besprüht hat. Vielleicht hat das etwas damit zu tun?"

Ich ächzte. „Wir können nicht wissen, was das angerichtet hat." Aber es war eine Möglichkeit, die ich nicht ohne Weiteres ignorieren konnte, auch wenn die Träume erst ein paar Tage nach dem Vorfall angefangen hatten. Vielleicht hatte es Zeit gebraucht, um zu wirken.

Es war durchaus möglich, dass Melek sich einen Spaß mit mir erlaubte oder *sich einmischen* wollte, wie er immer zu sagen pflegte.

Oder es hatte nichts mit ihm zu tun und alles mit dieser vermaledeiten Verbindung zu Luzifers Quelle.

Es konnte gut sein, dass ich mir das alles selbst antat.

Seufzend floppte ich auf meinen Rücken und starrte an die Decke. Es hatte eine Weile gedauert, bis ich die kleinen Samen bemerkt hatte, die in den Steinfelsen gepflanzt worden waren. Sie blühen nur kurz vor Mondaufgang, bevor sie wieder in den Schlaf fielen.

Sie gaben ein leises Geräusch von sich, wenn sie das taten. Wie ein Wecker. Obschon ich angesichts der Träume meinen ganz eigenen orgastischen Weckruf hatte, der mich immer wieder wachrüttelte.

„Ist es nur Luzifer? In den Träumen, meine ich?", fragte Ajax.

Ich ließ meinen Kopf nach hinten rollen, um ihn anzusehen. Er lag auf einem Arm und sah mich mit einem besorgten Blick an.

Und vielleicht auch mit einem anderen Gefühl. Sorge, definitiv, aber auch eine düstere Neugier. Ajax hatte eine seltsame Beziehung zu Sex. Der Gedanke daran, dass ich mit Luzifer und Melek schlief, mochte ihn vielleicht sogar anheizen, solange er auch mitspielen durfte.

Zu schade, dass Luzifer mich nur an einer einzigen Sache aufspießen wollte, und das war ein Schwert. Und zwar nicht an *diesem* Schwert.

Aber Melek hatte klargemacht, woran er interessiert war. Der Prinz der Höllenfeen hatte mich pflichtbewusst fast jeden Tag besucht und mich mit Hausaufgaben versorgt, die ich zusammen mit Az' Training erledigen sollte – und hatte ihnen auch ein paar sinnliche Bemerkungen hinzugefügt. Aber es waren die Hausaufgaben, die mich in Verlegenheit brachten. Ich war davon ausgegangen, dass Melek mich ausschließlich mit Sex necken würde.

Die Dokumente, die er mitgebracht hatte, waren allesamt Beispiele von ehemaligen Vereinbarungen mit dem Höllenfeen-König. Ich hatte mittlerweile einen ziemlich großen Stapel von ihnen unter meinem Bett. Melek hatte darauf bestanden, dass ich jeden wichtigen Handel durchlas, den ich in die Finger bekam.

Denn offenbar würde ich nur aus der Sache herauskommen, wenn ich sein Spielchen mitspielte, wenn man Melek glauben konnte.

„Jepp, nur Luzifer", bestätigte ich und wandte meinen Blick

wieder ab, weil ich ihm nicht in die Augen sehen konnte, während ich ihm die Wahrheit offenbarte.

Ich hasste Luzifer. Ich hasste seine Vereinbarungen und seine verdammte Quelle.

Aber an jedem dunklen Morgen, wenn ich mich schlafen legte, träumte ich davon, wie er über mir lag und mich verschlang.

Mich beanspruchte.

Nein, er beanspruchte mich nicht nur.

Er schenkte mir auch etwas.

Er gab mir in meinen Träumen *alles*.

Und dann – es sei denn, der Traum wurde wie heute Nacht unterbrochen – wachte ich aufgrund eines unglaublich mächtigen Orgasmus und mit dem Gefühl auf, sterben zu müssen.

Zu Tode gefickt zu werden, könnte ein guter Weg, zu gehen sein.

Ich schüttelte meinen Kopf, um meine schlaftrunkenen Gedanken zu ordnen. *Reiß dich zusammen, Cami.*

„Lass uns das heutige Training hinter uns bringen", murmelte ich und zog mich hoch, ließ die Laken fallen und sich um meine Hüften sammeln.

Ich wurde langsam allem leid. Az' Training schien immer vielmehr ein Rätsel zu sein, das ich immer erst ganz am Ende lösen konnte.

Und selbst dann hatte ich das Gefühl, dass es nicht besonders nützlich gegen Luzifer sein würde. Entweder spielte er mit mir oder ich verstand nicht, was er mir zu vermitteln versuchte.

Aber ich war Az' Gefährtin, und konnte daher seine Absichten spüren. Also versuchte Az zweifellos mir etwas beizubringen. Aber es führte nur dazu, dass ich erschöpft und verwirrt war.

Ganz zu schweigen davon blieb aufgrund meiner Eskapaden mit Ajax tagsüber nicht viel Zeit zum Schlafen. Obwohl mein Körper befriedigt war, so schien es, als würden wir beide unermüdlich einem Hoch nachjagen, um das Unvermeidbare zu umgehen.

Es war nur eine Frage der Zeit, bis der Teufel uns finden würde.

Oder viel eher, bis wir ihn zu unseren Bedingungen fanden. Wir hatten jetzt eine Frist. Ein Datum, an dem wir Luzifer wiedersehen würden.

Am Interreichsfeenball.

Er würde sich außerhalb seines Reiches aufhalten, was angeblich selten vorkam. Er würde schwächer sein, weil er nicht über seine seinen gewohnten Schutz verfügte, und er wäre verletzlich. Und wir würden von allerhand Feen umgeben sein.

Elementefeen. Winterfeen. Schicksalsfeen. Zeitreisefeen. Und natürlich von Mitternachtsfeen, weil sie die Gastgeber dieses unglaublichen Ereignisses waren.

Und es würden auch Formwandlerfeen anwesend sein. Ich fragte mich, ob Az andere seiner Art treffen würde, aber es hörte sich so an, als wären die meisten Formwandlerfeen Wölfe und, wenn ich richtig gehört hatte, Pfaue.

Vielleicht mal abgesehen von den Pfauen, würden wir eine gute Mischung aus kräftigen Mischfeen aller Art vor Ort haben – und vermutlich ein paar unbekannte. Wenn ich etwas aus meinen Erfahrungen gelernt hatte, dann, dass nicht alle Feenspezies dokumentiert waren. Entweder waren sie verloren in den Gezeiten oder versteckten sich.

Was den Interreichsfeenball wichtig für ‚Abscheulichkeiten‘ machte und etwas zu sein schien, das Luzifer unterstützen sollte.

Aber er machte Dinge lieber zu seinen Bedingungen und der gesamte Prozess war ihm vermutlich zu demokratisch.

Kein Verbrennen im Fegefeuer. Kein Gewimmer und keine Folter. Keine Erlasse.

Luzifer hatte eine Einladung zum Ball und unter normalen Umständen hätte er nicht teilgenommen. Vermutlich, weil er wusste, dass ihn das in eine angreifbare Position brachte.

Aber dieses Mal würde er anwesend sein.

Um *mich* zu holen.

Nach zwei Wochen des Trainings blieb mir jetzt noch eine Woche, um mich auf ein Zusammentreffen mit dem König der Höllenfeen vorzubereiten.

Az versicherte mir, dass er mich auf diesen Augenblick vorbereitete, aber er hatte mir nicht gesagt, was ich tun sollte, wenn ich Luzifer begegnete.

Seine Antworten waren immer ausweichend.

Melek, hingegen, brachte mir immer mehr Vereinbarungen.

Gibt es wirklich keinen anderen Ausweg?

Ajax hielt meine Hand und drückte mir einen Kuss darauf. „Ich werde uns Frühstück holen. Vielleicht wird es dich aufmuntern, von Floricas neuestem Schabernack zu hören."

Ein Lächeln zeichnete sich auf meinen Lippen ab. Er hatte nicht unrecht. Wenn das kleine Schätzchen nicht gerade Steinpicker in Betten versteckte – zum Glück nicht in unserem, weil sie Ajax zu mögen schien –, steckte sie etwas in Brand oder probierte einen neuen Bann aus, der Chaos stiftete.

Ein Bann, den sie zweifelsfrei von Shade erlernt hatte.

„Vielleicht", stimmte ich zu und unterdrückte mit meiner freien Hand ein Gähnen. „Und eines dieser Pilzbrotdinger."

Er zog eine Augenbraue hoch. „Einen Pilzlaib?"

Ich zuckte mit den Schultern. „Was soll ich sagen? Afloras Geschmack geht langsam auf mich über." Die Küche der Elementefeen war mir komplett neu, aber sie schmeckte mir.

Ein aufrichtiges Lächeln, das mich verzauberte, zog auf seinem Gesicht auf. Luzifers Hitze ließ von meiner Haut ab und ich erschauderte leicht. Ich nahm die Kälte an und gewöhnte mich an die Temperatur im Zimmer.

Ajax würde mich zweifellos wieder aufwärmen, wenn er mit dem Mitternachtsfrühstück zurückkam.

„Vorsicht, kleine Rebellin. Wenn du mich weiter so ansiehst, werde ich dich mit etwas anderem füttern."

„Ist das ein Versprechen oder eine Drohung?"

Anstatt zu antworten, lehnte er sich zu mir und presste seinen Mund auf meinen.

Ich summte an ihn gedrückt, während er mich in einen mächtigen Kuss zog. Dann, im nächsten Augenblick, war er verschwunden, und seine Schatten hüllten mich in ihre Umarmung. Eine Umarmung, die sagte: *Ich bin bald zurück, kleine Rebellin.*

„Ich muss schon sagen, dieser liebeskranke Welpen-Look steht dir ausgesprochen gut", flötete eine bekannte Stimme. „Es freut mich, dass mit dem Wärter alles gut zu laufen scheint."

KAPITEL 26

CAMI

Ich kam zu mir und riss die Laken hoch, während ich zu Melek hochstarrte.

Der, schon wieder, in meinem Zimmer aufgetaucht war.

Uneingeladen. Aber das hatte ihn noch nie aufgehalten.

Ich beschloss, nicht auf den *liebeskranken Welpen*-Kommentar einzugehen und widerstand dem Drang, ihn zu korrigieren und ihm zu sagen, dass Ajax nicht länger der Wärter war.

Irgendwie schien Melek meinen anderen Gefährten seine Anwesenheit hier vorenthalten zu können.

Az schlief noch immer auf dem Sofa.

Ajax holte etwas zu essen.

Und keiner von ihnen hatte meinen Schock über Meleks Ankunft gespürt.

Ich hatte nicht die leiseste Ahnung, wie es Melek gelungen war, aber er hatte ganz offensichtlich einen Weg gefunden, um meine Reaktionen auf seine gelegentlichen Besuche zu verbergen.

Vielleicht ist das der Zweck, den sein glitzeriges Glibberzeug erfüllt?, ging mir staunend durch den Kopf. *Wer zum Teufel weiß das schon?*

Mein Blick wanderte zum Papierstapel, den er unter dem Arm hatte, und mir dämmerte, warum er hier war. Ich stieß ein Ächzen aus. „Ach, du liebe Zeit. Du hast noch mehr

Vereinbarungen für mich, nehme ich an?" Ich sah ihn mit hochgezogener Augenbraue an. „Weißt du, das Unterrichtfach ‚Argumentieren und Debattieren' habe ich in der Schule nie besonders gemocht, und mein Interesse wird auch nicht vom Umstand geweckt, dass die Hölle in die Sache involviert ist."

Die Fälle, die wir in der Schule durchgenommen hatten, mochten langweilig gewesen sein, aber wenigstens hatte dort das Justizsystem das Ziel verfolgt, die üblen Kerle hinter Gitter zu bringen.

Die Vereinbarungen, die Melek vorbeigebracht hatte, drehten sich alle um törichte Feen, die ihre Seelen an den buchstäblichen Teufel verkauft hatten. Immer, wenn ich mir eines von Meleks Beispielen ansah, krümmte sich mir der Magen.

Denn es erinnerte mich daran, was meine Eltern getan hatten.

Mein Politikwissenschaften-Grundstudium und Vorstudium in Rechtswissenschaften an der Universität in Florida hatten mich auf vieles vorbereitet, aber bisher hatte es nicht genügt. Ganz offensichtlich hatte ich noch immer jede Menge Aufholbedarf.

Ich war mir nur nicht so sicher, ob Melek zum Lehrer zu haben, die Antwort auf meine Probleme war.

Er warf mir eines seiner entwaffnenden, verführerischen Grinsen zu. „Wenn dich das hier langweilt, gibt es andere Dinge, die wir tun können."

Ich starrte ihn unablässig an und die Hitze des verweilenden Höllenfeuers breitete sich erneut auf meiner Haut aus. Vielleicht wusste Melek, wie er mir unter die Haut gehen konnte, oder aber, er trug wirklich Schuld an meinen blöden Träumen.

Ich legte meinen Kopf schief und überdachte meine Worte. Bisher hatten Meleks Vereinbarungen mir zumindest vermittelt, wie wichtig die Wortwahl bei Verhandlungen war. „Weißt du, ich lerne viel besser, wenn ich mein Wissen praktisch anwende. Warum schließen du und ich nicht eine Vereinbarung ab? Du weißt schon, zu Übungszwecken."

Seine vielfarbigen Augen glitzerten. „Ich bin mir nicht sicher, ob du bereit dafür bist, mein süßer Engel. Wer, glaubst du, hat die meisten dieser Vereinbarungen zu Papier gebracht?"

„Keine Träume mehr", verlangte ich. Ob er nun dafür verantwortlich war oder nicht, vielleicht konnte er etwas gegen sie unternehmen.

Er stellte den Papierstapel auf den Nachttisch und setzte sich auf die Bettkante. Er sah mich an. Sein Blick erinnerte mich an das raubtierähnliche Starren von Az.

Ich musste bedacht vorgehen, aber ich hatte nicht gelogen. Mit Melek würde ich hervorragend üben können und wenigstens wusste ich, dass er mich nicht töten wollte.

Im schlimmsten Fall könnte er mich ins Bett tricksen – wäre das denn so schlimm?

Verdammt, Cami. Denk an Ajax.

Aber als ich an Ajax dachte, konnte ich nichts als dunkles Verlangen erkennen.

Verdammt noch mal.

Melek griff nach meiner Hand und drehte sie herum. Dann strich er mit den Fingern über meine Handlinien, als würde er meine Zukunft lesen.

Oder, was viel wahrscheinlicher war, er prägte sich verschiedene Stellen meines Körpers ein. Das schien mir vielmehr etwas, das Melek tun würde. Er verliebte sich immer mehr in mich, aber ich ermahnte mich immer wieder daran, dass die Sache zwischen mir und ihm so funktionierte, wie bei einem Hund mit einem Knochen.

Sobald Melek seine Zähne in mir versenkt hätte, würde ich nichts weiter als ein kaputtes Spielzeug sein und weggeworfen werden.

Oder vielleicht würde ich sein Schatz sein, den er verehren und beschützen würde.

Ich schüttelte meinen Kopf, um meine fehlgeleiteten Gedanken nicht überhandnehmen zu lassen. Denn sie stimmten nicht. Das konnten sie nicht.

Wenn überhaupt würde ich eine Trophäe sein, die irgendwo aufgestellt würde, wo sie jeder sehen konnte.

Wie zum Beispiel in einem gewissen Käfig in einer Bar, während ich nichts weiter als Ketten trug.

Melek gehörte Luzifer. Und alles, was Luzifer gehörte, war verdorben.

Az inklusive, ermahnte ich mich.

„Erzähl mir von deinen Träumen", sagte Melek und zog meine Aufmerksamkeit zurück auf sich.

Ich schüttelte meinen Kopf. „Nein. Die Vereinbarung soll dafür sorgen, dass du das mit den Träumen lässt. Du brauchst ihren Inhalt nicht zu kennen." Melek war mächtig. Ich hatte keinen Zweifel daran, dass er sich um meine Luzifer-Lust-Probleme kümmern konnte, damit ich mich ausruhen konnte. Ob er nun dafür verantwortlich war oder nicht.

Er legte seinen Kopf schief und seine Augen funkelten erneut, während sein blondbraunes Haar in seine Stirn fiel. „Du hast recht. Ich frage nur aus Neugier."

Ich presste meine Lippen aufeinander, während er weiter über meine Handfläche strich. Es war eine so harmlose Stelle, aber mir entging nicht, dass es dieselbe war, an der Ajax mich gebissen hatte.

Wie lange hatte Melek zugesehen?

Wenn er das gesamte Gespräch mitverfolgt hatte, musste ich für ihn nicht wiederholen, worum sich meine Träume gedreht hatten. Er wusste es bereits.

Das verruchte Funkeln in seinen Augen deutete darauf hin, dass er wollte, dass ich es laut aussprach. Dass ich die Fantasie für ihn in Worte fasste, als handelte es sich dabei bloß ein weiteres sinnliches Spiel.

„Kannst du es oder nicht?", fragte ich, um beim Thema zu bleiben.

Meleks Schmunzeln verwandelte sich in ein ausgewachsenes Grinsen. „Sehr gut, Cami. Es ist wichtig, sich nicht ablenken zu lassen, wenn man einen Handel abschließen möchte. Ty wird ganz bestimmt versuchen, dich vom Kurs abzubringen, um dafür zu sorgen, dass der Handel zu seinen Gunsten ausfällt."

Ich nickte, nahm sein Lob an und wartete dann wortlos darauf, dass er meine Frage beantwortete.

Seine langen Wimpern senkten sich auf seine hohen

Wangenknochen, als er nach unten blickte und meine Handfläche musterte.

„Je nach Natur deiner Träume, kann ich versuchen, sie zu unterdrücken. Zumindest kann ich dir einen Anker zur Realität anbieten. Ein Anker, an dem du dich festhalten kannst, wenn du entrinnen möchtest. Das ist eine Technik, die vielleicht etwas Übung bedarf, wenn die Träume magischer Natur sind. Um dir Hilfe anzubieten, werde ich in deine Seele blicken müssen. Immerhin haben die Träume dort ihren Ursprung."

Ich wollte Melek keine Gelegenheit geben, sich in meiner Seele anzusiedeln, aber ich war verzweifelt. Und er war jetzt sowieso zu einem regelmäßigen Besucher in meinem Leben geworden.

Und außerdem ist er mein Gefährte, also hat er sowieso schon Zugang zu meiner Seele, dachte ich.

Trotzdem ...

„Dir im Austausch für einen ruhigen Schlaf Zugriff auf meine Seele zu bieten, hört sich nicht nach einem gerechten Tausch an", konterte ich.

Er nickte. „Wer sagt, dass ich nicht bereits Zugriff auf deine Seele habe?"

Das hatte ich bereits geahnt, aber sein Geständnis verschaffte mir nicht direkt ein gutes Gefühl.

„Obwohl", fuhr er fort, „das die Verbindung zwischen uns durchaus vertiefen und mir ausreichend Einblick geben würde, um dir in dieser Angelegenheit helfen zu können. Und es würde mir auch erlauben, dich besser zu beschützen. Gibt es eine Änderung, die du anbringen möchtest, was deinen Teil der Abmachung angeht, damit wir voranschreiten können?"

Er war nett zu mir. Er hätte auf den genannten Bedingungen beharren können, aber sein Angebot sagte mir, dass es durchaus möglich war, Änderungen anzubringen, bis der Handel offiziell abgeschlossen wurde. Wenn es an der Zeit war, einen Handel mit Luzifer abzuschließen – vorausgesetzt, dass ich einen zu unterbreiten hätte –, konnte ich, wenn nötig, einen Rückzieher machen.

Seine Augen glänzten. „Wenn du einen Handel mit Luzifer

abschließen willst, wirst du ihm ein Angebot machen müssen, das er nicht ablehnen kann. Einen Handel, dem er nicht widerstehen *kann*." Er küsste meine Handfläche. „Und für mich bist du definitiv unwiderstehlich."

Zu schade, dass ich für Luzifer nicht unwiderstehlich war. Andernfalls hätte ich ganz einfach mich anbieten können.

Er wäre ganz bestimmt nicht interessiert an einem Handel wie diesem, und außerdem würde Ajax das nicht zulassen.

Ich rümpfte meine Nase, während ich mir durch den Kopf gehen ließ, wie ich die Worte für Melek formulieren sollte. „Mein Teil der Abmachung würde das Risiko wert sein müssen. „Ich schlage vor, dass du die Träume unterbindest und ..."

Er hielt einen Finger hoch. „Ich kann dir nur dabei helfen, sie mittels des Ankers selbst zu unterbinden – und mittels eines Unterdrückungsbanns."

Ich kaute auf meiner Unterlippe herum und revidierte: „Okay ... Du hilfst mir dabei, meine Träume selbständig zu unterbinden, und gibst mir einen Unterdrückungsbann, und du schwörst mir, dass Ajax weder von dir, Luzifer oder jemandem, der eurer Kontrolle untersteht, umgebracht werden kann."

Na bitte, das sollte spezifisch genug sein.

Er zog eine Augenbraue hoch. „Ich habe nichts anderes getan, als dich und Ajax zu beschützen, kleiner Engel. Aber ich kann meine Seele nicht an einen Handel binden, den ich nicht einhalten kann. Luzifer ist ein eigenständiges Wesen. Auch wenn er auf mich hört, du bist es, die am Ende Ajax' Schicksal entscheiden wird."

Und wir waren wieder beim kryptischen Mist angelangt.

„Was soll das heißen?", meinte ich seufzend.

Seine Finger wanderten jetzt an mein Handgelenk und streichelten über die angeschwollene Wunde, die Az' Tier geschaffen hatte. „Eines kann ich dir versprechen. Ich werde den Samen in Tys Kopf pflanzen. Einen Samen, mit dem ich jetzt schon lange gespielt habe. Es ist gefährlich, aber vielleicht genau das, was wir alle brauchen."

Ich strich mir mit meiner freien Hand übers Gesicht. Es war

mir egal, dass das Laken daraufhin erneut hinunterrutschte. *Ich tue das alles für einen verdammten Samen?*

„Wird dieser Samen dafür sorgen, dass Ajax verschont bleiben wird? Ganz egal, was mit mir geschieht?"

Melek schien über meine Frage nachzudenken und nickte dann bedächtig. „Ja, wenn er zu einem Baum heranwächst, der Früchte tragen wird, und wenn du den richtigen Handel mit Ty abschließen wirst, schon. Das ist die einzige Chance, die Ajax hat. Und du auch."

Ich wusste, dass dieser Handel nicht zu meinen Gunsten ausfiel, aber wenn es auch nur den Hauch einer Hoffnung gab, das Ajax lebendig aus dieser Sache herauskommen würde, wollte ich die Gelegenheit nicht abpassen.

Er hatte dasselbe für mich getan. Er hatte alles aufgegeben, was er gehabt hatte, um mich zu retten.

Er hatte nicht gewusst, ob sich das Risiko auszahlen würde. Ob wir akzeptiert werden oder ob es überhaupt eine Zukunft geben würde. Ich schuldete ihm etwas und ich beglich meine Schulden immer.

„Dann stehen die Bedingungen", sagte ich nickend. „Du wirst mir dabei helfen, diesen Anker zur Realität zu schaffen und mir einen Bann geben, der meine Träume unterdrückt, und du wirst einen Samen in Luzifers Kopf pflanzen, der dafür sorgen wird, dass Ajax die bestmögliche Überlebenschance hat."

Bei den Göttern. Das hörte sich nach echtem Stuss an.

Hilfe. Samen. Chance.

Während mein Teil der Abmachung ziemlich eng gefasst war – was noch offensichtlicher wurde, als Melek die Bedingungen laut verkündete.

„Und du wirst den Bann sprechen, den wir zuvor schon einmal gesprochen haben, während wir einen Schnitt an der Handfläche vornehmen. Einen Schnitt, der unsere Seelenverbindung vertiefen wird, damit ich dich besser beschützen kann."

Es war interessant, dass er seinen Schutz unter seinen Bedingungen auflistete. Vielleicht wollte er mir damit zeigen, dass der Handel gerechter war als er schien.

„Das hört sich irgendwie an wie dein *Schutzschwur*." Na ja, eigentlich hörte es sich viel mehr nach einem Blutschwur an.

„Weil es einer ist", sagte er mit einem sinnlichen Grinsen. „Es handelt sich zumindest um die nächste Ebene dieses spezifischen Bannes. Erinnerst du dich an die Worte?"

Wie hätte ich die vergessen können? Der Bann hatte einen Kraftschub in mir ausgelöst und ich hatte das Gefühl gehabt, meine Zehen in Eis und Feuer zugleich zu halten.

Obwohl die Ausbildung durch meinen Vater es mir erlaubte, unbekannte Banne mühelos von mir zu geben, war etwas an den Worten, die ich einst zu Melek gesprochen hatte, anders.

Nadeehar Laki Nafsi.

Es ging dabei nicht nur um Schutz. Dieser Bann, verbunden mit Meleks Kuss auf meine Wange, hatte uns auf fundamentale Art und Weise miteinander verbunden. Sein Talisman versorgte mich mit Kraft und selbst jetzt, wo er im Nachttisch verstaut war, konnte ich spüren, wie seine Essenz sich, ganz wie Ajax' Schatten, um mich rankte.

Die Wahrheit war nicht zu bestreiten. Es war nicht der Talisman, der mir Meleks Kraft schenkte. Er war nichts weiter als ein Medium, der die Verbindung stärkte, die ohnehin schon bestand.

Jetzt konnte ich nicht mehr bestreiten, was geschah, als Meleks Blick auf meine Lippen wanderte.

Das hier war ein Gefährtenband. Ich wusste, was er da machte. So viel war bereits enthüllt worden. Dass der sogenannte Schutzschwur der erste Schritt gewesen war, um mich zu seiner Gefährtin zu machen, meine ich. Aber ganz so wie der Biss des Phönix, war es bereits von permanenter Natur.

Ich kam also sowieso nicht mehr aus der Nummer heraus.

Und hoffentlich verhielt es sich auf dieselbe Art und Weise wie die Bänder der Mitternachtsfeen, sodass drei Schritte vonnöten waren, um ihre vollständige Kraft freizusetzen, anstatt bloß einer oder zwei.

Ich bezweifelte, dass meine Seele ihn auf der letzten Ebene annehmen würde, auch wenn ich das wollte, aber die zweite könnte möglich sein.

Etwas, woran ich denken sollte, weil es mir zugutekommen könnte.

Melek näherzukommen, würde mir dem Höllenfeen-König gegenüber einen Vorteil verschaffen. Es war Melek, der meine Hinrichtung verhindert hatte – etwas, das vermutlich ohne seinen *Schutzschwur* nicht möglich gewesen wäre. Luzifer hatte nicht aufgrund Meleks Einwänden gezögert, sondern weil ich mit Meleks Seele verbunden war.

Mich zu töten, würde ihm Schaden zufügen.

Und das gab mir ein Druckmittel. Ein Druckmittel, das nur noch effektiver würde, wenn ich den nächsten Schritt mit Melek wagte.

„Engelchen?", fragte er. „Erinnerst du dich an die Worte?"

Ich räusperte mich und nickte. „Ja, tue ich." Die Worte hörten sich fast wie ein Ehegelübde an.

Meine Haut kitzelte und Energie rauschte durch das Zimmer. Meine Nackenhärchen sträubten sich. Mir war bewusst, dass ich mich auf gefährliches Territorium begab.

Mir wurde bitter bewusst, dass ich wieder einmal nackt war. Melek schien seine Besuche unter Berücksichtigung meiner Garderobe zu planen.

Oder dem Fehlen dieser.

In Meleks Hand materialisierte sich ein wunderschöner Dolch. Ein weiterer erschien neben mir auf dem Bett.

Wie benommen, griff ich danach.

Er führte die Spitze seines Messers an den oberen Teil seiner Handfläche und wartete dann darauf, dass ich dasselbe tat.

„Wir müssen die Worte zusammen sprechen, und zwar gleichzeitig. Außerdem musst du mir vertrauen. Andernfalls wird es nicht funktionieren."

Vertraue ich Melek?

Nein. Ja. Vielleicht.

Melek wollte nicht, dass ich starb. Er schien sich auch etwas aus Ajax zu machen. Auf seine ganz eigene Art und Weise, zumindest.

Ich ahnte zudem, dass er dabei geholfen hatte, Luzifer davon zu überzeugen, uns nicht zu verfolgen.

Offensichtlich hatte Az auch geholfen, aber Melek war es, auf den Ty wirklich zu hören schien. Jedenfalls gemäß meiner Beobachtungen.

Trotz alledem war mir klar, dass der Höllenfeen-Prinz ein Ziel verfolgte, das uns allen verborgen blieb – und das bedingte offenbar, dass wir weiterleben würden.

Melek mochte viele Dinge sein, aber er war kein Lügner.

Wenn ich das hier tat, würde er den nächsten Schritt machen, der vonnöten war, um Ajax' Überleben zu gewährleisten, und das allein war es meiner Meinung nach wert. Er hatte gesagt, dass es gefährlich wäre, aber auch etwas, das wir alle brauchten. Was auch immer das zu bedeuten hatte.

„Ich bin so weit", sagte ich, wollte nicht weiter diskutieren. *Ich tue das hier für Ajax. Und für mich.*

Melek nickte und ließ dann das Messer über seine Handfläche gleiten.

Ich tat es ihm gleich, während unsere Lippen sich bewegten und den Bann gleichzeitig sprachen.

„Nadeehar Laki Nafsi."

Kurz darauf traf mich ein Kraftschub mitten in die Brust und ich riss meine Augen auf. Mein Haar wurde aus meinem Gesicht gepustet und Meleks Pupillen zogen sich so fest zusammen, dass sie winzig kleinen Nadelköpfen ähnelten, während der Raum von einer immensen Kraft heimgesucht wurde.

Unser Blut verwandelte sich in magische Funken, schwebte in die Lüfte und vermischte sich dann mit dem jeweils anderem, und veranschaulichte damit, was ich getan hatte.

Der Blutschwur und unsere Worte schlangen feurige Seile um meine Seele, was mich wundern ließ, ob Az dasselbe verspürte.

Aber sie waren nicht einengend. Wenn überhaupt fühlten sie sich befreiend an, als wäre ich hoch in die Wolken getragen worden und würde jetzt auf ein neues Machtgebiet hinabblicken.

Eines, über das ich als Königin herrschte.

Vorsicht, kleiner Engel. Pass auf, dass dir die Kraft nicht zu Kopf steigt.

Ich sah ihn blinzelnd an und erdete mich.

War Melek jetzt in meinen Gedanken? *Verdammt noch mal.*

Aber ... Ich hatte mich nicht geerdet. Ich schwebte über dem Bett.

Und Melek auch.

Die Magie, die unsere Vereinigung heraufbeschworen hatte, wirbelte um uns herum, wand und drehte sich, während sich eine Unmenge von Knoten darin breitmachten. Melek grinste, als sie sich in silberne Seile verwandelten, die dann zu Boden fielen.

Sie verschwanden einen Augenblick später, als hätte ich mir alles bloß eingebildet.

„Die ... heben wir uns für später auf", sagte er zwinkernd.

Er drückte mir einen heißen Kuss auf die Hand. Die Geste war trotz der Stelle, an der er ihn platzierte, alles andere als unschuldig.

Dann richtete er sich auf und presste seine Lippen an mein Ohr. „Wenn das hier vorbei ist, wirst du mich anflehen, die hier an dir zu verwenden, Engelchen. Und wenn ich es tue, werde ich dir zeigen, was für Lust zu erfahren dein Körper wirklich imstande ist." Als wollte er mir ein sinnliches Versprechen machen, leckte er an meiner Ohrmuschel entlang, bevor er in einem ernsteren Tonfall anfügte: „Dein Verhandlungsgeschick ist gut, aber wir müssen trotzdem weiter daran arbeiten, kleiner Engel. Sprich mit Az. Frag ihn über Vivaxia aus."

Und dann löste er sich in Luft auf. Nur seine Magie schwirrte noch um mich herum, ganz so, wie Ajax' Schatten.

Ich schwebte ins Bett, nur um zu realisieren, dass die Vereinbarungen, die Melek mitgebracht hatte, überall im Zimmer verteilt waren.

Und zum ersten Mal konnte ich die verborgenen, blutigen Fingerspuren neben den Unterschriften erkennen.

Ich konnte die Blutschwüre *sehen*.

Verdammt. Was habe ich jetzt schon wieder getan?

Und wer zur Hölle ist Vivaxia?

KAPITEL 27

MELEK

WENN ICH MEINEN kleinen Engel nicht auf der Stelle allein gelassen hätte, hätte ich die seidenen silbernen Seile dazu benutzt, sie zu fesseln. Sie zu verwöhnen. *Einen Knoten direkt über ihrer Klitoris zu knüpfen.*

Dann hätte ich sie von der Decke gehängt, sie an den richtigen Stellen festgebunden und meinem Engel Laute entlockt, von denen sie nicht einmal wusste, dass sie sie von sich geben konnte.

Alles, während ich ihre harten Nippel gekost, an ihren Lippen und an ihrer Zunge geknabbert und sie auf sinnliche Art und Weise gefoltert hätte, dass es ihr den Atem verschlagen hätte.

Was hast du jetzt schon wieder angestellt, mein Prinz? Tys Frage breitete sich wie eine Welle sinnlicher Hitze in meinem Kopf aus.

Mein angeheizter Zustand hatte vermutlich seine Neugier geweckt. Und der Krafteinfluss in unserem Band auch.

Er wusste ganz genau, was ich getan hatte. Aber anstatt direkt zu antworten, dachte ich über den Handel mit Cami nach. *Den Samen platzieren, der alles verändern könnte.*

Ich hätte diesen Teil der Abmachung von allein eingehalten, wenn es mir in den Sinn gekommen wäre.

Ähnlich wie der Samen, den ich gerade in Camis Bewusstsein gepflanzt hatte, was Az anging. Allein die Erwähnung von

Vivaxias Namen würde ihn zwingen, ihr zu offenbaren, was er die ganze Zeit über verheimlicht hatte.

Ich habe mich bloß ein bisschen eingemischt und einen harmlosen kleinen Blutschwur abgelegt, flüsterte ich Ty zu.

Nichts daran war *harmlos* und Ty wusste das auch. Aber ich neckte ihn gerne. Vor allem, wenn ich gut aufgelegt war.

Wie zum Beispiel jetzt. Ich konnte Camillias Ambrosia noch immer an meinen Lippen schmecken.

Ich konnte es kaum erwarten, den Nektar zwischen ihren Schenkeln zu kosten.

Mmh.

Tys leise Kraft summte an der Seite unserer Verbindung. Vielleicht war er wütend auf mich oder aber, er hatte genau das von mir erwartet. *Also hast du beschlossen, euer Band auf die nächste Ebene zu bringen? Willst du mich provozieren, kleiner Prinz? Nach allem, dem zuzustimmen du mich bereits gezwungen hast?*

Ich summte, während ich die Korridore des Mitternachtsfeenpalastes hinablief und schlang meine Finger um eine der Reben. Sie zischte mich an, biss mich aber nicht. Nicht etwa, weil ich hier willkommen war, sondern weil ich selbst für die Wachen des Palastes zu mächtig war.

Zakkais Essenz zog unentwegt an mir, wie sie es immer tat, wenn ich diese Korridore hinabging. Nur um mich daran zu erinnern, dass er wusste, dass ich hier war. Wenn er gewollt hätte, hätte er die Kraft des Palastes erhöhen können, sie umschreiben und versuchen können, sie meinem Level an Kraft anzugleichen. Aber er entschied sich dagegen, was Bände sprach.

Er erlaubte mir, hier zu sein. Fürs Erste.

Das würde sich ändern, falls Typhos beschloss, ihnen ohne Erlaubnis einen Besuch abzustatten.

Aber ich kannte meinen König.

Er würde nicht hereinstürmen. Das war nicht sein Stil. Ty hielt sich an Protokolle und zog Ordnung dem Chaos vor. Er würde auch den Handel respektieren, der ihn davon abhielt, Ajax und Cami zu verfolgen. Aber er würde ganz bestimmt ein

Hintertürchen finden, wenn er nur genug Zeit hatte, um Cami zu entführen, bevor der Plan ins Rollen kam.

Darum war ich jetzt auch hier.

Dieser *kleine* Handel mit meinem Engel war genau das, was ich gebraucht hatte. Was wir *alle* brauchten, um eine Katastrophe zu verhindern.

Und hoffentlich, um uns alle zu retten.

Dich provozieren? Nein. Ganz im Gegenteil, sagte ich zu Ty. *Ich versuche, uns zu helfen.*

Ich konnte sein Lachen auf der anderen Seite beinahe hören. *Und inwiefern findest du* das *hilfreich? Bitte, erleuchte mich.*

Er war nicht wütend, was mir sagte, dass er bereits gewusst hatte, was ich tun würde. Ich hatte Cami bereits als meine Intendierte markiert, also war zu stärken, was bereits existierte, unvermeidbar gewesen.

Aber den Zeitpunkt hatte ich mir bewusst ausgesucht. Und vermutlich war es genau das, was ihn störte.

Ty hatte im Moment schon alle Hände voll zu tun, ohne dass ich *die Dinge verkomplizierte*. Zumindest dachte er das. Seine Gedanken waren so laut, dass ich sie aufschnappen konnte.

Du wirst schon sehen, sagte ich. *Es würde der Sache den Spaß nehmen, wenn ich alles offenlege, mein König. Jetzt werde ich Ajax nach Hause bringen, damit du ihm deinen Handel vorschlagen kannst, wie du es wolltest. Also setz ein freundliches Gesicht auf.*

Ajax war nach wie vor eine Mitternachtsfee. Ich konnte ihn nicht entführen. Aber ich konnte versuchen, ihn dazu zu bewegen, besuchsweise zurückzukehren. Ich musste bloß vorsichtig sein. Als Mitternachtsfee war er in diesem Reich nicht nur willkommen, er war derzeit auch ein Gast der mächtigsten Familie des Reiches.

Ich bin immer freundlich, versprach Ty. Seine Worte hörten sich aber eher wie eine Drohung an.

Gewiss, fuhr ich fort. Aber vergiss nicht: *Wir können ihn nicht bei uns behalten. Auch wenn er dem Handel zustimmt, stellt er nach wie vor ein Fluchtrisiko dar.*

Na bitte. Das war der kleine Samen, den Ty brauchte.

Hm, sagte er mit desinteressiertem Tonfall, aber ich konnte spüren, dass seine Neugier geweckt worden war. *Willst du etwa vorschlagen, dass ich die Bedingungen ändere?*

Ty und ich hatten den Handel, den er Ajax unterbreiten würde, sorgfältig durchgegangen. Aber etwas fehlte.

Ajax seine Position zurückzugeben, würde nicht genügen. Und ihm das Bürgerrecht im Reich der Höllenfeen zu verleihen auch nicht. Obwohl Ajax das eine lange Zeit gewollt zu haben schien, so hatte sich jetzt, wo er Cami hatte, alles verändert. Alles, was er jetzt noch wollte, war, sie zu beschützen – was von Anfang an meine Hoffnung gewesen war.

Und im Augenblick gab es nur einen, äußerst offensichtlichen, Weg, mittels dessen Ajax sein Ziel erreichen konnte. Wenn Ty ihn richtig vortrug.

Nicht ändern, sagte ich zu Ty. *Aber du könntest dir überlegen, eine Ergänzung anzubringen, damit du die bestmögliche Kontrolle über die Situation hast. Ajax und Cami im Palast zu haben, hat zuvor schon nicht gereicht, und ich gehe schwer davon aus, dass es auch jetzt nicht genügen wird. Wenn Ajax beschließt, Cami wieder irgendwo zu verstecken, könnte er das ohne Weiteres tun. Und dann hätten wir nicht die geringste Ahnung, wohin er entschwunden ist.*

Obwohl Az ein hervorragender Jäger war, so bestand durchaus Gefahr, dass wir ihn auch verlieren würden.

Dann würde es an mir liegen, Ajax und Cami aufzuspüren.

Was ich durchaus konnte.

Aber ich zog es vor, sie nicht durch die Reiche hindurchzujagen.

Eine Stille kam über uns, während Ty darüber nachdachte, was ich damit andeuten wollte. Es gab nur eine Sache, die Typhos Luzifer ermöglichen würde, stets zu wissen, wo Ajax war.

Vielleicht, stimmte er schließlich zu. *Bring ihn hierher, damit wir reden können. Ich warte auf euch.*

Ich konnte beinahe hören, wie Typhos die Feuer seiner Kraft jetzt schürte, als er aus meinen Gedanken trat – bereit, den Wärter niederzubrennen. Aber ich wusste, dass er ihn nicht anrühren würde. Er würde seinen Handel mit Az nicht aufs Spiel setzen wollen.

Weshalb er auch einen Weg gefunden hatte, um die Abmachung zu umgehen.

Oder viel eher … sie sich zunutze zu machen.

Wenn Ajax Tys Vorschlag annahm, würde mein König das bekommen, was er mehr begehrte als alles andere in der Welt: *Kontrolle.*

Mein Engel hatte mich auf eine Idee gebracht. Auf eine, die Ajax vielleicht den Zorn des Höllenfeen-Königs ersparen würde.

Ein angepasster Handel. Ein Handel, dem Ty nicht widerstehen könnte.

Ich hatte den Samen gepflanzt, wie ich es versprochen hatte. Und hoffentlich würde mein kleiner Samen zu einem ergiebigen Baum heranwachsen.

Wie ein böses Omen rauschte die Präsenz des ehemaligen Wärters den Korridor hinab und verdunkelte die weißen Blüten mit seinen Schatten.

In seinen blauschwarzen Augen brannte Kraft. Ich fragte mich, ob er wusste, wie sehr er sich verändert hatte, seit er sich mit Cami verbunden hatte.

Denn in seinen verräterischen blauschwarzen Augen flackerten goldene und rote Funken des Verrats.

Und wenn die Woche zu meinen Bedingungen ausging, würden Ajax' Feuer endlich ihr ganzes Potenzial entfalten.

Er würde einer von uns werden.

Ajax kam mit einem Tablett voller Essen auf mich zu. Ich nahm an, dass es für Cami war. Ich zauberte es ihm aus den Händen und sandte es in ihr Zimmer, während ich mir im Geiste eine Notiz ihrer neuesten Vorlieben machte. Ajax war nicht der Einzige, der sich veränderte.

Er sah auf seine Hände, dann zu mir und seufzte. „Was machst du hier Melek?"

Ich beschloss, direkt zu sein. „Ich bin deinetwegen hier. Ty bittet um eine Audienz."

Er spannte seinen Kiefer an. Nicht, weil er überrascht war, sondern weil ihn meine Ankündigung alles andere als begeisterte.

„Und warum sollte ich einer Audienz zustimmen?", wollte er wissen.

Ich lehnte mich lässig gegen die Wand und verschränkte meine Arme vor der Brust. Ich hatte keinen Zweifel daran, dass wir beide in Kürze zurück in den Audienzsaal im Reich der Höllenfeen zurückkreisen würden. Ich bekam immer, was ich wollte. „Weil Ty dir einen Handel unterbreiten möchte. Einen, den anzunehmen du in Erwägung ziehen wirst."

Er zog eine seiner dunklen Augenbrauen hoch. „Was für ein Handel?"

Ich machte ein Klickgeräusch mit der Zunge und wackelte mit meinem Finger. „Darüber wirst du mit Ty sprechen müssen. Ich bin mir sicher, dass ihr die Bedingungen der Abmachung aushandeln wollt, und das kann ich nicht an seiner Stelle tun."

Das konnte ich durchaus, aber Ty musste zum selben Schluss kommen, zu dem ich gekommen war.

Es gab nur einen Weg, um zu bekommen, was wir alle wollten.

„Und Cami?", fragte er. „Erwartest du, dass ich sie schutzlos zurücklasse?"

Ich lächelte. Cami war in Sicherheit. Zumindest bis zum Ball. Dafür hatte ich gesorgt.

„Sie hat doch Az, oder etwa nicht? Sie ist auch seine Gefährtin. Und als Gast des königlichen Zirkels der Mitternachtsfeen genießt sie Schutz hier. Sie ist dank dir jetzt auch eine Mitternachtsfee. Wenn das nicht Schutz genug ist, dann weiß ich auch nicht." Ich strich mir übers Kinn. „Und es wäre eine Schande, wenn du nicht genug Zeit hättest, um dir all die Facetten dieses Handels vor dem Ball durch den Kopf gehen zu lassen. Vor allem, wenn er Cami den Schutz bieten könnte, den du zu begehren scheinst."

Wenn er schlau war, würde er seine Worte mit Bedacht wählen.

Der König der Höllenfeen war ein Meister darin, Hintertürchen zu finden, was Vivaxia zu verdanken war.

Und ich war mir sicher, dass Cami Ajax mit dem Handel helfen würde, den Ty unterbreiten würde. Ich hatte ihr Beispiele vergangener Vereinbarungen gegeben. Nicht nur ihretwegen, sondern auch, um unserem guten Wärter zu helfen.

Ty dachte, dass wir ihn verloren hatten, aber wir konnten ihn zurückgewinnen, wenn wir es richtig anstellten.

„Hm", meinte er. „Inwiefern ‚ihren Schutz gewährleisten'?"

„Komm mit mir mit und finde es heraus."

„Ich soll dir einfach blindlings vertrauen?"

„Ja", erwiderte ich und holte eine Karte von Ty hervor. „Er gibt dir sein Wort, dass er dich nicht dort behalten wird. Er will wirklich nur reden."

Ajax sah auf die Karte und runzelte die Stirn, als er die elegante Handschrift musterte. „Eine einfache Fahrkarte aus der Hölle?"

Ich zuckte mit den Achseln. „Ty wusste, dass du zögern würdest."

„Und er glaubt, dass ich überzeugt davon bin, dass diese Karte mich retten wird?"

„Angesichts seines Hangs, Handel abzuschließen und der Tatsache, dass er seinen Lieblingsstift verwendet hat, um dir eine Notiz zu schreiben, ja." Ich musterte ihn. „Er will dir nicht wehtun, Ajax. Er will nur reden. Frag Az. Er wird es dir bestätigen."

„Das würde bedingen, dass ich Az vertraue."

Ich gab ein tadelndes Geräusch von mir. „Kann sein, dass du wütend auf ihn bist, aber tief drinnen weißt du, dass sein Phönix dich nicht gehen lassen würde, wenn er glaubte, dass du in Gefahr geraten könntest. Dein Leben ist jetzt an seines gebunden."

Ajax' Kiefer zuckte und seine blauschwarzen Augen blitzten, bevor er seine Zunge über seine Lippe gleiten ließ.

Die Luft knackte, was darauf hindeutete, dass er sich bei Az meldete, wie ich es ihm geraten hatte.

Ich wartete ab, bemühte mich nicht, die Konsequenzen zu erwähnen, die folgen würden, wenn Ajax Tys Handel nicht in Erwägung zog. Ich brauchte ihn nicht zu bedrohen. Das hätte nur zu unnötiger Spaltung geführt.

Ty würde irgendwann einen Weg finden, um das Interreichsfeengesetz zu umgehen, das Ajax und Cami beschützte. Es würde vermutlich etwas mit ihrem neuen

Gefährtenband mit Az zu tun haben. Tys Gefährtenband mit Az machte das Spielfeld etwas unübersichtlich.

Zakkai hatte mir in gewisser Hinsicht erlaubt, hier zu sein, weil Cami meine Intendierte war. Az gehörte Ty und es wäre sein gutes Recht, zu kommen, um ihn zu holen. Und vielleicht auch diejenigen, mit denen er verbunden war – zumindest unter den richtigen Umständen.

Ganz egal, wie die Umstände auch sein würden, Ty würde den Spalt finden, den er brauchte, um die Tür aufzustoßen.

Ajax ballte seine Fäuste und Schatten rankten sich um seine Füße. Eine seiner Hände umklammerte seinen Zauberstab und er glühte mit amethystfarbener Kraft, der jetzt ein neuartiger goldener Schimmer innewohnte.

Er sah mir in die Augen, in denen kaum zurückgehaltene Gewalt lag. „Versprich mir, dass ich zurückkehren werde. *Noch heute Nacht.*"

„Ich verspreche dir, dass du noch heute Nacht zurückkehren wirst", wiederholte ich. Das Interreichsfeengesetz war in dieser Angelegenheit verschwommen. Ajax galt als Mitternachtsfee und königlicher Gast. Als solcher wurde Ajax nicht als Geisel gehalten. Das würde Ty nicht in die Karten spielen.

Jedenfalls nicht heute.

Ajax erwiderte nichts.

Aber ich sah den resigniert zustimmenden Ausdruck in seinem Gesicht.

Ich streckte meine Hand aus. Meine Magie glitzerte, als ich unsere Reise ins Reich der Höllenfeen antrat. „Er befindet sich im Thronsaal", sagte ich zu ihm. „Soll ich dich mitnehmen?"

Ajax lehnte mein Angebot ab. Schatten umgarnten ihn wie ein gähnender Void und verschlangen ihn mit Haut und Haar. Er war in der Lage, mittels nur eines Gedankens die Reiche zu wechseln.

Ich ballte meine Fäuste, grinste und folgte ihm nach Hause.

KAPITEL 28

CAMI

WÄHREND ICH GEDUSCHT und mich angezogen hatte, war auf meinem Bett ein Tablett mit Essen erschienen. Der Pilzlaib deutete darauf hin, dass es von Ajax stammte.

Aber er war nirgends zu sehen.

Wo bist du?, fragte ich ihn. Das Zimmer schien, abgesehen von Az, der auf dem Sofa lag, verlassen zu sein.

Ich befasse mich mit Melek, murmelte er. *Ich werde zurückkommen, sobald wir fertig sind.*

Ich verzog mein Gesicht. *Wie meinst du ,dich mit Melek befassen'? Was will er denn?*

Das, was Melek immer will. Sich einmischen, natürlich.

Ich kaute auf meiner Unterlippe herum. Ein sich einmischender Melek verhieß nie etwas Gutes.

Ich bin bald zurück, ergänzte Ajax einen Augenblick später.

Er bringt dich an einen anderen Ort?

Ja, erwiderte er. *Ist nur ein kleiner Ausflug.*

Wohin?

Wir sprechen hier von Melek. Wir könnten überallhin gehen, erwiderte er. *Aber ich packe das schon, Cami. Versprochen.*

Das hörte sich wie ein Versprechen an, das er nicht halten können würde. Aber es war ja nicht so, als könnte ich ihm sagen, was er tun und lassen sollte. Er mochte mein Gefährte sein, aber deswegen gehörte er mir noch lange nicht.

Ich an seiner Stelle hätte mich von ihm nie davon abhalten lassen, etwas zu tun, das ich tun wollte. Das Marschland war ein ziemlich gutes Beispiel dafür. Und er hatte mich tun lassen, was ich hatte tun müssen, ohne sich einzumischen.

Ich fand, dass ich diesen Gefallen jetzt erwidern sollte, auch wenn es sich ... *falsch* anfühlte. Es hatte sich für Ajax damals bestimmt auch nicht direkt richtig angefühlt, aber er hatte mir vertraut.

Also würde ich jetzt ihm vertrauen.

Sei vorsichtig, flüsterte ich ihm zu.

Ich bin immer vorsichtig, kleine Rebellin. Was auch der Grund ist, weshalb ich unsere Verbindung eine Weile lang ausschalten werde. Ich will nicht riskieren, dass Melek sich einmischt.

Ich runzelte meine Stirn noch tiefer und meine Instinkte begehrten gegen diese Idee auf. Aber ich wollte Ajax vertrauen.

Und außerdem wollte ich herausfinden, was Melek tun würde.

Er hatte versprochen, einen *Samen für mich zu pflanzen*. Vielleicht hatte es etwas damit auf sich?

Wehe, du tust ihm weh, Melek, sagte ich und dachte an meinen ... *Gefährten*.

Ich würde nicht einmal im Traum daran denken, kleiner Engel, erwiderte er, was mich meine Augen aufreißen ließ.

Also sind wir mental miteinander verbunden, dämmerte mir.

Wir sind weitaus mehr als mental miteinander verbunden, Cami, erwiderte er.

Ich muss mich jetzt abschirmen, sagte Ajax zu mir. *Ich melde mich bei dir, wenn ich zurück bin.*

Scheiße. Okay. Pass auf dich auf, sagte ich.

Immer.

Einen Augenblick später war es still in meinem Kopf, was bestätigte, dass Ajax unsere Kommunikation abgeschnitten hatte, wie er angekündigt hatte.

Aber es fühlte sich trotzdem seltsam an. Es gefiel mir überhaupt nicht.

Bis bald, mein Engel, murmelte Melek, seine Stimme ein

Kuss für meine Sinne. *Ich werde unseren Wärter beschützen. Du hast mein Wort.*

Ich spannte meinen Kiefer an. *Ich bin mir nicht sicher, ob ich mich auf dein Wort verlassen kann, Melek.*

Dann sieh es als Gelegenheit an, dass ich dir zeigen kann, dass ich gute Absichten habe. Seine Stimme wärmte meine Gedanken und seine Präsenz in meinem Kopf fühlte sich anders an als Az' und Ajax'. Meleks Stimme war seidiger und erinnerte mich ein wenig an das silberne Band, das er nach unserem Blutschwur geschaffen hatte.

Was war das überhaupt?, fragte ich mich.

Ein Versprechen für die Zukunft, meinte Melek summend. *Auf Wiederhören, mein Engel.*

Mein Engel?, wiederholte ich und zog meine Augenbraue hoch.

Stille.

Ich schüttelte seufzend meinen Kopf und musterte das Zimmer. *Schätze, ich sollte mich darum kümmern.*

Überall waren Dokumente verstreut.

Und sie alle waren mit Blut unterzeichnet.

Ich erschauderte, als ich sie einzusammeln begann. Die mir unbekannten Worte fügten sich in meinen Gedanken zu kohärenten Sätzen zusammen. Es hätte nicht möglich sein sollen. Und doch war es das. Ich konnte sie alle lesen. Jedes einzelne schmutzige Geschäft.

Mir wäre Az' Training definitiv lieber, dachte ich und warf dem noch immer schlafenden Mann auf dem Sofa einen flüchtigen Blick zu. Sein Gesicht war zu einer Grimasse verzogen, sein Unbehagen spürbar.

Er war zu groß für dieses Sofa.

Das löste beinahe Schuldgefühle in mir aus. Das Bett war mehr als groß genug für uns alle. Aber ... dafür sind wir noch nicht bereit.

Ich war mir nicht sicher, ob wir jemals wieder bereit dafür sein würden.

Obwohl ... Ajax und Az sich jetzt wieder besser verstanden.

Klar, das war relativ. Ajax war von *Hass* zu *Toleranz* übergegangen. Und Az war untypisch fügsam gewesen.

Außer, wenn er uns trainierte.

Dann war er ein Mistkerl.

Aber immerhin ein aufschlussreicher Mistkerl.

So in der Art. Er versuchte zweifellos, mir etwas beizubringen, aber es fühlte sich oft so an, als würde er mich darauf vorbereiten, mich mit Luzifer zu befassen, anstatt mich gegen ihn zu verteidigen.

Obwohl es ganz danach aussah, als wären *Vereinbarungen* Luzifers liebste Waffe.

Und sie schienen auch seine Schwäche zu sein.

Und sie alle drehten sich um ein und denselben Angelpunkt: Luzifers Kraft und ‚Schutz‘ hatten ihren Preis.

Ich hatte keine Zweifel daran, dass ich eines Tages auch etwas an Melek entrichten müsste. Mehr als unsere Seelen aneinanderzubinden, jedenfalls.

Seine Kraft sauste noch immer über meine Haut, was mich an seinen feurigen Kuss erinnerte. Ich konnte auch einen goldenen Schimmer vernehmen, der sich über meine nackten Arme ausbreitete. Das Flimmern glitzerte im einfallenden Mondlicht.

Die Dusche hatte den Glitzer nicht abspülen können.

Wenn überhaupt glitzerte der verweilende Staub auf meiner Haut noch heller, je mehr Zeit ich von Melek getrennt verbrachte.

Ich fuhr die Stelle an meiner Hand nach, wo er mir vor wenigen Wochen einen Kuss aufgedrückt hatte. Das goldene Schimmern sah aus wie ein Abdruck, der zurückgeblieben war, und glitzerte. Vorher hatte es nicht so ausgesehen, doch jetzt glühte es wie ein beanspruchendes Mal.

Ähnlich wie Az' sichelförmige Bisswunde. Aber dieser wohnte keine goldene Farbe inne. Es handelte sich dabei bloß um eine Wunde an meinem Handgelenk, die ganz offensichtlich nie verheilen würde.

Diese elenden Männer.

Markieren mich die ganze Zeit über.

Und heizen mich an, dachte ich und kniff meine Augen zusammen, als eine Vibration an meinem Rückgrat hochkletterte. Meleks Biss hatte mir Wärme beschert. Zu viel Wärme. Und dieses elektrische Summen an meiner Haut begann auf äußerst sinnliche Art zu kribbeln.

Ist das Teil des Bandes? Oder ist das bloß Melek?

Vom Sofa erklang ein Ächzen und Az regte sich. Er streckte seine Arme über den Kopf und trug damit seine wunderschönen Muskeln zur Schau.

Mir lief beim Anblick das Wasser im Mund zusammen und meine Schenkel spannten sich mit erneutem Verlangen an.

Definitiv ein Überbleibsel von Meleks Geschenk, dachte ich genervt. *Oder vielleicht sogar von meinem Traum ...*

Zum Glück stand heute Training auf dem Plan. Ich hatte nicht die geringste Ahnung, worum es sich drehen würde, aber das tat ich nie. Az hatte die volle Kontrolle.

Oder viel eher ... *sein Phönix.*

Obwohl ziemlich klar war, dass Az das Tier mit Ideen versorgte. Oder vielleicht arbeiteten die beiden auch zusammen.

Obwohl ich mir eine Ablenkung wünschte, so war ich auch erschöpft. *Teilweise wegen meiner orgastischen Träume mit dem Höllenfeen-König.* Etwas, von dem ich Az ganz bestimmt *nicht* erzählen würde.

Ich schnaubte und griff nach einem Stapel Dokumente, bevor ich hinaustrat, um das Mondlicht zu bestaunen. Ich musste etwas frische Luft schnappen.

Offenbar ging es Az ähnlich.

Denn er schloss sich mir draußen an. Seine dunklen Augen musterten die Gärten unter uns, während Sir Silber mit einem Tablett, auf dem Kaffeetassen standen, hinaustrat. Sein Erscheinen erinnerte mich daran, dass ich mein Frühstück im Zimmer völlig vergessen hatte.

Aber jetzt, wo ich den Geruch von Kaffee vernahm, war mein Verlangen danach weitaus größer als mein Verlangen nach Nahrung.

Und auch mein Verlangen danach, diese Vereinbarungen durchzusehen.

Ich stellte den Papierstapel beiseite, während Az nach einer Tasse griff – die er mir reichte, bevor er sich selbst eine Tasse vom Tablett nahm. Er nickte dem Wasserspeier höflich zu.

„Danke", sagte ich, da Az es nicht konnte.

Der Wasserspeier verbeugte sich und verschwand.

Az' Fokus wanderte zurück zum Hof. Seine Gedanken waren still, während er sich seinen Kaffee schmecken ließ.

Ich schluckte das koffeinhaltige Geschenk des Himmels, während ich meinen Blick über seinen attraktiven Körper streifen ließ. Nur weil ich nicht vollumfänglich zufrieden mit ihm war, bedeutete das nicht, dass ich ihn nicht bewundern konnte.

Und es gab *eine Menge*, was es an ihm zu bewundern gab ...

Er trug nichts weiter als eine einfache schwarze Hose, sodass das Motiv eines schwarzen Phönix, das sich über seine Brust erstreckte, zu sehen war. Das Mal zog sich über seine muskulöse Brust und ein köstliches V verlief in seinen Hosenbund, was meinen Blick dazu verführte, nach unten zu wandern.

Doch stattdessen musterte ich sein einzigartiges Mal.

Es bestand nicht aus Tinte wie eine gewöhnliche Tätowierung. Das Mal repräsentierte die Seele seines Tiers und glühte voller Kraft. Hier und da rankten sich Schatten darum oder bewegten sich mit seinen Bewegungen. Subtil genug, um in Erwägung zu ziehen, dass ich mir die Bewegung bloß eingebildet hatte.

In mir meldete sich das absurde Verlangen, sein Mal mit meiner Zunge nachzufahren, um herauszufinden, ob es nach seiner Magie schmeckte. In meinem Kopf war sie heiß und seidig, wie ein starker Drink. Meine Finger fuhren über mein Handgelenk und erspürten die leicht erhöhte Bisswunde seines Biestes, während sich in mir ein Lauffeuer des Verlangens ausbreitete.

Ich kann das spüren, kleine Kämpferin, sagte Az in meinem Kopf. Seine Stimme war tief und erinnerte mich an das Schnurren seines Phönix. *Es sieht Ajax nicht ähnlich, dich unbefriedigt zurückzulassen.*

Flammen züngelten an meinen Wangen. Er konnte meine

Erregung vermutlich mittels unseres Bandes spüren. Und selbst wenn er das nicht konnte, so konnte er sie vielleicht *riechen*.

Elender Melek, murmelte ich zu mir selbst, bedacht darauf, diesen Gedanken weder in Az' noch in den Kopf von jemand anderem zu übertragen. Nicht, dass Melek und Ajax mir derzeit zuzuhören schienen.

Ich räusperte mich und mein Blick wanderte über den Balkon, weg vom sexy schwarzen Phönix. Ich brauchte eine Ablenkung. Irgendetwas, um das Thema zu wechseln.

Weil ich auf seine letzte Aussage ganz bestimmt nicht antworten würde.

Ein Handel, ging mir durch den Kopf. Ich zog eines der Dokumente auf dem Stapel hervor, den ich weggestellt hatte, um nach der Kaffeetasse zu greifen.

Ich hatte keinen Zweifel daran, dass er spüren konnte, was ich mit Melek getan hatte, aber er gab mir in dieser Angelegenheit Privatsphäre. Stattdessen schien er begierig darauf, meinen erregten Zustand zu kommentieren.

Ich nahm mir Meleks Lektion zu Herzen und schmiss Az eines der Dokumente vor die Nase. „Kannst du das hier lesen?", fragte ich.

Ich hatte nicht die geringste Ahnung, um welche Vereinbarung es sich handelte, aber es spielte keine Rolle. Ich brauchte nur eine Ablenkung.

Etwas, das mich davon abhielt, seinen vollendeten Körper anzustarren.

Deine Magie treibt mich in den Wahnsinn, dachte ich in Meleks Richtung.

Hm, meinte er daraufhin. *Genieße es, kleiner Engel. Sie wird zu einem Teil von dir.*

Also kannst du mich nach wie vor hören, murmelte ich zurück. *Gut zu wissen.*

Pst, süßer Engel. Ich muss mich im Augenblick auf Ajax konzentrieren. Sei ein gutes Mädchen und spiel mit dem Phönix.

Ich kniff meine Augen zusammen. *Ich bin kein gutes Mädchen. Und schon gar nicht für dich.* Und warum benutzten alle Männer in meinem Leben plötzlich diesen Ausdruck? Welcher Teil von mir ließ sie denken, dass ich *gut* war?

Du bist definitiv ein gutes Mädchen, erwiderte Melek. *Du bist im Moment nur etwas ungezogen. Und das ist in Ordnung. Aber du solltest wissen, dass Ty es genießt, Gören zu bestrafen, nicht ich.*

Ich ließ meine Kaffeetasse um ein Haar fallen und mir fiel die Kinnlade runter. *Wie bitte?*

Meleks darauffolgendes Lachen koste meine Gedanken, bevor er verschwand und ich mich wunderte, was er mit alledem gemeint hatte.

Und wie zum Teufel sollte ich mich jetzt noch konzentrieren, wo ... Wo ... Bilder davon, wie ich von Typhos bestraft wurde, meine Gedanken fluteten?

Verdammt. Ich kniff mir in die Nase und zwang mich, tief einzuatmen. Meine andere Hand, mit der ich die Kaffeetasse umschlang, zitterte.

Az räusperte sich und erinnerte mich damit daran, dass er hier war.

Und natürlich trug er immer noch kein Oberteil. Warum hätte er sich auch etwas anziehen sollen?

Woher hast du das?, wollte er wissen und hielt das Dokument hoch, das ich ihm gegeben hatte, während er seine Kaffeetasse mit der anderen Hand fest umschlang.

Ich hatte keinen Zweifel daran, dass Az spüren konnte, wie durcheinander ich war – und vermutlich auch einen Teils der Ursache kannte –, aber in seinem Gesicht weilte nicht einmal ein Hauch von Schalk oder Interesse. Er sah mich streng an, was zu seinem mentalen Tonfall passte.

„Melek", gab ich zu.

Der Phönix sah in meine Augen und ich erschrak.

Denn die Geste war unmissverständlich menschlicher Natur.

Was hat Melek dir sonst noch erzählt?, wollte Az wissen. *Was hat sich zwischen euch beiden zugetragen?*

Ich schluckte schwer. *Was hat er nicht mit mir gemacht?*, erwiderte ich um ein Haar. Aber ich wollte jetzt wirklich nicht den Energieaustausch oder die verweilende Hitze auf meiner Haut bereden, der vom besagten Austausch rührte.

Und ich wollte ihm auch nicht von unserer Vereinbarung erzählen.

Stattdessen dachte ich also darüber nach, was Melek zuletzt gesagt hatte. Die Frage, die Az zu stellen er mir auferlegt hatte.

„Er hat *Vivaxia* erwähnt", sagte ich zu ihm. „Er hat gesagt, dass ich dich fragen sollte, wer sie ist. Also ... Wer ist Vivaxia?"

Ein Schmerz schoss durch meine Brust und ließ mich einen Schritt zurückstolpern, was mich laut nach Atem ringen ließ.

Was ...? Ich legte meine Hand auf mein Brustbein und suchte nach dem Grund für die Verletzung. Aber ich fand nichts. Kein Blut. Kein Loch. Nichts, das auf körperliche Einwirkung hindeutete.

Weil der Schmerz nicht auf eine äußere Krafteinwirkung zurückzuführen ist, realisierte ich. *Er ist ... von drinnen gekommen.*

Mein Blick wanderte zu Az, dessen Körper noch immer seltsam starr schien. Sein Blick war in die Ferne geschweift und seine Hände zu Fäusten geballt. Seine Kaffeetasse lag nun in Scherben auf dem Boden.

Und seine Brust bewegte sich keinen Zentimeter. Sie hob und senkte sich nicht einmal mit seiner Atmung.

Der Schmerz ... Es war *seiner*.

Ich blinzelte ihn an. Nach außen hin blieb er standhaft, obwohl sein innerer Zustand es überhaupt nicht war. In ihm wütete ein Sturm, während sich in meiner Brust ein taubes Gefühl ausbreitete. Nein. Nicht meine. Seine.

Und das *war* physischer Natur.

„Atme, Az", sagte ich zu ihm. Der Sauerstoffmangel schien unser Band zusehends einzunehmen.

Er folgte meiner Anweisung nicht umgehend, was mich dazu zwang, es erneut zu sagen. Sein Schmerz führte dazu, dass meine Stimme heiser wurde. Weil ich alles *spüren* konnte.

Sind die Mauern noch da?, fragte ich mich benommen. *Hat er sie jemals fertiggestellt?*

Sollte ich das alles spüren?

Az?, fragte ich und hustete. *Az ... Ich bekomme keine ...*

Er atmete scharf ein und seine dunklen Augen sahen in

meine. „Was hat Melek dir über Vivaxia erzählt?", wollte er wissen.

„Er ... Er hat mir nur gesagt, dass ich dich fragen ..." Ich verstummte und zog die Stirn kraus.

Az hatte gerade mit mir gesprochen.

Und zwar nicht in Gedanken, sondern laut.

Ich riss meine Augen auf und starrte ihn an.

Ein Teil seiner für ihn typische selbstbewussten Art fand zu ihm zurück, als er meinen schockierten Ausdruck musterte.

„Moment Mal. Wie lange hattest du schon die Kontrolle?", wollte ich wissen. Denn Az hatte gerade laut geantwortet. Die Härchen an meinem Nacken stellten sich auf und mein Herz pochte wie wild. Das Verlangen danach, vor dem Raubtier davonzurennen, ließ meine Knie weich werden.

Ich drückte sie durch und meine Finger tasteten an meiner Hüfte nach einer Klinge.

Er hat sich nicht an seinen Teil der Abmachung gehalten.

Er hat sein Versprechen gebrochen.

Er hat gelogen.

Scheiße.

Das Gefühl von Verrat machte sich in meinem Magen bemerkbar, was mich realisieren ließ, dass es naiv gewesen war, Az – *Luzifers Kommandanten* – vorläufig wieder zu vertrauen.

Ich war unachtsam geworden.

Mir war ein Fehler unterlaufen.

Weil er an einer Leine gehalten worden war. Zuerst durch einen Bann, dann von den Bedingungen der Abmachungen.

Jetzt verstand ich, was für ein falsches Gefühl der Sicherheit mir das verschafft hatte.

Verdammt noch mal. Wo ist mein Messer?

„Ein Messer würde dir in einem Kampf gegen mich nichts bringen, kleine Kämpferin", sagte Az mit müder Stimme. „Und um deine Frage zu beantworten: Ich habe schon eine ganze Weile die Kontrolle zurückerlangt. Na ja. So in der Art. Es ist kompliziert."

„Kompliziert", wiederholte ich. „Schon klar." Es konnte kein Zufall sein, dass er mir das ausgerechnet jetzt offenbarte. Wenn ich allein war. *Während Ajax ...* Ich riss meine Augen auf. „Du hast ihn weggeschickt, nicht wahr? Du und Melek ... Wo zum Teufel ist Ajax?"

Az machte einen Schritt zurück. „Was?" Er musterte mich einen Augenblick lang. „Was willst du damit sagen, Cami? Wen habe ich weggeschickt?"

„Ajax", zischte ich und wünschte mir sehnlichst eine Klinge herbei. „Melek hat ihn irgendwohin gebracht. Weil ihr beide zusammenarbeitet, richtig?"

Er hielt seine Hände in ergebender Geste hoch – etwas, das ich normalerweise witzig gefunden hätte. Doch jetzt, wo ich die Wahrheit erfahren hatte, wollte ich ihm wehtun. Ihn für seinen Verrat töten. *Ajax finden.*

„Moment mal ... Ajax hat mich gefragt, ob es sicher für ihn wäre, wenn er mit Melek mitginge. Ich habe ihm gesagt, dass er nichts zu befürchten haben sollte, weil Typhos sich immer an seine Vereinbarungen hält. Er wird Ajax nicht wehtun."

Was ist los, mein Engel?, flüsterte Melek in meine Gedanken. *Warum kochst du vor Wut?*

Du weißt ganz genau, warum ich vor Wut koche, keifte ich zurück. *Du und Az arbeitet zusammen, um Ajax wehzutun. Ihr habt mich angelogen!*

Stille folgte, was meine Befürchtungen bestätigte.

„Cami", begann Az. „Ich ... Ich hecke nichts gegen dich oder Ajax aus. Ich schwöre es. Ich habe geschworen, meinem Phönix die Kontrolle zu überlassen, bis ich euer Vertrauen wiedererlangt habe, und das habe ich. Ich habe ihm die Kontrolle überlassen. Es ist nur ... Mich mit dir und Ajax verbunden zu haben, hat etwas mit mir gemacht."

„Wirklich? Mit mir hat es auch etwas gemacht", säuselte ich mit sarkastischem Tonfall, der nicht zu überhören war.

„Ja", räumte er ein. „Aber ich habe damit gemeint, dass es meine Beziehung zu meinem Phönix verändert hat. Wir ... Wir stehen uns jetzt näher. Ich habe ihm die Zügel übergeben, wie ich es versprochen habe. Aber ich war nicht in der Lage, mich in meinen Hinterkopf zu sperren. Ich habe ganz einfach neben ihm verweilt, während er den Ton angegeben hat. Dann hast du mich kalt erwischt und ich ... Ich habe instinktiv die Kontrolle übernommen."

„Womit habe ich dich kalt erwischt? Indem ich Vivaxia erwähnt habe?"

Ein bedrohlicher Blick blitzte in seinen Augen auf. „Es wäre besser für dich, wenn du diesen Namen nicht unbedacht erwähnst, wo du doch nicht weißt, was für eine Bedeutung ihm zukommt, Camillia."

Ajax ist in Sicherheit, mein Engel, hauchte Melek in meine Gedanken. *Ich habe dich nicht angelogen. Und ich kann nur annehmen, dass Az das auch nicht hat.*

„Ich habe nicht offenbart, dass ich die Kontrolle habe, weil ich technisch gesehen nicht die Zügel in der Hand halte. Mein Phönix und ich ... Wir haben zu gleichen Teilen die Kontrolle", ergänzte Az, bevor ich Melek antworten konnte. „Ich war mir nicht sicher, wie ich es erklären sollte. Und um ehrlich zu sein, weiß ich auch jetzt nicht, wie ich es erklären soll."

Ich knirschte mit den Zähnen.

Das alles schien mir ein bisschen *zu gelegen*.

Er ist Luzifers Kommandant. Kann ich ihm wirklich trauen? Er ist sozusagen das Haustier des Teufels ...

Az zuckte merklich zusammen und seine Wut übergoss mich in einer Welle des unverborgenen Zorns.

Ich machte einen Schritt zurück. Meine Brust fühlte sich plötzlich eng an.

Az musste meinen Gedankengang mitgehört haben.

Und allem Anschein nach hatte er ihn wütend gemacht.

Ich wusste nur nicht, warum.

Doch in seinen jetzt violetten Augen wütete Zorn, während er auf mich zukam und sein Schatten sich an den Wänden auszubreiten begann. Ich schluckte schwer, als diesem Schatten ominöse Flügel wuchsen, die sich ausbreiteten und die sich windenden Reben streiften, die an der Außenwand des Palastes hingen.

Az mochte sich in seiner Feengestalt befinden, aber sein Phönix war ganz offensichtlich auch anwesend.

„Ich bin kein *Haustier*", sagte er zu mir und streckte dann das

Dokument hoch, das er in seiner Hand hielt. „Ich weiß nicht, was für ein Spiel du und Melek spielt, aber *das hier* ist Typhos' allererster Handel. Kann sein, dass du nicht weißt, worum es sich dabei handelt, aber Melek weiß es ganz bestimmt."

Ich blinzelte „Ich ..." Ich hatte wahllos nach einem Dokument gegriffen. Es war im Stapel gewesen, der auf dem Boden stand. Ich wusste nicht einmal, was darauf geschrieben stand.

„Das hier war die erste von vielen Vereinbarungen, die Typhos mit Vivaxia geschlossen hat. Sie ist meine vormalige *Besitzerin*. Die hier hat dafür gesorgt, dass ich niemals wieder jemandes *Haustier* sein werde."

Das brachte mich zum Schweigen.

Mein Blick wanderte zum Dokument, aber die Seite war zu zerknittert, um sie lesen zu können. Nicht, dass das eine Rolle spielte. Ich konnte die Vision der Vereinbarung in Az' Gedanken sehen. Entweder existierten seine Mauern nicht mehr oder er hatte sie vorübergehend gesenkt.

Denn er zeigte mir ein lebendiges Bild davon, wie Luzifer die Vereinbarung zu Papier brachte.

Das Blut, dämmerte mir. *Das ist Luzifers Unterschrift.*

Und in diesem Fall stammte die blutige Unterschrift neben seiner von einer anderen mächtigen Hexerin. *Vivaxia.*

Die erste Vereinbarung von vielen, dachte ich und wiederholte Az' Worte in meinem Kopf.

Das hier war Luzifers allererste Vereinbarung. Sie war dazu gedacht gewesen, Az zu befreien.

Az' Wut schlug in Schmerz um und Stille breitete sich zwischen uns aus. In meinem Hinterkopf konnte ich das Wehklagen seines Phönix vernehmen, als würden die Erinnerungen eine Wunde aufreißen, die nie ganz verheilen würde.

Ich ... Ich wollte ihm nicht wehtun. Keinem von ihnen.

„Willst du darüber reden?", fragte ich mit entschuldigendem Tonfall und legte meine Hand auf seine. Meine Kehle hatte sich urplötzlich zusammengeschnürt.

Es war offensichtlich, dass mir ein wichtiger Teil von Az' und

Luzifers Vergangenheit verborgen geblieben war. Was nicht weiter verwunderlich war. Sie hatten Jahrtausende zusammen durchlebt. Und Az hatte mir nicht viele Geschichten über ihre Vergangenheit erzählt.

Melek hatte ein wenig davon gesprochen, als er mich durch den Palast geführt hatte.

Aber ansonsten wusste ich nicht viel über Luzifer – bis auf den Umstand, dass er mich nicht leiden konnte.

Az' dunkle Augen wechselten immer wieder von schwarz zu violett, als versuchte er, dem Phönix wieder die Kontrolle zu geben.

Als versuchte er, wegzurennen.

Aber er verwandelte sich nicht in sein gefiedertes Tier. Er flog nicht weg, obwohl er – das sagten mir die Emotionen in unserem Band – das wollte.

Sein innerer Konflikt verschaffte mir auch einen Einblick, was er damit gemeint hatte, dass sein Phönix und er die Kontrolle teilten, anstatt dass nur sein Tier die Zügel in der Hand hielt. *Sie sind vollständig miteinander verbunden*, staunte ich.

Sich mit mir und Ajax zu verbinden, hatte Az sozusagen mit seinem Biest vermählt. Sie waren immer schon eins gewesen, aber die fehlenden Stücke seiner Seele gefunden zu haben, hatte die Seele seines Tieres gestärkt. Und es hatte auch einen Teil des Schmerzes in ihm geheilt. Einen Schmerz, der die beiden auseinandergetrieben hatte.

Aber jetzt standen sie auf derselben Seite.

Az kann seinem Biest nicht die volle Kontrolle geben, dämmerte mir. *Auch wenn er es wollte.*

Aber er hatte es versucht – für Ajax. Für mich. Für *uns*.

Ich konnte alles sehen. Es war in seinen Gedanken offengelegt. Die Wahrheit lag vor meinen Augen.

Und es war nicht gelogen.

Er hatte mir seine Seele zugänglich gemacht, damit ich sie erkunden konnte. Vielleicht nicht freiwillig. Oder aber vielleicht doch. Die Absicht war unwichtig. Was zählte, war, die Information, zu der er mir Zugang verschafft hatte.

Die Wahrheit, die er mir offenbarte, auch wenn es wehtat.

Seine Einsamkeit. Seine schmerzhafte Vergangenheit. Wie sehr meine Worte ihn verletzt hatten.

Die Worte *Vivaxia* und *Haustier* schwirrten unablässig in seinem Kopf herum. Die Worte stachen wie Messer auf seine Psyche ein.

Ferne Schreie hallten in meinen Gedanken wider, während Erinnerungsfetzen, die nicht meine eigenen waren, durch meinen Kopf flitzten.

Az' Schreie. Und jene seines Phönix.

Bei den Göttern. Was war ihm widerfahren?

Diese Vivaxia musste über unglaubliche Kräfte verfügen, wenn allein die Erwähnung ihres Namens derartige Emotionen in Az hervorrief.

Az ließ das Dokument an seine Seite sinken.

„Ob ich darüber reden will?", wiederholte er mit heiserer Stimme. „Nein. Aber vielleicht sollte ich das. Vielleicht ist meine Vergangenheit mit Typhos das, was du hören musst, um ihn besser zu verstehen. Um *mich* besser zu verstehen."

Ich schluckte schwer. Der emotionsgeladene Tonfall passte zur Frustration, die ich in ihm wüten spürte.

Er sprach nie über die Vergangenheit. Nicht, weil er ihr aus dem Weg gehen wollte, sondern weil es so lange her war.

Doch seine Gedanken sagten mir, dass er jetzt ihre Wichtigkeit erkannte. Dass wir nicht weitermachen konnten, ohne dass ich diese entscheidenden Details über ihn kannte.

Typhos würde immer ein Teil von ihm sein. Az würde ihn für immer bewundern und respektieren und sich um ihn scheren, und diese Vergangenheit zu kennen, war entscheidend, damit ich verstand, *warum*.

Das alles entnahm ich seinen Gedanken. Die Offenbarung raubte mir den Atem.

„Ich habe versucht, dir zu zeigen, wer Typhos wirklich ist, aber es scheint nicht zu funktionieren. Jetzt weiß ich auch, warum. Du musst seine Vergangenheit kennen. *Unsere* Vergangenheit."

In seinen violetten Augen glomm ein entschlossener Blick und ein winziger Funken Hoffnung. Als könnte er seine

Vergangenheit endlich offenbaren und etwas Gutes damit bewirken.

„Es ist eine lange Geschichte. Wenn du sie hören möchtest, werde ich sie dir erzählen. Unter einer Bedingung."

Ich wollte sie unbedingt hören.

Mehr als alles andere.

Ich nahm das Dokument behutsam aus Az' Händen und rollte es zusammen. „Und wie lautet diese Bedingung?"

„Dass du mich nicht unterbrechen wirst, bis ich die Geschichte zu Ende erzählt habe."

KAPITEL 29

AJAX

ICH REISTE NICHT in den Thronsaal.

Nein, ich begab mich zu Zenaidas Haus.

Luzifer erwartete, dass ich seiner ,Bitte' umgehend nachkommen würde, aber ich war ihm nicht länger untergeben. Er hatte mir meinen Titel genommen. Hatte mich wie ein Außenseiter behandelt. Hatte mir gesagt, dass ich Cami nicht haben konnte, weil ich keine Höllenfee war. Und doch erwartete sie, dass ich mich vor ihm verbeugte, als wäre er mein König.

Nein.

So würde das nicht funktionieren.

Ich hatte ein neues Zuhause gewollt. Einen Ort, an dem ich mich neu erfinden und meine Vergangenheit vergessen konnte.

„Du rennst davon", hatte Shade vor all den Jahren zu mir gesagt. Und er hatte es direkt hier, vor Zenaidas Haus, gesagt. „Das kann ich verstehen. Aber dann steh wenigstens dazu, was du machst, Ajax."

„Nicht alle von uns haben ein Zuhause, in das wir zurückkehren können, Shade", hatte ich zähneknirschend erwidert. „Meine Familie und die Frau, die ich liebe, sind tot, Shade. Sie sind für immer weg. *Ausgelöscht* von einem sadistischen Mistkerl, der sich König nennt. Hier gibt es nichts mehr für mich. Ich bin fertig. Ich mache weiter."

Er hatte mich eine lange Zeit angesehen und dann genickt. „Du musst deine Familie finden. Dann wirst du nach Hause zurückkehren."

Ich hatte geschnaubt und angenommen, dass er ganz einfach nicht verstanden hatte, in was für einer Lage ich mich befunden hatte.

Aber dann hatte er etwas auf dem Friedhof gesagt, das mich wundern ließ, ob ich es vielleicht gewesen war, der nicht verstanden hatte. Dass er in diesem Augenblick vielleicht etwas vorausgesehen hatte, das ihn davon überzeugt hatte, mich diesen Weg einschlagen zu lassen.

„Vielleicht solltest du deine neuen Gefährten auf einen Besuch hierherbringen", hatte er gesagt, während er sich mit meinem Zauberwesen auf der Schulter auf einen wahllosen Grabstein gesetzt hatte. „Deine neue Familie deiner alten vorstellen. Ihnen dein Zuhause zeigen. Ihnen zeigen, wer du bist."

Schicksalsfeen waren bekannt für ihre Rätsel.

Und Shade gab sie im Überfluss von sich.

„Willst du draußen rumtrödeln oder reinkommen und ein paar Kekse essen?", fragte eine sanfte Frauenstimme hinter mir. „Ich habe deine Lieblingssorte gebacken. Haferkekse mit Schokostückchen. Und ich habe sogar extra schwarze Schokolade verwendet."

Meine Mundwinkel zuckten, als ich Zenaidas bekannte Aura vernahm, und drehte mich zur dunkelhaarigen Frau um.

Sie mochte Shades Großmutter sein, sah aber keinen Tag älter als dreißig aus.

Mitternachtsfeen alterten nach ihren Zwanzigern nur noch sehr langsam und die meisten von uns wurden fünf- oder sechshundert Jahre alt.

Zenaida war noch immer ziemlich jung, obwohl sie vor über einem Jahrtausend geboren worden war.

„Hallo Schätzchen", grüßte sie mich. „Spielst du Verstecken?"

Ein Lächeln breitete sich auf meinen Lippen aus. Natürlich

wusste sie, warum ich hier war. „Ich wollte nur vorbeischauen und mich bei dir für den Bann bedanken."

Sie zog ihre Augenbraue hoch. „Von welchem Bann redest du da?"

Ich sah sie mit bewusstem Blick an. Sie wusste, welchen Bann ich meinte – den Bändigungszauber –, also machte ich mir nicht die Mühe, näher darauf einzugehen. „Er hat funktioniert."

„Hat er das?", fragte sie und blinzelte mich mit ihren großen blauen Augen an.

Ich nickte. „Aber er scheint ihm wehgetan zu haben."

Sie rümpfte ihre Nase. „Inwiefern?"

„Ich glaube, er hat Erinnerungen an eine Zeit hochgeholt, in der dieser Bann dazu benutzt wurde, ihm Schaden zuzufügen."

Der Gedanke an Az' Reaktion ließ mich schwer schlucken. Ich war wütend gewesen. *Sehr* wütend, sogar. Und der Gedanke daran, ihn spüren zu lassen, was er mir angetan hatte, hatte mir damals zweifelsohne gefallen.

Aber jetzt ...

Jetzt war ich nicht sicher, was ich wollte.

Er hatte in den vergangenen zwei Wochen alles getan, was ich von ihm verlangt hatte. Er war sogar mitteilsam gewesen und hatte mir mehr als nur einmal erlaubt, einen Blick in seine Gedanken zu werfen.

Er hatte gewollt, dass ich ihn kennenlernte. Dass ich ihn verstand. Dass ich ihm *vergab*.

Das hatte ich noch nicht.

Aber ich war nicht mehr wütend. Ich war nach wie vor nicht einverstanden mit dem, was er getan hatte, aber jetzt verstand ich besser, warum er es getan hatte.

Er hatte wirklich geglaubt, dass er mich beschützen würde.

Weil ihm etwas daran lag, was mit mir geschah.

Weil ihm etwas daran lag, was mit Cami geschah.

Und das war gewesen, bevor unser Band an seinen Platz gefallen war.

Jetzt war er geradezu besitzergreifend, wenn es um uns ging. Und doch hatte ich gespürt, wie er seine Instinkte gezügelt und seinem Vogel gesagt hatte, dass er *warten* sollte. Aber ich ahnte, dass er bald platzen würde.

Ein Teil von mir freute sich auf die Explosion. Es würde heiß und gefährlich werden. *Und orgastisch.*

Ein anderer Teil von mir fürchtete sich davor.

Weil diese Explosion die Verbindung in unsere Seelen einbrennen und sie für die Ewigkeit zementieren würde.

Und dann würde es wahrhaftig kein Zurück mehr geben.

Nicht, dass wir die Bänder brechen konnten, aber sobald wir unser Schicksal akzeptierten – sowie ich die Intensität davon in mich ließ, würde sich alles für immer und unwiderruflich verändern.

Vorausgesetzt, Luzifer lässt mich am Leben, dachte ich verbittert.

Seine Vorladung zu ignorieren, war vermutlich nicht der schlaute Schachzug gewesen, aber er musste verstehen, dass ich nicht mehr seinem Kommando unterstand. Zakkai hatte meine Verbindung zur Mitternachtsfeenquelle verändert, damit ich das Reich der Höllenfeen hatte betreten können.

Aber ich war keine Höllenfee.

Ich war nicht mehr der Wärter der Höllenfeen.

Und ich war nicht Teil von Luzifers innerem Zirkel.

Ich gehörte wahrhaftig nirgendwohin.

Obwohl ... Shade hatte klargemacht, dass es mir freistand, im Reich der Mitternachtsfeen zu verbleiben. Und zwar auf unbestimmte Zeit.

„Es ist seltsam, dass du ihm einen Bann gegeben hast, der dem Kommandanten der Höllenfeen Schmerzen zufügt, Melek", sagte Zenaida, als der Prinz der Höllenfeen erschien. „Ich kann mir gut vorstellen, dass sich dahinter eine Lektion verbirgt."

Ich runzelte die Stirn. *Moment mal ... Melek hat mir den Bann gegeben?* „Auf der Karte stand, dass er von dir wäre", warf ich ein, bevor Melek etwas sagen konnte. „Und Kekse waren auch dabei."

„Die Kekse waren von mir." Sie lächelte. „Der Bann aber nicht."

Ich knirschte mit den Zähnen und funkelte Melek an. „Du hast die Karte also dazugestellt?"

Er zögerte kurz und sah zum Himmel, bevor er seinen Kopf schüttelte. „Nicht ganz. Oder jedenfalls nicht direkt."

„Du hast sie Shade gegeben", murmelte ich kopfschüttelnd. Natürlich hatte Melek Shade um Hilfe gebeten. Die beiden hätten mit ihrem Hang, sich einzumischen, vermutlich die Monarchien aller Feenreiche stürzen können.

„Hm", summte Melek und bestätigte, bestritt aber meinen Rateversuch auch nicht. „Der Palast der Mitternachtsfeen ist wirklich faszinierend. All die Magie, die hier ruht. Sogar jetzt kann ich den verweilenden Hauch von Kraft spüren. Beinahe, als hätte ich einige Dinge zurückgelassen ..., was ich wohl auch habe. Gewisse Vereinbarungen, zumindest."

Ich zog eine Augenbraue hoch, als ich seinen Wortsalat vernahm. „Vereinbarungen?"

„Uralte Dinge", murmelte er. „Keine Sorge. Az wird sich darum kümmern."

Ich zog meine Augenbrauen hoch. „Sich um *was* kümmern?" Ich stapfte auf ihn zu. „Was hast du getan?"

„Vorsicht, Ajax. Camillia ist in Sicherheit", unterbrach Zenaida. „Aber du wirst es nicht sein, wenn du den König der Höllenfeen zu lange warten lässt."

„Sie hat recht", stimmte Melek zu, während ich ihn eindringlich anstarrte. „In beiden Punkten. Aber ich kann dir versichern, dass es Cami gut geht. Ich würde nie etwas tun, das ihr schaden könnte. Oder dir. Wir sind jetzt alle miteinander verbunden. Unsere Seelen. Dir oder ihr wehzutun, würde mir selbst Schaden zufügen, was ich nicht tun werde."

Diese Offenbarung ließ mich innehalten.

Er ist mit Cami verbunden.

Das hatte ich bereits gewusst.

Was ich nicht bedacht hatte, war, wie mein Band zu Cami auch mit Melek verbunden sein würde. Genauso, wie mein Band mit Az zurück zu Luzifer führte.

Ich drehte mich langsam zu Zenaida um und meine

Gedanken sausten angesichts dieser neugefundenen Einsicht wild umher. „Er kann mir nicht wehtun."

„Ganz recht", bestätigte sie, im Wissen, wen ich damit gemeint hatte. *Typhos Luzifer.*

Ich hatte nicht ganz begriffen, warum genau ich hierhergekommen war, nur, dass es sich richtig angefühlt hatte. Vielleicht, weil Zenaida mich hierhergezogen hatte.

Aber offenbar hatte ich nach Bestätigung gesucht. Bestätigung dafür, dass Luzifer mir nicht wehtun würde. *Ich wollte wissen, ob es wirklich sicher ist, sich mit dem König der Höllenfeen zu treffen.*

Aber Zenaida hatte gesagt, dass ich nicht sicher sein würde, wenn ich ihn warten ließe. „Warum?", fragte ich sie jetzt. „Du hast gesagt, dass er mir nichts anhaben kann. Warum, also, werde ich nicht in Sicherheit sein, wenn ich ihn warten lasse?" Die beiden Konzepte kollidierten miteinander.

„Ich habe nie gesagt, dass Typhos deine Sicherheit bedrohen würde, Ajax." Ihr schwarzes Haar schien sich um ihre schlanken Schultern zu kräuseln und ihr zierlicher Körper verriet ihren Omega-Status. Aber eine Omega in einer Schicksalsfeen-gesellschaft zu sein, bedeutete nicht, dass sie schwach oder machtlos war.

Ganz im Gegenteil.

Zenaida war eine der mächtigsten Feen, denen ich je begegnet war.

Ein großer Mann trat aus dem Haus. Sein silbernes Haar glänzte im Mondlicht. *Kodiak.* Zenaidas Schicksalsfeen-Alpha-Gefährte. Seine Augen bargen nicht die typischen Schlitze wie bei anderen Alphas, aber er hatte Alpha-Fangzähne – zwei scharfe Spitzen, die sich zeigten, als er mich angrinste.

„Zen hat gesagt, dass du die hier vielleicht mitnehmen willst", sagte er zu mir und reichte mir eine braune Tüte. „Etwas von wegen ,wichtigem Treffen'."

„Schon klar." Das bedeutete, dass ich keine weiteren Informationen mehr aus Zenaida herausbekommen würde.

Typisch Schicksalsfeen. Sie waren immer so kryptisch.

Ganz wie Zenaidas Enkel.

„Danke, Zen", sagte ich mit sanfter Stimme.

„Gern geschehen, Schätzchen." Sie lief zu mir und legte einen Arm um mich, um mich zu drücken.

Kodiak beobachtete uns mit interessiertem Blick. Vermutlich, weil es für eine Schicksalsfeen-Omega unüblich war, jemanden so offenherzig zu umarmen. *Berührungen* weckten Visionen und viele von Zenaidas Art waren vorsichtig, welche Zukünfte sie erweckten.

Mehrere Sekunden später ließ sie von mir ab und in ihren blauen Augen glitzerten Tränen.

„Entscheide dich weise, Ajax", flüsterte sie. „Liebe unerschrocken."

Mit diesen ominösen Worten drehte sie sich um und lief auf das Haus zu.

„Oh." Sie blickte zu Melek zurück. „Diesen Vertrag für Az und Camillia zu verhexen, war ziemlich clever. Wir sollten zusammen Schach spielen."

„Das würde mir gefallen", erwiderte er.

„Mir auch", erwiderte sie und die Tränen, die ihr in den Augen gestanden hatten, waren hinter ihrem Lächeln verschwunden. „Wir sehen uns nächste Woche."

Ich runzelte die Stirn. „Was passiert nächste Woche?", fragte ich Melek, nachdem sie und Kodiak ins Haus gegangen waren.

„Der Interreichsfeenball", antwortete er. „Aber etwas sagt mir, dass sie damit etwas anderes gemeint hat. Oder vielleicht hat sie wirklich vom Ball gesprochen." Er zuckte mit den Achseln. „Ich schätze, wir werden es schon bald herausfinden. Aber zuerst ..." Er streckte seine Hand aus und wackelte mit seinen Augenbrauen.

Ich schüttelte meinen Kopf. „Nein." Ich würde nicht durch die Schatten wandeln. Dann hätte er mir folgen können.

Denn offenbar hatte er eine Gabe dafür.

Was ... Moment mal ... „Woher wusstest du, dass ich hier bin?"

„Woher weiß ich irgendetwas?", fragte er mit belustigtem Ausdruck.

Mit einem Knurren wandelte ich erneut durch die Schatten.

Antworten aus Melek herauszubekommen, kam dem Zermahlen von Stein zu Sand gleich.

Es war erschöpfend. Es war frustrierend. Und es dauerte viel zu lange, um die Mühe wert zu sein.

Was auch immer.

Ich hatte mich mit einem Höllenfeen-König zu treffen.

Und außerdem hatte ich eine Gefährtin zu Hause.

Zu Hause, wiederholte ich und ein Lächeln breitete sich auf meinen Lippen aus. *Das hört sich irgendwie nett an ...*

KAPITEL 30

AZ

VOR WENIGEN MINUTEN

AZAZEL? TYPHOS' tiefe Stimme hörte sich besorgt an. Diese Emotion schien seiner Stimme in letzter Zeit oft innezuwohnen. *Geht es dir gut?*

Ich schenkte mir eine frische Tasse Kaffee ein – gereicht vom stets anwesenden Wasserspeier. Die hilfreiche Kreatur hatte zwei neue Tassen und eine French Press auf den Tisch im Zimmer gestellt. Vermutlich, weil er gehört hatte, wie ich meine vorherige Tasse hatte fallen lassen.

Die Keramikstückchen waren ebenfalls binnen weniger Minuten verschwunden. Der für mich untypische Unfall war verschleiert und beseitigt worden, ohne dass ich einen Finger hatte rühren müssen.

Was für ein nützliches kleines Ding, dachte ich und schenkte eine Tasse für Cami ein. Sie saß auf dem Sofa, das ich als Bett benutzt hatte, ihre langen Beine unter ihren Körper geklemmt, während sie geduldig darauf wartete, dass ich mich ihr anschloss.

Az?, fragte Typhos erneut. Seine Sorge erreichte mich durch unser Band. Der Höllenfeen-König hatte sich schon immer etwas aus mir gemacht, aber das hier schien selbst mir ein ganz neues Level der Fürsorge. Beinahe, als wüsste er etwas, was ich nicht wusste.

Es geht mir gut, sagte ich zu ihm. *Ich bin nur etwas aus der Fassung.*

Er blieb einen Augenblick lang still. *Bist du dir sicher? Ich kann deine Bedrängnis spüren.*

Hm, summte ich zurück, während ich Cami eine Tasse reichte. *Dein Prinz hat sich eingemischt und mir eine unerwartete Überraschung dagelassen. Eine, die ich nicht zu schätzen weiß.*

Typhos' darauffolgender Seufzer war so schwer, dass ich ihn beinahe spüren konnte. *Was hat Melek jetzt schon wieder angestellt?*

Er hat Cami gesagt, dass sie mich über Vivaxia ausfragen soll.

Ein Stromstoß zischte durch unser Band. Die Erwähnung jener Frau, die seinen Fall herbeigeführt hatte, war ein Sofortauslöser. Aber genauso schnell, wie sein Zorn aufgeflackert war, so schnell erstarb er auch wieder. Der Höllenfeen-König zügelte seine Wut, bevor ich die volle Wucht davon zu spüren bekam.

Es war immer so mit ihm, wenn Vivaxia involviert war. Beinahe, als wollte er die Reaktionen auf ihren Namen in meiner Anwesenheit verhindern. Vermutlich, weil er dachte, dass ich weitaus mehr Grund dazu hatte, sie zu hassen, als er.

Und vielleicht hatte er recht.

Aber in Wahrheit hatten wir beide Grund, diese Frau zu verabscheuen.

Wie hast du ihr geantwortet?, fragte er einen Augenblick später, seine mentale Stimme bedacht neutral.

Ich schulde ihr noch immer eine Antwort. Ich habe um einen Augenblick ersucht, um mich zu sammeln. Aber ich habe fest vor, ihr alles zu sagen.

Wieder kam Stille zwischen uns auf. Typhos' Reaktion war nur geschwächt zu vernehmen, was andeutete, dass er seine emotionale Reaktion auf meine Offenbarung zügelte. *Definiere ,alles'*, sagte er schließlich.

Meine Vergangenheit, stellte ich klar. *Was auch einen Teil von deiner beinhalten wird.*

Verstehe.

Sie muss davon erfahren, betonte ich. *Sie ist meine Gefährtin, Typhos. Mein Phönix hat sie auserwählt. Ich habe keine Wahl. Sie muss mich verstehen, um mich annehmen zu können. Genauso, wie sie dich verstehen können muss, um uns anzunehmen.*

Es war eine Lektion, von der ich bis gerade eben nicht gewusst hatte, dass ich sie gebraucht hatte.

Eine Lektion in Sachen Wahrheit.

Das war das fehlende Puzzleteil. Dass Cami unsere Vergangenheit kannte. Sie musste erfahren, warum Typhos heute gewisse Entscheidungen getroffen hatte. Warum er gerne Handel abschloss. Wie sein erster Handel mich für immer bei ihm verschuldet hatte. Warum mein Leben – und jetzt auch ihres – für immer mit seinem verflochten sein würde.

Mein Prinz spielt mit dem Feuer, knurrte Typhos. *Er hat sich auch auf der nächsten Ebene mit ihr verbunden.*

Ja, das war mir aufgefallen, als ich aufgewacht war und mich Cami auf dem Balkon angeschlossen hatte. Meine Kraft hatte augenblicklich auf das stärkere Ventil in ihr reagiert und mein Phönix hatte ein zustimmendes Summen ausgestoßen.

Dass Melek ihr Band vertieft hat, macht es nur noch wichtiger, dass sie versteht, wer wir sind, sagte ich zu Typhos, während ich es mir neben Cami auf dem Sofa gemütlich machte. *Ich weiß, dass du ihr nicht traust, Typhos. Ich weiß, dass du noch nicht bereit bist, sie einzulassen. Aber mein Phönix hat es satt, zu warten.*

Wie er bereits unter Beweis gestellt hatte, als er sie gebissen hatte, ohne zu zögern.

Wie es scheint, hat auch Melek das Warten satt. Er sprach die Worte mit einem Seufzer in meine Gedanken, seine Erschöpfung spürbar. Und doch war da dieser Unterton von Kraft, die durch unser Band strömte. Wie ein Draht unter Spannung, den er nicht ganz unter Kontrolle hatte.

Ich konnte nicht ganz abschätzen, ob es mit den übrigen Emotionen zu tun hatte, oder ob es auf seine schwindende Kontrolle hindeutete.

Ich vertraue auf deine Einschätzung, Azazel. Aber ich behalte mir das Recht vor, einzuschreiten, sowie ich Camillias wahre Absichten ermittelt habe.

Sie will weder dir noch mir Schaden zufügen, Typhos. Wenn dem so wäre, wüsste ich es, weil ich ihre Gedanken hören kann, flüsterte ich ihm zu. Es war nicht absichtlich geschehen, doch als sie Vivaxia erwähnt hatte, waren meine Mauern vorübergehend gefallen. Sie hatte meinen Schock und meinen Schmerz gespürt, ganz so, wie ich ihre Reaktionen erfahren hatte.

Und ihre verweilende Sorge um Ajax. Ihr Gedankengang, dass ich mit Melek zusammengearbeitet hatte, um ihr und Ajax ein falsches Gefühl der Sicherheit zu geben.

Diese Aussicht hatte sie weitaus mehr betrübt als die Einsicht, dass mein Phönix und ich die ganze Zeit über die Kontrolle geteilt hatten.

Das sagte mir ganz genau, was sie für Ajax fühlte. Er lag ihr am Herzen. Sehr, sogar. Obwohl mir schwante, dass sie das noch nicht ganz begriffen hatte.

Ihre Entscheidung, sich mit ihm zu verbinden, schien dem falschen Glauben zugrunde zu liegen, dass ihr nicht mehr viel Zeit blieb.

Bald würde sie verstehen, dass sie sich aus ganz anderen Gründen mit ihm verbunden hatte. Dass es den beiden bestimmt war, zusammen zu sein.

Ganz so, wie es ihnen bestimmt war, mir zu gehören.

Mein Phönix hatte das noch vor mir herausgefunden. Seine tierischen Instinkte waren scharf und entschlossen und wurden nicht von Logik oder Verstand getrübt. Er hatte sie begehrt, also hatte er sie sich genommen.

In den vergangenen paar Wochen hatte ich den Grund dafür Stück um Stück ergründet. Mein sturer Kopf hatte die Gründe enthüllt, wie ein Phönix, der seine Flügel spreizte.

Ajax und ich waren immer schon kompatibel gewesen. Darum hatte ich ihn auch in der Weise benutzt, wie ich es hatte – als Sparring-Partner, der in der Lage war, meine Hitze zu ertragen. Aber keiner von uns war bereit gewesen, das Unvermeidbare anzuerkennen oder anzunehmen. Zur Hölle, er war noch immer nicht bereit dafür.

Aber Camis Auftauchen hatte meinen Vogel dazu angehalten, die Dinge voranzutreiben.

Er hatte umgehend festgestellt, dass sie eine Kämpferin war.

Jemand, der ihn herausfordern und ihm einen neuen Daseinszweck geben konnte.

Es hatte angefangen, als die Höllenhunde sie nicht hatten einfangen können, sodass Ajax sie jagen musste.

Und es war nur noch klarer geworden, als ich weniger als eine Woche später damit beauftragt worden war, sie zu finden.

Mein Phönix hatte die Jagd geliebt und es hatte ihn um ein Haar in den Wahnsinn getrieben, dass er sie nicht hatte aufspüren können. Ihr Vater hatte uns auf eine ähnlich aussichtslose Jagd entsandt, aber das war nicht dasselbe gewesen.

Mein Tier hatte ihren Vater dafür töten wollen, ein derartiges Spielchen getrieben zu haben. Verdammt, das wollte er *noch immer.*

Aber nicht Cami. Nein. Er hatte sie dafür *loben* wollen, eine so einzigartige und herausfordernde Jagd kreiert zu haben. Er hatte in diesem Augenblick beschlossen, dass sie ihm gehörte.

Eine schlaue, wunderschöne Frau mit dem Herzen einer Kämpferin.

Es würde nicht einfach sein, ihr Herz zu erobern. Ich würde dafür arbeiten müssen, trotz der sinnlichen Eigenschaften, die mein Phönix mir verschaffte.

Und ich würde auch Ajax in den Hintern kriechen müssen, bis er mir entweder vergab oder ich ihn zwang, es zu tun. Zu diesem Zeitpunkt sah es so aus, als würde es Letzteres werden.

Ein paar Wochen mochten im Großen und Ganzen nicht viel sein, aber hinter der Sache steckte so viel mehr.

Mein Phönix hatte endlich seine Gefährten markiert, und doch war es mir nicht erlaubt gewesen, unseren Anspruch physisch zu besiegeln, weil Ajax und Cami zu wütend und zu verletzt waren.

Cami jetzt die Wahrheit zu sagen, könnte dem Ganzen auf die Sprünge helfen.

Aber das war nicht meine wahre Absicht.

Alles, was ich wollte, war, dass sie nicht nur mich verstand, sondern auch Typhos.

Und hoffentlich war diese Geschichtsstunde der Schlüssel zu diesem Verständnis.

Lass mich wissen, wenn du mich brauchst. Typhos' sanft gesprochenen Worte sahen dem Höllenfeen-König nicht ähnlich. Aber er wusste, wie heikel dieses Thema für mich sein würde. Und er bot mir seine Kraft an, falls ich sie brauchte.

Danke.

Er erwiderte nichts. Die Verbindung zwischen uns war nicht direkt unterbrochen, aber auch nicht geöffnet.

Cami nippte an ihrem Kaffee und beobachtete mich. Ich sehnte mich danach, ihr Maß an Geduld zu belohnen. Was ich, wie ich annahm, auch tun würde. Mit der Wahrheit.

Ich schloss mich ihr an, genoss den Kaffee einen Augenblick lang und stellte dann meine Tasse beiseite, bevor ich mich ihr auf dem Sofa zuwandte. Das zwang mich, ein Knie hochzuziehen, während mein anderes Bein über die Kante gelehnt war und mein Fuß noch immer den Boden berührte.

Ihr Blick wanderte zu meiner offengelegten Tätowierung, ihre Anerkennung von ihren geweiteten Pupillen offengelegt. Aber anstatt sie deswegen zu necken, sagte ich: *Zuerst muss ich dir von den Tugendfeen erzählen. Aber ich kann die Worte nicht laut aussprechen.*

Es war schwierig abzuschätzen, wer dem Gespräch möglicherweise lauschte.

Und ich wollte nicht riskieren, dass jemand mithörte.

Sie nickte verständnisvoll, ihre Gedanken still.

Ich hatte sie gebeten, mich nicht zu unterbrechen, bis ich fertig gesprochen hatte. Wie es schien, hatte sie das so verstanden, dass sie gar nichts sagen sollte.

Oder vielleicht wollte sie mir ganz einfach zeigen, dass sie meine Bitte akzeptierte.

Was es auch war, ich war dankbar dafür. Weil ich Stille brauchte, um alles zu verarbeiten, was ich zu sagen hatte – eine Reihe von schmerzhaften Geschehnissen.

Die Tugendfeen sind die ersten Feen, die existiert haben. Aus ihrer Magie wurden mehrere Feenspezies geboren. Man könnte sagen, dass sie Schöpfer waren. Fast so wie das, was die Sterblichen für Götter halten. Mit dem Unterschied, dass die Feenreiche nicht wissen, dass sie je existiert haben. Sie leben im Glauben, dass ihre

Feenquellen die ultimativen Schöpfer sind, und eigentlich stimmt das so auch. *Doch diese Quellen wurden geschaffen, als Typhos gefallen ist.*

Anstatt näher darauf einzugehen, baute ich die Mauer zwischen uns ab und ließ sie diesen Moment in der Geschichte aus meiner Perspektive sehen.

Aber als ich begann, die Erinnerung für sie abzuspielen, erschloss sie sich mir in ihren eigenen Gedanken – eine Erinnerung an den Tag aus Typhos' Perspektive.

Ich zog eine Braue hoch. „Hat Melek dir das gezeigt?"

Sie schüttelte ihren Kopf. „Nein", antwortete sie. *Das war das Buch*, ergänzte sie in Gedanken. *Ich hatte es für einen Traum gehalten.*

Es war kein Traum, sagte ich zu ihr. *Dieser Moment hat alle Feenreiche geschaffen. Das ist der Moment, in dem die Quelle der Tugendfeen in tausend Stücke zersprungen ist.*

Ich zeigte ihr die Folgen, wie diese Stücke zu ihren eigenen Kraftquellen in allen Reichen geworden waren und die Feen geschaffen hatte.

Tugendfeen sind Feen, die über Schöpfungskraft verfügen. Sie sind sozusagen die Wesen, die jede erdenkliche Art von Magie erschaffen können. Einige sind mächtiger als andere, aber der Schlüssel zu ihren Fähigkeiten ist die Energie, die sie in sich tragen. Und Typhos besitzt mehr Energie als die meisten Tugendfeen. Er ist ein Leuchtfeuer – und bei diesem Leuchten handelt es sich um Kraft.

Ich versuchte ihr zu zeigen, was ich meinte, indem ich ihr eine Erinnerung daran offenbarte, wie Typhos dieses Licht benutzte, um eine gefallene Formwandlerfee zu retten. Wie die meisten meiner Art war sie aus einer Laune heraus von einer Tugendfee geschaffen worden. Als diese Tugendfee ihres ‚Haustiers' leid geworden war, hatte er sie mit einer silbernen Klinge erstochen und dem Tod überlassen.

Typhos hat sie gerettet, erklärte ich. *Indem er ihr Licht wieder entfacht hat.*

Cami riss ihre Augen auf, als die lebhafte Erinnerung sich in ihrem Kopf abspielte.

Seid ihr euch so begegnet?, fragte sie. Dann fügte sie augenblicklich an: *Egal, tut mir leid. Ich wollte dich nicht unterbrechen. Erzähl weiter.*

Ich lächelte. *Ist schon gut. Aber nein, wir sind uns nicht so begegnet.*

Ich hob meinen Arm hoch und legte ihn auf die Rückenlehne, während ich mich fester ins Kissen lehnte.

Wie ich schon sagte ... Die Tugendfeen besitzen sozusagen Schöpfungsmagie. Es ist fast so wie das Konzept von Göttern im Reich der Sterblichen. Das schien mir der beste Vergleich, wenn man Camis Wurzeln bedachte.

Als sie nickte, wusste ich, dass sie verstand.

Also fuhr ich fort.

Aber sie sind uralte Wesen. Und viele von ihnen langweilten sich. Darum wurden Formwandlerfeen und ein paar andere Spezies geschaffen – um die Tugendfeen zu unterhalten. Aber all diese Spezies wurden als untergeordnete Rassen angesehen. Ihr Sinn- und Lebenszweck war, ihre Übergeordneten zu verehren.

Cami hob ihre Tasse an ihre Lippen. Ich ahnte, dass sie damit ihr Stirnrunzeln kaschieren wollte.

Ich konnte es ihr nicht verübeln. Das Konzept, Leben zu schaffen, um der Langeweile entgegenzuwirken, bekam mir auch nicht. Und ich hatte diese Ära der Geschichte durchlebt.

Wie du dir bestimmt denken kannst, haben sich die ‚untergeordneten‘ Wesen einander anzuvertrauen begonnen. Das hat zu Beziehungen und irgendwann zur Schöpfung von mehr Leben geführt. Und der Entwicklung von neuen Kräften und Feenarten. Die Tugendfeen ließen es zu – teilweise, weil sie zu arrogant waren, um das Potenzial einer Rebellion zu erkennen.

Und sie waren auch zu amüsiert von ihren Haustieren gewesen, um es zu bemerken.

Ich schätze, man könnte es damit vergleichen, wie Menschen dem Verhalten von Tieren keine Achtung zollen, aber stell dir Tiere vor, die in Wirklichkeit Feen mit steigenden Kräften sind. Dann verstehst du vielleicht, wie das zu einem Konflikt führen könnte.

Cami schnaubte. Ihre Gedanken sagten mir, dass sie sich die potenziellen Auswirkungen vorstellen konnte.

Meine Art war eine der ursprünglichen Schöpfungen, fuhr ich fort. *Meine Mutter war ein schwarzer Phönix. Es gibt nicht viele von uns, ganz so wie eine Handvoll anderer Formwandlerfeen. Also war der Gefährte meiner Mutter kein schwarzer Phönix. Er war eine Mischung aus mehreren Feenarten.*

Was man heute eine Abscheulichkeit nennen würde.

Oder eine Höllenfee.

Er hatte Zeitreisefee, Leichenfee und Ghulfee in sich, fuhr ich fort. *Aber die Art ist nicht wirklich von Bedeutung. Was du verstehen musst, ist, dass all diese Feen – diese Vergnügungen, die von den Tugendfeen geschaffen wurden – Teil der ursprünglichen Tugendfeenquelle waren. Weil es diese Magie war, die für die Schöpfung all dieser Feenarten benutzt wurde.*

Als Luzifer also fiel ... Sie verstummte.

Als er fiel, ist die Quelle der Tugendfeen in all diese Stücke zersprungen und hat den neuen Feenarten ihre eigenen Kraftquellen gegeben, beendete ich an ihrer Stelle. *Aber das größte Stück blieb bei Typhos. Und dieses Stück ist jetzt die Quelle der Höllenfeen.*

Sie riss ihre Augen auf, als würde sie endlich verstehen, wie weit Typhos' Kräfte reichten.

Aber sie ist ein Teil von ihm, sagte sie langsam. *Richtig?*

Ja. Weil er eine Tugendfee ist. Und Melek auch. Vielleicht war es nicht an mir gewesen, diese letzte Information preiszugeben, aber Melek war der Grund für dieses Gespräch. Also musste er sich damit abfinden, dass ich seine Überraschung verdarb.

Aber Typhos ist nicht nur irgendeine Tugendfee. Er ist eine der stärksten, die es gibt. Sein Licht hat die ursprüngliche Quelle mit Energie versorgt. Darum ist ein so großer Teil davon in seine Seele geflossen, als er gefallen ist. Anders als Melek, zum Beispiel, der keine Verbindungen zu irgendeiner Quelle mehr hat. Weil die Quelle der Tugendfeen nicht mehr existiert. Sie ist in allen Feenreichen als jeweilige Quelle der Kraft verteilt.

Was ist mit den anderen Tugendfeen geschehen?

Ich zuckte mit den Schultern. *Das wissen wir nicht so genau. Typhos' Fall beschwor ein gleißendes Licht herauf. Und dann kamen wir in den Gruben der Hölle wieder zu uns – ein Reich, das die Tugendfeen für die ungewollten oder unvollkommenen Haustiere geschaffen hatten.*

Die Albtraumfeen, realisierte sie, während ihr eine Erinnerung daran, wie Melek mit ihr über Typhos' Fall gesprochen hatte, durch den Kopf ging. Sie hatte damals nicht viel von Meleks Geschichte verstanden, aber jetzt begann alles Sinn zu ergeben.

Typhos hat diese Hölle an sich genommen und sie zu seinem Reich gemacht. Er hat eine Vielzahl an Königreichen für die Albtraumfeen geschaffen und mehr Magie in die Atmosphäre gewoben, um sie gastlich genug zu machen, damit sie dort gedeihen konnten.

Diesen Teil schien sie dank Meleks vormaligen Offenbarungen zu verstehen. Vielleicht hatte er das damit gemeint, als er gesagt hatte, dass er versucht hatte, sie zu unterrichten. Er hatte versucht, ihr das Reich der Höllenfeen zu erklären, aber das Wichtigste hatte er ausgelassen: Warum es überhaupt existierte.

Ich schloss diese Lücken jetzt, indem ich ihr einige meiner Erinnerungen zeigte. Aber ich musste vorsichtig sein und meine mentalen Schritte behutsam machen.

Weil das Letzte, was ich wollte, war, sie mit meiner schrecklichen Jugend bekanntzumachen.

Es war weniger aus Scham oder Angst, sondern viel eher wegen dieses intrinsischen Verlangens, sicherzustellen, dass sie nie diese Art von Schmerz erleiden würde. Vor allem nicht meinetwegen.

Ich erzähle dir das alles, damit du verstehst, was für ein Einfluss das, was ich dir gleich eröffnen werde, hat. Denn obwohl Typhos' Fall zur Schöpfung aller Feen geführt hat, so hat er nie die Absicht gehabt, das zu tun.

Natürlich bereute er nichts davon. Wenn überhaupt war er ziemlich stolz darauf, wie sich alles entwickelt hatte.

Aber seine Absichten und wie alles gekommen war, das war ein Thema für ein andermal. Was heute zählte, war die Antwort auf die Frage, die Cami mir zu Beginn gestellt hatte.

Wer ist Vivaxia?

Typhos' Fall wurde von einem korrupten Handel ausgelöst. Eine gierige Fee wollte ihm seine Kraft rauben – sein Licht. Und um das zu tun, musste sie dafür sorgen, dass Typhos willentlich starb. Was nicht einfach war für eine Tugendfee. Nachdem sie sich also jahrelang als seine Mentorin ausgegeben hatte, hat sie ihn hinters Licht geführt. Und er ist gefallen.

Das war nicht die ganze Geschichte, aber es genügte. Typhos konnte zu einem späteren Zeitpunkt näher darauf eingehen.

Die Fee, die seinen Fall herbeigeführt hat, war Vivaxia. Meine vormalige Besitzerin.

KAPITEL 31

CAMI

VORMALIGE BESITZERIN ...? Die beiden Worte gingen mir durch den Kopf. Ich verstand das Konzept nicht.

Az war zu dominant, um von jemandem *besessen* zu werden.

Wie?, fragte ich um ein Haar. *Wie konnte dich jemand besitzen?*

Offenbar war ich nicht sehr gut darin, diese Gedanken für mich zu behalten, denn Az schnaubte lachend und fuhr sich mit den Fingern durch sein dichtes Haar.

„Eines kann ich dir sagen ... Es war kein freiwilliges Arrangement." Er sprach die Worte laut aus, seine tiefe Stimme von einem sardonischen Unterton begleitet.

Es tat ihm ganz offensichtlich sehr weh, diesen Teil seiner Vergangenheit erneut zu durchleben. Aber ich schien mich nicht dazu durchringen zu können, ihm zu sagen, dass er aufhören sollte. Ich wollte alles wissen. Ich wollte alles über ihn wissen, wollte *ihn* kennenlernen.

Vivaxia hat mich in meinen frühen Zwanzigern gefunden. Sie war auf der Stelle fasziniert von meinem gemischten Erbgut und hat gefragt, ob ich interessiert daran wäre, einen Handel mit ihr zu machen. Ich war stolz und ein bisschen naiv, also habe ich mich bereiterklärt, mir anzuhören, was sie zu sagen hatte.

Der Blick in seinen violetten Augen entschwand in die Ferne

und seine Wangenknochen stachen jetzt noch mehr hervor, als er seinen Kiefer anspannte.

Sie hat mir angeboten, das Nest meiner Mutter zu verbessern. Es gemütlicher zu machen und sie mit verschiedenen Notwendigkeiten und besseren Gütern auszustatten, die allesamt ihre Lebensqualität steigern sollten. Er kniff seine Augen leicht zusammen. *Weißt du, mein Vater ... war von der Bildfläche verschwunden. Meine Mutter war nicht seine einzige Gefährtin. Und er hatte eine Zeitreisefee meiner Mutter vorgezogen.*

Oh. Er hört sich echt charmant an, murmelte ich.

Az' Mundwinkel zuckten. *Wohl kaum. Aber er ist seit einer langen Zeit tot. Ich denke selten an ihn.*

Seine Bemerkung ließ mich wundern, ob Az ihn getötet hatte, doch ich wollte ihn nicht erneut unterbrechen. Ich hatte es jetzt schon ein paarmal unabsichtlich getan und damit mein Versprechen gebrochen, nichts zu sagen, bis er die Geschichte zu Ende erzählt hatte.

Zum Glück schienen ihm meine neugierigen Fragen nichts auszumachen.

Leider hatte meine Mutter nicht viel und ich deshalb auch nicht. Deswegen sprach mich das Angebot von Vivaxia, die Lebensqualität meiner Mutter zu verbessern, auch an, weil sie mir damit einen Gefallen tun würde. Und außerdem hatte ich das Gefühl, mich so um meine Mutter kümmern zu können.

Hm, summte ich zu mir selbst, bedacht darauf, meine Gedanken nicht mit ihm zu teilen. *Ich glaube, ich weiß, was kommt ...*

Es gab nur eine Sache, die sie im Gegenzug wollte, und wie du sicherlich bereits erraten hast, war diese eine Sache ich, sagte er und seine Augen leuchteten, während er in meine Gedanken sprach.

Ja, das habe ich mir schon gedacht, dachte ich, übermittelte die Antwort aber nicht an ihn. Oder zumindest versuchte ich das. All diese ‚Kanäle' in meinem Kopf zu haben, die ich verwalten musste, war, gelinde gesagt, *interessant.*

Wie ich bereits erwähnt habe, war ich stolz und naiv, fuhr er fort. *Stolz, weil ich der Mann des Nests sein wollte. Naiv, weil ich Vivaxia nicht gebeten habe, klarzustellen, was sie meinte. Ich bin einfach davon ausgegangen, dass sie mich für Sex benutzen wollte. Ich lag falsch. Sehr falsch, sogar.*

Ich erschauderte, als eine Handvoll Erinnerungen in meinen Kopf fanden. Die Mauer zwischen uns war scheinbar fort. Dennoch kontrollierte er, was er mir offenbarte, und seinen Gedanken entnahm ich, dass er das tat, um mich zu schützen.

Er wollte mir nicht wehtun.

Was bedeutete, dass sein Kopf wohl Bilder beherbergte, die ich nie sehen wollte.

Und ich bezweifelte, dass es sich dabei um Dinge handelte, die er anderen angetan hatte, sondern viel eher, was ihm angetan worden war.

Sie wollte meinen Phönix, nicht mich – den Mann. Die Muskeln seines Arms spannten sich an, als er seine Hand erhob und mit den Fingern durch sein Haar strich. *Sie hat mich mit einem Bann belegt, der mich zwang, mich zu verwandeln, und dann kontrollierte sie jede einzelne Bewegung meines Tiers. Ich war sozusagen eine glorifizierte Puppe.*

Ajax' Bann, flüsterte ich.

Eine stärkere Version davon, ja. Er schluckte und sein Schmerz sickerte durch unser Band, während er darüber nachdachte, wie weh es getan hatte, diese Worte aus Ajax' Mund zu hören. *Ich schätze, wir beide haben dem anderen Dinge angetan, die dunkle Echos der Vergangenheit wachgerüttelt haben. Aber keiner von uns hatte beabsichtigt, dem anderen auf diese Art wehzutun. Glaube ich zumindest.*

Glaube ich auch, sagte ich. Az hatte versucht, Ajax zu beschützen, indem er sein Verlangen unterdrückt hatte, in Luzifers Bestrafung einzugreifen. Das war mir jetzt klar.

Ganz so, wie ich jetzt zu verstehen begann, dass nichts an Luzifer war, wie es schien.

Vivaxia zeigte mich gerne herum, sagte Az und fuhr mit der Geschichte fort. *Eine ihrer Lieblingsvorstellungen drehte sich um meinen Tod.* Er starrte mich mit brennendem Blick in seinen violetten Augen an. *Phönixfeen sind unsterblich, aber wir können vorübergehend sterben. Und wenn wir das tun, gehen wir in Flammen auf. Und dann erheben wir uns aus unserer Asche.*

Das hört sich ... schmerzhaft an.

Ein Lächeln zupfte an seinen Mundwinkeln und er streckte seinen Arm abermals auf der Sofalehne aus. *Das kommt ganz darauf an, wie ich sterbe. Aber ich fürchte mich nicht davor, zu brennen, kleine Kämpferin. Tatsächlich* begehre *ich es.*

Ich erschauderte. Nur Az konnte ein so dunkles Thema mit Sinnlichkeit versehen.

Aber es sind die Folgen, die am meisten wehtun, sagte er und ernüchterte. *Wenn ein reinblütiger schwarzer Phönix stirbt, sterben seine oder ihre Erinnerungen mit ihm. Sie werden wahrhaftig neu geboren, es sei denn, sie haben einen Gefährten. In diesem Fall finden die Erinnerungen über das Gefährtenband zu ihnen zurück. Fast so, als würde der Gefährte des schwarzen Phönix Teile ihrer Seele zu diesem alleinigen Zweck aufbewahren.*

Ich starrte ihn an und riss meine Augen auf. *Also vergisst du alles, wenn du stirbst?*

Nein. Ich bin kein reinrassiger Phönix. Und deswegen werden meine Erinnerungen üblicherweise von meiner anderen Hälfte gehütet. Und wenn diese Erinnerungen anfangen, hochzukommen, fühlen sie sich wie Kugeln in meinem Kopf an, die entweder alle gleichzeitig oder eine nach dem anderen in mich dringen.

Ich sah ihn fassungslos an. Das ... Ich war sprachlos. Ich wusste nicht, was ich darauf erwidern sollte. Das ... Das hörte sich *qualvoll* an.

Wie schnell ich mich erhole, hängt üblicherweise davon ab, wie schnell ich sterbe, fuhr er fort. *Ein schneller Tod bedeutet, dass ich meine Erinnerungen auf einen Schlag zurückerlange. Ein langsamer Tod zieht kugelähnliche Empfindungen nach sich, die sich stunden- oder tagelang in meine Gedanken bohren.*

Ich zuckte zusammen. *Oh, Gott ... Az ... Ich ... Ich weiß nicht, was ich sagen soll.*

Es gibt nichts zu sagen, kleine Kämpferin. Seine Augen glitzerten wie feurige violette Diamanten. *Aber es fühlt sich gut an, dich ‚Az' in Verbindung mit ‚Gott' sagen zu hören.*

Ich blinzelte. Seine sinnliche Bemerkung war unerwartet und kam zum richtigen Zeitpunkt. Denn sie brachte mich dazu, lauthals loszulachen, obwohl sich mir der Magen krümmte. „Bilde dir ja nichts darauf ein."

„Doch, tue ich", entgegnete er mit tiefer Stimme, die sich fast wie ein Schnurren anhörte. „Bald schon wirst du verstehen, warum."

Mein Magen krümmte sich jetzt aus einem völlig anderen Grund als noch gerade eben. Seine Worte lullten mich in eine unerwartete Hitze ein.

Az musterte mich. An seinen vollen – zum Küssen verlockenden – Lippen zeichnete sich noch immer Belustigung ab.

Typhos hat an einer von Vivaxias Vorführungen teilgenommen, sagte er. Die Aussage passte nicht zum hungrigen Blick in seinen Augen, aber er schien die Geschichte zu Ende erzählen zu wollen.

Und ich wollte das Ende unbedingt hören.

Sie hat ihn mit dem Ziel eingeladen, ihn zu verführen. Ich glaube, es hätte funktioniert, wenn sie mich nicht mitgenommen hätte. Aber zu sehen, wie sie mich – ihr Haustier *– folterte, hat ihrem Plan einen Strich durch die Rechnung gemacht. Anstatt ihn umgehend ins Bett zu bekommen, wie sie beabsichtigt hatte, besprachen sie stattdessen ihren ersten Handel.*

Er deutete auf den Papierstapel, der auf dem Esstisch stand. Denjenigen, den wir auf dem Balkon besprochen hatten und obenauf lag.

Der Vertrag, den du mir vorhin gezeigt hast, ist der besagte Handel. Er runzelte seine Stirn leicht. *Ich ahne, dass Melek etwas damit zu tun hat, dass du ausgerechnet den* zufällig *aus dem Stapel gezogen hast.*

Ich presste die Lippen aufeinander. *Die Seiten waren im ganzen Zimmer verteilt, als er ging. Ich habe sie in keiner bestimmten Reihenfolge aufgestapelt.*

Er nickte. *Ich bin mir sicher, dass die Magie das ohne dein Wissen für dich erledigt hat.* Er strich sich abermals mit den Fingern durchs Haar und seufzte. *Wie dem auch sei ... Es ist kein Zufall, dass du mir den Vertrag gegeben hast, der sich um meine vorgeschlagene Freilassung gedreht hat. Aber ich war nie wirklich frei.*

Was willst du damit sagen? Ich hatte es aufgegeben, meine Fragen für später aufzuheben. Zum Glück schien ihm das nichts auszumachen.

Typhos hat um einen Besitzerwechsel ersucht und Vivaxia sozusagen darum gebeten, ihm ihr Haustier zu überlassen. Sie hat zugestimmt – unter einer Bedingung: Dass er eine Nacht in ihrem Bett verbrachte und tat, was immer sie wollte.

Ich zog meine Augenbrauen hoch. *Und er hat zugestimmt.*

Selbstverständlich. Vivaxia war eine begehrte Frau, und eine Nacht lang zu sündigen, war kein Problem für ihn. Aber er hat einen fatalen Fehler begangen, indem er den Handel angenommen hat. Er hatte nicht geregelt, für wie lange ich sein werden würde. Also gab sie mich eine Nacht lang weg und tanzte dann am nächsten Tag an, um mich mitzunehmen.

Aha. Eine Nacht in ihrem Bett im Austausch für eine Nacht des Besitzerwechsels. Ich verzog das Gesicht. *Ich schätze, das war nicht direkt, was er beabsichtigt hatte.*

Überhaupt nicht, murmelte Az. *Und natürlich wusste Vivaxia das auch, aber am Anfang wusste sie nicht, warum er danach verlangt hatte. Sie ging ganz einfach davon aus, dass er sich gerne mit mir vergnügte. Natürlich steckte mehr dahinter, aber sie war zu arrogant, um etwas anderes zu erwägen.*

Weil sie dich als Tier angesehen hat, nicht als Person, schloss ich.

Genau. Aber Typhos hat mich gesehen und er hat mir hinter verschlossenen Türen versprochen, dass er tun würde, was immer nötig wäre, um mich zu befreien.

Warum?, wollte ich wissen. *Nicht, dass ich es ihm verübeln kann, aber wenn er in einer Umgebung aufgewachsen ist, in der Tugendfeen überstellt waren, warum würde er dann in Erwägung ziehen, einem ‚untergeordneten' Wesen zu helfen?*

Weil er immer daran geglaubt hat, dass Kraft nicht mit Erhabenheit einhergeht.

Das überraschte mich angesichts meiner Erfahrungen mit dem Höllenfeen-König, aber ich erwiderte nichts.

Typhos glaubt, dass jene, die mit gewissen Gaben geboren werden, ihre Schöpfungen beschützen müssen, anstatt sie zu foltern. Und er hat nie gutgeheißen, was mit den Wesen passiert ist, die für unvollkommen *befunden worden waren.*

Er hat immer daran geglaubt, dass alles Leben wertgeschätzt und belohnt werden soll, es sei denn, die Seele hat eine Sünde begangen. In diesem Fall hat die Seele ihre Folter verdient. Darum auch seine Art der Bestrafung von jenen, die gegen die Bedingungen der Vereinbarungen verstoßen, die er mit ihnen abschließt.

Die dunklen Seelen, dämmerte mir. *Darum haben einige der Albtraumfeen schwarze Auren.*

Du kannst sie sehen?

Ich nickte. *Manchmal.*

Er dachte einen Augenblick lang über meine Aussage nach. *Interessant.*

Eine Stille tat sich zwischen uns auf und sein kluger Blick bereitete mir Gänsehaut. Trotz des ernsten Gesprächsthemas konnte ich es mir nicht verkneifen, mich am Anblick zu erfreuen, der sich mir bot. Ein Mann ohne Hemd, mit definierten Muskeln, gemeißelten Bauchmuskeln und niedrig sitzender Hose, die sich um seine Schenkel spannte.

Meleks verweilende Energie ließ meine Libido ganz offensichtlich verrücktspielen.

Oder vielleicht war es der Traum.

Ich wusste es nicht so recht, aber Az mir so lässig gegenübersitzen zu haben, fühlte sich beinahe wie eine Einladung an. Eine, die anzunehmen ich erwog.

Er ist mein Gefährte, sagte ich zu mir selbst. *Natürlich will ich ihn. Aber kann ich ihm vertrauen?*

Er blähte seine Nasenflügel, was darauf hindeutete, dass er diesen Gedankengang gehört hatte.

Ich muss das mit dem Kanalisieren dringend hinbekommen, dachte ich mit einem Seufzer.

Ja, musst du, stimmte er mit ernstem Tonfall zu. *Und ja, du kannst mir vertrauen.*

Ich schluckte schwer und zwang mich, nicht zu antworten

oder zu denken, weil er jedes einzelne Wort mitbekommen würde.

Nach diesem ersten Handel wurde Typhos besessen davon, Vivaxia auszustechen, fuhr Az fort und erlöste mich kurz von meinen Gedanken. *Und so begann ihre langjährige Bekanntschaft. Sie war sein Mentor. Er versuchte, sie zu schlagen, und sie versuchte, einen Weg zu finden, um sein Licht zu stehlen.*

Und sein Licht war seine Kraft, erwiderte ich.

Ja. Das war von Anfang an ihr Ziel gewesen. Sie hat seine Kraft erkannt und wollte sie für sich selbst haben. Und so begann sie die Grenzen ihrer Vereinbarungen auszutesten und herauszufinden, ob sie sich seine Fähigkeiten irgendwie borgen konnte. In der Zwischenzeit hat er mehr Nächte mit mir ausgehandelt. Wie ich schon sagte ... Sie glaubte, er tat es, weil mich als Haustier begehrte. Es gefiel ihr ungemein, mich für ihren persönlichen Nutzen benutzen zu können.

Ich spannte meinen Kiefer an. Der Gedanke daran, dass Az auf derartige Weise benutzt worden war, verdarb mir ordentlich die Stimmung.

Sie dachte, dass er mich fickte, fuhr Az fort. *Mein schwarzer Phönix ist sinnlich. Viele ihrer Verehrer wollten mich aus diesem Grund. Aber Typhos war der Einzige, dem sie dieses Privileg einräumte, weil sie dachte, dass er einfacher zu manipulieren wäre, wenn er von meinen Phönixbannen abgelenkt war. Deswegen lockerte sie die Leine mit jedem Mal, in dem sie mich Typhos für eine Nacht überließ, etwas mehr, weil sie wusste, dass ich in der Lage sein musste, mich in meine menschliche Form verwandeln zu können, um Typhos angemessen zu befriedigen.*

Was hat er stattdessen getan?, wollte ich wissen.

Wie ein Gleichgestellter mit mir gesprochen, erwiderte Az leise und sein Blick wanderte kurz zu Boden, als wäre es ihm peinlich, das zuzugeben. *Er wollte wissen, wie es dazu gekommen war, dass ich ihr gehörte, und ich habe ihm von meiner Mutter erzählt. Er schluckte schwer und sein Gesichtsausdruck wurde streng. Wie sich herausgestellt hat, hatte mein Handel mit Vivaxia denselben Haken. Er verfügte über eine zeitliche Begrenzung.*

Seine violetten Iriden blitzten, als er mir erneut in die Augen sah.

Die Nest-Unterbringungen haben nur eine Woche lang gehalten. So viel Aufwand erachtete Vivaxia für ihren Teil der Abmachung für angemessen, um mich lebenslang einzusperren. Die Wut in seiner mentalen Stimme brannte sich in meine Gedanken und seine Worte riefen eine ähnliche Reaktion in mir hervor.

Doch es folgte auch ein Hauch Besorgnis.

Denn wenn Vivaxia ihren Teil der Abmachung nicht eingehalten hatte ... *Was ist mit deiner Mutter geschehen?*

Er spannte seinen Kiefer an. *Sie ist dahingewelkt.*

KAPITEL 32

CAMI

Ich starrte Az an.

Sie ist dahingewelkt.

Was ... Was hatte das zu bedeuten?

Ist sie ...? Ich verstummte, schluckte schwer und versuchte den Mut zu fassen, um meine Frage zu Ende zu stellen. *Ist sie gestorben?*

Aber er hatte doch eben gesagt, dass schwarze Phönixe unsterblich waren, oder etwa nicht?

Schwarze Phönixweibchen sind gegenüber ihren Jungen sehr beschützerisch. Und sie hat sich selbst die Schuld daran gegeben, dass ich Vivaxias Angebot angenommen habe. Meine Mutter ... Er hielt inne und schluckte schwer. Sie hat sich in ihrem Nest vergraben und sich geweigert, zu essen, sich zu putzen, zu leben – und das jahrzehntelang. Als Typhos sie gefunden hat ... Nachdem ich ihm alles über meinen Handel mit Vivaxia erzählt hatte ... War meine Mutter nur eine Hülle dessen, was sie einst war.

Mein Herz hämmerte wie wild und mich überkam das plötzliche Verlangen, zu weinen. Ich stand meinen Eltern nicht besonders nahe, aber es war klar, dass Az sich etwas aus seiner Mutter gemacht hatte. Dass er sich die Schuld daran gab, wie sie sich offenbar die Schuld gegeben hatte.

Es geht ihr jetzt besser, fügte er leise an. *Sie lebt im Lunarfeenreich.*

Lunarfeen?, wiederholte ich. Sie waren mir nicht bekannt. *Noch eine Unterart der Albtraumfeen?*

Er schüttelte seinen Kopf. *Nein. Es handelt sich dabei um eine einzigartige Rasse von Wolfsformwandlern. Einer der Alphas hat einen Abdruck auf meiner Mutter hinterlassen. Sie lebt jetzt bei ihm. Sie ist glücklich. Das ist alles, was zählt.*

Und sie weiß, dass du in Sicherheit bist?, riet ich.

Ja. Aber unsere Beziehung ist nie wieder dieselbe gewesen. Sie hat um mich getrauert, als wäre ich gestorben. Er schnippte ein unsichtbares Staubpartikel von seiner Hose. *Ich schätze, das beruht auf Gegenseitigkeit. All diese Tode haben meiner Seele viel abverlangt. Irgendwann habe ich mir ganz einfach beigebracht, mir nichts daraus zu machen. Wenn es mich nicht störte, tat es nicht so weh.*

Jetzt begann ich zu verstehen, warum Az gerne Lust mit Schmerz verband.

Und ich konnte auch verstehen, warum er dominant war.

Er hatte sich niemals wieder von jemandem kontrollieren lassen. Und das mit gutem Grund.

Wie dem auch sei. Der Grund, aus dem ich dir all das erzähle, ist, damit du meine Beziehung zu Typhos besser verstehen kannst. Er hat mich gerettet, Cami. Er hat meine Mutter gerettet. Ohne ihn ... weiß ich nicht, wo ich heute wäre. Vielleicht hätte Vivaxia am Ende doch noch einen Weg gefunden, um meine Unsterblichkeit auszutricksen und mich ein für alle Mal zu töten.

Ich erschauderte bei diesem Gedanken. *Ich bin froh, dass ihr das nicht gelungen ist.*

Sein darauffolgendes Lächeln sah beinahe sanft aus. Na ja, so sanft wie es seine kantigen Wangenknochen und gemeißelten Gesichtszüge erlaubten. *Ich bin auch froh, dass sie mich nicht umgebracht hat. Aber so schrecklich, wie sie auch war, so hat sie mir dennoch viele kostbare Lektionen erteilt. Und Typhos auch.*

Also ... Wie ist es ihm am Ende gelungen, sie zu besiegen?, wollte ich wissen. *Wie ist es ihm gelungen, dich am Ende zu retten?*

Das hat er nicht. Nicht wirklich. Er fiel in die Grube, die die Tugendfeen für ihre verbannten Schöpfungen geschaffen hatten, erwiderte Az achselzuckend. *Aber etwas, das er getan hat, hat den Kurs der Geschichte verändert. Und obwohl ich dir davon erzählen könnte, finde ich, dass er dir diese Geschichte erzählen sollte.*

Hm, verstehe. Also soll das heutige Training meine Neugier auf Luzifers Vergangenheit wecken, damit ich ihn danach frage, sagte ich ausdruckslos. *Gut zu wissen.*

Das heutige Gespräch soll dazu beitragen, dass du mich verstehst, Cami. Und um das zu tun, musst du auch Typhos verstehen.

Und was hat Melek mit der ganzen Sache zu tun?, fragte ich ihn. *Du hast gesagt, dass er eine Tugendfee ist. Also ... war er offensichtlich auch dort, oder etwa nicht?*

Das kannst du ihn selbst fragen, erwiderte Az. *Sieh es als meine Rache für seine Einmischung an.*

Ich ließ mich mit einem Seufzer in die Armlehne des Sofas fallen. „Ihr alle erzählt mir nur zu gerne halbe Geschichten, was?"

„Nein. Nicht alle von uns. Ich habe dir meine Geschichte erzählt. Die anderen können ihre eigene teilen." Er sagte die Worte mit einem Tonfall, der mir sagte, dass er keine Widerrede dulden würde.

Obwohl ich nachhaken wollte, konnte ich nicht ignorieren, dass an seiner Aussage etwas dran war.

Er hatte seine Vergangenheit mit mir geteilt und es lag nicht an ihm, mir die Vergangenheit der anderen zu eröffnen.

„Danke, dass du mir das alles gesagt hast", sagte ich und meinte es auch so. „Ich ... Ich weiß, dass das alles andere als einfach für dich gewesen sein muss."

„Es war einfacher als gedacht", gab er zu. „Vielleicht, weil das alles vor so langer Zeit geschehen ist. Oder vielleicht, weil ich mit meinem Phönix verbunden bin und er dir vertraut. Deshalb vertraue ich dir auch."

„Und Ajax?"

„So, wie mein Vogel auf Ajax reagiert hat, als er eine Version des Bändigungszaubers benutzt hat, hat mir gezeigt, dass meine Seele Ajax tief drinnen vertraut. Andernfalls wäre ich sauer gewesen, nicht verletzt." Az legte seine Hand auf seine Brust, als würde er den Schmerz noch einmal erleben, den dieser Bann heraufbeschworen hatte.

Ich konnte den verweilenden Schmerz in ihm spüren. Unser Band erlaubte es mir, die Empfindung zu erfahren, als wäre es meine eigene. Und ich konnte auch sehen, dass Az seine Mauer wiederaufbaute. Nicht, um mich auszusperren, sondern um mich erneut zu schützen.

Seine Energie war feurig. Potent. *Heiß*. In seinem Hinterkopf dachte er immer wieder an sein Verlangen, sein Feuer auszuschütten, und gleichzeitig stellte er mit Staunen fest, dass es gebändigter war als üblich.

„Mein Tier wird nicht von menschenähnlichen Gedanken oder Emotionen zurückgehalten. Er weiß, was er will. Und ein Teil dieses primitiven Wissens hilft mir jetzt, zu heilen. Wir können nichts dagegen tun, dass wir zusammen sind, und um ehrlich zu sein, würde ich auch nichts dagegen unternehmen, selbst wenn ich es könnte."

„Du und dein Phönix seid jetzt stärker", sagte ich. „Weil ihr zusammen seid."

„Ich habe von uns gesprochen, Cami", erwiderte er mit sanftem Tonfall. „Wir können nichts dagegen tun, was du und ich jetzt haben. Und selbst wenn ich es könnte, würde ich nicht dagegen ankämpfen. Mein Phönix hat recht. Es war dir bestimmt, unsere Gefährtin zu sein. Und Ajax auch."

Ich runzelte die Stirn. „Aber woher weißt du das? Wir ... Wir kennen einander nicht besonders gut, richtig?"

Az' sah mir mit intensivem Blick in die Augen. „Ich kann mir gut vorstellen, dass es dir nicht leichtfällt, Vertrauen zu jemandem aufzubauen. Ich habe ein bisschen in deiner Akte gelesen und weiß, dass deine Eltern dich in deiner Jugend im Stich gelassen und dich selbst überlassen haben. Vielleicht ist es also schwierig, unser Schicksal zu akzeptieren. Aber unsere Seelen ... Sie kennen einander sehr gut. Tief drinnen kann ich das spüren."

Mir kam ein erschrockenes Lachen über die Lippen. „Willst du damit etwa sagen, dass wir Seelenverwandte sind?"

„Ja", erwiderte er in vollem Ernst. „Will ich."

Ich zog meine Augenbrauen hoch. „So etwas gibt es nicht."

„Im Reich der Sterblichen nicht, nein. Aber im Reich der Feen kann es vorkommen und das tut es auch." Er lehnte sich auf dem Sofa nach vorn und in seinen violetten Augen wirbelten schwarze Kleckse. Der Mann und der Phönix in einer Gestalt. „Ich wollte dich, sowie ich dich zum ersten Mal erblickt habe, Cami. Du hast gegen Ajax gekämpft, während jede andere Frau in diesem Camp in die entgegensetzte Richtung von ihm gelaufen ist. Du bist stark. Eine Kämpferin. *Meine* Kämpferin."

Meine Belustigung verging mir im nächsten Augenblick und mein Herz schien angesichts seiner Worte ein paar Schläge lang auszusetzen. Er hatte sie mit solcher Überzeugung – so viel *Zuversicht* – von sich gegeben, dass ich ... Dass ich nicht wusste, wie ich reagieren sollte.

Ich hatte irgendwie erwartet, dass er sagen würde, dass er mich hatte ficken wollen, sowie er mich zum ersten Mal gesehen hatte. Etwas über mein Aussehen oder die Lust, die so heiß zwischen uns brannte.

Aber nicht seine Bemerkung hinsichtlich meiner Stärke.

„Du bist anders als alle anderen, denen ich je begegnet bin, Camillia", fügte er an und schlang seine Hand um meine, die sich in der Nähe meines Beins befand. Ich hatte meine Knie an die Brust gezogen, um eine Art Schild zwischen uns zu schaffen.

„Du bist unerschütterlich. Klug. *Aufmerksam*. Und in dir ruht eine Güte, die meinen Phönix ungemein anspricht. Eine Sanftheit, die zu erforschen ich mich sehne. Weil ich ahne, dass du diese Seite nur selten anderen zeigst. Ich will dich besser kennenlernen, Cami. Ich will mit dir zusammen sein."

Er drückte meine Hand und ließ dann von mir ab.

„Aber ich weiß, dass du mir noch nicht traust. Das ist in Ordnung. Geduld ist eine Tugend, die ich vor langer Zeit gemeistert habe. Und für dich, glaube ich, würde ich eine Ewigkeit warten, wenn ich es müsste."

Mir wurde warm ums Herz. Seine Worte hallten in meinem Kopf wider und unser Band gab mir zu verstehen, dass sie ernst gemeint gewesen waren.

Er hatte jedes einzelne Wort so gemeint.

Ich ... Ich wusste nicht, wie ich mit dieser Seite von Az

umgehen sollte. Mit diesem sentimentalen Mann. Er war immer so grob, beinahe grausam, und unglaublich sinnlich.

Aber das ... Das hier ist, wie Az mit mir sein wird.

Wenn wir allein waren.

Wenn es nur uns gab.

Der Mann und der Phönix mit seiner Gefährtin.

Ich konnte sein verweilendes Verlangen nach Dominanz direkt unter der sentimentalen Oberfläche brodeln spüren. Wie ihn seine innere Hitze drängte, sich zu nehmen, was rechtmäßig ihm gehörte. Aber er zähmte dieses Verlangen mit einem Gedanken. Der Mann hatte durch und durch die Kontrolle über seine animalische Natur.

Seine Manneskraft seiner Sanftheit gegenüberstehen zu sehen, raubte mir den Atem.

Ich ließ meine Hände an die Seiten fallen und mein Körper schien sich aus eigenem Antrieb auf meine Knie zu begeben.

Er beobachtete mich mit schweren Lidern und doch konnte ich nicht ausmachen, was in ihm vorging. Doch seinen Hunger konnte ich *spüren*. Sein *Verlangen*.

Aber er ließ mich führen.

Er streckte seine Hand nicht nach mir aus, sagte mir nicht, dass ich aufhören oder näherkommen sollte. Er beobachtete mich ganz einfach mit seinen wunderschönen Augen, während ich auf ihn zuging.

Sein Ausdruck veränderte sich nicht, als ich nach seinen Schultern griff und mich rittlings auf seinen Schoß setzte. Er berührte mich nicht. Er ließ seinen linken Arm ausgestreckt auf der Sofalehne liegen und sein anderer hing lose an seiner Seite.

Ich nahm sein schönes Gesicht in meine Hände und blickte suchend in seine Augen. Meine Gedanken offenbarten meine Absicht.

Ich spürte seine Akzeptanz in unserem Band, und sein Verständnis darüber, was ich brauchte, koste meine Sinne.

Er weigerte sich, sich jemals wieder von jemandem kontrollieren zu lassen oder einen Meister zu haben. Darum war er dominant. Deshalb musste er die Zügel in der Hand halten.

Aber er räumte mir diesen einen Augenblick ein, um zu tun, was immer ich wollte.

Diesen einen leidenschaftlichen *Kuss.*

Ich presste meine Lippen auf seine und meine Beine spannten sich um seine Hüften geschlungen an, während ein elektrisches Gefühl sich zwischen uns ausbreitete.

Er erinnerte mich an ein Wildfeuer. Seine Berührung war so heiß und zerstörerisch, sein Ziel und sein Weg unbekannt. Und doch war etwas daran so unglaublich schön. So verlockend, dass ich mich nicht davon abhalten konnte, seine Flammen anzunehmen.

Jede Berührung unserer Lippen verführte mich noch mehr. Verlockte mich, mit seiner vielversprechenden Hitze.

Ich werde dir nicht wehtun, schienen diese Flammen zu sagen. *Kose mich. Gib dich mir hin. Lass mich deine Seele brandmarken. Ich verspreche dir, dich zu überwältigen. Dich in Versuchung zu führen. Dich zu* verwöhnen.

Meine Zunge glitt in seinen Mund, mein Körper ergab sich der Sehnsucht und ich schlang meine Arme um seinen Nacken.

Er riss die Kontrolle nicht an sich. Er ließ mich ihn in meinem Tempo kosen. Meine Lippen prägten sich die seinen ein, während meine Finger durch sein dichtes Haar strichen und meine Oberweite sich an seine harte Brust drückte.

Es war eine zärtliche Umarmung.

Eine, die ich aufrechterhielt.

Aber wie alle Wildfeuer, geriet unsere Umarmung irgendwann außer Kontrolle. Az trat in Aktion, um die Flammen zu zügeln, seine Zunge sanft an meine gepresst. Er zog mich in unseren Kuss und berührte meine Seele noch tiefer.

Ich verstand nicht mehr, warum wir gewartet hatten. Warum ich mich diesem Gefühlssturm, der sich zwischen uns zusammengebraut hatte, nicht hingegeben hatte.

Diese Fee gehörte mir.

Meine Phönixfee.

Mein Az.

Mein Gefährte.

Er schlang seinen Arm um mich. Die Berührung glich einem

brennenden Band, das sich um meinen oberen Rücken schlang, während seine andere Hand an meine Hüfte wanderte.

Und mich einschloss.

Mich beanspruchte.

Mich fesselte.

Ich will noch eine Lektion, flüsterte ich in seine Gedanken.

Sag es, erwiderte er und ließ seine Zunge mit Absicht behaftet über meine gleiten.

Bring mir bei, wie du fickst, sagte ich zu ihm. *Bring mir bei, wie ich dich befriedigen kann.*

Es war ein gefährlicher Vorschlag. Einer, der zweifellos jegliche Vorstellung zerstören würde, die ich in Bezug auf Az und Sex hatte.

Aber das war in Ordnung.

Weil ich ihn kennenlernen wollte. Das hier erforschen wollte. Wissen wollte, wer wir waren.

Ich wollte wissen, was wir zusammen sein konnten.

Zeig mir, was du brauchst, ergänzte ich. *Zeig mir, was es heißt, dein zu sein.*

KAPITEL 33

TYPHOS

MEHRERE MINUTEN ZUVOR

Ajax und ich sind auf dem Weg zu dir, Liebster, murmelte Melek in meine Gedanken.

Hm, summte ich zurück. *Wessen Idee war es, Zenaida zu besuchen? Deine oder Ajax'?* Ich gab mir keine Mühe, zu verheimlichen, dass ich wusste, wo sie gewesen waren. Ich hatte sie zurückkommen gespürt, sowie sie das Reich betreten hatten.

Überwachst du mich etwa?, neckte Melek.

Immer. Ich antwortete ehrlich und hatte nicht das Gefühl, dies verheimlichen zu müssen. Melek gehörte mir. Natürlich hatte ich im Auge, wann und wohin er entschwand.

Und ich wusste auch, dass er Camillia immer wieder im Reich der Mitternachtsfeen besucht hatte.

Obwohl ich ihm nicht offenbart hatte, dass ich davon wusste.

Wenn er mit seiner Intendierten spielen wollte, nun gut. Solange er in Sicherheit war, würde ich mich nicht in seine Angelegenheiten einmischen.

Auch wenn ich mit vielen von seinen Entscheidungen nicht einverstanden war.

Meleks Belustigung machte sich mittels eines warmen Gefühls in meinen Gedanken bemerkbar, doch er übermittelte mir nichts in Gedanken. Denn offenbar würde er meine anfängliche Frage hinsichtlich Zenaida nicht beantworten.

Du hast die Spielchen wohl nie satt, meinte ich mit einem tiefen Seufzer.

Du liebst sie fast so sehr, wie du mich liebst.

Hm, summte ich erneut, während ich mich in den Thronsaal teleportierte. Ich hatte mich für das heutige Treffen aus einem bestimmten Grund für diesen Ort entschieden.

Die meisten meiner Bürger wussten nicht einmal, dass mein Palast über einen Thronsaal verfügte. Aber es gab einen – einen sehr unbenutzten und verstaubten –, den ich benutzte, um mich mit meinen Leutnanten und anderen königlichen Feen zu treffen.

Anders als die meisten Thronsäle ging es hier drinnen nicht um Macht.

Sondern um Gleichberechtigung.

Das hier war ein Ort, an den ich diejenigen einlud, die ich bewunderte und respektierte, um mich mit ihnen zu treffen.

Alle, die Zutritt zu diesem Zimmer hatten, bekamen einen Thron, auf dem sie sitzen konnten, nicht nur ich. Was das Zimmer wohl eher wie ein glamouröses Sitzungszimmer aussehen ließ, nur ohne Tisch. Die Leere zwischen den Stühlen wurde nur von einem Zierfußboden gefüllt, der aus Feuer und Obsidian bestand.

Ajax war zuvor schon in diesen Raum geladen worden, um sich mit mir zu treffen, sodass ihm klar sein sollte, was ich damit sagen wollte.

Denn hier würde er an meiner Seite sitzen und nicht etwa zu meinen Füßen kauern.

Seine Schatten eilten seinem mächtigen Körper voraus und seine Essenz schien sich mit den feurigen Wänden, die meine Kammer umgaben, zu verschmelzen. Es war anders als zuvor. Seine einzigartige Energie stand üblicherweise in Konflikt mit meiner.

Aber heute schien seine Aura mit meiner zu tanzen. Zu wachsen. In Flammen gesteckt durch gegenseitige Wertschätzung.

Wie interessant, ging mir durch den Kopf, während ich beobachtete, wie meine Essenz auf seine reagierte.

Wirklich sehr interessant.

Ich setzte mich auf meinen bevorzugten Thron, meine Neugier von der unerwarteten Veränderung geweckt. Offenbar hatte sich mit Camillia zu verbinden Ajax' Magie verändert und seine neue Energie war überraschend kompatibel mit meiner eigenen.

Melek materialisierte sich einen Augenblick später mit einem sündhaften Lächeln auf seinen perfekten Lippen, während er Ajax ins Zimmer folgte.

Wirst du mir mehr über euren Besuch bei Zenaida erzählen?, fragte ich ihn. *Oder vielleicht darüber, wie du Az dazu gebracht hast, ein Gespräch über Vivaxia zu führen?*

Die Belustigung meines Prinzen nahm nur noch zu. *Ich glaube, Ajax hat Bestätigung von Zenaida gewollt. Was Az angeht, glaube ich, dass dieses Gespräch längst überfällig war.*

Und du hattest das Gefühl, dass es deine Aufgabe war, dieses Gespräch anzuzetteln?

Ich habe Cami nur mit den Werkzeugen ausgestattet, die sie brauchte, um das Gespräch selbst anzuschneiden, konterte er. *Az musste sich irgendwie ihr Vertrauen verdienen. Ganz wie du war er zu stur, um selbst auf diese Idee zu kommen, also habe ich ihm eine Lösung bereitgestellt. Das kann man nicht Einmischung nennen, Ty. Das nennt man Hilfestellung.*

Ich schnaubte. „Dein Verständnis von *Hilfestellung*, ist, sich *einzumischen*", sagte ich hörbar.

Melek lächelte nur ein weiteres Mal und setzte sich dann auf den Stuhl zu meiner Rechten. „Fandest du Zenaidas Bändigungszauber hilfreich oder anmaßend, Ajax?"

Ich kniff meine Augen zusammen. *Du hast Zenaida den Bändigungszauber gegeben?*

Nicht direkt. Es folgte keine Erklärung. Keine Reue. Er starrte Ajax bloß an und wartete auf seine Antwort.

„Du meinst den Bann, den du mir zusammen mit Zenaidas Keksen dagelassen hast?", antwortete Ajax und kniff seine Augen zusammen. „Warum hast du mir dabei geholfen, Az wehzutun?"

„Ich habe dir nicht dabei geholfen, ihm wehzutun. Ich habe

dir dabei geholfen, ihn zu bändigen." Melek sah zu mir. „Siehst du, Ty? Ich mische mich nicht ein, ich *helfe*."

Mein Kiefer zuckte. *Also hast du Ajax den Bann gegeben, den Vivaxia auf Az angewendet hat?*

Eine Variante davon, säuselte er. *Eine, die Az einfach brechen hätte können, wenn er es versucht hätte.*

Hast du deinen verdammten Verstand verloren?!, wollte ich wissen, mein Fokus jetzt voll und ganz auf Melek, anstatt dem Handel, den ich Ajax hatte unterbreiten wollen. *Hast du denn überhaupt keine Achtung vor der Vergangenheit? Vor dem Schaden, den der Bann anrichten könnte?*

Melek ernüchterte und in seinen vielfarbigen Augen waberten eine Vielzahl an Wahrheiten und Geheimnissen. „Der Bann war so formuliert, dass Az ihn brechen konnte. Aber er hat darauf vertraut, dass Ajax keinen Vorteil aus seiner Macht schöpfen würde, und deswegen hat er auch nicht gegen ihn angekämpft. Sein Zweck war, die Wahrheit offenzulegen, und ich glaube, das hat er auch getan."

„Was für Wahrheiten?", fragte ich ihn. „Wahrheiten, von denen *du* glaubst, Camillia ist würdig, sie zu erfahren?"

„Ganz genau." Er sagte das ohne den Hauch eines neckischen Tonfalls. „Es sind Wahrheiten, die zu erfahren Ajax auch würdig ist."

Camillia muss die Geschichte deines Falls kennen, und unser Kommandant muss auf den sich zusammenbrauenden Sturm gefasst sein. Etwas, das er nicht kann, wenn er von der Vergangenheit zurückgehalten wird, ergänzte Melek in Gedanken. *Der schwarze Phönix hat endlich seine Gefährten gefunden. Jemandem seine Geschichte zu erzählen, bei dem er sich sicher fühlt, wird ihm dabei helfen, diese Vergangenheit ein für alle Mal zu verarbeiten.*

Ich bin sein Gefährte, konterte ich. *Er kann immer mit mir sprechen.*

Du bist nicht der Gefährte seines Phönix, erwiderte Melek.

Oh, natürlich nicht. Ich hatte mich mit Azazel mittels meiner Quelle und unter Anwendung des Tugendfeen-Bannes verbunden. Aber das band mich nur an die Fee, nicht an das Tier in ihm.

Seine Seele war immer zwiegespalten gewesen. Aber sich mit Camilla und Ajax verbunden zu haben, hatte ihn verändert. Ich konnte nicht ganz sagen, was sich verändert hatte, aber ich konnte es spüren. Beinahe, als hätte seine Seele sich zu einem Stück zusammengefügt und würde jeden Tag stärker werden.

Und doch hatte er mich nicht gebraucht, um seine Kraft auszuschütten.

Tatsächlich konnte ich sein Brennen kaum noch ausmachen. Es fühlte sich an, als hätte er einen anderen Weg gefunden, um seine Energie aufrechtzuerhalten.

Mittels seiner neuen Gefährten.

Finde ich Ajax deswegen so viel interessanter?, fragte ich mich, während ich die stoische Mitternachtsfee musterte. Er stand da, seine Hände hinter dem Rücken verschränkt, und wartete ganz offensichtlich darauf, dass ich sagte, was immer ich zu sagen hatte, damit er gehen konnte.

Völlig anders als der Wärter aus der Vergangenheit.

Vielmehr wie ein potenzieller neuer Gefährte.

Ein Mann, den ich vielleicht wirklich meinem inneren Zirkel beifügen wollte.

Denn jetzt stand er als Gleichgestellter vor mir, nicht als verliebte Mitternachtsfee mit einem Heldenverehrung-Komplex. Er hatte mich vorher als König angesehen – als einen mächtigen König, dem er um jeden Preis für die Ewigkeit hatte dienen wollen.

Jetzt sah er mich an, als würde ich ihm nicht viel bedeuten.

Eine faszinierende Veränderung. Eine, die mich, trotz allem, was Melek gerade offenbart hatte, zum Lächeln brachte.

Dich überall einzumischen, ist zum reinsten Glücksspiel geworden, Melek, sagte ich zu meinem kleinen Prinzen und mein Blick wanderte zu ihm. *Bist du dir sicher, dass du eine gute Hand hast?*

Melek ließ sich in seinen Stuhl zurücksinken und legte seinen Kopf zurück, sodass sein Hals auf eine Art entblößt war, die mich dazu brachte, *zubeißen* zu wollen. *Ach, bitte, Liebster. Du weißt, dass ich nie spielen würde, wenn ich nicht ein paar Asse im Ärmel hätte.*

Hm.

Melek spielte mit dem Feuer, aber vielleicht hatte er das Gefühl, dass er das musste.

Zu viel in meinem Königreich – in meinem *Leben* – drohte, auseinanderzufallen.

Die Albtraumfeen hatten mich früher auf ein Podest gestellt und mich aus der Ferne bewundert, aber die jüngsten Ereignisse stifteten Unruhe in den Reihen meines Volkes. Sie machten sich Sorgen.

Und das zu Recht, dachte ich verärgert.

Aber ich hatte nie regiert, um Macht zu haben. Ich regierte, um denen zu dienen, die meinen Schutz benötigten.

Und wenn ich das nicht tun konnte, würde ich weitaus mehr als meine Krone verlieren.

Nämlich mich selbst.

Ajax spannte seinen Kiefer an, während ich seine strengen Gesichtszüge musterte. Er repräsentierte eine Vergangenheit, an die meine Seele sich nur zu gut erinnerte.

Eine Zeit, in der ich geglaubt hatte, dass alles verloren wäre. *Meine Flügel, mein erlöschendes Licht. All die toten Feen.*

Es war Melek gewesen, der mich aus den Schatten gezogen und mir geholfen hatte, meinen Weg im Dunkeln zu finden.

Ajax hatte vor etwas über einem Jahrzehnt nach einem ähnlichen Anker in mir gesucht. Ich hatte ihn mit den Werkzeugen ausgestattet, von denen ich geglaubt hatte, dass er sie brauchen würde. Aber jetzt, wo er so vor mir stand, wurde mir klar, wie falsch ich gelegen hatte.

Es waren nicht seine Position oder sein Zuhause in meinem Reich gewesen, die ihm geholfen hatten, zu überleben. Es war Az gewesen.

Und jetzt ... Jetzt schien Camillia diejenige zu sein, die sein Licht wieder entfacht hatte.

Oder vielleicht hatten Camillia und Az diesen Funken wieder entfacht. Vielleicht hatte sich mit ihnen zu verbinden ihm einen neuen Lebenssinn gegeben.

Was es auch war, ich schien ihn enttäuscht zu haben.

Ich hätte Camillia nicht auf diese Bühne stellen sollen, sagte ich zu mir selbst. *Sie war sein Licht. Und meine Taten haben es beinahe ausgelöscht.*

Vielleicht nicht buchstäblich.

Na ja, nein. Ich hatte definitiv vorgehabt, sie zu töten. Aber erst, nachdem sie meine Quelle erneut berührt hatte.

In jener Nacht im Klub hatte ich eine spielerische Bestrafung angewandt. Aber nichts daran war spaßig für Ajax gewesen.

Und jetzt, wo ich sah, was ich angerichtet hatte, dämmerte mir, warum er Camillia über seine Treue mir gegenüber gestellt hatte. Er liebte sie.

Ich hatte das bedroht.

Ich hatte *ihr* Leben bedroht.

Was mich zu seinem Feind machte. Zu der Person, die er nicht länger bewunderte oder vertraute. Und doch stand er jetzt hier und stellte sich mir als Gleichgestellter gegenüber. *Wie ein König.*

Az' Phönix hatte weise gewählt, zumindest, was Ajax anging.

Bei Camillia war ich mir noch nicht sicher. Obwohl ich langsam verstand, was an ihr so begehrenswert war.

Melek hatte mir gesagt, dass ich in Erwägung ziehen sollte, Ajax ein Angebot zu unterbreiten, das ihm mehr bieten würde als bloß seine alte Position.

Ich hatte an nichts anderes gedacht, seit er das gesagt hatte, und viel Zeit darauf verwendet, mir allerhand Möglichkeiten und Versprechungen durch den Kopf gehen zu lassen, die ich Ajax machen konnte, um wieder gut bei ihm angeschrieben zu sein.

Aber nichts davon war jetzt noch gut genug.

Nicht, wo ich doch einem Gleichgestellten gegenübersaß. Einem veränderten Unsterblichen. *Einem Mann, der liebte.*

Es gab nur etwas, das ich ihm anbieten konnte, was ihn erwägen lassen würde, seine ehemalige Arbeit wiederaufzunehmen und zu *mir* zurückzukommen.

„Ich will dir ein Angebot unterbreiten, Wärter", sagte ich und kam direkt auf den Punkt.

„Ajax", korrigierte er mich. „Ich bin nicht länger dein Wärter, wenn ich mich recht entsinne. Und auch wenn du mich als deinen Wärter ansehen willst, so sei dir bewusst, dass ich meine Arbeit niedergelegt habe, als ich gegangen bin."

Er sprach die Worte bewusst und ohne den Hauch von Angst aus.

Ja, er ist wirklich ein idealer Kandidat für meinen Zirkel, beschloss ich. Denn auch Az sprach so mit mir.

Und Cami auch, sprach eine leise Stimme in meine Gedanken. Eine, die sich zwar nach meiner mentalen Stimme anhörte, jedoch Meleks Worte zu flüstern schien.

Doch mein Prinz war auf Ajax konzentriert, nicht auf mich. Ich konnte sein eindringliches Starren spüren, als wäre es meines, und ich konnte die Erwartung in ihm vernehmen.

Er hatte seine Trümpfe ausgespielt.

Jetzt wollte er sehen, was ich tun würde.

Ich ahnte, dass ich kurz davorstand, die Karten auf den Tisch legen würde, die er für mich gemischt hatte, was mich normalerweise dazu angehalten hätte, ihn mit etwas Unerwartetem zu überraschen – nur, um den Nervenkitzel seiner Spielchen zu erhöhen.

Auch wenn ich jenes, in dem wir uns verloren hatten, bereits satthatte.

Ich brauchte eine Veränderung.

Ich brauchte einen Weg nach vorn.

Ich brauche einen stärkeren Zirkel. Ohne ihn könnte ich meine Königreiche und die Feen, die sie bewohnten, verlieren. Denn, wer auch immer hinter all diesen Angriffen steckte, war cleverer als all meine vergangenen Widersacher. Sie benutzten andere und manipulierten sie mit Tugendfeen-Magie, um mein Zuhause, meine *Feen* anzugreifen.

Um sie bekämpfen zu können, musste ich bei voller Kraft sein. Und das konnte ich nur tun, wenn meine Kräfte nicht im gesamten Reich gebraucht wurden, um zerstörerische Portale zu reparieren und meine verletzten Feen zu heilen.

Ajax war eine Bereicherung. Eine, die ich vor langer Zeit hätte befördern sollen. Die ich hätte in den Zirkel aufnehmen sollen. *Die ich hätte in eine Höllenfee verwandeln sollen.*

Aber ich hatte ihn nicht in den Kreis meiner Vertrauten aufgenommen. Hatte beschlossen, Gebrauch von ihm zu machen, ohne ihn je wirklich einzulassen.

Das änderte sich jetzt.

„Camillia De la Croix hat mehr als nur einmal auf meine Kraft zugegriffen. Sie kann meine Quelle anzapfen und sie benutzen, was ich in meiner Position nicht dulden kann", sagte ich zu ihm.

Er öffnete seine Lippen und seine stoische Fassade bröckelte angesichts eines Gegenarguments, das er zu ihrem Schutze vorbringen wollte. Aber ich ließ ihn innehalten, indem ich eine Hand erhob.

„Trotzdem bin ich willens, ihre Sicherheit in meinem Reich zu garantieren", verkündete ich und begann, die Bedingungen des Handels aufzuzählen. „Ich bin gewillt, über ihre Fähigkeiten hinwegzusehen und ihr hier ein Zuhause zu bieten. Mit dir. Wenn du zurückkommen willst."

Er schloss ruckartig seinen Mund und schien stumm vor Schreck.

„Obwohl ich mir sicher bin, dass ihr euren Aufenthalt bei der Königin der Mitternachtsfeen und ihren Gefährten genießt, so könnt ihr nicht für immer dort verweilen. Klar, ihr könntet euch irgendwo ein Mitternachtsfeen-Zuhause suchen, aber was würdet ihr dort tun? Was für einen Sinn hätte euer Leben? Ist das, was Camillia will?"

Ich konnte der ausbleibenden Antwort entnehmen, dass er nicht wusste, wie er auf meine Fragen antworten sollte. Vermutlich, weil er davon ausgegangen war, dass ich ihn und Camillia ganz einfach hierher zurückschleppen würde, um zu Ende zu bringen, was wir nach dem letzten Angriff begonnen hatten.

Er hatte vermutlich nicht einmal Alternativen bedacht. Was implizierte, dass Camillia es auch nicht hatte.

Anstatt einen weiteren Kommentar abzugeben, wartete ich, bis er das Gesagte verarbeitet hatte.

Melek sagte auch nichts. Seine Stille bestätigte, dass er gebannt wartete. Er war ganz begierig darauf, zu erfahren, wie das

Spiel ausgehen würde. Mein kleiner Prinz liebte es, die letzte Runde zu beobachten.

Irgendwann räusperte sich Ajax und fragte: „Wie? Wie würden die Bedingungen lauten?"

„Du würdest deine Arbeit als Wärter wiederaufnehmen", sagte ich zu ihm. „Und du würdest zu einer offiziellen Höllenfee werden müssen. Nur so kann ich dir erlauben, eine Höllenfeen-Braut zu beanspruchen."

Er zog seine Augenbraue hoch. „Eine Höllenfeen-Braut?"

„Eine Braut deiner Wahl", betonte ich. „Camillia inbegriffen."

Er reckte sein Kinn und sah mich misstrauisch an. „Aber sie ist keine Braut mehr. Das hast du deinen Höllenfeen bereits verkündet."

Ein Lächeln breitete sich auf meinen Lippen aus. Ich war beeindruckt davon – wenn auch nicht besonders überrascht –, dass ihm dieses Detail aufgefallen war. „Ein Teil meiner Bedingungen wäre, sie wieder zu einer Braut zu machen."

„Bevor oder nachdem ich zu einer Höllenfee werde?", wollte er wissen und beeindruckte mich erneut, indem er spezifische Bedingungen schuf.

„Nach deiner Verwandlung." Ich räusperte mich. „Zu diesem Zeitpunkt wird es sich dabei nur noch um eine Formalität handeln, aber ich kann es mir nicht leisten, von dieser Bedingung abzuweichen. Wenn meine Höllenfeen glauben, sich wahllos mit Bräuten verbinden zu können, wird das reinste Chaos ausbrechen. Und angesichts allem anderen, das derzeit in meinem Reich vor sich geht, bin ich mir nicht sicher, ob ich mich darum auch noch kümmern könnte."

Diese Aussage zeigte Verletzlichkeit, was ich nicht jedem entgegenbrachte.

Hoffentlich verstand Ajax, dass das etwas zu bedeuten hatte. Dass ich ihm vertraute. Dass ich ihn einlassen wollte.

„Was noch?", wollte er wissen und kniff seine Augen zusammen.

„Du und Cami können im Palast oder wo immer ihr wollt

residieren, solange sich der Ort im Königreich der Höllenfeen befindet. Ich will nicht, dass sie im Gefängnis bleibt."

Vorwiegend, weil ich wusste, dass Melek sie besuchen wollen würde, und diese Unterkünfte meinem kleinen Prinzen nicht würdig waren. Oder seiner auserwählten Gefährtin.

„Das bedeutet, dass du zum Gefängnis pendeln müsstest", fuhr ich fort. „Also will ich, dass du einen Praktikanten anstellst, der dir hilft, die Last zu schultern. Ich werde dir bei der Auswahl freie Hand lassen."

Das würde ihm erlauben, viel Zeit mit seiner Gefährtin zu verbringen und nicht die ganze Zeit über zu arbeiten. Er brauchte einen Ausgleich. Es war offensichtlich, dass ihm das dabei helfen würde, zu gedeihen.

Und ich musste dafür sorgen, dass er gedieh.

Er schluckte schwer. „Du wirst mich im Gegenzug um etwas ziemlich Großes bitten."

Auf meinen Lippen breitete sich ein Lächeln aus. „Ja, Ajax. Werde ich."

Er nickte. Er sah mich eher mit gleichgültigen als neugierigem Blick an. „Du bietest mir und Cami also Sicherheit, Höllenfeen-Staatsbürgerschaft – in Ermangelung eines zutreffenderen Begriffs – und meine ehemalige Position an. Sonst noch etwas?"

„Gibt es sonst noch etwas, das du begehrst?", konterte ich und zog eine Augenbraue hoch.

„Ich will nur, dass Cami in Sicherheit ist", gab er zu. „Was sie im Palast der Mitternachtsfeen auch ist."

„Gewiss", stimmte ich zu. „Und ich drohe auch nicht, ihr Schaden zuzufügen. Ich biete dir nur eine Alternative an. Ein Lebenszweck und ein gutes Leben – mit deiner Braut. Ein Leben, an dem – so nehme ich an – Az teilhaben wollen wird."

„Also tust du das hier für ihn?", wollte Ajax wissen.

„Ich tue das hier für unser aller Wohl." Für Az. Für Melek. Für *mich*. „Wir brauchen eine Lösung und ich biete eine an. Aber du wirst sie annehmen müssen."

Sein Kiefer zuckte, während er mich musterte. „Okay, ich bin dabei", sagte er mit misstrauischer Miene. „Was würdest du im Gegenzug von mir wollen?"

Meleks Aufregung wärmte unser Band, doch er ließ sich nach außen hin nichts anmerken.

Er wusste ganz genau, was ich sagen würde.

Weil ich direkt in seine Falle getappt war. Ich konnte seine Karten jetzt geradezu in der Luft vor mir flimmern sehen.

Nein, es waren keine Karten. Es waren Worte. Versprechungen. Ein Weg nach vorn. *Ein neuer Pfad.*

„Damit ich euch Trost spenden, eine Heimat und dir deine Wärter-Position, Zugriff auf die Quelle der Höllenfeen und deine Höllenfeen-Braut deiner Wahl bieten kann, wirst du zu meinem Gefährten werden müssen, Ajax." Nur so konnte ich alles garantieren, was ich in Aussicht stellte.

Aber er musste verstehen, was mich zum Gefährten zu haben, mit einschloss.

„Dich mit mir zu verbinden, heißt, dass du mir Zugriff auf deine Seele, deine Gedanken und die Fähigkeit verschaffst, stets zu wissen, wo du bist. Es bedeutet auch, dass ich Camillia De la Croix näher sein werde, weil wir drei gemeinsame Gefährten haben – dich, Az und Melek. Das wird mir erlauben, ihre Kraft besser zu beobachten und hoffentlich auch, Wege zu finden, um meine eigene zu schützen. *Ohne* ihr wehzutun."

Seine Lippen öffneten sich sichtlich überrascht.

Ich genoss diesen Anblick, der mir sagte, dass er nie in einer Million Jahre gedacht hätte, dass ich ausgerechnet darum ersuchen würde.

Denn es bedeutete, dass er über seine Antwort nachdenken müsste.

Und ich hatte eine Schwäche für Handel, die Geschick erforderten.

Aber dieser Handel musste bis zu einem gewissen Zeitpunkt abgeschlossen werden. Mir blieb Zeit bis zum Ball der Interreichsfeen.

Ein Lächeln zog auf meinen Lippen auf, als ich die letzte Bedingung nannte. „Du hast eine Woche, um dich zu entscheiden, Ajax. Wähle weise. Es könnte die letzte Entscheidung sein, die du je fällst."

Fortsetzung folgt in ‚Prinz der Unterweltfeen' ...

Bänder sind faszinierend.
Sie zwirbeln und zwirnen sich und doch lassen sie sich so leicht
und auf so elegante Weise entwirren.
Vor allem, wenn sie um den sinnlichen Körper einer Frau
geschlungen sind.

Leider habe ich so viele Knoten um Camillia De la Croix
gewoben, dass ich fürchte, sie könnte mir nie das Privileg
einräumen, sie zu entfesseln.

Meine hübsche kleine Gefangene ist stur. Und so perfekt.
Ich habe mich jetzt schon viele Monde lang nach ihr verzehrt.
Habe sie kosten wollen.

Habe sie bezirzen wollen.
Habe sie in Bänder hüllen und verschlingen wollen.

Aber gerade, als ich den ersten Schritt wage, um ihr endlich zu offenbaren, wer ich wirklich bin, wird sie mir entrissen und an einen Ort gebracht, den ich vor langer Zeit zerstört geglaubt habe.
Und ich bin der Einzige, der sie zurückbringen kann.

Aber es wird eines vollständigen Gefährtenzirkels bedürfen, damit er mir genug Kraft spenden kann.
Typhos. Az. Ajax. Und ich.

Kann ich sie davon überzeugen, mitzuspielen?
Oder ist es uns bestimmt, die Ewigkeit ohne unsere wunderschöne Gefährtin zu verbringen?

Fürchte dich nicht, kleiner Engel.
Ich werde dich finden. Ich werde für dich töten. Und dann ...
Werden wir dich alle verehren.

Anmerkung der Autorinnen: ‚Prinz der Unterweltfeen' ist ein dunkler, paranormaler Liebesroman mit vier geplagten Gefährten, zwischen denen man sich nicht entscheiden muss. Wenn du deine Antihelden dominant und sexy magst, bist du hier an der richtigen Adresse. Im Reich der Höllenfeen brennt Romantik heiß und Vergebung ist nicht vonnöten. Dieses Buch gehört zu einer fünfteiligen Buchreihe und endet mit einem Cliffhanger.

USA Today Bestsellerautorin Lexi C. Foss ist eine Schriftstellerin, verloren in der Welt der Computer. Sie lebt mit ihrem Mann und ihren pelzigen Freunden in North Carolina. Wenn sie nicht gerade schreibt, ist sie mit Sicherheit auf Reisen. Viele der Orte, die sie schon besucht hat, lassen sich in ihren Büchern wiederfinden, einschließlich der mystischen Welt von Hydria, die auf der griechischen Insel Hydra basiert.

Lexi ist ein bisschen verschroben, trinkt viel zu viel Kaffee und schwimmt gern. Tschüss!

Würden Sie gern über Neuerscheinungen informiert werden? Dann tragen Sie sich für ihren Newsletter ein: https://www. lexicfoss.com/deutschen-newsletter

Besuchen Sie Lexi im Netz!
https://www.lexicfoss.com/aktuell

E-Mail: lexicfoss@gmail.com

J.R. Thorn

Die USA Today Bestsellerautorin J.R. Thorn ist eine Autorin von Reverse-Harem-Liebesromanen. All ihre Bücher handeln in derselben Welt – ausgenommen Bücher, die zusammen mit einer Co-Autorin geschrieben wurden. Also lass dir die empfohlene Lesereihenfolge oben oder auf der Website nicht entgehen! (Sie ist außerdem besessen von magischen Tätowierungen und Alphamännchen.)

Lies mehr von J.R. Thorn, erhältlich auf Amazon.de!